A Room with a View

A Room with a View

E. M. Forster

A Lingo Libri book.

www.lingolibri.com

English to Brazilian Portuguese edition.

Content in original langauge from *A Room with a View* by E. M. Forster is in the public domain. All original additions, including language translations and illustrations, are copyright © 2023 by Lingo Libri and may not be reproduced in any form without written permission from the publisher or author, except as permitted by copyright law.

First paperback edition 2023.

Book and cover design by Lingo Libri.

ISBN: 9798386807337

Published by Lingo Libri.

www.lingolibri.com

Table of Contents

The Bertolini

O Bertolini

"A Signora não tinha nenhum negócio para fazer isso", disse Miss Bartlett, "nenhum negócio". Ela nos prometeu salas ao sul com vista próxima, ao invés das quais aqui são salas ao norte, olhando para um pátio, e um longo caminho distante. Oh, Lucy!"

"E um Cockney, além disso", disse Lucy, que tinha ficado ainda mais triste com o sotaque inesperado da Signora. "Talvez seja Londres". Ela olhou para as duas fileiras de ingleses que estavam sentados à mesa; para a fileira de garrafas brancas de água e garrafas vermelhas de vinho que corriam entre o povo inglês; para os retratos da falecida Rainha e do falecido Poeta Laureate que estavam atrás do povo inglês, fortemente enquadrados; para o aviso da igreja inglesa (Rev. Cuthbert Eager, M. A. Oxon.), que era a única outra decoração da parede. "Charlotte, você não sente, também, que nós podemos estar em Londres? Eu mal posso acreditar que todos os outros tipos de coisas estão lá fora. Eu suponho que é um estar tão cansado".

"Esta carne certamente foi usada para sopa", disse Miss Bartlett, que colocou seu garfo.

"The Signora had no business to do it," said Miss Bartlett, "no business at all. She promised us south rooms with a view close together, instead of which here are north rooms, looking into a courtyard, and a long way apart. Oh, Lucy!"

"And a Cockney, besides!" said Lucy, who had been further saddened by the Signora's unexpected accent. "It might be London." She looked at the two rows of English people who were sitting at the table; at the row of white bottles of water and red bottles of wine that ran between the English people; at the portraits of the late Queen and the late Poet Laureate that hung behind the English people, heavily framed; at the notice of the English church (Rev. Cuthbert Eager, M. A. Oxon.), that was the only other decoration of the wall. "Charlotte, don't you feel, too, that we might be in London? I can hardly believe that all kinds of other things are just outside. I suppose it is one's being so tired."

"This meat has surely been used for soup," said Miss Bartlett, laying down her fork.

"Eu quero tanto ver o Arno". Os quartos que a Signora nos prometeu em sua carta teriam olhado sobre o Arno. A Signora não tinha nada a ver com isso. Oh, é uma vergonha"!

"Qualquer recanto faz por mim", continuou Miss Bartlett; "mas parece difícil que você não deva ter uma visão".

Lucy sentiu que ela tinha sido egoísta. "Charlotte, você não deve me estragar: é claro, você deve olhar para o Arno também. Eu quis dizer isso. O primeiro quarto vago na frente" "Você deve tê-lo", disse Miss Bartlett, cujas despesas de viagem foram pagas em parte pela mãe de Lucy - um pedaço de generosidade ao qual ela fez muitas alusões táticas.

"Não, não. Você deve tê-lo".

"Eu insisto nisso. Sua mãe nunca me perdoaria, Lucy".

"Ela nunca perdoaria *me*".

As vozes das mulheres se animaram, e - se a triste verdade for de propriedade - um pouco irritadiço. Elas estavam cansadas e, sob o disfarce de altruísmo, elas se brigavam. Alguns de seus vizinhos trocaram olhares, e um deles - um dos malcriados que se encontram no exterior - se inclinou para frente sobre a mesa e realmente se intrometeu em sua discussão. Ele disse:

"Eu tenho uma vista, eu tenho uma vista".

"I want so to see the Arno. The rooms the Signora promised us in her letter would have looked over the Arno. The Signora had no business to do it at all. Oh, it is a shame!"

"Any nook does for me," Miss Bartlett continued; "but it does seem hard that you shouldn't have a view."

Lucy felt that she had been selfish. "Charlotte, you mustn't spoil me: of course, you must look over the Arno, too. I meant that. The first vacant room in the front—" "You must have it," said Miss Bartlett, part of whose travelling expenses were paid by Lucy's mother—a piece of generosity to which she made many a tactful allusion.

"No, no. You must have it."

"I insist on it. Your mother would never forgive me, Lucy."

"She would never forgive *me*."

The ladies' voices grew animated, and—if the sad truth be owned—a little peevish. They were tired, and under the guise of unselfishness they wrangled. Some of their neighbours interchanged glances, and one of them—one of the ill-bred people whom one does meet abroad—leant forward over the table and actually intruded into their argument. He said:

"I have a view, I have a view."

A senhorita Bartlett ficou assustada. Geralmente em uma pensão, as pessoas olhavam para eles por um dia ou dois antes de falar, e muitas vezes não descobriam que eles "fariam" até que eles tivessem partido. Ela sabia que o intruso era mal-criado, mesmo antes de olhar para ele. Ele era um homem velho, de construção pesada, com um rosto justo, barbeado e olhos grandes. Havia algo infantil naqueles olhos, embora não fosse a infantilidade da senilidade. O que exatamente Miss Bartlett não parou para considerar, pois seu olhar passou para as roupas dele. Isto não a atraiu. Ele provavelmente estava tentando se familiarizar com elas antes de elas entrarem na natação. Então ela assumiu uma expressão atordoada quando ele falou com ela, e então disse: "Uma vista? Oh, uma vista! Como é deliciosa uma vista"!

"Este é meu filho", disse o velho; "seu nome é George". Ele também tem uma visão".

"Ah", disse Miss Bartlett, reprimindo Lucy, que estava prestes a falar.

O que eu quero dizer", continuou ele, "é que você pode ter nossos quartos, e nós teremos os seus". Nós vamos mudar".

A melhor classe de turistas ficou chocada com isso, e simpatizou com os recém-chegados. Miss Bartlett, em resposta, abriu a boca o mínimo possível, e disse "Muito obrigada; isso está fora de questão".

"Por quê?" disse o velho, com os dois punhos sobre a mesa.

"Porque está completamente fora de questão, obrigado".

Miss Bartlett was startled. Generally at a pension people looked them over for a day or two before speaking, and often did not find out that they would "do" till they had gone. She knew that the intruder was ill-bred, even before she glanced at him. He was an old man, of heavy build, with a fair, shaven face and large eyes. There was something childish in those eyes, though it was not the childishness of senility. What exactly it was Miss Bartlett did not stop to consider, for her glance passed on to his clothes. These did not attract her. He was probably trying to become acquainted with them before they got into the swim. So she assumed a dazed expression when he spoke to her, and then said: "A view? Oh, a view! How delightful a view is!"

"This is my son," said the old man; "his name's George. He has a view too."

"Ah," said Miss Bartlett, repressing Lucy, who was about to speak.

"What I mean," he continued, "is that you can have our rooms, and we'll have yours. We'll change."

The better class of tourist was shocked at this, and sympathized with the new-comers. Miss Bartlett, in reply, opened her mouth as little as possible, and said "Thank you very much indeed; that is out of the question."

"Why?" said the old man, with both fists on the table.

"Because it is quite out of the question, thank you."

"Você vê, nós não gostamos de levar..." começou Lucy. A prima dela a reprimiu novamente.

"Mas por quê?", ele persistiu. "As mulheres gostam de olhar para uma vista; os homens não". E ele bateu com os punhos como uma criança marota, e se voltou para seu filho, dizendo: "George, persuade-os".

"É tão óbvio que eles deveriam ter os quartos", disse o filho. "Não há mais nada a dizer".

Ele não olhou para as senhoras enquanto falava, mas sua voz estava perplexa e triste. Lucy também estava perplexa; mas ela viu que elas estavam dentro do que é conhecido como "uma cena e tanto", e teve uma estranha sensação de que sempre que esses turistas malcriados falavam, o concurso se alargava e se aprofundava até lidar, não com quartos e vistas, mas com - bem, com algo bem diferente, cuja existência ela não tinha percebido antes. Agora o velho atacou Miss Bartlett quase violentamente: Por que ela não deveria mudar? Que possível objeção ela tinha? Eles iriam se retirar em meia hora.

Miss Bartlett, embora hábil nas delicadezas da conversa, era impotente na presença de brutalidade. Era impossível desprezar alguém tão grosseiro. Seu rosto estava avermelhado de desgosto. Ela olhava ao redor tanto quanto para dizer: "Vocês são todos assim?". E duas velhinhas, que estavam sentadas mais acima na mesa, com xales pendurados sobre as costas das cadeiras, olharam para trás, indicando claramente "Nós não somos; nós somos gentis".

"You see, we don't like to take—" began Lucy. Her cousin again repressed her.

"But why?" he persisted. "Women like looking at a view; men don't." And he thumped with his fists like a naughty child, and turned to his son, saying, "George, persuade them!"

"It's so obvious they should have the rooms," said the son. "There's nothing else to say."

He did not look at the ladies as he spoke, but his voice was perplexed and sorrowful. Lucy, too, was perplexed; but she saw that they were in for what is known as "quite a scene," and she had an odd feeling that whenever these ill-bred tourists spoke the contest widened and deepened till it dealt, not with rooms and views, but with—well, with something quite different, whose existence she had not realized before. Now the old man attacked Miss Bartlett almost violently: Why should she not change? What possible objection had she? They would clear out in half an hour.

Miss Bartlett, though skilled in the delicacies of conversation, was powerless in the presence of brutality. It was impossible to snub any one so gross. Her face reddened with displeasure. She looked around as much as to say, "Are you all like this?" And two little old ladies, who were sitting further up the table, with shawls hanging over the backs of the chairs, looked back, clearly indicating "We are not; we are genteel."

"Coma seu jantar, querida", disse ela à Lucy, e começou a brincar novamente com a carne que uma vez ela tinha censurado.

Lucy murmurou que aquelas pessoas pareciam muito estranhas ao contrário.

"Coma seu jantar, querida. Esta pensão é um fracasso. Amanhã nós faremos uma mudança".

Dificilmente ela havia anunciado esta decisão de queda quando a reverteu. As cortinas no final da sala se separaram e revelaram um clérigo, robusto mas atraente, que se apressou para ocupar seu lugar à mesa, pedindo alegremente desculpas por seu atraso. Lucy, que ainda não havia adquirido a decência, levantou-se imediatamente, exclamando: "Oh, oh! por que, é o Sr. Beebe! Oh, como é perfeitamente adorável! Oh, Charlotte, nós temos que parar agora, por mais ruins que sejam os quartos. Oh!".

disse Miss Bartlett, com mais moderação:

"Como você está, Sr. Beebe? Eu espero que você tenha nos esquecido: Miss Bartlett e Miss Honeychurch, que estavam em Tunbridge Wells quando você ajudou o Vigário de São Pedro naquela Páscoa muito fria".

O clérigo, que tinha o ar de um em um feriado, não se lembrava das senhoras tão claramente quanto elas se lembravam dele. Mas ele se apresentou agradavelmente e aceitou a cadeira na qual ele foi acenado por Lucy.

"Eat your dinner, dear," she said to Lucy, and began to toy again with the meat that she had once censured.

Lucy mumbled that those seemed very odd people opposite.

"Eat your dinner, dear. This pension is a failure. To-morrow we will make a change."

Hardly had she announced this fell decision when she reversed it. The curtains at the end of the room parted, and revealed a clergyman, stout but attractive, who hurried forward to take his place at the table, cheerfully apologizing for his lateness. Lucy, who had not yet acquired decency, at once rose to her feet, exclaiming: "Oh, oh! Why, it's Mr. Beebe! Oh, how perfectly lovely! Oh, Charlotte, we must stop now, however bad the rooms are. Oh!"

Miss Bartlett said, with more restraint:

"How do you do, Mr. Beebe? I expect that you have forgotten us: Miss Bartlett and Miss Honeychurch, who were at Tunbridge Wells when you helped the Vicar of St. Peter's that very cold Easter."

The clergyman, who had the air of one on a holiday, did not remember the ladies quite as clearly as they remembered him. But he came forward pleasantly enough and accepted the chair into which he was beckoned by Lucy.

"Eu *eu* estou* tão feliz em ver você", disse a menina, que estava em estado de fome espiritual, e teria ficado feliz em ver o garçom se seu primo o tivesse permitido. "Apenas imaginem como o mundo é pequeno". A Summer Street, também, faz com que seja tão especialmente engraçado".

"Miss Honeychurch vive na paróquia de Summer Street", disse Miss Bartlett, preenchendo a lacuna, "e por acaso ela me disse no decorrer da conversa que você acabou de aceitar a vida..."

"Sim, eu ouvi isso da mãe na semana passada. Ela não sabia que eu o conhecia na Tunbridge Wells; mas eu escrevi de volta imediatamente, e disse: 'Sr. Beebe é...'".

"Muito bem", disse o clérigo. "Eu me mudo para a Reitoria na Summer Street em junho próximo. Tenho sorte de ser nomeado para um bairro tão charmoso".

"Oh, como eu estou feliz! O nome da nossa casa é Windy Corner". Sr. Beebe curvado.

"Há a mãe e eu em geral, e meu irmão, embora não seja comum fazermos ele ch... A igreja é bastante distante, quero dizer".

"Lucy, querida, deixe o Sr. Beebe jantar".

"Eu estou comendo, obrigado, e aproveitando".

"I *am* so glad to see you," said the girl, who was in a state of spiritual starvation, and would have been glad to see the waiter if her cousin had permitted it. "Just fancy how small the world is. Summer Street, too, makes it so specially funny."

"Miss Honeychurch lives in the parish of Summer Street," said Miss Bartlett, filling up the gap, "and she happened to tell me in the course of conversation that you have just accepted the living—"

"Yes, I heard from mother so last week. She didn't know that I knew you at Tunbridge Wells; but I wrote back at once, and I said: 'Mr. Beebe is—'"

"Quite right," said the clergyman. "I move into the Rectory at Summer Street next June. I am lucky to be appointed to such a charming neighbourhood."

"Oh, how glad I am! The name of our house is Windy Corner." Mr. Beebe bowed.

"There is mother and me generally, and my brother, though it's not often we get him to ch—— The church is rather far off, I mean."

"Lucy, dearest, let Mr. Beebe eat his dinner."

"I am eating it, thank you, and enjoying it."

Ele preferiu falar com Lucy, cuja peça ele se lembrou, ao invés de com Miss Bartlett, que provavelmente se lembrou de seus sermões. Ele perguntou à menina se ela conhecia Florence bem, e foi informado de alguma forma que ela nunca havia estado lá antes. É encantador aconselhar um recém-chegado, e ele foi o primeiro no campo. "Não descuide do campo", concluiu seu conselho. "A primeira bela viagem à tarde até Fiesole, e a volta por Settignano, ou algo desse tipo".

"Não!" gritou uma voz do alto da mesa. "Sr. Beebe, você está errado. Na primeira bela tarde, suas senhoras devem ir para Prato".

"Aquela senhora parece tão esperta", sussurrou Miss Bartlett para sua prima. "Nós estamos com sorte".

E, de fato, uma torrente perfeita de informações explodiu neles. As pessoas lhes diziam o que ver, quando ver, como parar os bondes elétricos, como se livrar dos mendigos, quanto dar por um mata-ventos, quanto o lugar iria crescer sobre eles. A Pensão Bertolini tinha decidido, quase entusiasticamente, que eles fariam. Seja qual for o aspecto deles, senhoras gentis sorriram e gritaram para eles. E acima de tudo levantou a voz da senhora esperta, chorando: "Prato! Elas devem ir para Prato. Aquele lugar é muito docemente esquálido para palavras. Eu amo-o; eu me deleito em sacudir os tresmalhos da respeitabilidade, como você sabe".

He preferred to talk to Lucy, whose playing he remembered, rather than to Miss Bartlett, who probably remembered his sermons. He asked the girl whether she knew Florence well, and was informed at some length that she had never been there before. It is delightful to advise a newcomer, and he was first in the field. "Don't neglect the country round," his advice concluded. "The first fine afternoon drive up to Fiesole, and round by Settignano, or something of that sort."

"No!" cried a voice from the top of the table. "Mr. Beebe, you are wrong. The first fine afternoon your ladies must go to Prato."

"That lady looks so clever," whispered Miss Bartlett to her cousin. "We are in luck."

And, indeed, a perfect torrent of information burst on them. People told them what to see, when to see it, how to stop the electric trams, how to get rid of the beggars, how much to give for a vellum blotter, how much the place would grow upon them. The Pension Bertolini had decided, almost enthusiastically, that they would do. Whichever way they looked, kind ladies smiled and shouted at them. And above all rose the voice of the clever lady, crying: "Prato! They must go to Prato. That place is too sweetly squalid for words. I love it; I revel in shaking off the trammels of respectability, as you know."

O jovem chamado George olhou de relance para a senhora inteligente e, em seguida, retornou de mau humor ao seu prato. Obviamente, ele e seu pai não o fizeram. Lucy, no meio do seu sucesso, encontrou tempo para desejar que eles o fizessem. Não lhe deu nenhum prazer extra que alguém fosse deixado no frio; e quando ela se levantou para ir, ela voltou para trás e deu aos dois forasteiros um pequeno arco nervoso.

O pai não o viu; o filho o reconheceu, não por outro arco, mas levantando as sobrancelhas e sorrindo; ele parecia estar sorrindo através de algo.

Ela se apressou depois de seu primo, que já havia desaparecido pelas cortinas-cortinas, que atiravam uma no rosto, e parecia pesada com mais do que um pano. Além delas, estava a não confiável Signora, curvando-se aos seus convidados, e apoiada por 'Enery, seu filho pequeno, e Victorier, sua filha'. Fez uma cena curiosa, esta tentativa do Cockney de transmitir a graça e a genialidade do Sul. E ainda mais curiosa foi a sala de visitas, que tentou rivalizar com o sólido conforto de um pensionato Bloomsbury. Isto era realmente a Itália?

Miss Bartlett já estava sentada em uma cadeira de braços bem recheada, que tinha a cor e os contornos de um tomate. Ela estava falando com o Sr. Beebe, e enquanto falava, sua longa e estreita cabeça ia para trás e para frente, lentamente, regularmente, como se ela estivesse demolindo algum obstáculo invisível. "Nós somos muito gratos a você", ela estava dizendo. "A primeira noite significa muito". Quando você chegou, nós estávamos para um peculiar *mauvais quart d'heure*".

The young man named George glanced at the clever lady, and then returned moodily to his plate. Obviously he and his father did not do. Lucy, in the midst of her success, found time to wish they did. It gave her no extra pleasure that any one should be left in the cold; and when she rose to go, she turned back and gave the two outsiders a nervous little bow.

The father did not see it; the son acknowledged it, not by another bow, but by raising his eyebrows and smiling; he seemed to be smiling across something.

She hastened after her cousin, who had already disappeared through the curtains—curtains which smote one in the face, and seemed heavy with more than cloth. Beyond them stood the unreliable Signora, bowing good-evening to her guests, and supported by 'Enery, her little boy, and Victorier, her daughter. It made a curious little scene, this attempt of the Cockney to convey the grace and geniality of the South. And even more curious was the drawing-room, which attempted to rival the solid comfort of a Bloomsbury boarding-house. Was this really Italy?

Miss Bartlett was already seated on a tightly stuffed arm-chair, which had the colour and the contours of a tomato. She was talking to Mr. Beebe, and as she spoke, her long narrow head drove backwards and forwards, slowly, regularly, as though she were demolishing some invisible obstacle. "We are most grateful to you," she was saying. "The first evening means so much. When you arrived we were in for a peculiarly *mauvais quart d'heure*."

Ele expressou seu pesar.

"Você, por acaso, sabe o nome de um homem velho que se sentou em frente a nós no jantar?"

"Emerson".

"Ele é um amigo seu?"

"Nós somos amigáveis - como um está nas pensões".

"Então eu não direi mais nada".

Ele a pressionou muito ligeiramente, e ela disse mais.

"Eu sou, por assim dizer", concluiu ela, "a acompanhante de minha jovem prima, Lucy, e seria uma coisa séria se eu a colocasse sob uma obrigação para com pessoas das quais nada sabemos. Os seus modos foram um tanto infelizes. Eu espero ter agido pelo melhor".

"Você agiu muito naturalmente", disse ele. Ele pareceu atencioso, e depois de alguns momentos acrescentou: "Mesmo assim, eu não acho que muito mal teria acontecido em aceitar".

"Não *harm*, é claro. Mas nós não poderíamos estar sob uma obrigação".

"Ele é um homem bastante peculiar". Mais uma vez ele hesitou, e então disse gentilmente: "Eu acho que ele não tiraria vantagem de sua aceitação, nem esperaria que você mostrasse gratidão". Ele tem o mérito - se for um de dizer exatamente o que ele quer dizer. Ele tem salas que ele não valoriza, e ela acha que você as valorizaria. Ele não pensa mais em colocá-lo sob uma obrigação do que ele pensava em ser educado. É tão difícil - pelo menos, eu acho difícil - entender as pessoas que falam a verdade".

He expressed his regret.

"Do you, by any chance, know the name of an old man who sat opposite us at dinner?"

"Emerson."

"Is he a friend of yours?"

"We are friendly—as one is in pensions."

"Then I will say no more."

He pressed her very slightly, and she said more.

"I am, as it were," she concluded, "the chaperon of my young cousin, Lucy, and it would be a serious thing if I put her under an obligation to people of whom we know nothing. His manner was somewhat unfortunate. I hope I acted for the best."

"You acted very naturally," said he. He seemed thoughtful, and after a few moments added: "All the same, I don't think much harm would have come of accepting."

"No *harm*, of course. But we could not be under an obligation."

"He is rather a peculiar man." Again he hesitated, and then said gently: "I think he would not take advantage of your acceptance, nor expect you to show gratitude. He has the merit—if it is one—of saying exactly what he means. He has rooms he does not value, and he thinks you would value them. He no more thought of putting you under an obligation than he thought of being polite. It is so difficult—at least, I find it difficult—to understand people who speak the truth."

Lucy ficou satisfeita, e disse: "Eu esperava que ele fosse legal; eu sempre espero que as pessoas sejam legais".

"Eu acho que ele é; agradável e cansativo. Eu difiro dele em quase todos os pontos de qualquer importância, e assim, eu espero - eu posso dizer que eu espero - que você seja diferente". Mas o dele é um tipo com o qual discordamos ao invés de lamentamos. Quando ele chegou aqui pela primeira vez, ele não colocou as costas das pessoas de forma não natural. Ele não tem nenhum tato e nenhuma maneira - eu não quero dizer com isso que ele tenha más maneiras - e ele não guardará suas opiniões para si mesmo. Nós quase reclamamos dele à nossa deprimida Signora, mas estou feliz em dizer que pensamos melhor sobre ele".

"Devo concluir," disse Miss Bartlett, "que ele é um socialista?

O Sr. Beebe aceitou a palavra conveniente, não sem um leve tremor dos lábios.

"E presumivelmente ele educou seu filho para ser socialista também".

"Eu mal conheço George, pois ele ainda não aprendeu a falar". Ele parece uma criatura legal e eu acho que ele tem cérebro. É claro que ele tem todos os maneirismos de seu pai, e é bem possível que ele também seja um socialista".

"Oh, você me alivia", disse Miss Bartlett. "Então você acha que eu deveria ter aceitado a oferta deles? Você acha que eu tenho sido mesquinha e desconfiada?"

"Nada disso", ele respondeu; "Eu nunca sugeri isso".

"Mas eu não deveria pedir desculpas, em todo caso, pela minha aparente rudeza"?

Lucy was pleased, and said: "I was hoping that he was nice; I do so always hope that people will be nice."

"I think he is; nice and tiresome. I differ from him on almost every point of any importance, and so, I expect—I may say I hope—you will differ. But his is a type one disagrees with rather than deplores. When he first came here he not unnaturally put people's backs up. He has no tact and no manners—I don't mean by that that he has bad manners—and he will not keep his opinions to himself. We nearly complained about him to our depressing Signora, but I am glad to say we thought better of it."

"Am I to conclude," said Miss Bartlett, "that he is a Socialist?"

Mr. Beebe accepted the convenient word, not without a slight twitching of the lips.

"And presumably he has brought up his son to be a Socialist, too?"

"I hardly know George, for he hasn't learnt to talk yet. He seems a nice creature, and I think he has brains. Of course, he has all his father's mannerisms, and it is quite possible that he, too, may be a Socialist."

"Oh, you relieve me," said Miss Bartlett. "So you think I ought to have accepted their offer? You feel I have been narrow-minded and suspicious?"

"Not at all," he answered; "I never suggested that."

"But ought I not to apologize, at all events, for my apparent rudeness?"

He replied, with some irritation, that it would be quite unnecessary, and got up from his seat to go to the smoking-room.

"Was I a bore?" said Miss Bartlett, as soon as he had disappeared. "Why didn't you talk, Lucy? He prefers young people, I'm sure. I do hope I haven't monopolized him. I hoped you would have him all the evening, as well as all dinner-time."

"He is nice," exclaimed Lucy. "Just what I remember. He seems to see good in everyone. No one would take him for a clergyman."

"My dear Lucia—"

"Well, you know what I mean. And you know how clergymen generally laugh; Mr. Beebe laughs just like an ordinary man."

"Funny girl! How you do remind me of your mother. I wonder if she will approve of Mr. Beebe."

"I'm sure she will; and so will Freddy."

"I think everyone at Windy Corner will approve; it is the fashionable world. I am used to Tunbridge Wells, where we are all hopelessly behind the times."

"Yes," said Lucy despondently.

Havia uma névoa de desaprovação no ar, mas se a desaprovação era dela mesma, ou do Sr. Beebe, ou do mundo da moda em Windy Corner, ou do mundo estreito em Tunbridge Wells, ela não podia determinar. Ela tentou localizá-lo, mas como sempre, ela errou. Miss Bartlett negou sedutoramente desaprovar qualquer um, e acrescentou "Eu tenho medo que você esteja me achando uma companheira muito deprimente".

E a garota novamente pensou: "Eu devo ter sido egoísta ou antipática; eu devo ser mais cuidadosa. É tão horrível para Charlotte, ser pobre".

Felizmente uma das velhinhas, que há algum tempo vinha sorrindo muito benignamente, agora se aproximou e perguntou se ela poderia sentar-se onde o Sr. Beebe tinha se sentado. Permissão concedida, ela começou a conversar gentilmente sobre a Itália, o mergulho que tinha sido para chegar lá, o sucesso gratificante do mergulho, a melhoria na saúde de sua irmã, a necessidade de fechar as janelas do quarto à noite, e de esvaziar completamente as garrafas d'água pela manhã.

Ela tratou seus assuntos de forma agradável, e eles foram, talvez, mais dignos de atenção do que o alto discurso sobre Guelfs e Ghibellines, que estava procedendo de forma tempestuosa no outro extremo da sala. Foi uma verdadeira catástrofe, não um mero episódio, aquela noite dela em Veneza, quando ela encontrou em seu quarto algo que é pior que uma pulga, embora melhor que outra coisa.

There was a haze of disapproval in the air, but whether the disapproval was of herself, or of Mr. Beebe, or of the fashionable world at Windy Corner, or of the narrow world at Tunbridge Wells, she could not determine. She tried to locate it, but as usual she blundered. Miss Bartlett sedulously denied disapproving of any one, and added "I am afraid you are finding me a very depressing companion."

And the girl again thought: "I must have been selfish or unkind; I must be more careful. It is so dreadful for Charlotte, being poor."

Fortunately one of the little old ladies, who for some time had been smiling very benignly, now approached and asked if she might be allowed to sit where Mr. Beebe had sat. Permission granted, she began to chatter gently about Italy, the plunge it had been to come there, the gratifying success of the plunge, the improvement in her sister's health, the necessity of closing the bed-room windows at night, and of thoroughly emptying the water-bottles in the morning.

She handled her subjects agreeably, and they were, perhaps, more worthy of attention than the high discourse upon Guelfs and Ghibellines which was proceeding tempestuously at the other end of the room. It was a real catastrophe, not a mere episode, that evening of hers at Venice, when she had found in her bedroom something that is one worse than a flea, though one better than something else.

"Mas aqui você está tão seguro quanto na Inglaterra". A Signora Bertolini é tão inglesa".

"Ainda assim nossos quartos cheiram mal", disse a pobre Lucy. "Nós tememos ir para a cama".

"Ah, então você olha para o tribunal". Ela suspirou. "Se ao menos o Sr. Emerson tivesse mais tato! Tivemos tanta pena de você no jantar".

"Eu acho que ele queria ser gentil".

"Sem dúvida ele era", disse Miss Bartlett.

"O Sr. Beebe acaba de me repreender pela minha natureza desconfiada. É claro, eu estava repreendendo a conta do meu primo".

"É claro", disse a pequena senhora idosa; e eles murmuraram que não se podia ser muito cuidadoso com uma jovem.

Lucy tentou parecer modesta, mas não pôde deixar de sentir-se uma grande tola. Ninguém foi cuidadoso com ela em casa; ou, em todo caso, ela não tinha notado isso.

"Sobre o velho Sr. Emerson, eu mal sei". Não, ele não tem tato; ainda assim, você já notou que há pessoas que fazem coisas que são mais indelicadas e, ao mesmo tempo, bonitas?"

"Bonita?" disse Miss Bartlett, intrigada com a palavra. "Não são a beleza e a delicadeza a mesma coisa?"

"Então, um teria pensado", disse o outro, desamparado. "Mas as coisas são tão difíceis, eu às vezes penso".

Ela não se envolveu mais nas coisas, pois o Sr. Beebe reapareceu, parecendo extremamente agradável.

"But here you are as safe as in England. Signora Bertolini is so English."

"Yet our rooms smell," said poor Lucy. "We dread going to bed."

"Ah, then you look into the court." She sighed. "If only Mr. Emerson was more tactful! We were so sorry for you at dinner."

"I think he was meaning to be kind."

"Undoubtedly he was," said Miss Bartlett.

"Mr. Beebe has just been scolding me for my suspicious nature. Of course, I was holding back on my cousin's account."

"Of course," said the little old lady; and they murmured that one could not be too careful with a young girl.

Lucy tried to look demure, but could not help feeling a great fool. No one was careful with her at home; or, at all events, she had not noticed it.

"About old Mr. Emerson—I hardly know. No, he is not tactful; yet, have you ever noticed that there are people who do things which are most indelicate, and yet at the same time—beautiful?"

"Beautiful?" said Miss Bartlett, puzzled at the word. "Are not beauty and delicacy the same?"

"So one would have thought," said the other helplessly. "But things are so difficult, I sometimes think."

She proceeded no further into things, for Mr. Beebe reappeared, looking extremely pleasant.

"Miss Bartlett", ele gritou, "está tudo bem com os quartos. Estou tão feliz. O Sr. Emerson estava falando sobre isso na sala de fumo, e sabendo o que eu fiz, eu o encorajei a fazer a oferta novamente. Ele me deixou vir e perguntar a você. Ele ficaria tão contente".

Charlotte", gritou Lucy para sua prima, "precisamos ter os quartos agora". O velho é tão gentil e gentil quanto ele pode ser".

Miss Bartlett ficou em silêncio.

Eu temo", disse o Sr. Beebe, após uma pausa, "que eu tenha sido oficioso". Eu devo pedir desculpas pela minha interferência".

Gravemente descontente, ele se virou para ir. Não até então, Miss Bartlett respondeu: "Meus próprios desejos, querida Lucy, não são importantes em comparação com os seus. Seria realmente difícil se eu a impedisse de fazer como você gostou em Florença, quando estou aqui apenas pela sua gentileza. Se você desejar que eu expulse estes senhores de seus quartos, eu o farei". Você poderia então, Sr. Beebe, gentilmente dizer ao Sr. Emerson que eu aceito sua bondosa oferta, e então conduzi-lo até mim, para que eu possa agradecê-lo pessoalmente"?

Ela levantou sua voz enquanto falava; ela foi ouvida em toda a sala de desenho, e silenciou os Guelfs e os Ghibellines. O clérigo, amaldiçoando interiormente o sexo feminino, fez uma reverência e partiu com sua mensagem.

"Lembre-se, Lucy, só eu estou implicada nisto. Eu não desejo que a aceitação venha de você". Conceda-me isso, em todo caso".

"Miss Bartlett," he cried, "it's all right about the rooms. I'm so glad. Mr. Emerson was talking about it in the smoking-room, and knowing what I did, I encouraged him to make the offer again. He has let me come and ask you. He would be so pleased."

"Oh, Charlotte," cried Lucy to her cousin, "we must have the rooms now. The old man is just as nice and kind as he can be."

Miss Bartlett was silent.

"I fear," said Mr. Beebe, after a pause, "that I have been officious. I must apologize for my interference."

Gravely displeased, he turned to go. Not till then did Miss Bartlett reply: "My own wishes, dearest Lucy, are unimportant in comparison with yours. It would be hard indeed if I stopped you doing as you liked at Florence, when I am only here through your kindness. If you wish me to turn these gentlemen out of their rooms, I will do it. Would you then, Mr. Beebe, kindly tell Mr. Emerson that I accept his kind offer, and then conduct him to me, in order that I may thank him personally?"

She raised her voice as she spoke; it was heard all over the drawing-room, and silenced the Guelfs and the Ghibellines. The clergyman, inwardly cursing the female sex, bowed, and departed with her message.

"Remember, Lucy, I alone am implicated in this. I do not wish the acceptance to come from you. Grant me that, at all events."

O Sr. Beebe estava de volta, dizendo nervosamente:

"O Sr. Emerson está noivo, mas aqui está o seu filho".

O jovem olhou para baixo para as três senhoras, que se sentiram sentadas no chão, tão baixas eram as cadeiras delas.

"Meu pai", disse ele, "está em seu banho, então você não pode agradecê-lo pessoalmente". Mas qualquer mensagem dada por você a mim será dada por mim a ele assim que ele sair".

Miss Bartlett não foi igual ao banho. Todas as suas civilidades farpadas surgiram primeiro do lado errado. O jovem Sr. Emerson conseguiu um triunfo notável para o deleite do Sr. Beebe e para o deleite secreto de Lucy.

"Pobre jovem", disse Miss Bartlett, assim que ele partiu.

"Como ele está bravo com seu pai por causa dos quartos! É tudo o que ele pode fazer para manter a cortesia".

"Em cerca de meia hora seus quartos estarão prontos", disse o Sr. Beebe. Então, olhando com bastante consideração para os dois primos, ele se aposentou em seus próprios quartos, para escrever seu diário filosófico.

Mr. Beebe was back, saying rather nervously:

"Mr. Emerson is engaged, but here is his son instead."

The young man gazed down on the three ladies, who felt seated on the floor, so low were their chairs.

"My father," he said, "is in his bath, so you cannot thank him personally. But any message given by you to me will be given by me to him as soon as he comes out."

Miss Bartlett was unequal to the bath. All her barbed civilities came forth wrong end first. Young Mr. Emerson scored a notable triumph to the delight of Mr. Beebe and to the secret delight of Lucy.

"Poor young man!" said Miss Bartlett, as soon as he had gone.

"How angry he is with his father about the rooms! It is all he can do to keep polite."

"In half an hour or so your rooms will be ready," said Mr. Beebe. Then looking rather thoughtfully at the two cousins, he retired to his own rooms, to write up his philosophic diary.

"Oh, querido!" respirou a pequena velhinha, e estremeceu como se todos os ventos do céu tivessem entrado no apartamento. "Cavalheiros às vezes não percebem..." Sua voz desvaneceu-se, mas Miss Bartlett parecia entender e uma conversa se desenvolveu, na qual cavalheiros que não perceberam completamente desempenharam um papel principal. Lucy, também não percebendo, ficou reduzida à literatura. Levando o Manual de Baedeker ao norte da Itália, ela se comprometeu a lembrar as datas mais importantes da história florentina. Pois ela estava determinada a se divertir no dia seguinte. Assim, a meia hora se afastou de forma lucrativa, e finalmente Miss Bartlett levantou-se com um suspiro, e disse:

"Acho que se pode aventurar agora. Não, Lucy, não mexa. Eu vou superintender a mudança".

"Como você faz tudo", disse Lucy.

"Naturalmente, querida. É assunto meu".

"Mas eu gostaria de ajudar você".

"No, dear."

A energia de Charlotte! E o altruísmo dela! Ela tinha sido assim toda a sua vida, mas na verdade, nesta turnê italiana, ela estava superando a si mesma. Então Lucy sentiu, ou se esforçou para sentir. E ainda assim - havia um espírito rebelde nela que se perguntava se a aceitação não teria sido menos delicada e mais bela. Em todo caso, ela entrou em seu próprio quarto sem nenhum sentimento de alegria.

"Oh, dear!" breathed the little old lady, and shuddered as if all the winds of heaven had entered the apartment. "Gentlemen sometimes do not realize—" Her voice faded away, but Miss Bartlett seemed to understand and a conversation developed, in which gentlemen who did not thoroughly realize played a principal part. Lucy, not realizing either, was reduced to literature. Taking up Baedeker's Handbook to Northern Italy, she committed to memory the most important dates of Florentine History. For she was determined to enjoy herself on the morrow. Thus the half-hour crept profitably away, and at last Miss Bartlett rose with a sigh, and said:

"I think one might venture now. No, Lucy, do not stir. I will superintend the move."

"How you do do everything," said Lucy.

"Naturally, dear. It is my affair."

"But I would like to help you."

"No, dear."

Charlotte's energy! And her unselfishness! She had been thus all her life, but really, on this Italian tour, she was surpassing herself. So Lucy felt, or strove to feel. And yet—there was a rebellious spirit in her which wondered whether the acceptance might not have been less delicate and more beautiful. At all events, she entered her own room without any feeling of joy.

Eu quero explicar", disse Miss Bartlett, "porque é que eu tomei a maior sala". Naturalmente, claro, eu deveria tê-lo dado a você; mas acontece que eu sei que ele pertence ao jovem, e eu tinha certeza que sua mãe não iria gostar dele".

Lucy ficou desnorteada.

"Se você deve aceitar um favor, é mais adequado que você esteja sob uma obrigação para com o pai dele do que para com ele". Eu sou uma mulher do mundo, na minha pequena maneira, e sei para onde as coisas levam. No entanto, o Sr. Beebe é uma garantia de um tipo que eles não irão presumir sobre isso".

"A mãe não se importaria, tenho certeza", disse Lucy, mas novamente tinha a sensação de problemas maiores e insuspeitos.

Miss Bartlett apenas suspirou, e a envolveu em um abraço protetor enquanto ela desejava sua boa noite. Isso deu a Lucy a sensação de uma névoa, e quando ela chegou ao seu próprio quarto ela abriu a janela e respirou o ar limpo da noite, pensando no tipo de homem velho que lhe permitiu ver as luzes dançando no Arno e os ciprestes de San Miniato, e as colinas dos Apeninos, negras contra a lua crescente.

Miss Bartlett, em seu quarto, prendeu as persianas e trancou a porta, e então fez um tour pelo apartamento para ver aonde os armários levavam, e se havia alguma oublietaria ou entradas secretas. Foi então que ela viu, presa sobre o lavatório, uma folha de papel na qual foi rabiscada uma enorme nota de interrogatório. Nada mais.

"I want to explain," said Miss Bartlett, "why it is that I have taken the largest room. Naturally, of course, I should have given it to you; but I happen to know that it belongs to the young man, and I was sure your mother would not like it."

Lucy was bewildered.

"If you are to accept a favour it is more suitable you should be under an obligation to his father than to him. I am a woman of the world, in my small way, and I know where things lead to. However, Mr. Beebe is a guarantee of a sort that they will not presume on this."

"Mother wouldn't mind I'm sure," said Lucy, but again had the sense of larger and unsuspected issues.

Miss Bartlett only sighed, and enveloped her in a protecting embrace as she wished her good-night. It gave Lucy the sensation of a fog, and when she reached her own room she opened the window and breathed the clean night air, thinking of the kind old man who had enabled her to see the lights dancing in the Arno and the cypresses of San Miniato, and the foot-hills of the Apennines, black against the rising moon.

Miss Bartlett, in her room, fastened the window-shutters and locked the door, and then made a tour of the apartment to see where the cupboards led, and whether there were any oubliettes or secret entrances. It was then that she saw, pinned up over the washstand, a sheet of paper on which was scrawled an enormous note of interrogation. Nothing more.

"O que isso significa", pensou ela, e examinou cuidadosamente à luz de uma vela. Sem sentido no início, ela gradualmente se tornou ameaçadora, detestável, portentosa com o mal. Ela foi tomada com um impulso para destruí-la, mas felizmente lembrou que não tinha o direito de fazê-lo, já que deve ser propriedade do jovem Sr. Emerson. Então ela o desenrolou cuidadosamente, e o colocou entre dois pedaços de papel mata-borrão para mantê-lo limpo para ele. Então ela completou sua inspeção do quarto, suspirou fortemente de acordo com seu hábito, e foi para a cama.

"What does it mean?" she thought, and she examined it carefully by the light of a candle. Meaningless at first, it gradually became menacing, obnoxious, portentous with evil. She was seized with an impulse to destroy it, but fortunately remembered that she had no right to do so, since it must be the property of young Mr. Emerson. So she unpinned it carefully, and put it between two pieces of blotting-paper to keep it clean for him. Then she completed her inspection of the room, sighed heavily according to her habit, and went to bed.

In Santa Croce With No Baedeker

Em Santa Croce Sem Baedeker

Foi agradável acordar em Florença, para abrir os olhos em uma sala nua e brilhante, com um piso de azulejos vermelhos que parecem limpos embora não o sejam; com um teto pintado onde grifos rosa e amorini azul esporte em uma floresta de violinos e fagotes amarelos. Foi agradável, também, atirar as janelas largas, apertando os dedos em grampos desconhecidos, inclinar-se para o sol com belas colinas e árvores e igrejas de mármore em frente, e fechar por baixo, o Arno, gargarejando contra o aterro da estrada.

Sobre o rio os homens estavam trabalhando com pás e peneiras na costa arenosa, e no rio havia um barco, também diligentemente empregado para algum fim misterioso. Um bonde elétrico veio correndo por baixo da janela. Ninguém estava dentro dele, exceto um turista; mas suas plataformas estavam transbordando com italianos, que preferiram ficar de pé. As crianças tentavam se segurar atrás, e o condutor, sem malícia, cuspia em seus rostos para fazê-los soltar.

It was pleasant to wake up in Florence, to open the eyes upon a bright bare room, with a floor of red tiles which look clean though they are not; with a painted ceiling whereon pink griffins and blue amorini sport in a forest of yellow violins and bassoons. It was pleasant, too, to fling wide the windows, pinching the fingers in unfamiliar fastenings, to lean out into sunshine with beautiful hills and trees and marble churches opposite, and close below, the Arno, gurgling against the embankment of the road.

Over the river men were at work with spades and sieves on the sandy foreshore, and on the river was a boat, also diligently employed for some mysterious end. An electric tram came rushing underneath the window. No one was inside it, except one tourist; but its platforms were overflowing with Italians, who preferred to stand. Children tried to hang on behind, and the conductor, with no malice, spat in their faces to make them let go.

Então os soldados apareceram - bonitos, homens de tamanho inferior ao normal - usando cada um uma mochila coberta de pelo sarnento e um casaco grande que tinha sido cortado para um soldado maior. Ao lado deles caminhavam oficiais, parecendo tolos e ferozes, e antes deles iam meninos pequenos, dando cambalhotas a tempo com a banda. O bonde se enredou em suas fileiras e seguiu em frente dolorosamente, como uma lagarta em um enxame de formigas.

Um dos meninos caiu, e alguns novilhos brancos saíram de um arco. De fato, se não fosse pelo bom conselho de um velho que estava vendendo ganchos de botão, a estrada poderia nunca ter ficado livre.

Sobre trivialidades como estas muitas e valiosas horas podem escapar, e o viajante que foi à Itália para estudar os valores táteis de Giotto, ou a corrupção do Papado, pode voltar lembrando apenas o céu azul e os homens e mulheres que vivem sob ele. Por isso, foi também que Miss Bartlett deveria bater e entrar, e tendo comentado que Lucy deixou a porta destrancada, e que se inclinou para fora da janela antes de estar totalmente vestida, deveria incitá-la a se apressar, ou o melhor do dia teria desaparecido. Quando Lucy já estava pronta, sua prima já havia tomado seu café da manhã e estava ouvindo a senhora inteligente entre as migalhas.

Then soldiers appeared—good-looking, undersized men—wearing each a knapsack covered with mangy fur, and a great-coat which had been cut for some larger soldier. Beside them walked officers, looking foolish and fierce, and before them went little boys, turning somersaults in time with the band. The tramcar became entangled in their ranks, and moved on painfully, like a caterpillar in a swarm of ants.

One of the little boys fell down, and some white bullocks came out of an archway. Indeed, if it had not been for the good advice of an old man who was selling button-hooks, the road might never have got clear.

Over such trivialities as these many a valuable hour may slip away, and the traveller who has gone to Italy to study the tactile values of Giotto, or the corruption of the Papacy, may return remembering nothing but the blue sky and the men and women who live under it. So it was as well that Miss Bartlett should tap and come in, and having commented on Lucy's leaving the door unlocked, and on her leaning out of the window before she was fully dressed, should urge her to hasten herself, or the best of the day would be gone. By the time Lucy was ready her cousin had done her breakfast, and was listening to the clever lady among the crumbs.

Em seguida, houve uma conversa, em linhas não desconhecidas. Miss Bartlett estava, afinal, um pouco cansada, e achou que era melhor eles passarem a manhã se instalando; a menos que Lucy gostasse de sair? Lucy gostaria de sair, pois foi seu primeiro dia em Florença, mas, é claro, ela poderia ir sozinha. Miss Bartlett não podia permitir isso. É claro que ela acompanharia Lucy a todos os lugares. Oh, certamente não; Lucy iria parar com sua prima. Oh, não! isso nunca faria isso. Oh, sim!

Neste ponto, a senhora inteligente invadiu a casa.

"Se é a Sra. Grundy que está incomodando você, eu lhe asseguro que você pode negligenciar a boa pessoa. Sendo inglesa, a Srta. Honeychurch estará perfeitamente segura. Os italianos entendem. Uma querida amiga minha, Contessa Baroncelli, tem duas filhas, e quando ela não pode mandar uma empregada para a escola com elas, ela as deixa ir de chapéu de marinheiro. Cada uma as leva para o inglês, você vê, especialmente se o cabelo delas estiver muito esticado para trás".

Miss Bartlett não estava convencida com a segurança das filhas da Contessa Baroncelli. Ela estava determinada a levar a Lucy sozinha, sua cabeça não sendo tão ruim assim. A esperta senhora então disse que iria passar uma longa manhã em Santa Croce, e se Lucy também viesse, ela ficaria encantada.

"Eu a levarei por um caminho sujo de volta, Miss Honeychurch, e se você me trouxer sorte, teremos uma aventura".

Lucy disse que isso foi muito gentil, e imediatamente abriu o Baedeker, para ver onde ficava Santa Croce.

A conversation then ensued, on not unfamiliar lines. Miss Bartlett was, after all, a wee bit tired, and thought they had better spend the morning settling in; unless Lucy would at all like to go out? Lucy would rather like to go out, as it was her first day in Florence, but, of course, she could go alone. Miss Bartlett could not allow this. Of course she would accompany Lucy everywhere. Oh, certainly not; Lucy would stop with her cousin. Oh, no! that would never do. Oh, yes!

At this point the clever lady broke in.

"If it is Mrs. Grundy who is troubling you, I do assure you that you can neglect the good person. Being English, Miss Honeychurch will be perfectly safe. Italians understand. A dear friend of mine, Contessa Baroncelli, has two daughters, and when she cannot send a maid to school with them, she lets them go in sailor-hats instead. Every one takes them for English, you see, especially if their hair is strained tightly behind."

Miss Bartlett was unconvinced by the safety of Contessa Baroncelli's daughters. She was determined to take Lucy herself, her head not being so very bad. The clever lady then said that she was going to spend a long morning in Santa Croce, and if Lucy would come too, she would be delighted.

"I will take you by a dear dirty back way, Miss Honeychurch, and if you bring me luck, we shall have an adventure."

Lucy said that this was most kind, and at once opened the Baedeker, to see where Santa Croce was.

"Tut, tut! Miss Lucy! Espero que em breve a emanciparemos de Baedeker. Ele só toca a superfície das coisas. Quanto à verdadeira Itália - ele nem sequer sonha com isso. A verdadeira Itália só pode ser encontrada pela observação paciente".

Isto soou muito interessante, e Lucy se apressou em seu café da manhã, e começou com sua nova amiga de alto astral. A Itália estava finalmente chegando. A Cockney Signora e seus trabalhos tinham desaparecido como um pesadelo.

Miss Lavish - pois esse era o nome da senhora inteligente - virado para a direita ao longo do ensolarado Arno do pulmão. Que calor delicioso! Mas um vento pelas ruas laterais cortou como uma faca, não foi? Ponte alle Grazie - particularmente interessante, mencionado por Dante. San Miniato-belativo assim como interessante; o crucifixo que beijou um assassino-Miss Honeychurch lembraria a história. Os homens no rio estavam pescando. (Não é verdade; mas então, a maioria das informações também é.) Então Miss Lavish se atreveu sob o arco dos novilhos brancos, e ela parou, e chorou:

"Um cheiro! um verdadeiro cheiro florentino! Cada cidade, deixe-me ensiná-lo, tem seu próprio cheiro".

"É um cheiro muito agradável", disse Lucy, que herdou de sua mãe um gosto desagradável à sujeira.

"Não se vem à Itália por bondade", foi a réplica; "vem-se pela vida". Buon giorno! Buon giorno!" curvando-se para a direita e para a esquerda. "Olhe para aquele adorável carro de vinho! Como o motorista olha para nós, querida, alma simples"!

"Tut, tut! Miss Lucy! I hope we shall soon emancipate you from Baedeker. He does but touch the surface of things. As to the true Italy—he does not even dream of it. The true Italy is only to be found by patient observation."

This sounded very interesting, and Lucy hurried over her breakfast, and started with her new friend in high spirits. Italy was coming at last. The Cockney Signora and her works had vanished like a bad dream.

Miss Lavish—for that was the clever lady's name—turned to the right along the sunny Lung' Arno. How delightfully warm! But a wind down the side streets cut like a knife, didn't it? Ponte alle Grazie—particularly interesting, mentioned by Dante. San Miniato—beautiful as well as interesting; the crucifix that kissed a murderer—Miss Honeychurch would remember the story. The men on the river were fishing. (Untrue; but then, so is most information.) Then Miss Lavish darted under the archway of the white bullocks, and she stopped, and she cried:

"A smell! a true Florentine smell! Every city, let me teach you, has its own smell."

"Is it a very nice smell?" said Lucy, who had inherited from her mother a distaste to dirt.

"One doesn't come to Italy for niceness," was the retort; "one comes for life. Buon giorno! Buon giorno!" bowing right and left. "Look at that adorable wine-cart! How the driver stares at us, dear, simple soul!"

Então Miss Lavish prosseguiu pelas ruas da cidade de Florença, curta, nervosa e brincalhona como uma gatinha, embora sem a graça de uma gatinha. Era um prazer para a menina estar com qualquer um tão inteligente e alegre; e um manto militar azul, como o de um oficial italiano, só aumentava a sensação de festividade.

"Buon giorno! Tome a palavra de uma mulher velha, Miss Lucy: você nunca se arrependerá de um pouco de civilidade para seus inferiores. *Essa* é a verdadeira democracia. Embora eu também seja uma verdadeira Radical. Pronto, agora você está chocada".

"De fato, eu não sou!" exclamou Lucy. "Nós também somos radicais, fora e fora". Meu pai sempre votou no Sr. Gladstone, até que ele era tão horrível sobre a Irlanda".

"Eu vejo, eu vejo. E agora você passou para o inimigo".

"Oh, por favor...! Se meu pai fosse vivo, eu tenho certeza que ele votaria novamente no Radical agora que a Irlanda está bem. E como está, o vidro sobre nossa porta da frente foi quebrado na última eleição, e Freddy tem certeza de que foram os Tories; mas a mãe diz besteira, uma vagabunda".

"Vergonhoso! Um distrito industrial, eu suponho?"

"Não nas colinas do Surrey. A cerca de cinco milhas de Dorking, olhando sobre os Weald".

Miss Lavish parecia interessada, e afrouxou seu trote.

"Que parte deliciosa; eu a conheço tão bem". Está cheio de gente muito simpática. Você conhece Sir Harry Otway - um Radical se é que alguma vez existiu"?

So Miss Lavish proceeded through the streets of the city of Florence, short, fidgety, and playful as a kitten, though without a kitten's grace. It was a treat for the girl to be with any one so clever and so cheerful; and a blue military cloak, such as an Italian officer wears, only increased the sense of festivity.

"Buon giorno! Take the word of an old woman, Miss Lucy: you will never repent of a little civility to your inferiors. *That* is the true democracy. Though I am a real Radical as well. There, now you're shocked."

"Indeed, I'm not!" exclaimed Lucy. "We are Radicals, too, out and out. My father always voted for Mr. Gladstone, until he was so dreadful about Ireland."

"I see, I see. And now you have gone over to the enemy."

"Oh, please—! If my father was alive, I am sure he would vote Radical again now that Ireland is all right. And as it is, the glass over our front door was broken last election, and Freddy is sure it was the Tories; but mother says nonsense, a tramp."

"Shameful! A manufacturing district, I suppose?"

"No—in the Surrey hills. About five miles from Dorking, looking over the Weald."

Miss Lavish seemed interested, and slackened her trot.

"What a delightful part; I know it so well. It is full of the very nicest people. Do you know Sir Harry Otway—a Radical if ever there was?"

"Muito bem mesmo".

"E a velha Sra. Butterworth, a filantropa?"

"Ora, ela aluga um campo de nós! Que engraçado"!

Miss Lavish olhou para a fita estreita do céu, e murmurou: "Oh, você tem propriedade em Surrey?"

"Quase nenhuma", disse Lucy, temerosa de ser considerada uma snob. "Apenas trinta acres - apenas o jardim, todos descendo, e alguns campos".

Miss Lavish não estava enojada, e disse que era do tamanho da propriedade de Suffolk de sua tia. A Itália recuou. Eles tentaram lembrar o sobrenome de Lady Louisa alguém, que havia tomado uma casa perto da Summer Street no outro ano, mas ela não tinha gostado, o que foi estranho da parte dela. E, assim como Miss Lavish tinha conseguido o nome, ela se separou e exclamou:

"Abençoe-nos! Abençoa-nos e salva-nos! Nós perdemos o caminho".

Certamente eles pareciam ter chegado há muito tempo a Santa Croce, cuja torre tinha sido claramente visível da janela de pouso. Mas Miss Lavish tinha dito tanto sobre conhecer de cor sua Florença, que Lucy a tinha seguido sem nenhuma apreensão.

"Perdido! perdido! Minha querida Srta. Lucy, durante nossas diatribes políticas nós demos uma volta errada. Como aqueles horrendos conservadores iriam nos zombar! O que nós devemos fazer? Duas fêmeas solitárias em uma cidade desconhecida. Agora, isto é o que *Eu* chamo de uma aventura".

"Very well indeed."

"And old Mrs. Butterworth the philanthropist?"

"Why, she rents a field of us! How funny!"

Miss Lavish looked at the narrow ribbon of sky, and murmured: "Oh, you have property in Surrey?"

"Hardly any," said Lucy, fearful of being thought a snob. "Only thirty acres—just the garden, all downhill, and some fields."

Miss Lavish was not disgusted, and said it was just the size of her aunt's Suffolk estate. Italy receded. They tried to remember the last name of Lady Louisa someone, who had taken a house near Summer Street the other year, but she had not liked it, which was odd of her. And just as Miss Lavish had got the name, she broke off and exclaimed:

"Bless us! Bless us and save us! We've lost the way."

Certainly they had seemed a long time in reaching Santa Croce, the tower of which had been plainly visible from the landing window. But Miss Lavish had said so much about knowing her Florence by heart, that Lucy had followed her with no misgivings.

"Lost! lost! My dear Miss Lucy, during our political diatribes we have taken a wrong turning. How those horrid Conservatives would jeer at us! What are we to do? Two lone females in an unknown town. Now, this is what *I* call an adventure."

Lucy, que queria ver Santa Croce, sugeriu, como uma solução possível, que eles perguntassem o caminho até lá.

"Oh, mas essa é a palavra de um cravo! E não, você não é, *não* para olhar para o seu Baedeker. Dê-me isso; eu não vou deixar você carregar isso. Nós simplesmente iremos à deriva".

Assim, eles se desviaram por uma série dessas ruas marrons-acinzentadas, nem cômodas nem pitorescas, nas quais o bairro oriental da cidade é abundante. Lucy logo perdeu o interesse pelo descontentamento de Lady Louisa, e ficou ela mesma descontente. Por um momento arrebatador, a Itália apareceu. Ela ficou na Praça dos Annunziata e viu na terracota viva aqueles bebês divinos que nenhuma reprodução barata pode jamais envelhecer. Lá eles ficaram de pé, com seus membros brilhantes estourando das vestes de caridade, e seus fortes braços brancos estendidos contra os círculos do céu. Lucy pensou nunca ter visto nada mais bonito; mas Miss Lavish, com um grito de consternação, a arrastou para frente, declarando que eles agora estavam fora de seu caminho por pelo menos uma milha.

Lucy, who wanted to see Santa Croce, suggested, as a possible solution, that they should ask the way there.

"Oh, but that is the word of a craven! And no, you are not, not, *not* to look at your Baedeker. Give it to me; I shan't let you carry it. We will simply drift."

Accordingly they drifted through a series of those grey-brown streets, neither commodious nor picturesque, in which the eastern quarter of the city abounds. Lucy soon lost interest in the discontent of Lady Louisa, and became discontented herself. For one ravishing moment Italy appeared. She stood in the Square of the Annunziata and saw in the living terra-cotta those divine babies whom no cheap reproduction can ever stale. There they stood, with their shining limbs bursting from the garments of charity, and their strong white arms extended against circlets of heaven. Lucy thought she had never seen anything more beautiful; but Miss Lavish, with a shriek of dismay, dragged her forward, declaring that they were out of their path now by at least a mile.

Aproximava-se a hora em que o café da manhã continental começava, ou melhor, terminava, para contar, e as senhoras compraram um pouco de pasta de castanha quente de uma pequena loja, porque parecia tão típico. Ela provou em parte do papel em que estava enrolada, em parte do óleo de cabelo, em parte do grande desconhecido. Mas deu a elas força para se introduzirem em outra Piazza, grande e empoeirada, em cujo lado mais distante subiu uma fachada preto-e-branco de feiúra superação. Miss Lavish falou com ela dramaticamente. Era Santa Croce. A aventura tinha acabado.

"Pare um minuto; deixe essas duas pessoas continuarem, ou eu terei que falar com elas". Eu detesto as relações sexuais convencionais. Que nojo! eles também estão entrando na igreja. Oh, os britânicos no exterior"!

"Nós nos sentamos em frente a eles no jantar de ontem à noite. Eles nos deram seus quartos. Eles foram muito gentis".

"Olha os números deles", riu Miss Lavish. "Eles andam pela minha Itália como um par de vacas". É muito maroto da minha parte, mas eu gostaria de colocar um exame em Dover, e devolver a todos os turistas que não puderam passar".

"O que você nos perguntaria?"

Miss Lavish colocou sua mão agradavelmente no braço de Lucy, como se quisesse sugerir que ela, em todo caso, iria receber marcas completas. Neste clima exaltado, eles chegaram aos degraus da grande igreja e estavam prestes a entrar nela quando Miss Lavish parou, guinchou, levantou os braços e chorou:

The hour was approaching at which the continental breakfast begins, or rather ceases, to tell, and the ladies bought some hot chestnut paste out of a little shop, because it looked so typical. It tasted partly of the paper in which it was wrapped, partly of hair oil, partly of the great unknown. But it gave them strength to drift into another Piazza, large and dusty, on the farther side of which rose a black-and-white façade of surpassing ugliness. Miss Lavish spoke to it dramatically. It was Santa Croce. The adventure was over.

"Stop a minute; let those two people go on, or I shall have to speak to them. I do detest conventional intercourse. Nasty! they are going into the church, too. Oh, the Britisher abroad!"

"We sat opposite them at dinner last night. They have given us their rooms. They were so very kind."

"Look at their figures!" laughed Miss Lavish. "They walk through my Italy like a pair of cows. It's very naughty of me, but I would like to set an examination paper at Dover, and turn back every tourist who couldn't pass it."

"What would you ask us?"

Miss Lavish laid her hand pleasantly on Lucy's arm, as if to suggest that she, at all events, would get full marks. In this exalted mood they reached the steps of the great church, and were about to enter it when Miss Lavish stopped, squeaked, flung up her arms, and cried:

"Lá se vai minha caixa colorida local! Eu preciso ter uma palavra com ele"!

E em um momento ela estava fora sobre a Piazza, seu manto militar batendo no vento; nem ela afrouxou a velocidade até pegar um velhote com bigodes brancos, e o cortou brincando no braço.

Lucy esperou por quase dez minutos. Então ela começou a ficar cansada. Os mendigos a preocupavam, a poeira soprava em seus olhos, e ela se lembrava que uma jovem garota não deveria vagabundear em lugares públicos. Ela desceu lentamente para a Piazza com a intenção de se juntar a Miss Lavish, que era realmente quase original demais. Mas naquele momento Miss Lavish e sua caixa colorida local também se moveram, e desapareceram por uma rua lateral, ambas gesticulando em grande parte.

Lágrimas de indignação vieram aos olhos de Lucy, em parte porque Miss Lavish a havia abandonado, em parte porque ela havia levado seu Baedeker. Como ela poderia encontrar seu caminho de volta para casa? Como ela poderia encontrar o caminho para casa em Santa Croce? Sua primeira manhã foi arruinada, e ela pode nunca mais estar em Florença novamente. Alguns minutos atrás ela tinha estado toda animada, falando como uma mulher de cultura, e meio convencida de que ela estava cheia de originalidade.

"There goes my local-colour box! I must have a word with him!"

And in a moment she was away over the Piazza, her military cloak flapping in the wind; nor did she slacken speed till she caught up an old man with white whiskers, and nipped him playfully upon the arm.

Lucy waited for nearly ten minutes. Then she began to get tired. The beggars worried her, the dust blew in her eyes, and she remembered that a young girl ought not to loiter in public places. She descended slowly into the Piazza with the intention of rejoining Miss Lavish, who was really almost too original. But at that moment Miss Lavish and her local-colour box moved also, and disappeared down a side street, both gesticulating largely.

Tears of indignation came to Lucy's eyes partly because Miss Lavish had jilted her, partly because she had taken her Baedeker. How could she find her way home? How could she find her way about in Santa Croce? Her first morning was ruined, and she might never be in Florence again. A few minutes ago she had been all high spirits, talking as a woman of culture, and half persuading herself that she was full of originality.

Agora ela entrou na igreja deprimida e humilhada, sem conseguir lembrar se ela foi construída pelos franciscanos ou pelos dominicanos. É claro, deve ser um edifício maravilhoso. Mas que tal um celeiro! E como é muito frio! Claro, continha afrescos de Giotto, na presença de cujos valores táteis ela era capaz de sentir o que era próprio. Mas quem deveria dizer a ela quais eram eles? Ela andava desdenhosamente, sem querer se entusiasmar com monumentos de autoria ou data incerta.

Não havia ninguém sequer para lhe dizer qual, de todas as placas sepulcrais que pavimentavam a nave e os transeptes, era a que era realmente bonita, a que tinha sido mais elogiada pelo Sr. Ruskin.

Então o encanto pernicioso da Itália trabalhou nela e, ao invés de adquirir informações, ela começou a ser feliz. Ela confundiu os avisos italianos - avisos que proibiam as pessoas de introduzir cães na igreja - avisos que rezavam as pessoas, no interesse da saúde e por respeito ao edifício sagrado em que se encontravam, para não cuspir. Ela observava os turistas; seus narizes eram tão vermelhos quanto seus Baedekers, então o frio era Santa Croce.

Ela viu o horrível destino que tomou conta de três papistas - dois he-babies e uma she-baby-who começou a carreira deles, abrigando um ao outro com a Água Benta, e então prosseguiu para o memorial Machiavelli, pingando, mas santificado. Avançando em direção a ele muito lentamente e de imensas distâncias, eles tocaram a pedra com seus dedos, com seus lenços, com suas cabeças, e depois recuaram. O que isso poderia significar?

Now she entered the church depressed and humiliated, not even able to remember whether it was built by the Franciscans or the Dominicans. Of course, it must be a wonderful building. But how like a barn! And how very cold! Of course, it contained frescoes by Giotto, in the presence of whose tactile values she was capable of feeling what was proper. But who was to tell her which they were? She walked about disdainfully, unwilling to be enthusiastic over monuments of uncertain authorship or date.

There was no one even to tell her which, of all the sepulchral slabs that paved the nave and transepts, was the one that was really beautiful, the one that had been most praised by Mr. Ruskin.

Then the pernicious charm of Italy worked on her, and, instead of acquiring information, she began to be happy. She puzzled out the Italian notices—the notices that forbade people to introduce dogs into the church—the notice that prayed people, in the interest of health and out of respect to the sacred edifice in which they found themselves, not to spit. She watched the tourists; their noses were as red as their Baedekers, so cold was Santa Croce.

She beheld the horrible fate that overtook three Papists—two he-babies and a she-baby—who began their career by sousing each other with the Holy Water, and then proceeded to the Machiavelli memorial, dripping but hallowed. Advancing towards it very slowly and from immense distances, they touched the stone with their fingers, with their handkerchiefs, with their heads, and then retreated. What could this mean?

Eles fizeram isso repetidas vezes. Então Lucy percebeu que eles tinham confundido Maquiavel com algum santo, na esperança de adquirir virtude. O castigo se seguiu rapidamente. O menor he-baby tropeçou em uma das placas sepulcrais tão admiradas pelo Sr. Ruskin, e enredou seus pés nas feições de um bispo em recinto recostado. Protestante como ela era, Lucy se atreveu a avançar. Ela chegou tarde demais. Caiu fortemente sobre os dedos dos pés do prelado.

"Odioso bispo!" exclamou a voz do velho Sr. Emerson, que também se atreveu a avançar. "Difícil na vida, difícil na morte. Saia para o sol, garotinho, e beije sua mão para o sol, pois é lá que você deve estar. Bispo intolerável"!

A criança gritou freneticamente com essas palavras, e com essas pessoas terríveis que o pegaram, o polveram, esfregaram seus hematomas e disseram a ele para não ser supersticioso.

"Olhe para ele", disse o Sr. Emerson para Lucy. "Aqui está uma bagunça: um bebê machucado, frio e assustado! Mas o que mais você pode esperar de uma igreja"?

As pernas da criança tinham se tornado como cera derretida. Cada vez que o velho Sr. Emerson e Lucy a erguiam, ela desmoronava com um rugido. Felizmente uma senhora italiana, que deveria ter rezado suas orações, veio em socorro. Por alguma virtude misteriosa, que só as mães possuem, ela endureceu a espinha dorsal do menino e lhe deu força até os joelhos. Ele ficou de pé. Ainda algaraviando com agitação, ele foi embora.

They did it again and again. Then Lucy realized that they had mistaken Machiavelli for some saint, hoping to acquire virtue. Punishment followed quickly. The smallest he-baby stumbled over one of the sepulchral slabs so much admired by Mr. Ruskin, and entangled his feet in the features of a recumbent bishop. Protestant as she was, Lucy darted forward. She was too late. He fell heavily upon the prelate's upturned toes.

"Hateful bishop!" exclaimed the voice of old Mr. Emerson, who had darted forward also. "Hard in life, hard in death. Go out into the sunshine, little boy, and kiss your hand to the sun, for that is where you ought to be. Intolerable bishop!"

The child screamed frantically at these words, and at these dreadful people who picked him up, dusted him, rubbed his bruises, and told him not to be superstitious.

"Look at him!" said Mr. Emerson to Lucy. "Here's a mess: a baby hurt, cold, and frightened! But what else can you expect from a church?"

The child's legs had become as melting wax. Each time that old Mr. Emerson and Lucy set it erect it collapsed with a roar. Fortunately an Italian lady, who ought to have been saying her prayers, came to the rescue. By some mysterious virtue, which mothers alone possess, she stiffened the little boy's back-bone and imparted strength to his knees. He stood. Still gibbering with agitation, he walked away.

"Você é uma mulher esperta", disse o Sr. Emerson. "Você fez mais do que todas as relíquias do mundo. Eu não sou do seu credo, mas acredito naqueles que fazem suas criaturas semelhantes felizes. Não há nenhum esquema do universo..."

Ele fez uma pausa para uma frase.

"Niente", disse a senhora italiana, e voltou às suas orações.

"Não tenho certeza se ela entende inglês", sugeriu Lucy.

Em seu humor castigado, ela não mais desprezava os Emersons. Ela estava determinada a ser graciosa com eles, bonita ao invés de delicada, e, se possível, a apagar a civilidade de Miss Bartlett por alguma referência graciosa aos quartos agradáveis.

"Aquela mulher entende tudo", foi a resposta do Sr. Emerson. "Mas o que você está fazendo aqui? Você está fazendo a igreja? Você já terminou com a igreja?"

"Não", gritou Lucy, lembrando-se de sua reclamação. "Eu vim aqui com Miss Lavish, que estava para explicar tudo; e só perto da porta - é uma pena! - ela simplesmente fugiu, e depois de esperar um bom tempo, eu tive que entrar sozinha".

"Por que você não deveria?" disse o Sr. Emerson.

"Sim, por que você não deveria vir sozinho?" disse o filho, dirigindo-se à jovem pela primeira vez.

"Mas a Miss Lavish até levou o Baedeker".

"Baedeker?" disse o Sr. Emerson. "Estou feliz que *isso* você se importou. Vale a pena se importar, com a perda de um Baedeker. *Vale a pena estar atento".

Lucy ficou intrigada. Ela estava novamente consciente de alguma idéia nova, e não tinha certeza para onde ela iria levá-la.

"Se você não tem nenhum Baedeker", disse o filho, "é melhor você se juntar a nós". Era aqui que a idéia nos levaria? Ela se refugiou em sua dignidade.

"Muito obrigado, mas eu não consegui pensar nisso. Eu espero que você não suponha que eu tenha vindo para me juntar a você. Eu realmente vim para ajudar com a criança, e para agradecer a gentileza de nos dar seus quartos ontem à noite. Espero que você não tenha sido colocado a nenhum grande inconveniente".

"Meu querido", disse o velho gentilmente, "Eu acho que você está repetindo o que você ouviu pessoas mais velhas dizer. Você está fingindo ser sensível; mas você não está realmente. Pare de ser tão cansativo e me diga, ao invés disso, qual parte da igreja você quer ver. Levar você até ela será um verdadeiro prazer".

Agora, isto foi abominavelmente impertinente, e ela deveria ter ficado furiosa. Mas às vezes é tão difícil perder a calma quanto em outros momentos é difícil mantê-la. Lucy não conseguia se irritar. O Sr. Emerson era um homem velho, e certamente uma garota poderia fazer-lhe a vontade. Por outro lado, seu filho era um homem jovem, e ela sentia que uma garota deveria se ofender com ele, ou em todo caso se ofender diante dele. Foi para ele que ela olhou antes de responder.

"Eu não sou sensível, espero". São os Giottos que eu quero ver, se você tiver a gentileza de me dizer quais são".

Lucy was puzzled. She was again conscious of some new idea, and was not sure whither it would lead her.

"If you've no Baedeker," said the son, "you'd better join us." Was this where the idea would lead? She took refuge in her dignity.

"Thank you very much, but I could not think of that. I hope you do not suppose that I came to join on to you. I really came to help with the child, and to thank you for so kindly giving us your rooms last night. I hope that you have not been put to any great inconvenience."

"My dear," said the old man gently, "I think that you are repeating what you have heard older people say. You are pretending to be touchy; but you are not really. Stop being so tiresome, and tell me instead what part of the church you want to see. To take you to it will be a real pleasure."

Now, this was abominably impertinent, and she ought to have been furious. But it is sometimes as difficult to lose one's temper as it is difficult at other times to keep it. Lucy could not get cross. Mr. Emerson was an old man, and surely a girl might humour him. On the other hand, his son was a young man, and she felt that a girl ought to be offended with him, or at all events be offended before him. It was at him that she gazed before replying.

"I am not touchy, I hope. It is the Giottos that I want to see, if you will kindly tell me which they are."

O filho acenou com a cabeça. Com um olhar de satisfação sombrio, ele conduziu o caminho para a Capela Peruzzi. Havia uma dica do professor sobre ele. Ela se sentiu como uma criança na escola que tinha respondido corretamente a uma pergunta.

A capela já estava repleta de uma congregação sincera, e deles surgiu a voz de um conferencista, orientando-os como adorar Giotto, não por valorizações táticas, mas pelos padrões do espírito.

"Lembre-se," ele estava dizendo, "dos fatos sobre esta igreja de Santa Croce; como ela foi construída pela fé no fervor total do medievalismo, antes que qualquer mancha da Renascença tivesse aparecido. Observe como Giotto nestes afrescos - agora, infelizes, arruinados pela restauração - não é perturbado pelas armadilhas da anatomia e perspectiva. Poderia qualquer coisa ser mais majestosa, mais patética, bela, verdadeira? Como pouco, nós nos sentimos, dispomos de conhecimento e esperteza técnica contra um homem que realmente sente"!

"Não!" exclamou o Sr. Emerson, em voz muito alta para a igreja. "Não se lembre de nada disso! Construído pela fé, de fato! Isso simplesmente significa que os operários não foram pagos adequadamente. E quanto aos afrescos, eu não vejo nenhuma verdade neles. Olhe para aquele gordo de azul! Ele deve pesar tanto quanto eu, e ele está atirando no céu como um balão de ar".

The son nodded. With a look of sombre satisfaction, he led the way to the Peruzzi Chapel. There was a hint of the teacher about him. She felt like a child in school who had answered a question rightly.

The chapel was already filled with an earnest congregation, and out of them rose the voice of a lecturer, directing them how to worship Giotto, not by tactful valuations, but by the standards of the spirit.

"Remember," he was saying, "the facts about this church of Santa Croce; how it was built by faith in the full fervour of medievalism, before any taint of the Renaissance had appeared. Observe how Giotto in these frescoes—now, unhappily, ruined by restoration—is untroubled by the snares of anatomy and perspective. Could anything be more majestic, more pathetic, beautiful, true? How little, we feel, avails knowledge and technical cleverness against a man who truly feels!"

"No!" exclaimed Mr. Emerson, in much too loud a voice for church. "Remember nothing of the sort! Built by faith indeed! That simply means the workmen weren't paid properly. And as for the frescoes, I see no truth in them. Look at that fat man in blue! He must weigh as much as I do, and he is shooting into the sky like an air balloon."

Ele estava se referindo ao afresco da "Ascensão de São João". Por dentro, a voz do conferencista vacilava, assim como poderia vacilar. O público se deslocou desconfortavelmente, e Lucy também. Ela estava certa de que não deveria estar com esses homens; mas eles tinham lançado um feitiço sobre ela. Eles estavam tão sérios e tão estranhos que ela não conseguia se lembrar como se comportar.

"Agora, isso aconteceu ou não aconteceu? Sim ou não?"

George respondeu:

"Aconteceu assim, se é que aconteceu mesmo. Eu preferiria ir para o céu sozinho do que ser empurrado por querubins; e se eu chegasse lá, eu gostaria que meus amigos se inclinassem para fora dele, assim como eles fazem aqui".

"Você nunca irá subir", disse o pai dele. "Você e eu, querido menino, estaremos em paz na terra que nos aborreceu, e nossos nomes desaparecerão tão seguramente quanto nosso trabalho sobreviver".

"Algumas pessoas só podem ver a sepultura vazia, não o santo, quem quer que ele seja, subindo. Aconteceu assim, se é que aconteceu mesmo".

"Perdoe-me", disse uma voz frígida. "A capela é um pouco pequena para duas partes". Nós não vamos mais incômodá-lo".

O palestrante era um clérigo, e seu público deve ser também seu rebanho, pois eles tinham em suas mãos livros de orações, assim como livros-guia. Eles se retiraram da capela em silêncio. Entre elas estavam as duas velhinhas da Pensão Bertolini-Miss Teresa e a Srta. Catherine Alan.

"Pare!" gritou o Sr. Emerson. "Há muito espaço para todos nós". Pare!"

A procissão desapareceu sem uma palavra.

Logo o palestrante pôde ser ouvido na capela seguinte, descrevendo a vida de São Francisco.

"George, eu acredito que o clérigo é o coadjutor de Brixton".

George foi para a capela seguinte e voltou, dizendo "Talvez ele esteja". Eu não me lembro".

"Então é melhor eu falar com ele e lembrá-lo de quem eu sou. É que o Sr. Eager. Por que ele foi? Nós falamos muito alto? Que vexatório. Eu vou e digo que lamentamos. Não seria melhor eu ir? Então talvez ele volte".

"Ele não vai voltar", disse George.

Mas o Sr. Emerson, contrito e infeliz, apressou-se a pedir desculpas ao Rev. Cuthbert Eager. Lucy, aparentemente absorvida em um lunette, pôde ouvir a palestra novamente interrompida, a voz ansiosa e agressiva do velho, o toque de recolher, as respostas feridas de seu oponente. O filho, que tomou cada pequena contretemps como se fosse uma tragédia, também estava escutando.

"Meu pai tem esse efeito em quase todos", ele a informou. "Ele vai tentar ser gentil".

"Espero que todos nós tentemos", disse ela, sorrindo nervosamente.

"Stop!" cried Mr. Emerson. "There's plenty of room for us all. Stop!"

The procession disappeared without a word.

Soon the lecturer could be heard in the next chapel, describing the life of St. Francis.

"George, I do believe that clergyman is the Brixton curate."

George went into the next chapel and returned, saying "Perhaps he is. I don't remember."

"Then I had better speak to him and remind him who I am. It's that Mr. Eager. Why did he go? Did we talk too loud? How vexatious. I shall go and say we are sorry. Hadn't I better? Then perhaps he will come back."

"He will not come back," said George.

But Mr. Emerson, contrite and unhappy, hurried away to apologize to the Rev. Cuthbert Eager. Lucy, apparently absorbed in a lunette, could hear the lecture again interrupted, the anxious, aggressive voice of the old man, the curt, injured replies of his opponent. The son, who took every little contretemps as if it were a tragedy, was listening also.

"My father has that effect on nearly everyone," he informed her. "He will try to be kind."

"I hope we all try," said she, smiling nervously.

"Porque pensamos que isso melhora nossos personagens. Mas ele é gentil com as pessoas porque ele as ama; e elas o descobrem, e ficam ofendidas, ou assustadas".

"Que tolice!" disse Lucy, embora em seu coração ela simpatizasse; "Eu acho que uma ação gentil feita com tato..."

"Tato!"

Ele vomitou sua cabeça em desdém. Aparentemente, ela havia dado a resposta errada. Ela observou o ritmo singular da criatura para cima e para baixo na capela. Para um homem jovem, seu rosto era áspero, e - até que as sombras caíssem sobre ele - duro. Ensombrada, ela brotou em sua ternura. Ela o viu mais uma vez em Roma, no teto da Capela Sistina, carregando um fardo de bolotas. Saudável e musculoso, ele ainda lhe deu a sensação de cinzento, de tragédia que só poderia encontrar solução na noite. A sensação logo passou; era diferente dela ter entretido algo tão sutil. Nascida do silêncio e da emoção desconhecida, ela passou quando o Sr. Emerson voltou, e ela pôde reentrar no mundo da conversa rápida, que só lhe era familiar.

"Você foi esnobado?" perguntou o filho dele tranquilamente.

"Mas nós estragamos o prazer de não saber quantas pessoas. Elas não vão voltar".

"...cheio de simpatia inata...rapidez para perceber o bem nos outros...visão da irmandade dos homens..." Os restos da palestra sobre São Francisco vieram flutuando ao redor da parede divisória.

"Não nos deixe estragar o seu", ele continuou para Lucy. "Você já olhou para aqueles santos?"

"Sim", disse Lucy. "Eles são adoráveis. Você sabe qual é a pedra tumular que é elogiada em Ruskin?"

Ele não sabia, e sugeriu que eles deveriam tentar adivinhá-lo. George, para seu alívio, recusou-se a se mover, e ela e o velho andaram não desagradavelmente por Santa Croce, que, embora seja como um celeiro, colheu muitas coisas bonitas dentro de suas paredes. Havia também mendigos para evitar e guias para se esquivar dos pilares, e uma senhora idosa com seu cachorro, e aqui e ali um padre, modestamente, atirando-se à sua missa através dos grupos de turistas. Mas o Sr. Emerson estava apenas meio interessado. Ele observava o palestrante, cujo sucesso ele acreditava ter prejudicado, e então ele observava ansiosamente o seu filho.

"Por que ele vai olhar para aquele afresco?" ele disse desconfortavelmente. "Eu não vi nada nele".

"Eu gosto de Giotto", ela respondeu. "É tão maravilhoso o que dizem sobre seus valores táteis". Embora eu goste mais de coisas como os bebês Della Robbia".

"Então você deve. Um bebê vale uma dúzia de santos. E o meu bebê vale todo o Paraíso, e até onde eu posso ver ele vive no Inferno".

Lucy novamente sentiu que isso não aconteceu.

"No inferno", repetiu ele. "Ele está infeliz".

"Oh, querida!" disse Lucy.

"Don't let us spoil yours," he continued to Lucy. "Have you looked at those saints?"

"Yes," said Lucy. "They are lovely. Do you know which is the tombstone that is praised in Ruskin?"

He did not know, and suggested that they should try to guess it. George, rather to her relief, refused to move, and she and the old man wandered not unpleasantly about Santa Croce, which, though it is like a barn, has harvested many beautiful things inside its walls. There were also beggars to avoid and guides to dodge round the pillars, and an old lady with her dog, and here and there a priest modestly edging to his Mass through the groups of tourists. But Mr. Emerson was only half interested. He watched the lecturer, whose success he believed he had impaired, and then he anxiously watched his son.

"Why will he look at that fresco?" he said uneasily. "I saw nothing in it."

"I like Giotto," she replied. "It is so wonderful what they say about his tactile values. Though I like things like the Della Robbia babies better."

"So you ought. A baby is worth a dozen saints. And my baby's worth the whole of Paradise, and as far as I can see he lives in Hell."

Lucy again felt that this did not do.

"In Hell," he repeated. "He's unhappy."

"Oh, dear!" said Lucy.

"Como ele pode ser infeliz quando está forte e vivo? O que mais se pode dar a ele? E pense como ele foi criado livre de toda a superstição e ignorância que levam os homens a se odiarem uns aos outros em nome de Deus. Com uma educação como essa, eu pensei que ele estava destinado a crescer feliz".

Ela não era teóloga, mas ela sentia que aqui era um velho muito tolo, assim como um homem muito irreligioso. Ela também sentia que sua mãe talvez não gostasse que ela falasse com esse tipo de pessoa, e que Charlotte se oporia com mais veemência.

"O que devemos fazer com ele?", perguntou ele. "Ele sai para suas férias na Itália, e se comporta assim; como a criança pequena que deveria estar brincando, e que se machuca na pedra tumular. Eh? O que você disse?"

Lucy não tinha feito nenhuma sugestão. De repente, ele disse:

"Agora não seja estúpido por causa disso. Eu não preciso que você se apaixone pelo meu garoto, mas eu acho que você pode tentar entendê-lo. Você está mais próximo da idade dele, e se você se deixar ir, tenho certeza de que você é sensato. Você pode me ajudar. Ele conheceu tão poucas mulheres e você tem tempo para isso. Você pára aqui várias semanas, eu suponho? Mas deixe-se ir. Você está inclinado a ficar confuso, se eu puder julgar pela noite passada. Deixe-se ir. Retire das profundezas aqueles pensamentos que você não entende, e espalhe-os na luz do sol e conheça o significado deles. Ao entender George, você pode aprender a entender a si mesmo. Será bom para vocês dois".

"How can he be unhappy when he is strong and alive? What more is one to give him? And think how he has been brought up—free from all the superstition and ignorance that lead men to hate one another in the name of God. With such an education as that, I thought he was bound to grow up happy."

She was no theologian, but she felt that here was a very foolish old man, as well as a very irreligious one. She also felt that her mother might not like her talking to that kind of person, and that Charlotte would object most strongly.

"What are we to do with him?" he asked. "He comes out for his holiday to Italy, and behaves—like that; like the little child who ought to have been playing, and who hurt himself upon the tombstone. Eh? What did you say?"

Lucy had made no suggestion. Suddenly he said:

"Now don't be stupid over this. I don't require you to fall in love with my boy, but I do think you might try and understand him. You are nearer his age, and if you let yourself go I am sure you are sensible. You might help me. He has known so few women, and you have the time. You stop here several weeks, I suppose? But let yourself go. You are inclined to get muddled, if I may judge from last night. Let yourself go. Pull out from the depths those thoughts that you do not understand, and spread them out in the sunlight and know the meaning of them. By understanding George you may learn to understand yourself. It will be good for both of you."

37

Para este discurso extraordinário, Lucy não encontrou resposta.

"Eu só sei o que é que está errado com ele; não porque está".

"E o que é isso?" perguntou Lucy com medo, esperando um conto assustador.

"O velho problema; as coisas não vão caber".

"Que coisas?"

"As coisas do universo". É bem verdade. Elas não".

"Oh, Sr. Emerson, o que você quer dizer?"

Em sua voz comum, de modo que ela mal percebeu que ele estava citando poesia, disse ele:

"'De longe, da véspera e da manhã,

E yon doze-ventos do céu,

As coisas da vida para me tricotar

Blew hither: aqui estou eu'.

George e eu sabemos disso, mas por que isso o angustia? Nós sabemos que viemos dos ventos e que voltaremos a eles; que toda a vida é talvez um nó, um emaranhado, uma mancha na suavidade eterna. Mas por que isto deveria nos fazer infelizes? Vamos nos amar uns aos outros, trabalhar e nos alegrar. Eu não acredito nesta tristeza mundial".

A senhorita Honeychurch consentiu.

"Então faça meu garoto pensar como nós". Faça-o perceber que ao lado do eterno Por que há um Sim - um Sim transitório se você quiser, mas um Sim".

To this extraordinary speech Lucy found no answer.

"I only know what it is that's wrong with him; not why it is."

"And what is it?" asked Lucy fearfully, expecting some harrowing tale.

"The old trouble; things won't fit."

"What things?"

"The things of the universe. It is quite true. They don't."

"Oh, Mr. Emerson, whatever do you mean?"

In his ordinary voice, so that she scarcely realized he was quoting poetry, he said:

"'From far, from eve and morning,

And yon twelve-winded sky,

The stuff of life to knit me

Blew hither: here am I'

George and I both know this, but why does it distress him? We know that we come from the winds, and that we shall return to them; that all life is perhaps a knot, a tangle, a blemish in the eternal smoothness. But why should this make us unhappy? Let us rather love one another, and work and rejoice. I don't believe in this world sorrow."

Miss Honeychurch assented.

"Then make my boy think like us. Make him realize that by the side of the everlasting Why there is a Yes—a transitory Yes if you like, but a Yes."

De repente, ela riu; com certeza, é preciso rir. Um homem jovem melancólico porque o universo não caberia, porque a vida era um emaranhado ou um vento, ou um Sim, ou algo assim!

"Eu sinto muito", ela chorou. "Você vai me achar insensível, mas..." Então ela se tornou matrona. "Oh, mas seu filho quer emprego. Ele não tem nenhum hobby em particular? Ora, eu mesmo tenho preocupações, mas geralmente posso esquecê-las ao piano; e colecionar selos não fez bem nenhum ao meu irmão. Talvez a Itália o aborreça; você deveria tentar os Alpes ou os Lagos".

O rosto do velho entristeceu, e ele a tocou suavemente com a mão. Isto não a alarmou; ela pensou que seus conselhos o haviam impressionado e que ele estava agradecendo a ela por isso. Na verdade, ele não a alarmou mais; ela o considerava uma coisa gentil, mas bastante tola. Seus sentimentos eram tão inflados espiritualmente quanto há uma hora atrás, esteticamente, antes dela perder Baedeker. O querido George, agora caminhando em direção a eles sobre as lápides do túmulo, parecia lamentável e absurdo. Ele se aproximou, seu rosto na sombra. Ele disse:

"Srta. Bartlett".

"Oh, meu Deus!" disse Lucy, de repente desmaiando e novamente vendo toda a vida em uma nova perspectiva. "Onde? Onde?"

"Na nave".

"Eu vejo. Aqueles fofoqueiros da pequena Miss Alans devem ter..." Ela se verificou.

"Pobre garota!" explodiu o Sr. Emerson. "Pobre garota!"

Suddenly she laughed; surely one ought to laugh. A young man melancholy because the universe wouldn't fit, because life was a tangle or a wind, or a Yes, or something!

"I'm very sorry," she cried. "You'll think me unfeeling, but—but—" Then she became matronly. "Oh, but your son wants employment. Has he no particular hobby? Why, I myself have worries, but I can generally forget them at the piano; and collecting stamps did no end of good for my brother. Perhaps Italy bores him; you ought to try the Alps or the Lakes."

The old man's face saddened, and he touched her gently with his hand. This did not alarm her; she thought that her advice had impressed him and that he was thanking her for it. Indeed, he no longer alarmed her at all; she regarded him as a kind thing, but quite silly. Her feelings were as inflated spiritually as they had been an hour ago esthetically, before she lost Baedeker. The dear George, now striding towards them over the tombstones, seemed both pitiable and absurd. He approached, his face in the shadow. He said:

"Miss Bartlett."

"Oh, good gracious me!" said Lucy, suddenly collapsing and again seeing the whole of life in a new perspective. "Where? Where?"

"In the nave."

"I see. Those gossiping little Miss Alans must have—" She checked herself.

"Poor girl!" exploded Mr. Emerson. "Poor girl!"

Ela não podia deixar isso passar, pois era exatamente o que ela mesma estava sentindo.

"Pobre garota? Eu não consigo entender o objetivo dessa observação. Eu me acho uma garota muito afortunada, eu lhe asseguro. Estou completamente feliz, e tendo um tempo esplêndido. Ore para não perder tempo lamentando *me*. Existe tristeza suficiente no mundo, não existe, sem tentar inventá-la. Adeus. Muito obrigado aos dois por toda a sua gentileza. Ah, sim! lá vem o meu primo. Uma manhã deliciosa! Santa Croce é uma igreja maravilhosa".

Ela se juntou ao seu primo.

She could not let this pass, for it was just what she was feeling herself.

"Poor girl? I fail to understand the point of that remark. I think myself a very fortunate girl, I assure you. I'm thoroughly happy, and having a splendid time. Pray don't waste time mourning over *me*. There's enough sorrow in the world, isn't there, without trying to invent it. Good-bye. Thank you both so much for all your kindness. Ah, yes! there does come my cousin. A delightful morning! Santa Croce is a wonderful church."

She joined her cousin.

Music, Violets, and the Letter "S"

Música, Violetas, E a Letra "S

Aconteceu que Lucy, que achava a vida cotidiana um tanto caótica, entrou num mundo mais sólido quando ela abriu o piano. Ela não era mais deferente ou paternalista; não era mais rebelde ou escrava. O reino da música não é o reino deste mundo; ele aceitará aqueles que a criação e o intelecto e a cultura rejeitaram da mesma forma. A pessoa comum começa a tocar, e dispara para o empirano sem esforço, enquanto nós olhamos para cima, maravilhados como ele nos escapou, e pensando como nós poderíamos adorá-lo e amá-lo, ele apenas traduziria suas visões em palavras humanas, e suas experiências em ações humanas. Talvez ele não possa; certamente ele não o faz, ou o faz muito raramente. Lucy nunca o tinha feito.

It so happened that Lucy, who found daily life rather chaotic, entered a more solid world when she opened the piano. She was then no longer either deferential or patronizing; no longer either a rebel or a slave. The kingdom of music is not the kingdom of this world; it will accept those whom breeding and intellect and culture have alike rejected. The commonplace person begins to play, and shoots into the empyrean without effort, whilst we look up, marvelling how he has escaped us, and thinking how we could worship him and love him, would he but translate his visions into human words, and his experiences into human actions. Perhaps he cannot; certainly he does not, or does so very seldom. Lucy had done so never.

Ela não era deslumbrante *exécutante;* suas corridas não eram nada como cordas de pérolas, e ela não batia mais as notas certas do que era adequado para uma de sua idade e situação. Nem era ela a jovem apaixonada, que se apresenta tão tragicamente em uma noite de verão com a janela aberta. A paixão estava lá, mas não podia ser facilmente rotulada; ela escorregou entre o amor e o ódio e o ciúme, e todos os móveis do estilo pictórico. E ela era trágica apenas no sentido de que ela era ótima, pois ela adorava brincar ao lado da Vitória. Vitória do que e sobre o que - isso é mais do que as palavras da vida diária podem nos dizer. Mas que algumas sonatas de Beethoven são escritas de forma trágica, ninguém pode desmentir; no entanto, elas podem triunfar ou desesperar conforme o jogador decide, e Lucy tinha decidido que elas deveriam triunfar.

Uma tarde muito molhada no Bertolini permitiu que ela fizesse o que realmente gostava, e depois do almoço ela abriu o pequeno piano drapeado. Algumas pessoas demoraram e a elogiaram tocando, mas achando que ela não respondeu, dispersou-se em seus quartos para escrever seus diários ou para dormir. Ela não notou que o Sr. Emerson procurava seu filho, nem que Miss Bartlett procurava Miss Lavish, nem que Miss Lavish procurava sua cigarreira. Como toda artista de verdade, ela estava intoxicada pela mera sensação das notas: eles estavam acariciando seus próprios dedos; e pelo toque, não apenas pelo som, ela chegou ao seu desejo.

She was no dazzling *exécutante;* her runs were not at all like strings of pearls, and she struck no more right notes than was suitable for one of her age and situation. Nor was she the passionate young lady, who performs so tragically on a summer's evening with the window open. Passion was there, but it could not be easily labelled; it slipped between love and hatred and jealousy, and all the furniture of the pictorial style. And she was tragical only in the sense that she was great, for she loved to play on the side of Victory. Victory of what and over what—that is more than the words of daily life can tell us. But that some sonatas of Beethoven are written tragic no one can gainsay; yet they can triumph or despair as the player decides, and Lucy had decided that they should triumph.

A very wet afternoon at the Bertolini permitted her to do the thing she really liked, and after lunch she opened the little draped piano. A few people lingered round and praised her playing, but finding that she made no reply, dispersed to their rooms to write up their diaries or to sleep. She took no notice of Mr. Emerson looking for his son, nor of Miss Bartlett looking for Miss Lavish, nor of Miss Lavish looking for her cigarette-case. Like every true performer, she was intoxicated by the mere feel of the notes: they were fingers caressing her own; and by touch, not by sound alone, did she come to her desire.

O Sr. Beebe, sentado despercebido na janela, ponderou sobre este elemento ilógico em Miss Honeychurch, e lembrou-se da ocasião em Tunbridge Wells quando o descobriu. Foi em um daqueles entretenimentos onde as classes altas entretêm as baixas. Os assentos estavam repletos de um público respeitoso, e as senhoras e senhores da paróquia, sob os auspícios de seu vigário, cantavam, recitavam ou imitavam o desenho de uma rolha de champanhe.

Entre os itens prometidos estava "Miss Honeychurch". Piano. Beethoven", e Mr. Beebe estava se perguntando se seria Adelaida, ou a marcha de As Ruínas de Atenas, quando sua compostura foi perturbada pelos bares de abertura do Opus III. Ele estava em suspense durante toda a introdução, pois só quando o ritmo se acelera é que se sabe o que o intérprete pretende. Com o rugido do tema de abertura ele sabia que as coisas estavam indo extraordinariamente bem; nos acordes que anunciam a conclusão ele ouviu os golpes de martelo da vitória.

Ele ficou feliz por ela ter tocado apenas o primeiro movimento, pois ele não poderia ter prestado atenção aos meandros das medidas de nove e seis. O público aplaudiu, não menos respeitoso. Foi o Sr. Beebe quem começou a estampar; era tudo o que se podia fazer.

"Quem é ela?", perguntou ele ao vigário depois.

Mr. Beebe, sitting unnoticed in the window, pondered this illogical element in Miss Honeychurch, and recalled the occasion at Tunbridge Wells when he had discovered it. It was at one of those entertainments where the upper classes entertain the lower. The seats were filled with a respectful audience, and the ladies and gentlemen of the parish, under the auspices of their vicar, sang, or recited, or imitated the drawing of a champagne cork.

Among the promised items was "Miss Honeychurch. Piano. Beethoven," and Mr. Beebe was wondering whether it would be Adelaida, or the march of The Ruins of Athens, when his composure was disturbed by the opening bars of Opus III. He was in suspense all through the introduction, for not until the pace quickens does one know what the performer intends. With the roar of the opening theme he knew that things were going extraordinarily; in the chords that herald the conclusion he heard the hammer strokes of victory.

He was glad that she only played the first movement, for he could have paid no attention to the winding intricacies of the measures of nine-sixteen. The audience clapped, no less respectful. It was Mr. Beebe who started the stamping; it was all that one could do.

"Who is she?" he asked the vicar afterwards.

"Primo de um dos meus paroquianos. Eu não considero a escolha dela de uma peça feliz. Beethoven é tão simples e direto em seu apelo que é pura perversidade escolher uma coisa assim, o que, se alguma coisa, perturba".

"Apresente-me".

"Ela ficará encantada. Ela e Miss Bartlett estão cheias dos elogios do seu sermão".

"Meu sermão?" gritou o Sr. Beebe. "Por que ela ouviu isso?"

Quando ele foi apresentado ele entendeu porque, para Miss Honeychurch, desvinculada de seu banco de música, era apenas uma jovem com uma quantidade de cabelos escuros e um rosto muito bonito, pálido e subdesenvolvido. Ela adorava ir a concertos, adorava parar com seu primo, adorava café gelado e merengues. Ele não duvidava que ela também amava seu sermão. Mas antes de deixar Tunbridge Wells ele fez um comentário para o vigário, que agora ele mesmo fez para Lucy quando ela fechou o pequeno piano e se moveu sonhadoramente em direção a ele:

"Se a Srta. Honeychurch alguma vez levar para viver enquanto ela toca, será muito emocionante tanto para nós quanto para ela".

Lucy imediatamente reentrou na vida diária.

"Oh, que coisa engraçada! Alguém disse exatamente o mesmo para a mãe, e ela disse que confiava que eu nunca deveria viver um dueto".

"A Sra. Honeychurch não gosta de música?"

"Ela não se importa. Mas ela não gosta que alguém se entusiasme com nada; ela acha que eu sou bobo com isso. Ela pensa - eu não consigo curtir. Uma vez, você sabe, eu disse que eu gostava mais da minha própria brincadeira do que de qualquer outra pessoa. Ela nunca conseguiu superar isso. É claro, eu não quis dizer que eu joguei bem; eu só quis dizer...".

"É claro", disse ele, se perguntando porque ela se preocupou em explicar.

"Música", disse Lucy, como se estivesse tentando alguma generalidade. Ela não conseguiu completá-lo, e olhou para a Itália com despreocupação no molhado. Toda a vida do Sul estava desorganizada, e a nação mais graciosa da Europa havia se transformado em pedaços de roupas sem forma.

A rua e o rio eram amarelo sujo, a ponte era cinza sujo, e as colinas eram roxas sujas. Em algum lugar em suas dobras estavam escondidas Miss Lavish e Miss Bartlett, que tinham escolhido esta tarde para visitar a Torre del Gallo.

"E a música?" disse o Sr. Beebe.

"Pobre Charlotte vai ser sopapada", foi a resposta de Lucy.

A expedição era típica de Miss Bartlett, que voltava fria, cansada, faminta e angelical, com uma saia em ruínas, uma polpa Baedeker, e uma tosse com cócegas na garganta. Em outro dia, quando o mundo inteiro cantava e o ar corria para a boca, como o vinho, ela se recusava a mexer na sala de visitas, dizendo que ela era uma coisa velha, e nenhuma companhia adequada para uma garota de coração.

"She doesn't mind it. But she doesn't like one to get excited over anything; she thinks I am silly about it. She thinks—I can't make out. Once, you know, I said that I liked my own playing better than any one's. She has never got over it. Of course, I didn't mean that I played well; I only meant—"

"Of course," said he, wondering why she bothered to explain.

"Music—" said Lucy, as if attempting some generality. She could not complete it, and looked out absently upon Italy in the wet. The whole life of the South was disorganized, and the most graceful nation in Europe had turned into formless lumps of clothes.

The street and the river were dirty yellow, the bridge was dirty grey, and the hills were dirty purple. Somewhere in their folds were concealed Miss Lavish and Miss Bartlett, who had chosen this afternoon to visit the Torre del Gallo.

"What about music?" said Mr. Beebe.

"Poor Charlotte will be sopped," was Lucy's reply.

The expedition was typical of Miss Bartlett, who would return cold, tired, hungry, and angelic, with a ruined skirt, a pulpy Baedeker, and a tickling cough in her throat. On another day, when the whole world was singing and the air ran into the mouth, like wine, she would refuse to stir from the drawing-room, saying that she was an old thing, and no fit companion for a hearty girl.

"Miss Lavish desviou o seu primo. Ela espera encontrar a verdadeira Itália no molhado em que eu acredito".

"Miss Lavish é tão original", murmurou Lucy. Esta foi uma observação de estoque, a suprema conquista da Pensão Bertolini no caminho da definição. Miss Lavish foi tão original. O Sr. Beebe tinha suas dúvidas, mas elas teriam sido reduzidas a clerical estreiteza. Por isso, e por outras razões, ele se calou.

"É verdade", continuou Lucy em tom de espanto, "que Miss Lavish está escrevendo um livro"?

"Eles dizem isso".

"Do que se trata"?

Será um romance", respondeu o Sr. Beebe, "lidando com a Itália moderna". Deixe-me encaminhá-lo para um relato à Srta. Catharine Alan, que usa palavras ela mesma mais admiravelmente do que qualquer outra que eu conheça".

"Eu gostaria que Miss Lavish me dissesse ela mesma". Nós começamos tais amigos. Mas eu não acho que ela deveria ter fugido com Baedeker naquela manhã em Santa Croce. Charlotte estava muito aborrecida em me encontrar praticamente sozinha, e então eu não pude deixar de estar um pouco aborrecida com Miss Lavish".

"As duas senhoras, em todo caso, inventaram".

"Miss Lavish has led your cousin astray. She hopes to find the true Italy in the wet I believe."

"Miss Lavish is so original," murmured Lucy. This was a stock remark, the supreme achievement of the Pension Bertolini in the way of definition. Miss Lavish was so original. Mr. Beebe had his doubts, but they would have been put down to clerical narrowness. For that, and for other reasons, he held his peace.

"Is it true," continued Lucy in awe-struck tone, "that Miss Lavish is writing a book?"

"They do say so."

"What is it about?"

"It will be a novel," replied Mr. Beebe, "dealing with modern Italy. Let me refer you for an account to Miss Catharine Alan, who uses words herself more admirably than any one I know."

"I wish Miss Lavish would tell me herself. We started such friends. But I don't think she ought to have run away with Baedeker that morning in Santa Croce. Charlotte was most annoyed at finding me practically alone, and so I couldn't help being a little annoyed with Miss Lavish."

"The two ladies, at all events, have made it up."

Ele estava interessado na súbita amizade entre mulheres tão aparentemente diferente como Miss Bartlett e Miss Lavish. Elas estavam sempre na companhia uma da outra, com Lucy um terço menosprezado. Miss Lavish ele acreditava que compreendia, mas Miss Bartlett poderia revelar profundezas desconhecidas de estranheza, embora não talvez, de significado. A Itália a estava desviando do caminho do acompanhante principal, que ele havia designado para ela em Tunbridge Wells? Toda a sua vida ele amou estudar damas de honor; elas eram sua especialidade, e sua profissão lhe deu amplas oportunidades para o trabalho. Garotas como Lucy eram encantadoras de se ver, mas o Sr. Beebe era, por razões bastante profundas, um pouco frio em sua atitude em relação ao outro sexo, e preferia estar interessado em vez de encantado.

Lucy, pela terceira vez, disse que a pobre Charlotte seria socorrida. O Arno estava subindo na enchente, lavando os vestígios das carrocinhas na floresta. Mas no sudoeste apareceu uma névoa de amarelo, o que poderia significar um tempo melhor se não significasse pior. Ela abriu a janela para inspecionar, e uma explosão de frio entrou na sala, desenhando um grito de lamento de Miss Catharine Alan, que entrou no mesmo momento ao lado da porta.

"Oh, querida Miss Honeychurch, você vai se acalmar! E o Sr. Beebe também está aqui. Quem diria que esta é a Itália? Há a minha irmã realmente amamentando a lata de água quente; sem conforto ou provisões apropriadas".

He was interested in the sudden friendship between women so apparently dissimilar as Miss Bartlett and Miss Lavish. They were always in each other's company, with Lucy a slighted third. Miss Lavish he believed he understood, but Miss Bartlett might reveal unknown depths of strangeness, though not perhaps, of meaning. Was Italy deflecting her from the path of prim chaperon, which he had assigned to her at Tunbridge Wells? All his life he had loved to study maiden ladies; they were his specialty, and his profession had provided him with ample opportunities for the work. Girls like Lucy were charming to look at, but Mr. Beebe was, from rather profound reasons, somewhat chilly in his attitude towards the other sex, and preferred to be interested rather than enthralled.

Lucy, for the third time, said that poor Charlotte would be sopped. The Arno was rising in flood, washing away the traces of the little carts upon the foreshore. But in the south-west there had appeared a dull haze of yellow, which might mean better weather if it did not mean worse. She opened the window to inspect, and a cold blast entered the room, drawing a plaintive cry from Miss Catharine Alan, who entered at the same moment by the door.

"Oh, dear Miss Honeychurch, you will catch a chill! And Mr. Beebe here besides. Who would suppose this is Italy? There is my sister actually nursing the hot-water can; no comforts or proper provisions."

Ela se desviou para eles e se sentou, consciente como sempre ao entrar em uma sala que continha um homem, ou um homem e uma mulher.

"Eu podia ouvir sua bela peça, Srta. Honeychurch, embora eu estivesse no meu quarto com a porta fechada". Portas fechadas; de fato, a mais necessária. Ninguém tem a menor idéia de privacidade neste país. E uma pessoa a pega de outra".

Lucy respondeu de forma adequada. O Sr. Beebe não foi capaz de contar às senhoras de sua aventura em Modena, onde a camareira o surpreendeu em seu banho, exclamando alegremente: "Fa niente, sono vecchia". Ele se contentou em dizer: "Eu concordo com você, Srta. Alan. Os italianos são um povo muito desagradável. Eles bisbilhotam em todos os lugares, eles vêem tudo, e eles sabem o que nós queremos antes que nós mesmos o saibamos.

Nós estamos à mercê deles. Eles lêem os nossos pensamentos, eles predizem os nossos desejos. Do taxista até Giotto, eles nos viram de dentro para fora, e eu me ressenti com isso. No entanto, no coração deles, eles são tão superficiais! Eles não têm uma concepção da vida intelectual. Como está certa Signora Bertolini, que me exclamou no outro dia: 'Ho, Sr. Beebe, se você soubesse o que eu sofro com a edjucaishion das crianças'.

Hi não vai 'ter meu pequeno Victorier ensinado por um italiano hignorante que não consegue explicar nada'"!

She sidled towards them and sat down, self-conscious as she always was on entering a room which contained one man, or a man and one woman.

"I could hear your beautiful playing, Miss Honeychurch, though I was in my room with the door shut. Doors shut; indeed, most necessary. No one has the least idea of privacy in this country. And one person catches it from another."

Lucy answered suitably. Mr. Beebe was not able to tell the ladies of his adventure at Modena, where the chambermaid burst in upon him in his bath, exclaiming cheerfully, "Fa niente, sono vecchia." He contented himself with saying: "I quite agree with you, Miss Alan. The Italians are a most unpleasant people. They pry everywhere, they see everything, and they know what we want before we know it ourselves.

We are at their mercy. They read our thoughts, they foretell our desires. From the cab-driver down to—to Giotto, they turn us inside out, and I resent it. Yet in their heart of hearts they are—how superficial! They have no conception of the intellectual life. How right is Signora Bertolini, who exclaimed to me the other day: 'Ho, Mr. Beebe, if you knew what I suffer over the children's edjucaishion.

Hi won't 'ave my little Victorier taught by a hignorant Italian what can't explain nothink!'"

A Srta. Alan não seguiu, mas percebeu que estava sendo ridicularizada de uma forma agradável. Sua irmã estava um pouco desapontada com o Sr. Beebe, tendo esperado coisas melhores de um clérigo cuja cabeça era careca e que usava um par de bigodes de carapaça. De fato, quem teria suposto que tolerância, simpatia e senso de humor habitariam essa forma militante?

Em meio à sua satisfação, ela continuou a fugir, e finalmente a causa foi revelada. Da cadeira abaixo dela ela extraiu uma cigarreira de metal, na qual foram colocadas as iniciais "E. L." em pó turquesa.

"Isso pertence ao Lavish", disse o clérigo. "Um bom companheiro, Lavish, mas eu gostaria que ela começasse um cachimbo".

"Oh, Mr. Beebe", disse Miss Alan, dividida entre a admiração e a alegria. "De fato, embora seja horrível para ela fumar, não é tão horrível quanto você supõe. Ela se apaixonou, praticamente em desespero, depois que o trabalho de sua vida foi levado em um deslizamento de terra. Com certeza isso a torna mais desculpável".

"O que foi isso?" perguntou Lucy.

Miss Alan did not follow, but gathered that she was being mocked in an agreeable way. Her sister was a little disappointed in Mr. Beebe, having expected better things from a clergyman whose head was bald and who wore a pair of russet whiskers. Indeed, who would have supposed that tolerance, sympathy, and a sense of humour would inhabit that militant form?

In the midst of her satisfaction she continued to sidle, and at last the cause was disclosed. From the chair beneath her she extracted a gun-metal cigarette-case, on which were powdered in turquoise the initials "E. L."

"That belongs to Lavish." said the clergyman. "A good fellow, Lavish, but I wish she'd start a pipe."

"Oh, Mr. Beebe," said Miss Alan, divided between awe and mirth. "Indeed, though it is dreadful for her to smoke, it is not quite as dreadful as you suppose. She took to it, practically in despair, after her life's work was carried away in a landslip. Surely that makes it more excusable."

"What was that?" asked Lucy.

O Sr. Beebe sentou-se complacentemente e a Srta. Alan começou como a seguir: "Era um romance - e eu receio, pelo que posso perceber, que não seja um romance muito bonito. É tão triste quando as pessoas que têm habilidades abusam delas, e devo dizer que elas quase sempre o fazem. De qualquer forma, ela o deixou quase acabado na Gruta do Calvário no Hotel Capuccini, em Amalfi, enquanto ela foi buscar um pouco de tinta. Ela disse: "Posso ter um pouco de tinta, por favor?". Mas você sabe o que são os italianos, e enquanto isso a Gruta rugiu para a praia, e o mais triste de tudo é que ela não consegue se lembrar do que escreveu.

O pobrezinho ficou muito doente depois disso, e por isso se sentiu tentado a fumar cigarros. É um grande segredo, mas eu estou feliz em dizer que ela está escrevendo outro romance. Ela disse a Teresa e a Srta. Pole no outro dia que tinha levantado todas as cores locais - este romance é sobre a Itália moderna; o outro era histórico - mas que ela não podia começar até que tivesse uma idéia. Primeiro ela tentou Perugia para uma inspiração, depois ela veio aqui - isto não deve, em caso algum, ser contornado.

E tão alegres através de tudo isso! Eu não posso deixar de pensar que há algo a admirar em todos, mesmo que você não os aprove".

Mr. Beebe sat back complacently, and Miss Alan began as follows: "It was a novel—and I am afraid, from what I can gather, not a very nice novel. It is so sad when people who have abilities misuse them, and I must say they nearly always do. Anyhow, she left it almost finished in the Grotto of the Calvary at the Capuccini Hotel at Amalfi while she went for a little ink. She said: 'Can I have a little ink, please?' But you know what Italians are, and meanwhile the Grotto fell roaring on to the beach, and the saddest thing of all is that she cannot remember what she has written.

The poor thing was very ill after it, and so got tempted into cigarettes. It is a great secret, but I am glad to say that she is writing another novel. She told Teresa and Miss Pole the other day that she had got up all the local colour—this novel is to be about modern Italy; the other was historical—but that she could not start till she had an idea. First she tried Perugia for an inspiration, then she came here—this must on no account get round.

And so cheerful through it all! I cannot help thinking that there is something to admire in everyone, even if you do not approve of them."

A Srta. Alan estava sempre sendo caridosa contra o seu melhor julgamento. Um delicado pathos perfumou seus comentários desconexos, dando-lhes uma beleza inesperada, assim como nos bosques decadentes do outono às vezes surgem odores que lembram a primavera. Ela sentiu que tinha feito quase demasiadas concessões, e pediu desculpas apressadamente por sua tolerância.

"Mesmo assim, ela é um pouco demais - eu dificilmente gosto de dizer pouco feminino, mas ela se comportou de forma mais estranha quando os Emersons chegaram".

O Sr. Beebe sorriu quando a Srta. Alan mergulhou em uma anedota que ele sabia que ela não seria capaz de terminar na presença de um cavalheiro.

"Eu não sei, Srta. Honeychurch, se você já notou que a Srta. Pole, a senhora que tem tanto cabelo amarelo, toma limonada. Aquele velho Sr. Emerson, que coloca as coisas de forma muito estranha..."

A mandíbula dela caiu. Ela ficou em silêncio. O Sr. Beebe, cujos recursos sociais eram infinitos, saiu para pedir um chá, e ela continuou para Lucy em um sussurro apressado:

Miss Alan was always thus being charitable against her better judgement. A delicate pathos perfumed her disconnected remarks, giving them unexpected beauty, just as in the decaying autumn woods there sometimes rise odours reminiscent of spring. She felt she had made almost too many allowances, and apologized hurriedly for her toleration.

"All the same, she is a little too—I hardly like to say unwomanly, but she behaved most strangely when the Emersons arrived."

Mr. Beebe smiled as Miss Alan plunged into an anecdote which he knew she would be unable to finish in the presence of a gentleman.

"I don't know, Miss Honeychurch, if you have noticed that Miss Pole, the lady who has so much yellow hair, takes lemonade. That old Mr. Emerson, who puts things very strangely—"

Her jaw dropped. She was silent. Mr. Beebe, whose social resources were endless, went out to order some tea, and she continued to Lucy in a hasty whisper:

"Estômago". Ele avisou a Srta. Pole sobre sua acidez estomacal - ele a chamou de "Estômago" - e talvez ele quisesse ser gentil. Eu devo dizer que me esqueci de mim mesmo e ri; foi tão repentino. Como Teresa realmente disse, não foi motivo de riso. Mas a questão é que Miss Lavish foi positivamente *atraída* por sua menção a S., e disse que ela gostava de falar claro, e de conhecer diferentes graus de pensamento. Ela achava que eles eram viajantes comerciais - "bateristas" era a palavra que ela usava - e durante todo o jantar ela tentou provar que a Inglaterra, nosso grande e amado país, não descansa em nada além de comércio.

Teresa ficou muito aborrecida, e deixou a mesa antes do queijo, dizendo enquanto o fazia: "Lá, Miss Lavish, há alguém que pode confumá-la melhor do que eu", e apontou para aquela linda foto do Lord Tennyson. Então Miss Lavish disse: 'Tut! Os primeiros vitorianos". Imaginem só! 'Tut! Os primeiros vitorianos'. Minha irmã tinha ido embora, e eu me senti obrigado a falar. Eu disse: 'Miss Lavish, *Eu* sou uma vitoriana primitiva; pelo menos, isto é, não ouvirei nenhum sopro de censura contra nossa querida Rainha'. Foi horrível falar.

Eu a lembrei como a Rainha tinha estado na Irlanda quando ela não queria ir, e devo dizer que ela estava estupefata, e não deu nenhuma resposta. Mas, por sorte, o Sr. Emerson ouviu esta parte, e chamou em sua voz profunda: "Muito bem, muito bem! Eu honro a mulher por sua visita irlandesa". A mulher! Eu conto as coisas tão mal; mas você vê o emaranhado em que estávamos por esta altura, tudo por causa de S. ter sido mencionado em primeiro lugar.

"Stomach. He warned Miss Pole of her stomach-acidity, he called it—and he may have meant to be kind. I must say I forgot myself and laughed; it was so sudden. As Teresa truly said, it was no laughing matter. But the point is that Miss Lavish was positively *attracted* by his mentioning S., and said she liked plain speaking, and meeting different grades of thought. She thought they were commercial travellers—'drummers' was the word she used—and all through dinner she tried to prove that England, our great and beloved country, rests on nothing but commerce.

Teresa was very much annoyed, and left the table before the cheese, saying as she did so: 'There, Miss Lavish, is one who can confute you better than I,' and pointed to that beautiful picture of Lord Tennyson. Then Miss Lavish said: 'Tut! The early Victorians.' Just imagine! 'Tut! The early Victorians.' My sister had gone, and I felt bound to speak. I said: 'Miss Lavish, *I* am an early Victorian; at least, that is to say, I will hear no breath of censure against our dear Queen.' It was horrible speaking.

I reminded her how the Queen had been to Ireland when she did not want to go, and I must say she was dumbfounded, and made no reply. But, unluckily, Mr. Emerson overheard this part, and called in his deep voice: 'Quite so, quite so! I honour the woman for her Irish visit.' The woman! I tell things so badly; but you see what a tangle we were in by this time, all on account of S. having been mentioned in the first place.

Mas isso não foi tudo. Depois do jantar, Miss Lavish realmente veio e disse: 'Miss Alan, eu estou indo para o fumeiro para falar com aqueles dois homens simpáticos. Venha, também". Escusado será dizer que eu recusei um convite tão inadequado, e ela teve a impertinência de me dizer que isso iria ampliar minhas idéias, e disse que ela tinha quatro irmãos, todos homens da Universidade, exceto um que estava no exército, que sempre fazia questão de falar com viajantes comerciais".

"Deixe-me terminar a história", disse o Sr. Beebe, que havia retornado.

"Miss Lavish tentou Miss Pole, eu mesma, todos, e finalmente disse: 'Eu irei sozinha'. Ela foi. Ao final de cinco minutos ela voltou discretamente com um tabuleiro de baize verde, e começou a jogar paciência".

"O que aconteceu?" gritou Lucy.

"Ninguém sabe. Ninguém jamais saberá". Miss Lavish nunca ousará contar, e o Sr. Emerson acha que não vale a pena contar".

"Sr. Beebe-old Sr. Emerson, ele é simpático ou não é simpático? Eu quero saber".

O Sr. Beebe riu e sugeriu que ela deveria resolver a questão por si mesma.

"Não; mas é tão difícil". Às vezes ele é tão bobo, e então eu não me importo com ele". Srta. Alan, o que você acha? Ele é legal"?

A pequena velhinha balançou a cabeça, e suspirou desaprovadoramente. O Sr. Beebe, a quem a conversa divertiu, agitou-a ao dizer:

"Eu considero que você está obrigada a classificá-lo como legal, Srta. Alan, depois daquele negócio de violetas".

But that was not all. After dinner Miss Lavish actually came up and said: 'Miss Alan, I am going into the smoking-room to talk to those two nice men. Come, too.' Needless to say, I refused such an unsuitable invitation, and she had the impertinence to tell me that it would broaden my ideas, and said that she had four brothers, all University men, except one who was in the army, who always made a point of talking to commercial travellers."

"Let me finish the story," said Mr. Beebe, who had returned.

"Miss Lavish tried Miss Pole, myself, everyone, and finally said: 'I shall go alone.' She went. At the end of five minutes she returned unobtrusively with a green baize board, and began playing patience."

"Whatever happened?" cried Lucy.

"No one knows. No one will ever know. Miss Lavish will never dare to tell, and Mr. Emerson does not think it worth telling."

"Mr. Beebe—old Mr. Emerson, is he nice or not nice? I do so want to know."

Mr. Beebe laughed and suggested that she should settle the question for herself.

"No; but it is so difficult. Sometimes he is so silly, and then I do not mind him. Miss Alan, what do you think? Is he nice?"

The little old lady shook her head, and sighed disapprovingly. Mr. Beebe, whom the conversation amused, stirred her up by saying:

"I consider that you are bound to class him as nice, Miss Alan, after that business of the violets."

"Violetas? Oh, meu Deus! Quem lhe falou sobre as violetas? Como as coisas ficam redondas? Uma pensão é um lugar ruim para mexericos. Não, eu não posso esquecer como eles se comportaram na palestra do Sr. Eager em Santa Croce. Oh, pobre Srta. Honeychurch! Foi realmente muito ruim. Não, eu mudei bastante. Eu faço *não* como os Emersons. Eles *não* são legais".

O Sr. Beebe sorriu despreocupadamente. Ele tinha feito um esforço gentil para introduzir os Emersons na sociedade Bertolini, e o esforço tinha falhado. Ele era quase a única pessoa que permanecia amigável com eles. Miss Lavish, que representava o intelecto, era declaradamente hostil, e agora a Miss Alans, que representava a boa criação, estava seguindo-a. Miss Bartlett, inteligente sob uma obrigação, dificilmente seria civilizada.

O caso de Lucy foi diferente. Ela havia lhe dado um relato nebuloso de suas aventuras em Santa Croce, e ele percebeu que os dois homens haviam feito uma tentativa curiosa e possivelmente concertada de anexá-la, de mostrar-lhe o mundo de seu próprio ponto de vista estranho, de interessá-la por suas tristezas e alegrias particulares. Isto era impertinente; ele não queria que a causa deles fosse defendida por uma jovem: ele preferia que ela fracassasse.

Afinal, ele não sabia nada sobre eles, e as alegrias da pensão, as tristezas da pensão, são coisas frágeis; enquanto Lucy seria sua paroquiana.

"Violets? Oh, dear! Who told you about the violets? How do things get round? A pension is a bad place for gossips. No, I cannot forget how they behaved at Mr. Eager's lecture at Santa Croce. Oh, poor Miss Honeychurch! It really was too bad. No, I have quite changed. I do *not* like the Emersons. They are *not* nice."

Mr. Beebe smiled nonchalantly. He had made a gentle effort to introduce the Emersons into Bertolini society, and the effort had failed. He was almost the only person who remained friendly to them. Miss Lavish, who represented intellect, was avowedly hostile, and now the Miss Alans, who stood for good breeding, were following her. Miss Bartlett, smarting under an obligation, would scarcely be civil.

The case of Lucy was different. She had given him a hazy account of her adventures in Santa Croce, and he gathered that the two men had made a curious and possibly concerted attempt to annex her, to show her the world from their own strange standpoint, to interest her in their private sorrows and joys. This was impertinent; he did not wish their cause to be championed by a young girl: he would rather it should fail.

After all, he knew nothing about them, and pension joys, pension sorrows, are flimsy things; whereas Lucy would be his parishioner.

Lucy, com um olho no tempo, finalmente disse que achava que os Emersons eram simpáticos; não que ela visse algo deles agora. Até mesmo seus assentos no jantar haviam sido mudados.

"Mas eles não estão sempre te enganando para sair com eles, querida?" disse a pequena dama inquisitivamente.

"Apenas uma vez". Charlotte não gostou, e disse algo - educadamente, é claro".

"A maioria tem razão. Eles não entendem os nossos caminhos. Eles devem encontrar o seu nível".

O Sr. Beebe sentiu que eles tinham falido. Eles haviam desistido de sua tentativa - se fosse uma tentativa de conquistar a sociedade, e agora o pai estava quase tão silencioso quanto o filho. Ele se perguntava se ele não planejaria um dia agradável para essas pessoas antes deles partirem - talvez uma expedição, com Lucy bem acompanhada para ser simpática com eles. Foi um dos principais prazeres do Sr. Beebe proporcionar às pessoas lembranças felizes.

A noite se aproximava enquanto eles conversavam; o ar se tornava mais brilhante; as cores das árvores e colinas eram purificadas, e o Arno perdeu sua solidez lamacenta e começou a cintilar. Havia algumas faixas de verde-azulado entre as nuvens, algumas manchas de luz aquosa sobre a terra, e então a fachada pingando de San Miniato brilhava brilhantemente no sol em declínio.

"Tarde demais para sair", disse a Srta. Alan com uma voz de alívio. "Todas as galerias estão fechadas".

Lucy, with one eye upon the weather, finally said that she thought the Emersons were nice; not that she saw anything of them now. Even their seats at dinner had been moved.

"But aren't they always waylaying you to go out with them, dear?" said the little lady inquisitively.

"Only once. Charlotte didn't like it, and said something—quite politely, of course."

"Most right of her. They don't understand our ways. They must find their level."

Mr. Beebe rather felt that they had gone under. They had given up their attempt—if it was one—to conquer society, and now the father was almost as silent as the son. He wondered whether he would not plan a pleasant day for these folk before they left—some expedition, perhaps, with Lucy well chaperoned to be nice to them. It was one of Mr. Beebe's chief pleasures to provide people with happy memories.

Evening approached while they chatted; the air became brighter; the colours on the trees and hills were purified, and the Arno lost its muddy solidity and began to twinkle. There were a few streaks of bluish-green among the clouds, a few patches of watery light upon the earth, and then the dripping façade of San Miniato shone brilliantly in the declining sun.

"Too late to go out," said Miss Alan in a voice of relief. "All the galleries are shut."

"Eu acho que vou sair", disse Lucy. "Eu quero dar a volta pela cidade no bonde circular na plataforma pelo motorista".

Seus dois companheiros pareciam estar mortos. Mr. Beebe, que se sentiu responsável por ela na ausência de Miss Bartlett, aventurou-se a dizer:

"Eu gostaria que nós pudéssemos. Felizmente, eu tenho cartas. Se você quer sair sozinho, você não vai ficar melhor de pé?"

"Italianos, queridos, vocês sabem", disse a senhorita Alan.

"Talvez eu encontre alguém que me leia através e através"!

Mas eles ainda pareciam desaprovados, e ela até agora admitiu ao Sr. Beebe que só iria dar uma pequena caminhada, e se manter na rua freqüentada pelos turistas.

"Ela não devia mesmo ir", disse o Sr. Beebe, enquanto eles a observavam pela janela, "e ela sabe disso". Eu a reduzi a muito Beethoven".

"I think I shall go out," said Lucy. "I want to go round the town in the circular tram—on the platform by the driver."

Her two companions looked grave. Mr. Beebe, who felt responsible for her in the absence of Miss Bartlett, ventured to say:

"I wish we could. Unluckily I have letters. If you do want to go out alone, won't you be better on your feet?"

"Italians, dear, you know," said Miss Alan.

"Perhaps I shall meet someone who reads me through and through!"

But they still looked disapproval, and she so far conceded to Mr. Beebe as to say that she would only go for a little walk, and keep to the street frequented by tourists.

"She oughtn't really to go at all," said Mr. Beebe, as they watched her from the window, "and she knows it. I put it down to too much Beethoven."

Fourth Chapter

Quarto Capítulo

O Sr. Beebe estava certo. Lucy nunca conheceu os seus desejos tão claramente como depois da música. Ela não tinha realmente apreciado a sagacidade do clérigo, nem os sugestivos twitteiros da Srta. Alan. A conversa era entediante; ela queria algo grande, e ela acreditava que isso teria chegado até ela na plataforma de um bonde elétrico, chorado pelo vento. Isso ela talvez não tentasse. Não era uma coisa de senhora. Por quê? Por que a maioria das coisas grandes não eram dama de companhia?

Charlotte já havia explicado a ela o porquê. Não era que as senhoras fossem inferiores aos homens; era que elas eram diferentes. A missão delas era inspirar os outros a realizar, ao invés de realizar a si mesmas. Indiretamente, por meio de um tato e um nome impecável, uma dama podia realizar muito. Mas se ela própria se apressasse a lutar, ela seria primeiramente censurada, depois desprezada e finalmente ignorada. Poemas tinham sido escritos para ilustrar este ponto.

Mr. Beebe was right. Lucy never knew her desires so clearly as after music. She had not really appreciated the clergyman's wit, nor the suggestive twitterings of Miss Alan. Conversation was tedious; she wanted something big, and she believed that it would have come to her on the wind-swept platform of an electric tram. This she might not attempt. It was unladylike. Why? Why were most big things unladylike?

Charlotte had once explained to her why. It was not that ladies were inferior to men; it was that they were different. Their mission was to inspire others to achievement rather than to achieve themselves. Indirectly, by means of tact and a spotless name, a lady could accomplish much. But if she rushed into the fray herself she would be first censured, then despised, and finally ignored. Poems had been written to illustrate this point.

Há muito que é imortal nesta senhora medieval. Os dragões foram embora, assim como os cavaleiros, mas ela ainda permanece em nosso meio. Ela reinou em muitos castelos vitorianos primitivos, e foi rainha de muita canção vitoriana primitiva. É doce protegê-la nos intervalos dos negócios, doce pagar sua honra quando ela cozinhou bem nosso jantar. Mas, infelizmente! a criatura cresce degenerada. Em seu coração também estão surgindo estranhos desejos.

Ela também está encantada com ventos fortes, e vastos panoramas, e extensões verdes do mar. Ela tem marcado o reino deste mundo, como ele é cheio de riqueza e beleza, e guerra - uma crosta radiante, construída ao redor das fogueiras centrais, girando em direção aos céus que recuam. Os homens, declarando que ela os inspira, movem-se alegremente sobre a superfície, tendo os mais deliciosos encontros com outros homens, felizes, não porque são masculinos, mas porque estão vivos.

Antes que o show acabe, ela gostaria de abandonar o augusto título de Mulher Eterna, e ir para lá como seu eu transitório.

Lucy não representa a senhora medieval, que era um ideal para o qual ela era convidada a levantar os olhos quando se sentia séria. Ela também não tem nenhum sistema de revolta. Aqui e ali uma restrição a irritava particularmente, e ela a transgrediria, e talvez se arrependesse de tê-lo feito. Esta tarde ela estava peculiarmente reservada. Ela realmente gostaria de fazer algo do qual os seus bem desejados desaprovaram. Como ela poderia não ir no bonde elétrico, ela foi à loja da Alinari.

There is much that is immortal in this medieval lady. The dragons have gone, and so have the knights, but still she lingers in our midst. She reigned in many an early Victorian castle, and was Queen of much early Victorian song. It is sweet to protect her in the intervals of business, sweet to pay her honour when she has cooked our dinner well. But alas! the creature grows degenerate. In her heart also there are springing up strange desires.

She too is enamoured of heavy winds, and vast panoramas, and green expanses of the sea. She has marked the kingdom of this world, how full it is of wealth, and beauty, and war—a radiant crust, built around the central fires, spinning towards the receding heavens. Men, declaring that she inspires them to it, move joyfully over the surface, having the most delightful meetings with other men, happy, not because they are masculine, but because they are alive.

Before the show breaks up she would like to drop the august title of the Eternal Woman, and go there as her transitory self.

Lucy does not stand for the medieval lady, who was rather an ideal to which she was bidden to lift her eyes when feeling serious. Nor has she any system of revolt. Here and there a restriction annoyed her particularly, and she would transgress it, and perhaps be sorry that she had done so. This afternoon she was peculiarly restive. She would really like to do something of which her well-wishers disapproved. As she might not go on the electric tram, she went to Alinari's shop.

Lá ela comprou uma fotografia do "Nascimento de Vênus" de Botticelli. Vênus, sendo uma pena, estragou a foto, caso contrário tão encantadora, e Miss Bartlett a persuadiu a passar sem ela. (Uma pena na arte, claro, significava o nu.) A "Tempesta" de Giorgione, o "Idolino", alguns dos afrescos Sistina e os Apoxyomenos, foram adicionados a ela. Ela se sentiu um pouco mais calma então, e comprou a "Coroação" de Fra Angelico, a "Ascensão de São João" de Giotto, alguns bebês de Della Robbia, e alguns Guido Reni Madonnas. Pois seu gosto era católico, e ela estendeu a aprovação acrítica a todos os nomes conhecidos.

Mas embora ela tenha passado quase sete liras, os portões da liberdade pareciam ainda não abertos. Ela estava consciente de seu descontentamento; era novo para ela estar consciente disso. "O mundo", pensou ela, "está certamente cheio de coisas bonitas, se ao menos eu pudesse encontrá-las". Não foi surpreendente que a Sra. Honeychurch desaprovasse a música, declarando que ela sempre deixava sua filha irritada, pouco prática e delicada.

There she bought a photograph of Botticelli's "Birth of Venus." Venus, being a pity, spoilt the picture, otherwise so charming, and Miss Bartlett had persuaded her to do without it. (A pity in art of course signified the nude.) Giorgione's "Tempesta," the "Idolino," some of the Sistine frescoes and the Apoxyomenos, were added to it. She felt a little calmer then, and bought Fra Angelico's "Coronation," Giotto's "Ascension of St. John," some Della Robbia babies, and some Guido Reni Madonnas. For her taste was catholic, and she extended uncritical approval to every well-known name.

But though she spent nearly seven lire, the gates of liberty seemed still unopened. She was conscious of her discontent; it was new to her to be conscious of it. "The world," she thought, "is certainly full of beautiful things, if only I could come across them." It was not surprising that Mrs. Honeychurch disapproved of music, declaring that it always left her daughter peevish, unpractical, and touchy.

"Nada me acontece", refletiu ela, enquanto entrava na Piazza Signoria e olhava despreocupadamente para suas maravilhas, agora bastante familiares a ela. A grande praça estava na sombra; a luz do sol tinha chegado tarde demais para atingi-la. Netuno já era insubstancial no crepúsculo, metade deus, metade fantasma, e sua fonte plasmada sonhadoramente para os homens e sátiros que se ociosavam juntos em sua marge. A Loggia se mostrou como a tripla entrada de uma caverna, onde muitos eram uma divindade, sombria, mas imortal, olhando para as chegadas e partidas da humanidade. Era a hora da irrealidade - a hora, isto é, quando as coisas desconhecidas são reais. Uma pessoa mais velha em tal hora e em tal lugar poderia pensar que o suficiente estava acontecendo com ele, e descansar satisfeito. Lucy desejava mais.

Ela fixou seus olhos melancolicamente na torre do palácio, que se ergueu da escuridão inferior como um pilar de ouro encrespado. Não parecia mais uma torre, não mais apoiada pela terra, mas um tesouro inatingível palpitando no céu tranqüilo. Seu brilho a hipnotizou, ainda dançando diante de seus olhos quando ela os dobrou para o chão e começou a voltar para casa.

Então algo realmente aconteceu.

Dois italianos da Loggia estavam brigando por uma dívida. "Cinque lire", eles tinham gritado, "cinque lire"! Eles se pouparam um ao outro, e um deles foi atingido levemente no peito. Ele franziu o sobrolho; ele se inclinou para Lucy com um olhar de interesse, como se ele tivesse uma mensagem importante para ela. Ele abriu seus lábios para entregá-la, e uma corrente de vermelho saiu entre eles e derramou seu queixo por barbear.

"Nothing ever happens to me," she reflected, as she entered the Piazza Signoria and looked nonchalantly at its marvels, now fairly familiar to her. The great square was in shadow; the sunshine had come too late to strike it. Neptune was already unsubstantial in the twilight, half god, half ghost, and his fountain plashed dreamily to the men and satyrs who idled together on its marge. The Loggia showed as the triple entrance of a cave, wherein many a deity, shadowy, but immortal, looking forth upon the arrivals and departures of mankind. It was the hour of unreality—the hour, that is, when unfamiliar things are real. An older person at such an hour and in such a place might think that sufficient was happening to him, and rest content. Lucy desired more.

She fixed her eyes wistfully on the tower of the palace, which rose out of the lower darkness like a pillar of roughened gold. It seemed no longer a tower, no longer supported by earth, but some unattainable treasure throbbing in the tranquil sky. Its brightness mesmerized her, still dancing before her eyes when she bent them to the ground and started towards home.

Then something did happen.

Two Italians by the Loggia had been bickering about a debt. "Cinque lire," they had cried, "cinque lire!" They sparred at each other, and one of them was hit lightly upon the chest. He frowned; he bent towards Lucy with a look of interest, as if he had an important message for her. He opened his lips to deliver it, and a stream of red came out between them and trickled down his unshaven chin.

Isso foi tudo. Uma multidão se levantou do crepúsculo. Ela escondeu este homem extraordinário dela, e o levou para a fonte. O Sr. George Emerson estava a alguns passos de distância, olhando para ela do outro lado do lugar onde o homem havia estado. Que estranho! Através de algo. Mesmo quando ela o avistou, ele ficou escuro; o próprio palácio ficou escuro, balançou acima dela, caiu sobre ela suavemente, lentamente, sem ruído, e o céu caiu com ele.

Ela pensou: "Oh, o que eu fiz?"

"Oh, o que eu fiz?" ela murmurou, e abriu os olhos.

George Emerson ainda olhou para ela, mas não através de nada. Ela tinha reclamado de estupidez, e lo! um homem foi esfaqueado, e outro a segurou em seus braços.

Eles estavam sentados em alguns degraus no Uffizi Arcade. Ele deve tê-la carregado. Ele se levantou quando ela falou, e começou a limpar os joelhos dele. Ela repetiu:

"Oh, o que eu fiz?"

"Você desmaiou".

"Eu sinto muito".

"Como você está agora"?

"Perfeitamente bem, absolutamente bem". E ela começou a acenar com a cabeça e sorrir.

"Então vamos voltar para casa. Não vale a pena pararmos".

That was all. A crowd rose out of the dusk. It hid this extraordinary man from her, and bore him away to the fountain. Mr. George Emerson happened to be a few paces away, looking at her across the spot where the man had been. How very odd! Across something. Even as she caught sight of him he grew dim; the palace itself grew dim, swayed above her, fell on to her softly, slowly, noiselessly, and the sky fell with it.

She thought: "Oh, what have I done?"

"Oh, what have I done?" she murmured, and opened her eyes.

George Emerson still looked at her, but not across anything. She had complained of dullness, and lo! one man was stabbed, and another held her in his arms.

They were sitting on some steps in the Uffizi Arcade. He must have carried her. He rose when she spoke, and began to dust his knees. She repeated:

"Oh, what have I done?"

"You fainted."

"I—I am very sorry."

"How are you now?"

"Perfectly well—absolutely well." And she began to nod and smile.

"Then let us come home. There's no point in our stopping."

Ele estendeu sua mão para puxá-la para cima. Ela fingiu não vê-la. Os gritos da fonte - eles nunca tinham cessado - não tinham cessado de se ouvir. O mundo inteiro parecia pálido e vazio de seu significado original.

"Como você tem sido muito gentil! Eu poderia ter me machucado ao cair. Mas agora eu estou bem. Eu posso ir sozinho, obrigado".

Sua mão ainda estava estendida.

"Oh, minhas fotografias!" exclamou ela de repente.

"Que fotografias?"

"Eu comprei algumas fotos na Alinari's. Eu devo tê-las deixado lá fora na praça". Ela olhou para ele com cautela. "Você acrescentaria à sua gentileza indo buscá-las?"

Ele acrescentou à sua gentileza. Assim que ele virou as costas, Lucy se levantou com a corrida de um maníaco e roubou a arcada em direção ao Arno.

"Miss Honeychurch"!

Ela parou com a mão no coração.

"Você fica quieto; você não está apto a ir para casa sozinho".

"Sim, eu sou, muito obrigado".

"Não, você não está. Você iria abertamente se você fosse".

"Mas eu tinha preferido..."

"Então eu não vou buscar suas fotografias".

"Eu tinha preferido ficar sozinho".

He held out his hand to pull her up. She pretended not to see it. The cries from the fountain—they had never ceased—rang emptily. The whole world seemed pale and void of its original meaning.

"How very kind you have been! I might have hurt myself falling. But now I am well. I can go alone, thank you."

His hand was still extended.

"Oh, my photographs!" she exclaimed suddenly.

"What photographs?"

"I bought some photographs at Alinari's. I must have dropped them out there in the square." She looked at him cautiously. "Would you add to your kindness by fetching them?"

He added to his kindness. As soon as he had turned his back, Lucy arose with the running of a maniac and stole down the arcade towards the Arno.

"Miss Honeychurch!"

She stopped with her hand on her heart.

"You sit still; you aren't fit to go home alone."

"Yes, I am, thank you so very much."

"No, you aren't. You'd go openly if you were."

"But I had rather—"

"Then I don't fetch your photographs."

"I had rather be alone."

Ele disse imperiosamente: "O homem está morto - o homem provavelmente está morto; sente-se até você descansar." Ela ficou desnorteada e lhe obedeceu. "E não se mexa até que eu volte".

Ao longe ela viu criaturas com capuzes negros, como aparecem em sonhos. A torre do palácio havia perdido o reflexo do dia em declínio, e se uniu à terra. Como ela deveria falar com o Sr. Emerson quando ele voltasse da praça sombria? Novamente o pensamento ocorreu a ela, "Oh, o que eu fiz?" - o pensamento de que ela, assim como o homem moribundo, tinha cruzado alguns limites espirituais.

Ele voltou, e ela falou sobre o assassinato. Curiosamente, foi um tópico fácil. Ela falou do caráter italiano; ela se tornou quase garrosa por causa do incidente que a tinha feito desmaiar cinco minutos antes. Sendo forte fisicamente, ela logo superou o horror do sangue. Ela se levantou sem a ajuda dele, e embora as asas parecessem flutuar dentro dela, ela caminhou com firmeza suficiente em direção ao Arno. Lá um taxista fez sinal para eles; eles o recusaram.

"E o assassino tentou beijá-lo, você diz como os italianos são estranhos! - e se entregou à polícia! Mr. Beebe estava dizendo que os italianos sabem tudo, mas eu acho que eles são bastante infantis. Quando meu primo e eu estávamos no Pitti ontem - O que foi isso?".

Ele tinha jogado algo no riacho.

"O que você jogou dentro?"

"Coisas que eu não queria", ele disse de forma cruzada.

"Sr. Emerson!"

He said imperiously: "The man is dead—the man is probably dead; sit down till you are rested." She was bewildered, and obeyed him. "And don't move till I come back."

In the distance she saw creatures with black hoods, such as appear in dreams. The palace tower had lost the reflection of the declining day, and joined itself to earth. How should she talk to Mr. Emerson when he returned from the shadowy square? Again the thought occurred to her, "Oh, what have I done?"—the thought that she, as well as the dying man, had crossed some spiritual boundary.

He returned, and she talked of the murder. Oddly enough, it was an easy topic. She spoke of the Italian character; she became almost garrulous over the incident that had made her faint five minutes before. Being strong physically, she soon overcame the horror of blood. She rose without his assistance, and though wings seemed to flutter inside her, she walked firmly enough towards the Arno. There a cabman signalled to them; they refused him.

"And the murderer tried to kiss him, you say—how very odd Italians are!—and gave himself up to the police! Mr. Beebe was saying that Italians know everything, but I think they are rather childish. When my cousin and I were at the Pitti yesterday—What was that?"

He had thrown something into the stream.

"What did you throw in?"

"Things I didn't want," he said crossly.

"Mr. Emerson!"

"Bem..."

"Onde estão as fotografias?"

Ele estava em silêncio.

"Eu acredito que foram as minhas fotografias que você jogou fora".

"Eu não sabia o que fazer com eles", ele chorou, e sua voz era a de um garoto ansioso. O coração dela aqueceu para ele pela primeira vez. "Eles estavam cobertos de sangue. Lá! Estou feliz por ter dito a você; e todo o tempo que estávamos conversando, eu estava me perguntando o que fazer com eles". Ele apontou para baixo da correnteza. "Eles foram embora". O rio rodopiou sob a ponte, "Eu me importei tanto com eles, e um é tão tolo, parecia melhor que eles fossem para o mar - eu não sei; eu posso querer dizer apenas que eles me assustaram". Então o garoto se aproximou de um homem. "Porque algo tremendo aconteceu; eu devo enfrentá-lo sem ficar confuso". Não é exatamente que um homem tenha morrido".

Algo avisou Lucy que ela deveria detê-lo.

"Aconteceu", repetiu ele, "e eu quero descobrir o que é".

"Sr. Emerson..."

Ele se voltou para ela, como se ela o tivesse perturbado em alguma busca abstrata.

"Quero lhe perguntar uma coisa antes de entrarmos".

"Well?"

"Where are the photographs?"

He was silent.

"I believe it was my photographs that you threw away."

"I didn't know what to do with them," he cried, and his voice was that of an anxious boy. Her heart warmed towards him for the first time. "They were covered with blood. There! I'm glad I've told you; and all the time we were making conversation I was wondering what to do with them." He pointed down-stream. "They've gone." The river swirled under the bridge, "I did mind them so, and one is so foolish, it seemed better that they should go out to the sea—I don't know; I may just mean that they frightened me." Then the boy verged into a man. "For something tremendous has happened; I must face it without getting muddled. It isn't exactly that a man has died."

Something warned Lucy that she must stop him.

"It has happened," he repeated, "and I mean to find out what it is."

"Mr. Emerson—"

He turned towards her frowning, as if she had disturbed him in some abstract quest.

"I want to ask you something before we go in."

They were close to their pension. She stopped and leant her elbows against the parapet of the embankment. He did likewise. There is at times a magic in identity of position; it is one of the things that have suggested to us eternal comradeship. She moved her elbows before saying:

"I have behaved ridiculously."

He was following his own thoughts.

"I was never so much ashamed of myself in my life; I cannot think what came over me."

"I nearly fainted myself," he said; but she felt that her attitude repelled him.

"Well, I owe you a thousand apologies."

"Oh, all right."

"And—this is the real point—you know how silly people are gossiping—ladies especially, I am afraid—you understand what I mean?"

"I'm afraid I don't."

"I mean, would you not mention it to any one, my foolish behaviour?"

"Your behaviour? Oh, yes, all right—all right."

"Thank you so much. And would you—"

Ela não poderia levar seu pedido adiante. O rio estava correndo abaixo deles, quase preto na noite que avançava. Ele havia jogado as fotografias dela dentro dele, e então ele havia dito a ela a razão. Ela percebeu que era inútil procurar cavalheirismo em um homem assim. Ele não faria mal a ela por fofocas ociosas; ele era confiável, inteligente e até bondoso; ele poderia até ter uma alta opinião sobre ela. Mas faltava-lhe cavalheirismo; seus pensamentos, assim como seu comportamento, não seriam modificados por temor.

Foi inútil dizer a ele: "E você..." e esperar que ele completasse a frase por si mesmo, evitando que seus olhos se desviassem da nudez dela como o cavaleiro naquela bela imagem. Ela tinha estado em seus braços, e ele se lembrou disso, assim como se lembrou do sangue nas fotos que ela tinha comprado na loja da Alinari. Não era exatamente que um homem tivesse morrido; algo tinha acontecido com os vivos: eles tinham chegado a uma situação em que o personagem conta, e onde a infância entra nos caminhos ramificados da Juventude.

"Bem, muito obrigada", repetiu ela, "Quão rápido esses acidentes acontecem, e então se volta à vida antiga!

"Eu não."

A ansiedade a moveu a questioná-lo.

Sua resposta foi intrigante: "Provavelmente eu vou querer viver."

"Mas por quê, Sr. Emerson? O que você quer dizer com isso?"

"Eu vou querer viver, eu digo".

She could not carry her request any further. The river was rushing below them, almost black in the advancing night. He had thrown her photographs into it, and then he had told her the reason. It struck her that it was hopeless to look for chivalry in such a man. He would do her no harm by idle gossip; he was trustworthy, intelligent, and even kind; he might even have a high opinion of her. But he lacked chivalry; his thoughts, like his behaviour, would not be modified by awe.

It was useless to say to him, "And would you—" and hope that he would complete the sentence for himself, averting his eyes from her nakedness like the knight in that beautiful picture. She had been in his arms, and he remembered it, just as he remembered the blood on the photographs that she had bought in Alinari's shop. It was not exactly that a man had died; something had happened to the living: they had come to a situation where character tells, and where childhood enters upon the branching paths of Youth.

"Well, thank you so much," she repeated, "How quickly these accidents do happen, and then one returns to the old life!"

"I don't."

Anxiety moved her to question him.

His answer was puzzling: "I shall probably want to live."

"But why, Mr. Emerson? What do you mean?"

"I shall want to live, I say."

Apoiando-se no parapeito, ela contemplou o Rio Arno, cujo rugido sugeria uma melodia inesperada aos seus ouvidos.

Leaning her elbows on the parapet, she contemplated the River Arno, whose roar was suggesting some unexpected melody to her ears.

Possibilities of a Pleasant Outing

Possibilidades De Um Passeio Agradável

Era um ditado familiar que dizia que "você nunca soube para que lado Charlotte Bartlett iria se virar". Ela foi perfeitamente agradável e sensata com a aventura de Lucy, achou o relato abreviado bastante adequado e prestou a devida homenagem à cortesia do Sr. George Emerson. Ela e Miss Lavish também tinham tido uma aventura. Elas haviam sido detidas no Dazio ao voltar, e os jovens oficiais de lá, que pareciam impudentes e *désœuvré*, haviam tentado procurar em suas reticulas por provisões. Poderia ter sido muito desagradável. Felizmente, Miss Lavish era compatível com qualquer um.

It was a family saying that "you never knew which way Charlotte Bartlett would turn." She was perfectly pleasant and sensible over Lucy's adventure, found the abridged account of it quite adequate, and paid suitable tribute to the courtesy of Mr. George Emerson. She and Miss Lavish had had an adventure also. They had been stopped at the Dazio coming back, and the young officials there, who seemed impudent and *désœuvré*, had tried to search their reticules for provisions. It might have been most unpleasant. Fortunately Miss Lavish was a match for any one.

Para o bem ou para o mal, Lucy foi deixada para enfrentar seu problema sozinha. Nenhum de seus amigos a tinha visto, seja na Piazza ou, mais tarde, junto ao aterro. O Sr. Beebe, de fato, notando seus olhos assustados na hora do jantar, tinha passado para si novamente a observação de "Demasiado Beethoven". Mas ele só supunha que ela estava pronta para uma aventura, não que ela a tivesse encontrado. Essa solidão a oprimia; ela estava acostumada a ter seus pensamentos confirmados por outros ou, em todo caso, contraditos; era muito terrível não saber se ela estava pensando certo ou errado.

No café da manhã da manhã seguinte, ela tomou uma atitude decisiva. Havia dois planos entre os quais ela tinha que escolher. O Sr. Beebe estava subindo para a Torre del Gallo com os Emersons e algumas senhoras americanas. Será que Miss Bartlett e Miss Honeychurch se juntariam à festa? Charlotte declinou por si mesma; ela tinha estado lá na tarde anterior, na chuva. Mas ela achou uma idéia admirável para Lucy, que odiava fazer compras, trocar dinheiro, ir buscar cartas e outras tarefas incômodas - tudo isso Miss Bartlett deve realizar esta manhã e poderia facilmente realizar sozinha.

"Não, Charlotte!" gritou a garota, com muito calor. "É muito gentil do Sr. Beebe, mas eu certamente vou com você". Eu tinha muito mais".

For good or for evil, Lucy was left to face her problem alone. None of her friends had seen her, either in the Piazza or, later on, by the embankment. Mr. Beebe, indeed, noticing her startled eyes at dinner-time, had again passed to himself the remark of "Too much Beethoven." But he only supposed that she was ready for an adventure, not that she had encountered it. This solitude oppressed her; she was accustomed to have her thoughts confirmed by others or, at all events, contradicted; it was too dreadful not to know whether she was thinking right or wrong.

At breakfast next morning she took decisive action. There were two plans between which she had to choose. Mr. Beebe was walking up to the Torre del Gallo with the Emersons and some American ladies. Would Miss Bartlett and Miss Honeychurch join the party? Charlotte declined for herself; she had been there in the rain the previous afternoon. But she thought it an admirable idea for Lucy, who hated shopping, changing money, fetching letters, and other irksome duties—all of which Miss Bartlett must accomplish this morning and could easily accomplish alone.

"No, Charlotte!" cried the girl, with real warmth. "It's very kind of Mr. Beebe, but I am certainly coming with you. I had much rather."

"Muito bem, querida", disse a Srta. Bartlett, com um leve rubor de prazer que provocou um profundo rubor de vergonha nas bochechas de Lucy. Como ela se comportou abominavelmente com Charlotte, agora como sempre! Mas agora ela deveria mudar. Toda a manhã ela seria muito simpática com ela.

Ela enfiou seu braço no do primo, e eles começaram ao longo do Lung' Arno. O rio era um leão naquela manhã em força, voz e cor. Miss Bartlett insistiu em inclinar-se sobre o parapeito para olhar para ele. Ela então fez sua observação habitual, que foi "Como eu gostaria que Freddy e sua mãe pudessem ver isso também".

Lucy fidgeted; foi cansativo para Charlotte ter parado exatamente onde ela parou.

"Olhe, Lucia! Oh, você está de olho na festa da Torre del Gallo. Eu temia que você se arrependesse da sua escolha".

Por mais séria que tenha sido a escolha, Lucy não se arrependeu. Ontem havia sido uma confusão e estranha, o tipo de coisa que não se podia escrever facilmente no papel - mas ela tinha a sensação de que Charlotte e suas compras eram preferíveis a George Emerson e ao cume da Torre del Gallo. Como ela não conseguiu desvendar o emaranhado, ela deve tomar cuidado para não voltar a entrar nele. Ela podia protestar sinceramente contra as insinuações de Miss Bartlett.

"Very well, dear," said Miss Bartlett, with a faint flush of pleasure that called forth a deep flush of shame on the cheeks of Lucy. How abominably she behaved to Charlotte, now as always! But now she should alter. All morning she would be really nice to her.

She slipped her arm into her cousin's, and they started off along the Lung' Arno. The river was a lion that morning in strength, voice, and colour. Miss Bartlett insisted on leaning over the parapet to look at it. She then made her usual remark, which was "How I do wish Freddy and your mother could see this, too!"

Lucy fidgeted; it was tiresome of Charlotte to have stopped exactly where she did.

"Look, Lucia! Oh, you are watching for the Torre del Gallo party. I feared you would repent you of your choice."

Serious as the choice had been, Lucy did not repent. Yesterday had been a muddle—queer and odd, the kind of thing one could not write down easily on paper—but she had a feeling that Charlotte and her shopping were preferable to George Emerson and the summit of the Torre del Gallo. Since she could not unravel the tangle, she must take care not to re-enter it. She could protest sincerely against Miss Bartlett's insinuations.

Mas embora ela tivesse evitado o ator principal, o cenário, infelizmente, permaneceu. Charlotte, com a complacência do destino, a conduziu do rio até a Piazza Signoria. Ela não poderia acreditar que pedras, uma Loggia, uma fonte, uma torre palaciana, teriam tal significado. Por um momento, ela entendeu a natureza dos fantasmas.

O local exato do assassinato foi ocupado, não por um fantasma, mas por Miss Lavish, que tinha o jornal da manhã em suas mãos. Ela os saudou vigorosamente. A terrível catástrofe do dia anterior havia lhe dado uma idéia que ela pensava que iria se transformar em um livro.

"Oh, deixe-me felicitá-la!" disse Miss Bartlett. "Depois do seu desespero de ontem! Que coisa afortunada!"

"Aha! Srta. Honeychurch, venha aqui eu estou com sorte. Agora, você deve me contar absolutamente tudo o que você viu desde o início". Lucy pocou no chão com seu guarda-sol.

"Mas talvez você prefira não"...

"Sinto muito - se você pudesse conseguir sem isso, eu acho que preferiria não".

As senhoras mais velhas trocaram olhares, não de desaprovação; é adequado que uma garota se sinta profundamente.

Sou eu que sinto muito", disse Miss Lavish "os hacks literários são criaturas sem vergonha". Eu acredito que não há nenhum segredo do coração humano para o qual não nos intrometermos".

But though she had avoided the chief actor, the scenery unfortunately remained. Charlotte, with the complacency of fate, led her from the river to the Piazza Signoria. She could not have believed that stones, a Loggia, a fountain, a palace tower, would have such significance. For a moment she understood the nature of ghosts.

The exact site of the murder was occupied, not by a ghost, but by Miss Lavish, who had the morning newspaper in her hand. She hailed them briskly. The dreadful catastrophe of the previous day had given her an idea which she thought would work up into a book.

"Oh, let me congratulate you!" said Miss Bartlett. "After your despair of yesterday! What a fortunate thing!"

"Aha! Miss Honeychurch, come you here I am in luck. Now, you are to tell me absolutely everything that you saw from the beginning." Lucy poked at the ground with her parasol.

"But perhaps you would rather not?"

"I'm sorry—if you could manage without it, I think I would rather not."

The elder ladies exchanged glances, not of disapproval; it is suitable that a girl should feel deeply.

"It is I who am sorry," said Miss Lavish "literary hacks are shameless creatures. I believe there's no secret of the human heart into which we wouldn't pry."

Ela marchou alegremente até a fonte e voltou, e fez alguns cálculos em realismo. Depois ela disse que estava na Piazza desde as oito horas coletando material. Uma boa parte dele era inadequado, mas é claro que sempre se tinha que se adaptar. Os dois homens haviam brigado por causa de uma nota de cinco francos. Pela nota de cinco francos ela deveria substituir uma jovem senhora, o que elevaria o tom da tragédia e, ao mesmo tempo, forneceria uma excelente trama.

"Qual é o nome da heroína", perguntou Miss Bartlett.

"Leonora", disse Miss Lavish; seu próprio nome era Eleanor.

"Eu espero que ela seja legal".

Esse desiderato não seria omitido.

"E qual é a trama?"

Amor, assassinato, seqüestro, vingança, era a trama. Mas tudo isso veio enquanto a fonte se plastificava com os sátiros ao sol da manhã.

"Eu espero que você me desculpe por me aborrecer assim", concluiu Miss Lavish. "É tão tentador falar com pessoas realmente simpáticas". É claro, este é o esboço mais difícil. Haverá um negócio de coloração local, descrições de Florença e da vizinhança, e eu também apresentarei alguns personagens humorísticos. E deixe-me dar a todos vocês um aviso justo: Eu pretendo ser impiedoso com o turista britânico".

"Oh, sua mulher malvada", gritou Miss Bartlett. "Eu tenho certeza que você está pensando nos Emersons".

Miss Lavish deu um sorriso maquiavélico.

She marched cheerfully to the fountain and back, and did a few calculations in realism. Then she said that she had been in the Piazza since eight o'clock collecting material. A good deal of it was unsuitable, but of course one always had to adapt. The two men had quarrelled over a five-franc note. For the five-franc note she should substitute a young lady, which would raise the tone of the tragedy, and at the same time furnish an excellent plot.

"What is the heroine's name?" asked Miss Bartlett.

"Leonora," said Miss Lavish; her own name was Eleanor.

"I do hope she's nice."

That desideratum would not be omitted.

"And what is the plot?"

Love, murder, abduction, revenge, was the plot. But it all came while the fountain plashed to the satyrs in the morning sun.

"I hope you will excuse me for boring on like this," Miss Lavish concluded. "It is so tempting to talk to really sympathetic people. Of course, this is the barest outline. There will be a deal of local colouring, descriptions of Florence and the neighbourhood, and I shall also introduce some humorous characters. And let me give you all fair warning: I intend to be unmerciful to the British tourist."

"Oh, you wicked woman," cried Miss Bartlett. "I am sure you are thinking of the Emersons."

Miss Lavish gave a Machiavellian smile.

"Confesso que na Itália minhas simpatias não são com meus próprios compatriotas. São os italianos negligenciados que me atraem, e cujas vidas eu vou pintar até onde eu puder. Pois eu repito e insisto, e sempre defendi com mais veemência, que uma tragédia como a de ontem não é a menos trágica porque aconteceu na vida humilde".

Houve um silêncio apropriado quando Miss Lavish terminou. Então as primas desejaram sucesso ao seu trabalho, e caminharam lentamente pela praça.

"Ela é a minha idéia de uma mulher realmente inteligente", disse Miss Bartlett. "Essa última observação me pareceu particularmente verdadeira. Deveria ser um romance muito patético".

Lucy concordou. No momento, seu grande objetivo não era ser colocada nela. Suas percepções esta manhã foram curiosamente aguçadas, e ela acreditava que Miss Lavish a teve em julgamento por um *ingenué*.

"Ela é emancipada, mas apenas no melhor sentido da palavra", continuou Miss Bartlett lentamente. Nenhuma, exceto a superficial, ficaria chocada com ela". Nós tivemos uma longa conversa ontem. Ela acredita na justiça, na verdade e no interesse humano". Ela me disse também que ela tem uma alta opinião sobre o destino da mulher - Sr. Eager! Ora, que bom! Que surpresa agradável"!

"Ah, não para mim", disse o capelão de forma branda, "pois eu tenho observado você e Miss Honeychurch por um bom tempo".

"Nós estávamos conversando com Miss Lavish".

Sua sobrancelha foi contratada.

"I confess that in Italy my sympathies are not with my own countrymen. It is the neglected Italians who attract me, and whose lives I am going to paint so far as I can. For I repeat and I insist, and I have always held most strongly, that a tragedy such as yesterday's is not the less tragic because it happened in humble life."

There was a fitting silence when Miss Lavish had concluded. Then the cousins wished success to her labours, and walked slowly away across the square.

"She is my idea of a really clever woman," said Miss Bartlett. "That last remark struck me as so particularly true. It should be a most pathetic novel."

Lucy assented. At present her great aim was not to get put into it. Her perceptions this morning were curiously keen, and she believed that Miss Lavish had her on trial for an *ingenué*.

"She is emancipated, but only in the very best sense of the word," continued Miss Bartlett slowly. "None but the superficial would be shocked at her. We had a long talk yesterday. She believes in justice and truth and human interest. She told me also that she has a high opinion of the destiny of woman—Mr. Eager! Why, how nice! What a pleasant surprise!"

"Ah, not for me," said the chaplain blandly, "for I have been watching you and Miss Honeychurch for quite a little time."

"We were chatting to Miss Lavish."

His brow contracted.

"Então eu vi. Você estava mesmo? Andate via! sono occupato"! A última observação foi feita a um vendedor de fotografias panorâmicas que se aproximava com um sorriso cortês. "Eu estou prestes a arriscar uma sugestão. Você e Miss Honeychurch estariam dispostos a se juntar a mim em um passeio de carro algum dia esta semana - um passeio de carro pelas colinas? Nós poderíamos subir por Fiesole e voltar por Settignano. Há um ponto naquela estrada onde poderíamos descer e ter uma hora de passeio na encosta. A vista de Florença é a mais bonita - melhor do que a vista de Fiesole. É a vista que Alessio Baldovinetti gosta de introduzir em suas fotos. Aquele homem tinha um sentimento decidido pela paisagem. Decididamente. Mas quem olha para isso hoje? Ah, o mundo é demais para nós".

Miss Bartlett não tinha ouvido falar de Alessio Baldovinetti, mas ela sabia que o Sr. Eager não era um capelão comum. Ele era um membro da colônia residencial que tinha feito de Florença sua casa. Ele conhecia as pessoas que nunca andaram com Baedekers, que tinham aprendido a fazer uma sesta depois do almoço, que levavam os turistas de pensão que nunca tinham ouvido falar, e que viram por galerias de influência privadas que estavam fechadas para eles. Vivendo em um isolamento delicado, alguns em apartamentos mobiliados, outros em vilas renascentistas na encosta de Fiesole, eles leram, escreveram, estudaram e trocaram idéias, alcançando assim aquele conhecimento íntimo, ou melhor, percepção, de Florença que é negado a todos que carregam em seus bolsos os cupons de Cook.

"So I saw. Were you indeed? Andate via! sono occupato!" The last remark was made to a vender of panoramic photographs who was approaching with a courteous smile. "I am about to venture a suggestion. Would you and Miss Honeychurch be disposed to join me in a drive some day this week—a drive in the hills? We might go up by Fiesole and back by Settignano. There is a point on that road where we could get down and have an hour's ramble on the hillside. The view thence of Florence is most beautiful—far better than the hackneyed view of Fiesole. It is the view that Alessio Baldovinetti is fond of introducing into his pictures. That man had a decided feeling for landscape. Decidedly. But who looks at it to-day? Ah, the world is too much for us."

Miss Bartlett had not heard of Alessio Baldovinetti, but she knew that Mr. Eager was no commonplace chaplain. He was a member of the residential colony who had made Florence their home. He knew the people who never walked about with Baedekers, who had learnt to take a siesta after lunch, who took drives the pension tourists had never heard of, and saw by private influence galleries which were closed to them. Living in delicate seclusion, some in furnished flats, others in Renaissance villas on Fiesole's slope, they read, wrote, studied, and exchanged ideas, thus attaining to that intimate knowledge, or rather perception, of Florence which is denied to all who carry in their pockets the coupons of Cook.

Therefore an invitation from the chaplain was something to be proud of. Between the two sections of his flock he was often the only link, and it was his avowed custom to select those of his migratory sheep who seemed worthy, and give them a few hours in the pastures of the permanent. Tea at a Renaissance villa? Nothing had been said about it yet. But if it did come to that—how Lucy would enjoy it!

A few days ago and Lucy would have felt the same. But the joys of life were grouping themselves anew. A drive in the hills with Mr. Eager and Miss Bartlett—even if culminating in a residential tea-party—was no longer the greatest of them. She echoed the raptures of Charlotte somewhat faintly. Only when she heard that Mr. Beebe was also coming did her thanks become more sincere.

"So we shall be a *partie carrée*," said the chaplain. "In these days of toil and tumult one has great needs of the country and its message of purity. Andate via! andate presto, presto! Ah, the town! Beautiful as it is, it is the town."

They assented.

"This very square—so I am told—witnessed yesterday the most sordid of tragedies. To one who loves the Florence of Dante and Savonarola there is something portentous in such desecration—portentous and humiliating."

"Humiliating indeed," said Miss Bartlett. "Miss Honeychurch happened to be passing through as it happened. She can hardly bear to speak of it." She glanced at Lucy proudly.

"E como viemos a ter você aqui", perguntou o capelão paternamente.

O liberalismo recente da Srta. Bartlett se desvaneceu com a pergunta. "Não a culpe, por favor, Mr. Eager. A culpa é minha": Eu deixei-a sem papel".

"Então você estava aqui sozinha, Srta. Honeychurch?" Sua voz sugeriu uma reprovação simpática, mas ao mesmo tempo indicou que alguns detalhes angustiantes não seriam inaceitáveis. Seu rosto sombrio e bonito caiu de luto em direção a ela para pegar sua resposta.

"Praticamente".

"Um de nossos conhecidos da pensão gentilmente a trouxe para casa", disse a Srta. Bartlett, ocultando de forma ad hoc o sexo do preservador.

"Para ela também deve ter sido uma experiência terrível". Eu confio que nenhum de vocês estava - que não estava em sua proximidade imediata".

Das muitas coisas que Lucy estava percebendo hoje, não a menos notável era esta: a moda macabra em que pessoas respeitáveis vão mordiscar depois do sangue. George Emerson tinha mantido o assunto estranhamente puro.

"Ele morreu perto da fonte, eu acredito", foi a resposta dela.

"E você e seu amigo..."

"Estivemos na Loggia".

"And how came we to have you here?" asked the chaplain paternally.

Miss Bartlett's recent liberalism oozed away at the question. "Do not blame her, please, Mr. Eager. The fault is mine: I left her unchaperoned."

"So you were here alone, Miss Honeychurch?" His voice suggested sympathetic reproof but at the same time indicated that a few harrowing details would not be unacceptable. His dark, handsome face drooped mournfully towards her to catch her reply.

"Practically."

"One of our pension acquaintances kindly brought her home," said Miss Bartlett, adroitly concealing the sex of the preserver.

"For her also it must have been a terrible experience. I trust that neither of you was at all—that it was not in your immediate proximity?"

Of the many things Lucy was noticing to-day, not the least remarkable was this: the ghoulish fashion in which respectable people will nibble after blood. George Emerson had kept the subject strangely pure.

"He died by the fountain, I believe," was her reply.

"And you and your friend—"

"Were over at the Loggia."

"Isso deve ter lhe poupado muito. Você não viu, é claro, as ilustrações vergonhosas que a sarjeta Pressa - Este homem é um incômodo público; ele sabe que eu sou um residente perfeitamente bem, e ainda assim ele continua me preocupando para comprar suas visões vulgares".

Certamente o vendedor de fotografias estava no campeonato com Lucy - no eterno campeonato da Itália com a juventude. Ele havia estendido seu livro de repente antes de Miss Bartlett e Mr. Eager, unindo suas mãos por uma longa fita brilhante de igrejas, fotos e vistas.

"Isto é demais!" gritou o capelão, atacando petulantemente um dos anjos do Fra Angelico. Ela rasgou. Um grito estridente do vendedor. O livro que parecia, era mais valioso do que se poderia imaginar.

"De bom grado eu compraria -" começou Miss Bartlett.

"Ignore-o", disse o Sr. Eager com muita garra, e todos eles se afastaram rapidamente da praça.

Mas um italiano nunca pode ser ignorado, muito menos quando ele tem uma reclamação. Sua misteriosa perseguição ao Sr. Eager tornou-se implacável; o ar ressoou com suas ameaças e lamentos. Ele apelou para Lucy; ela não iria interceder? Ele era pobre - ele abrigou uma família - o imposto sobre o pão. Ele esperava, ele algaravia, era recompensado, estava insatisfeito, ele não os deixava até que ele tivesse varrido a mente deles de todos os pensamentos, sejam eles agradáveis ou desagradáveis.

"That must have saved you much. You have not, of course, seen the disgraceful illustrations which the gutter Press—This man is a public nuisance; he knows that I am a resident perfectly well, and yet he goes on worrying me to buy his vulgar views."

Surely the vendor of photographs was in league with Lucy—in the eternal league of Italy with youth. He had suddenly extended his book before Miss Bartlett and Mr. Eager, binding their hands together by a long glossy ribbon of churches, pictures, and views.

"This is too much!" cried the chaplain, striking petulantly at one of Fra Angelico's angels. She tore. A shrill cry rose from the vendor. The book it seemed, was more valuable than one would have supposed.

"Willingly would I purchase—" began Miss Bartlett.

"Ignore him," said Mr. Eager sharply, and they all walked rapidly away from the square.

But an Italian can never be ignored, least of all when he has a grievance. His mysterious persecution of Mr. Eager became relentless; the air rang with his threats and lamentations. He appealed to Lucy; would not she intercede? He was poor—he sheltered a family—the tax on bread. He waited, he gibbered, he was recompensed, he was dissatisfied, he did not leave them until he had swept their minds clean of all thoughts whether pleasant or unpleasant.

Shopping was the topic that now ensued. Under the chaplain's guidance they selected many hideous presents and mementoes—florid little picture-frames that seemed fashioned in gilded pastry; other little frames, more severe, that stood on little easels, and were carven out of oak; a blotting book of vellum; a Dante of the same material; cheap mosaic brooches, which the maids, next Christmas, would never tell from real; pins, pots, heraldic saucers, brown art-photographs; Eros and Psyche in alabaster; St. Peter to match—all of which would have cost less in London.

This successful morning left no pleasant impressions on Lucy. She had been a little frightened, both by Miss Lavish and by Mr. Eager, she knew not why. And as they frightened her, she had, strangely enough, ceased to respect them. She doubted that Miss Lavish was a great artist. She doubted that Mr. Eager was as full of spirituality and culture as she had been led to suppose. They were tried by some new test, and they were found wanting. As for Charlotte—as for Charlotte she was exactly the same. It might be possible to be nice to her; it was impossible to love her.

"The son of a labourer; I happen to know it for a fact. A mechanic of some sort himself when he was young; then he took to writing for the Socialistic Press. I came across him at Brixton."

They were talking about the Emersons.

"Quão maravilhosamente as pessoas se levantam nestes dias", suspirou Miss Bartlett, dedilhando um modelo da Torre de Pisa inclinada.

Geralmente", respondeu o Sr. Eager, "a pessoa só tem simpatia pelo seu sucesso". O desejo por educação e por avanço social - nestas coisas há algo que não é totalmente vil. Há alguns homens trabalhadores que se estaria muito disposto a ver aqui em Florença - um pouco como eles fariam com isso".

"Ele é jornalista agora?" perguntou Miss Bartlett.

"Ele não é; ele fez um casamento vantajoso".

Ele proferiu esta observação com uma voz cheia de significado, e terminou com um suspiro.

"Oh, então ele tem uma esposa".

"Morta, Srta. Bartlett, morta. Eu me pergunto - sim, eu me pergunto como ele tem o descaramento de me olhar na cara, de se atrever a reclamar conhecimento comigo. Ele esteve na minha paróquia em Londres há muito tempo. No outro dia em Santa Croce, quando ele estava com Miss Honeychurch, eu o esnobei. Deixe-o tomar cuidado para que ele não tenha mais do que um esnobe".

"O quê?" gritou Lucy, ruborizando.

"Exposição!" assobiou o Sr. Eager.

"How wonderfully people rise in these days!" sighed Miss Bartlett, fingering a model of the leaning Tower of Pisa.

"Generally," replied Mr. Eager, "one has only sympathy for their success. The desire for education and for social advance—in these things there is something not wholly vile. There are some working men whom one would be very willing to see out here in Florence—little as they would make of it."

"Is he a journalist now?" Miss Bartlett asked.

"He is not; he made an advantageous marriage."

He uttered this remark with a voice full of meaning, and ended with a sigh.

"Oh, so he has a wife."

"Dead, Miss Bartlett, dead. I wonder—yes I wonder how he has the effrontery to look me in the face, to dare to claim acquaintance with me. He was in my London parish long ago. The other day in Santa Croce, when he was with Miss Honeychurch, I snubbed him. Let him beware that he does not get more than a snub."

"What?" cried Lucy, flushing.

"Exposure!" hissed Mr. Eager.

He tried to change the subject; but in scoring a dramatic point he had interested his audience more than he had intended. Miss Bartlett was full of very natural curiosity. Lucy, though she wished never to see the Emersons again, was not disposed to condemn them on a single word.

"Do you mean," she asked, "that he is an irreligious man? We know that already."

"Lucy, dear—" said Miss Bartlett, gently reproving her cousin's penetration.

"I should be astonished if you knew all. The boy—an innocent child at the time—I will exclude. God knows what his education and his inherited qualities may have made him."

"Perhaps," said Miss Bartlett, "it is something that we had better not hear."

"To speak plainly," said Mr. Eager, "it is. I will say no more." For the first time Lucy's rebellious thoughts swept out in words—for the first time in her life.

"You have said very little."

"It was my intention to say very little," was his frigid reply.

He gazed indignantly at the girl, who met him with equal indignation. She turned towards him from the shop counter; her breast heaved quickly. He observed her brow, and the sudden strength of her lips. It was intolerable that she should disbelieve him.

"Murder, if you want to know," he cried angrily. "That man murdered his wife!"

"Como?" ela replicou.

"Para todos os efeitos, ele a assassinou. Naquele dia em Santa Croce - eles disseram alguma coisa contra mim?"

"Nem uma palavra, Sr. Eager - nem uma única palavra".

"Oh, eu pensei que eles estivessem me difamando para você. Mas suponho que são apenas os encantos pessoais deles que fazem com que você os defenda".

"Eu não estou defendendo eles", disse Lucy, perdendo sua coragem, e recaindo nos velhos métodos caóticos. "Eles não são nada para mim".

"Como você poderia pensar que ela estava defendendo eles", disse Miss Bartlett, muito desconcertada com a cena desagradável. O lojista possivelmente estava ouvindo.

"Ela vai achar difícil". Pois aquele homem assassinou sua esposa aos olhos de Deus".

A adição de Deus foi marcante. Mas o capelão estava realmente tentando qualificar um comentário precipitado. Seguiu-se um silêncio que poderia ter sido impressionante, mas foi meramente constrangedor. Então Miss Bartlett comprou apressadamente a Torre Inclinada, e abriu caminho para a rua.

"Eu devo estar indo", disse ele, fechando os olhos e tirando seu relógio.

Miss Bartlett agradeceu-lhe pela sua gentileza e falou com entusiasmo do impulso que se aproximava.

"Dirigir? Oh, a nossa unidade vai sair?"

Lucy foi relembrada aos seus modos, e após um pequeno esforço a complacência do Sr. Eager foi restaurada.

"How?" she retorted.

"To all intents and purposes he murdered her. That day in Santa Croce—did they say anything against me?"

"Not a word, Mr. Eager—not a single word."

"Oh, I thought they had been libelling me to you. But I suppose it is only their personal charms that makes you defend them."

"I'm not defending them," said Lucy, losing her courage, and relapsing into the old chaotic methods. "They're nothing to me."

"How could you think she was defending them?" said Miss Bartlett, much discomfited by the unpleasant scene. The shopman was possibly listening.

"She will find it difficult. For that man has murdered his wife in the sight of God."

The addition of God was striking. But the chaplain was really trying to qualify a rash remark. A silence followed which might have been impressive, but was merely awkward. Then Miss Bartlett hastily purchased the Leaning Tower, and led the way into the street.

"I must be going," said he, shutting his eyes and taking out his watch.

Miss Bartlett thanked him for his kindness, and spoke with enthusiasm of the approaching drive.

"Drive? Oh, is our drive to come off?"

Lucy was recalled to her manners, and after a little exertion the complacency of Mr. Eager was restored.

"Incomodar a viagem", exclamou a garota, assim que ele partiu. "É apenas a viagem que tínhamos combinado com o Sr. Beebe sem nenhum alarido". Por que ele deveria nos convidar dessa maneira absurda? Nós também poderíamos convidá-lo. Cada um de nós está pagando por si mesmo".

Miss Bartlett, que tinha a intenção de lamentar sobre os Emersons, foi lançada por esta observação em pensamentos inesperados.

"Se é assim, querido - se a viagem que nós e o Sr. Beebe vamos com o Sr. Eager é realmente a mesma que vamos com o Sr. Beebe, então eu prevejo uma triste chaleira de peixe".

"Como?"

"Porque o Sr. Beebe pediu a Eleanor Lavish para vir também".

"Isso significará outra carruagem".

"Muito pior. O Sr. Eager não gosta da Eleanor. Ela mesma sabe disso. A verdade deve ser dita; ela é muito pouco convencional para ele".

"Bother the drive!" exclaimed the girl, as soon as he had departed. "It is just the drive we had arranged with Mr. Beebe without any fuss at all. Why should he invite us in that absurd manner? We might as well invite him. We are each paying for ourselves."

Miss Bartlett, who had intended to lament over the Emersons, was launched by this remark into unexpected thoughts.

"If that is so, dear—if the drive we and Mr. Beebe are going with Mr. Eager is really the same as the one we are going with Mr. Beebe, then I foresee a sad kettle of fish."

"How?"

"Because Mr. Beebe has asked Eleanor Lavish to come, too."

"That will mean another carriage."

"Far worse. Mr. Eager does not like Eleanor. She knows it herself. The truth must be told; she is too unconventional for him."

Eles estavam agora na sala de jornais do banco inglês. Lucy ficou ao lado da mesa central, sem prestar atenção a Punch and the Graphic, tentando responder, ou em todos os eventos para formular as perguntas que se amotinavam em seu cérebro. O mundo conhecido tinha se desmoronado, e lá surgiu Florença, uma cidade mágica onde as pessoas pensavam e faziam as coisas mais extraordinárias. Assassinatos, acusações de assassinato, uma senhora agarrada a um homem e sendo mal-educada com outro - eram estes os incidentes diários de suas ruas? Havia mais em sua beleza franca do que se encontrava - o poder, talvez, de evocar paixões, boas e más, e de levá-las rapidamente a um cumprimento?

Feliz Charlotte, que, embora muito perturbada com as coisas que não importavam, parecia alheia às coisas que faziam; que podia conjecturar com admirável delicadeza "para onde as coisas poderiam levar", mas aparentemente perdeu de vista o objetivo quando se aproximava dele. Agora ela estava agachada no canto tentando extrair uma nota circular de uma espécie de saco de linho que estava pendurado em um casto esconderijo ao redor de seu pescoço.

They were now in the newspaper-room at the English bank. Lucy stood by the central table, heedless of Punch and the Graphic, trying to answer, or at all events to formulate the questions rioting in her brain. The well-known world had broken up, and there emerged Florence, a magic city where people thought and did the most extraordinary things. Murder, accusations of murder, a lady clinging to one man and being rude to another—were these the daily incidents of her streets? Was there more in her frank beauty than met the eye—the power, perhaps, to evoke passions, good and bad, and to bring them speedily to a fulfillment?

Happy Charlotte, who, though greatly troubled over things that did not matter, seemed oblivious to things that did; who could conjecture with admirable delicacy "where things might lead to," but apparently lost sight of the goal as she approached it. Now she was crouching in the corner trying to extract a circular note from a kind of linen nose-bag which hung in chaste concealment round her neck.

Ela tinha sido informada de que esta era a única maneira segura de carregar dinheiro na Itália; ele só deve ser abordado dentro das paredes do banco inglês. Enquanto ela apalpava, ela murmurava: "Seja o Sr. Beebe que esqueceu de dizer ao Sr. Eager, ou o Sr. Eager que esqueceu quando nos disse, ou se eles decidiram deixar a Eleanor completamente de fora - o que eles dificilmente poderiam fazer - mas em qualquer caso nós devemos estar preparados. É a você que eles realmente querem; só me pedem aparições.

Você irá com os dois cavalheiros, e eu e Eleanor seguiremos atrás. Uma carruagem de um cavalo faria por nós. No entanto, como é difícil"!

"É de fato", respondeu a menina, com uma gravidade que soou simpática.

"O que você acha disso", perguntou Miss Bartlett, corada da luta, e abotoando seu vestido.

"Eu não sei o que eu penso, nem o que eu quero".

"Oh, querida, Lucy! Eu espero que Florença não esteja te aborrecendo. Diga a palavra, e, como você sabe, eu te levaria até os confins da terra amanhã".

"Obrigado, Charlotte", disse Lucy, e ponderou sobre a oferta.

She had been told that this was the only safe way to carry money in Italy; it must only be broached within the walls of the English bank. As she groped she murmured: "Whether it is Mr. Beebe who forgot to tell Mr. Eager, or Mr. Eager who forgot when he told us, or whether they have decided to leave Eleanor out altogether—which they could scarcely do—but in any case we must be prepared. It is you they really want; I am only asked for appearances.

You shall go with the two gentlemen, and I and Eleanor will follow behind. A one-horse carriage would do for us. Yet how difficult it is!"

"It is indeed," replied the girl, with a gravity that sounded sympathetic.

"What do you think about it?" asked Miss Bartlett, flushed from the struggle, and buttoning up her dress.

"I don't know what I think, nor what I want."

"Oh, dear, Lucy! I do hope Florence isn't boring you. Speak the word, and, as you know, I would take you to the ends of the earth to-morrow."

"Thank you, Charlotte," said Lucy, and pondered over the offer.

Havia cartas para ela no bureau - uma de seu irmão, cheia de atletismo e biologia; uma de sua mãe, deliciosa como só as cartas de sua mãe poderiam ser. Ela tinha lido nela sobre os crocodilos que tinham sido comprados por amarelo e estavam subindo puce, sobre a nova empregada de salão, que tinha regado os fetos com essência de limonada, sobre as cabanas semi-destacadas que estavam arruinando a Summer Street, e quebrando o coração de Sir Harry Otway.

Ela se lembrou da vida livre e agradável de sua casa, onde lhe era permitido fazer tudo e onde nada lhe acontecia. O caminho através do pinhal, a sala de desenho limpa, a vista sobre a Calçada Sussex - tudo dependurado diante dela brilhante e distinto, mas patético como as fotos em uma galeria para a qual, após muita experiência, um viajante retorna.

"E a notícia?" perguntou Miss Bartlett.

"A Sra. Vyse e seu filho foram a Roma", disse Lucy, dando as notícias que menos lhe interessaram. "Você conhece os Vyses?"

"Oh, não desse jeito de volta. Nós nunca podemos ter muito da querida Piazza Signoria".

"Eles são pessoas legais, os Vyses". Tão inteligente - a minha idéia do que é realmente inteligente. Você não anseia por estar em Roma?"

"Eu morro por isso"!

There were letters for her at the bureau—one from her brother, full of athletics and biology; one from her mother, delightful as only her mother's letters could be. She had read in it of the crocuses which had been bought for yellow and were coming up puce, of the new parlour-maid, who had watered the ferns with essence of lemonade, of the semi-detached cottages which were ruining Summer Street, and breaking the heart of Sir Harry Otway.

She recalled the free, pleasant life of her home, where she was allowed to do everything, and where nothing ever happened to her. The road up through the pine-woods, the clean drawing-room, the view over the Sussex Weald—all hung before her bright and distinct, but pathetic as the pictures in a gallery to which, after much experience, a traveller returns.

"And the news?" asked Miss Bartlett.

"Mrs. Vyse and her son have gone to Rome," said Lucy, giving the news that interested her least. "Do you know the Vyses?"

"Oh, not that way back. We can never have too much of the dear Piazza Signoria."

"They're nice people, the Vyses. So clever—my idea of what's really clever. Don't you long to be in Rome?"

"I die for it!"

A Piazza Signoria é muito pedregosa para ser brilhante. Não tem grama, flores, afrescos, paredes de mármore brilhantes ou remendos de tijolos corados. Por um acaso estranho - a menos que acreditemos em um gênio presidente de lugares - estátuas que aliviam sua severidade sugerem, não a inocência da infância, nem o desnorteamento glorioso da juventude, mas as realizações conscientes da maturidade. Perseus e Judith, Hércules e Thusnelda, eles fizeram ou sofreram algo, e embora sejam imortais, a imortalidade chegou até eles depois da experiência, não antes. Aqui, não apenas na solidão da Natureza, pode um herói encontrar uma deusa, ou uma heroína encontrar um deus.

The Piazza Signoria is too stony to be brilliant. It has no grass, no flowers, no frescoes, no glittering walls of marble or comforting patches of ruddy brick. By an odd chance—unless we believe in a presiding genius of places—the statues that relieve its severity suggest, not the innocence of childhood, nor the glorious bewilderment of youth, but the conscious achievements of maturity. Perseus and Judith, Hercules and Thusnelda, they have done or suffered something, and though they are immortal, immortality has come to them after experience, not before. Here, not only in the solitude of Nature, might a hero meet a goddess, or a heroine a god.

"Charlotte!" gritou a garota de repente. "Aqui está uma idéia. E se nós aparecêssemos em Roma amanhã à noite para o hotel dos Vyses? Pois eu sei o que eu quero. Estou cansada de Florença. Não, você disse que iria até os confins do mundo! Faça! Faça!".

"Charlotte!" cried the girl suddenly. "Here's an idea. What if we popped off to Rome to-morrow—straight to the Vyses' hotel? For I do know what I want. I'm sick of Florence. No, you said you'd go to the ends of the earth! Do! Do!"

Miss Bartlett, com a mesma vivacidade, respondeu:

Miss Bartlett, with equal vivacity, replied:

"Oh, você droll pessoa! Ore, o que seria do seu passeio nas colinas"?

"Oh, you droll person! Pray, what would become of your drive in the hills?"

Eles passaram juntos pela beleza da praça, rindo por causa da sugestão pouco prática.

They passed together through the gaunt beauty of the square, laughing over the unpractical suggestion.

The Reverend Arthur Beebe, the Reverend Cuthbert Eager, Mr. Emerson, Mr. George Emerson, Miss Eleanor Lavish, Miss Charlotte Bartlett, and Miss Lucy Honeychurch Drive Out in Carriages to See a View; Italians Drive Them.

The Reverend Arthur Beebe, the Reverend Cuthbert Eager, Mr. Emerson, Mr. George Emerson, Miss Eleanor Lavish, Miss Charlotte Bartlett, and Miss Lucy Honeychurch Drive Out in Carriages to See a View; Italians Drive Them.

O Reverendo Arthur Beebe, O Reverendo Cuthbert Eager, Mr. Emerson, Mr. George Emerson, Miss Eleanor Lavish, Miss Charlotte Bartlett, E Miss Lucy Honeychurch Conduzem Em Carriages Para Vê-Los; Os Italianos Os Conduzem.

Foi Phaethon que os levou para Fiesole naquele dia memorável, um jovem todo irresponsabilidade e fogo, instigando imprudentemente os cavalos de seu mestre subindo a colina pedregosa. O Sr. Beebe o reconheceu de imediato. Nem a Idade da Fé nem a Idade da Dúvida o tocaram; ele era Phaethon, na Toscana, dirigindo um táxi. E foi Persephone quem ele pediu para sair para pegar no caminho, dizendo que ela era sua irmã-Persephone, alta e esbelta e pálida, voltando com a primavera para a cabana de sua mãe, e ainda sombreando seus olhos da luz inabitual. Para ela o Sr. Eager objetou, dizendo que aqui estava a borda fina da cunha, e é preciso se precaver contra a imposição. Mas as senhoras intercederam, e quando ficou claro que era um grande favor, a deusa foi autorizada a montar ao lado do deus.

It was Phaethon who drove them to Fiesole that memorable day, a youth all irresponsibility and fire, recklessly urging his master's horses up the stony hill. Mr. Beebe recognized him at once. Neither the Ages of Faith nor the Age of Doubt had touched him; he was Phaethon in Tuscany driving a cab. And it was Persephone whom he asked leave to pick up on the way, saying that she was his sister—Persephone, tall and slender and pale, returning with the Spring to her mother's cottage, and still shading her eyes from the unaccustomed light. To her Mr. Eager objected, saying that here was the thin edge of the wedge, and one must guard against imposition. But the ladies interceded, and when it had been made clear that it was a very great favour, the goddess was allowed to mount beside the god.

The Reverend Arthur Beebe, the Reverend Cuthbert Eager, Mr. Emerson, Mr. George Emerson, Miss Eleanor Lavish, Miss Charlotte Bartlett, and Miss Lucy Honeychurch Drive Out in Carriages to See a View; Italians Drive Them.

Phaethon imediatamente deslizou a rédea esquerda sobre sua cabeça, permitindo-se assim dirigir com seu braço em volta da cintura dela. Ela não se importou. O Sr. Eager, que se sentou de costas para os cavalos, não viu nada do procedimento indecoroso, e continuou sua conversa com Lucy. Os outros dois ocupantes da carruagem eram o velho Sr. Emerson e Miss Lavish. Pois uma coisa horrível havia acontecido: O Sr. Beebe, sem consultar o Sr. Eager, tinha dobrado o tamanho da festa. E embora Miss Bartlett e Miss Lavish tivessem planejado toda a manhã como as pessoas iriam sentar-se, no momento crítico em que as carruagens chegavam, elas perderam a cabeça, e Miss Lavish entrou com Lucy, enquanto Miss Bartlett, com George Emerson e Mr. Beebe, seguiram atrás.

Foi difícil para o pobre capelão ter sua *partie carrée* assim transformada. O chá em uma vila renascentista, se ele alguma vez o tivesse meditado, agora era impossível. Lucy e Miss Bartlett tinham um certo estilo sobre elas, e Mr. Beebe, embora não fosse confiável, era um homem de partes. Mas uma escritora de má qualidade e uma jornalista que tinha assassinado sua esposa aos olhos de Deus - eles não deveriam entrar em nenhuma vila em sua apresentação.

Phaethon at once slipped the left rein over her head, thus enabling himself to drive with his arm round her waist. She did not mind. Mr. Eager, who sat with his back to the horses, saw nothing of the indecorous proceeding, and continued his conversation with Lucy. The other two occupants of the carriage were old Mr. Emerson and Miss Lavish. For a dreadful thing had happened: Mr. Beebe, without consulting Mr. Eager, had doubled the size of the party. And though Miss Bartlett and Miss Lavish had planned all the morning how the people were to sit, at the critical moment when the carriages came round they lost their heads, and Miss Lavish got in with Lucy, while Miss Bartlett, with George Emerson and Mr. Beebe, followed on behind.

It was hard on the poor chaplain to have his *partie carrée* thus transformed. Tea at a Renaissance villa, if he had ever meditated it, was now impossible. Lucy and Miss Bartlett had a certain style about them, and Mr. Beebe, though unreliable, was a man of parts. But a shoddy lady writer and a journalist who had murdered his wife in the sight of God—they should enter no villa at his introduction.

Lucy, elegantemente vestida de branco, sentada erecta e nervosa em meio a esses ingredientes explosivos, atenta ao Sr. Eager, repressiva em relação a Miss Lavish, atenta ao velho Sr. Emerson, até então felizmente adormecido, graças a um almoço pesado e à atmosfera sonolenta da primavera. Ela olhou para a expedição como o trabalho do destino. Mas para isso ela teria evitado George Emerson com sucesso. De uma maneira aberta ele tinha mostrado que desejava continuar a intimidade deles. Ela havia recusado, não porque não gostasse dele, mas porque não sabia o que havia acontecido e suspeitava que ele sabia. E isto a assustou.

Para o verdadeiro evento - o que quer que tenha acontecido - aconteceu, não na Loggia, mas junto ao rio. Comportar-se de forma selvagem à vista da morte é perdoável. Mas discuti-la depois, passar da discussão ao silêncio, e através do silêncio à simpatia, isso é um erro, não de uma emoção assustada, mas de todo o tecido. Havia realmente algo de culposo (ela pensou) em sua contemplação conjunta da corrente sombria, no impulso comum que os tinha voltado para a casa sem a passagem de um olhar ou de uma palavra.

Esta sensação de maldade tinha sido leve no início. Ela tinha quase se juntado à festa da Torre del Gallo. Mas cada vez que ela evitava George, tornou-se mais imperativo que ela o evitasse novamente. E agora a ironia celestial, trabalhando através de seu primo e de dois clérigos, não a deixou sofrer até que ela tivesse feito esta expedição com ele através das colinas.

Enquanto isso, o Sr. Eager a manteve em conversa civil; o seu pequeno arrufo tinha acabado.

Lucy, elegantly dressed in white, sat erect and nervous amid these explosive ingredients, attentive to Mr. Eager, repressive towards Miss Lavish, watchful of old Mr. Emerson, hitherto fortunately asleep, thanks to a heavy lunch and the drowsy atmosphere of Spring. She looked on the expedition as the work of Fate. But for it she would have avoided George Emerson successfully. In an open manner he had shown that he wished to continue their intimacy. She had refused, not because she disliked him, but because she did not know what had happened, and suspected that he did know. And this frightened her.

For the real event—whatever it was—had taken place, not in the Loggia, but by the river. To behave wildly at the sight of death is pardonable. But to discuss it afterwards, to pass from discussion into silence, and through silence into sympathy, that is an error, not of a startled emotion, but of the whole fabric. There was really something blameworthy (she thought) in their joint contemplation of the shadowy stream, in the common impulse which had turned them to the house without the passing of a look or word.

This sense of wickedness had been slight at first. She had nearly joined the party to the Torre del Gallo. But each time that she avoided George it became more imperative that she should avoid him again. And now celestial irony, working through her cousin and two clergymen, did not suffer her to leave Florence till she had made this expedition with him through the hills.

Meanwhile Mr. Eager held her in civil converse; their little tiff was over.

The Reverend Arthur Beebe, the Reverend Cuthbert Eager, Mr. Emerson, Mr. George Emerson, Miss Eleanor Lavish, Miss Charlotte Bartlett, and Miss Lucy Honeychurch Drive Out in Carriages to See a View; Italians Drive Them.

"Então, Srta. Honeychurch, você está viajando? Como estudante de arte?"

"Oh, querido eu, não, não!"

"Talvez como uma estudante da natureza humana", interpôs Miss Lavish, "como eu"?

"Oh, não. Eu estou aqui como um turista".

"Oh, de fato", disse o Sr. Eager. "Você está mesmo? Se você não vai me achar rude, nós residentes às vezes temos pena de você, pobres turistas, que não são um pouco descuidados como uma parcela de mercadorias de Veneza a Florença, de Florença a Roma, vivendo juntos em pensões ou hotéis, bastante inconscientes de qualquer coisa que esteja fora de Baedeker, sua única ansiedade de "terminar" ou "atravessar" e ir para outro lugar. O resultado é que eles misturam cidades, rios, palácios em um turbilhão inextricável. Você conhece a garota americana em Punch que diz: 'Diga, poppa, o que nós vimos em Roma? E o pai responde: "Por que, acho que Roma foi o lugar onde nós vimos o cachorro yaller". Há uma viagem para você. Ha! ha! ha! ha!".

"Eu concordo plenamente", disse Miss Lavish, que várias vezes tentou interromper a sua inteligência mordente. "A estreiteza e a superficialidade do turista anglo-saxão é nada menos do que uma ameaça".

"So, Miss Honeychurch, you are travelling? As a student of art?"

"Oh, dear me, no—oh, no!"

"Perhaps as a student of human nature," interposed Miss Lavish, "like myself?"

"Oh, no. I am here as a tourist."

"Oh, indeed," said Mr. Eager. "Are you indeed? If you will not think me rude, we residents sometimes pity you poor tourists not a little—handed about like a parcel of goods from Venice to Florence, from Florence to Rome, living herded together in pensions or hotels, quite unconscious of anything that is outside Baedeker, their one anxiety to get 'done' or 'through' and go on somewhere else. The result is, they mix up towns, rivers, palaces in one inextricable whirl. You know the American girl in Punch who says: 'Say, poppa, what did we see at Rome?' And the father replies: 'Why, guess Rome was the place where we saw the yaller dog.' There's travelling for you. Ha! ha! ha!"

"I quite agree," said Miss Lavish, who had several times tried to interrupt his mordant wit. "The narrowness and superficiality of the Anglo-Saxon tourist is nothing less than a menace."

"Muito bem. Agora, a colônia inglesa em Florença, Miss Honeychurch - e ela é de tamanho considerável, embora, é claro, nem todas igualmente - poucas estão aqui para o comércio, por exemplo. Mas a maior parte são estudantes. Lady Helen Laverstock está no momento ocupada com Fra Angelico. Eu menciono o nome dela porque nós estamos passando a vila dela à esquerda. Não, você só pode vê-la se você ficar de pé - não, não fique de pé; você vai cair. Ela está muito orgulhosa daquela sebe grossa. Por dentro, reclusão perfeita. Pode-se ter recuado seiscentos anos. Alguns críticos acreditam que o jardim dela foi a cena de O Decameron, o que lhe dá um interesse adicional, não é?".

"É verdade!" gritou Miss Lavish. "Diga-me, onde eles colocam a cena daquele maravilhoso sétimo dia?"

Mas o Sr. Eager prosseguiu dizendo à Srta. Honeychurch que à direita vivia o Sr. Alguém Algo, um americano do melhor tipo tão raro!- e que o Alguém Elses estava mais abaixo. "Sem dúvida você conhece suas monografias na série de 'Mediæval Byways'? Ele está trabalhando na Gemistus Pletho. Às vezes, enquanto tomo chá em seus belos terrenos, ouço, por cima da parede, o bonde elétrico guinchando a nova estrada com suas cargas de turistas quentes, poeirentos e ininteligentes que vão 'fazer' Fiesole em uma hora para que eles possam dizer que estiveram lá, e eu acho - eu acho - que eles acham muito pouco o que está tão perto deles".

"Quite so. Now, the English colony at Florence, Miss Honeychurch—and it is of considerable size, though, of course, not all equally—a few are here for trade, for example. But the greater part are students. Lady Helen Laverstock is at present busy over Fra Angelico. I mention her name because we are passing her villa on the left. No, you can only see it if you stand—no, do not stand; you will fall. She is very proud of that thick hedge. Inside, perfect seclusion. One might have gone back six hundred years. Some critics believe that her garden was the scene of The Decameron, which lends it an additional interest, does it not?"

"It does indeed!" cried Miss Lavish. "Tell me, where do they place the scene of that wonderful seventh day?"

But Mr. Eager proceeded to tell Miss Honeychurch that on the right lived Mr. Someone Something, an American of the best type—so rare!—and that the Somebody Elses were farther down the hill. "Doubtless you know her monographs in the series of 'Mediæval Byways'? He is working at Gemistus Pletho. Sometimes as I take tea in their beautiful grounds I hear, over the wall, the electric tram squealing up the new road with its loads of hot, dusty, unintelligent tourists who are going to 'do' Fiesole in an hour in order that they may say they have been there, and I think—think—I think how little they think what lies so near them."

The Reverend Arthur Beebe, the Reverend Cuthbert Eager, Mr. Emerson, Mr. George Emerson, Miss Eleanor Lavish, Miss Charlotte Bartlett, and Miss Lucy Honeychurch Drive Out in Carriages to See a View; Italians Drive Them.

Durante este discurso, as duas figuras na caixa estavam se desonrando. Lucy teve um espasmo de inveja. Concedendo que eles desejavam se comportar mal, foi agradável para eles poderem fazer isso. Elas eram provavelmente as únicas pessoas que estavam gostando da expedição. A carruagem foi varrida com agonizantes solavancos pela Piazza de Fiesole e pela estrada de Settignano.

"Piano! piano!" disse o Sr. Eager, acenando elegantemente sua mão sobre sua cabeça.

"Va bene, signore, va bene, va bene," cantou o motorista, e chicoteou seus cavalos novamente.

Agora o Sr. Eager e a Sra. Lavish começaram a falar um contra o outro sobre o assunto de Alessio Baldovinetti. Ele era uma causa da Renascença, ou era uma de suas manifestações? A outra carruagem foi deixada para trás. À medida que o ritmo aumentava para um galope, a forma grande e adormecida do Sr. Emerson era jogada contra o capelão com a regularidade de uma máquina.

"Piano! piano!" disse ele, com um olhar martirizado sobre Lucy.

Uma guinada extra fez com que ele ficasse furioso em seu assento. Phaethon, que há algum tempo estava se esforçando para beijar Persephone, tinha acabado de conseguir.

Seguiu-se uma pequena cena, que, como Miss Bartlett disse depois, foi muito desagradável. Os cavalos foram parados, os amantes receberam ordens para se desembaraçarem, o garoto deveria perder seu *pourboire*, a garota deveria descer imediatamente.

During this speech the two figures on the box were sporting with each other disgracefully. Lucy had a spasm of envy. Granted that they wished to misbehave, it was pleasant for them to be able to do so. They were probably the only people enjoying the expedition. The carriage swept with agonizing jolts up through the Piazza of Fiesole and into the Settignano road.

"Piano! piano!" said Mr. Eager, elegantly waving his hand over his head.

"Va bene, signore, va bene, va bene," crooned the driver, and whipped his horses up again.

Now Mr. Eager and Miss Lavish began to talk against each other on the subject of Alessio Baldovinetti. Was he a cause of the Renaissance, or was he one of its manifestations? The other carriage was left behind. As the pace increased to a gallop the large, slumbering form of Mr. Emerson was thrown against the chaplain with the regularity of a machine.

"Piano! piano!" said he, with a martyred look at Lucy.

An extra lurch made him turn angrily in his seat. Phaethon, who for some time had been endeavouring to kiss Persephone, had just succeeded.

A little scene ensued, which, as Miss Bartlett said afterwards, was most unpleasant. The horses were stopped, the lovers were ordered to disentangle themselves, the boy was to lose his *pourboire*, the girl was immediately to get down.

"Ela é minha irmã", disse ele, virando-se sobre eles com olhos piedosos.

O Sr. Eager se deu ao trabalho de dizer a ele que era um mentiroso.

Phaethon pendurou a cabeça, não na questão da acusação, mas na sua maneira. Neste ponto, o Sr. Emerson, que o choque de parar tinha despertado, declarou que os amantes não devem, em caso algum, ser separados, e os deu um tapinha nas costas para significar sua aprovação. E Miss Lavish, apesar de não querer se aliar a ele, sentiu-se obrigada a apoiar a causa do boêmio.

"Com certeza eu os deixaria estar", ela chorou. "Mas eu ouso dizer que receberei pouco apoio. Eu sempre voei em face das convenções durante toda a minha vida. Isto é o que *Eu* chamo de uma aventura".

"Nós não devemos nos submeter", disse o Sr. Eager. "Eu sabia que ele estava experimentando". Ele está nos tratando como se fôssemos um grupo de turistas do Cook".

"Certamente não!" disse Miss Lavish, seu ardor visivelmente decrescente.

A outra carruagem tinha sido desenhada atrás, e o sensato Sr. Beebe chamou que depois deste aviso o casal teria certeza de que se comportaria corretamente.

"Deixe-os em paz", o Sr. Emerson implorou ao capelão, do qual ele não se assustou. "Nós encontramos a felicidade com tanta freqüência que deveríamos desligá-la da caixa quando ela acontece de sentar ali? Ser conduzido por amantes - um rei pode nos invejar, e se os separarmos é mais um sacrilégio do que qualquer coisa que eu conheça".

"She is my sister," said he, turning round on them with piteous eyes.

Mr. Eager took the trouble to tell him that he was a liar.

Phaethon hung down his head, not at the matter of the accusation, but at its manner. At this point Mr. Emerson, whom the shock of stopping had awoke, declared that the lovers must on no account be separated, and patted them on the back to signify his approval. And Miss Lavish, though unwilling to ally him, felt bound to support the cause of Bohemianism.

"Most certainly I would let them be," she cried. "But I dare say I shall receive scant support. I have always flown in the face of the conventions all my life. This is what *I* call an adventure."

"We must not submit," said Mr. Eager. "I knew he was trying it on. He is treating us as if we were a party of Cook's tourists."

"Surely no!" said Miss Lavish, her ardour visibly decreasing.

The other carriage had drawn up behind, and sensible Mr. Beebe called out that after this warning the couple would be sure to behave themselves properly.

"Leave them alone," Mr. Emerson begged the chaplain, of whom he stood in no awe. "Do we find happiness so often that we should turn it off the box when it happens to sit there? To be driven by lovers—A king might envy us, and if we part them it's more like sacrilege than anything I know."

The Reverend Arthur Beebe, the Reverend Cuthbert Eager, Mr. Emerson, Mr. George Emerson, Miss Eleanor Lavish, Miss Charlotte Bartlett, and Miss Lucy Honeychurch Drive Out in Carriages to See a View; Italians Drive Them.

Aqui a voz de Miss Bartlett foi ouvida dizendo que uma multidão tinha começado a recolher.

O Sr. Eager, que sofria de um excesso de língua em vez de uma vontade resoluta, estava determinado a fazer-se ouvir. Ele se dirigiu ao motorista novamente. O italiano na boca dos italianos é uma corrente de voz profunda, com cataratas e rochas inesperadas para preservá-lo da monotonia. Na boca do Sr. Eager ele não se assemelhava a nada como uma fonte de assobio ácido que tocava cada vez mais alto, e mais e mais rápido, e mais e mais bruscamente, até que abruptamente foi desligado com um clique.

"Signorina!" disse o homem para Lucy, quando a exibição tinha cessado. Por que ele deveria apelar para Lucy?

"Signorina!" ecoou Persephone em seu glorioso contralto. Ela apontou para a outra carruagem. Por que ela apontou para a outra carruagem?

Por um momento as duas garotas olharam uma para a outra. Então Persephone desceu da caixa.

"Finalmente a vitória", disse o Sr. Eager, batendo as mãos enquanto as carruagens recomeçavam.

"Não é vitória", disse o Sr. Emerson. "É a derrota". Você separou duas pessoas que estavam felizes".

O Sr. Eager fechou os olhos. Ele era obrigado a sentar-se ao lado do Sr. Emerson, mas ele não quis falar com ele. O velho homem estava refrescado pelo sono, e pegou o assunto calorosamente. Ele ordenou que Lucy concordasse com ele; ele gritou por apoio ao seu filho.

Here the voice of Miss Bartlett was heard saying that a crowd had begun to collect.

Mr. Eager, who suffered from an over-fluent tongue rather than a resolute will, was determined to make himself heard. He addressed the driver again. Italian in the mouth of Italians is a deep-voiced stream, with unexpected cataracts and boulders to preserve it from monotony. In Mr. Eager's mouth it resembled nothing so much as an acid whistling fountain which played ever higher and higher, and quicker and quicker, and more and more shrilly, till abruptly it was turned off with a click.

"Signorina!" said the man to Lucy, when the display had ceased. Why should he appeal to Lucy?

"Signorina!" echoed Persephone in her glorious contralto. She pointed at the other carriage. Why?

For a moment the two girls looked at each other. Then Persephone got down from the box.

"Victory at last!" said Mr. Eager, smiting his hands together as the carriages started again.

"It is not victory," said Mr. Emerson. "It is defeat. You have parted two people who were happy."

Mr. Eager shut his eyes. He was obliged to sit next to Mr. Emerson, but he would not speak to him. The old man was refreshed by sleep, and took up the matter warmly. He commanded Lucy to agree with him; he shouted for support to his son.

"Nós tentamos comprar o que não pode ser comprado com dinheiro. Ele barganhou para nos levar, e está fazendo isso. Nós não temos direitos sobre sua alma".

Miss Lavish franziu o sobrolho. É difícil quando uma pessoa que você classificou como tipicamente britânica fala fora do seu caráter.

"Ele não estava nos conduzindo bem", disse ela. "Ele nos sacudiu".

"Isso eu nego. Foi tão tranquilo quanto dormir. Aha! ele está nos sacudindo agora. Você pode se perguntar? Ele gostaria de nos expulsar, e certamente ele é justificado. E se eu fosse supersticioso, eu também teria medo da garota. Não faz mal para ferir os jovens. Você já ouviu falar de Lorenzo de Medici?".

Srta. Lavish bristled.

"Com certeza eu tenho. Você se refere a Lorenzo il Magnifico, ou a Lorenzo, Duque de Urbino, ou a Lorenzo de sobrenome Lorenzino por causa de sua estatura diminuta"?

"O Senhor sabe. Possivelmente Ele sabe, pois me refiro a Lorenzo, o poeta. Ele escreveu uma frase - assim eu ouvi ontem - que corre assim: 'Não vá lutar contra a primavera'".

O Sr. Eager não conseguiu resistir à oportunidade de erudição.

"Non fate guerra al Maggio", murmurou ele. "'Guerra não com o maio' daria um significado correto".

"A questão é que nós guerreamos com isso. Veja". Ele apontou para o Val d'Arno, que era visível muito abaixo deles, através das árvores em flor. "Cinqüenta milhas da primavera, e nós subimos para admirá-los. Você acha que há alguma diferença entre a primavera na natureza e a primavera no homem? Mas lá vamos nós, elogiando um e condenando o outro como impróprio, envergonhados que as mesmas leis funcionam eternamente através de ambos".

Ninguém o encorajou a falar. Atualmente, o Sr. Eager deu um sinal para que as carruagens parassem e marchem a festa para a sua divagação na colina. Um buraco como um grande anfiteatro, cheio de degraus em terraços e azeitonas enevoadas, agora estava entre eles e as alturas de Fiesole, e a estrada, ainda seguindo sua curva, estava prestes a varrer para um promontório que se destacava na planície. Era este promontório, não cultivado, molhado, coberto de arbustos e árvores ocasionais, que havia pegado a fantasia de Alessio Baldovinetti quase quinhentos anos antes.

Ele tinha ascendido, aquele mestre diligente e bastante obscuro, possivelmente com um olho para os negócios, possivelmente para a alegria de ascender. Parado ali, ele tinha visto aquela visão do Val d'Arno e da Florença distante, que depois ele tinha introduzido de forma pouco eficaz em seu trabalho. Mas onde exatamente ele tinha ficado? Essa era a pergunta que o Sr. Eager esperava resolver agora. E Miss Lavish, cuja natureza era atraída por qualquer coisa problemática, tinha se tornado igualmente entusiasta.

"The point is, we have warred with it. Look." He pointed to the Val d'Arno, which was visible far below them, through the budding trees. "Fifty miles of Spring, and we've come up to admire them. Do you suppose there's any difference between Spring in nature and Spring in man? But there we go, praising the one and condemning the other as improper, ashamed that the same laws work eternally through both."

No one encouraged him to talk. Presently Mr. Eager gave a signal for the carriages to stop and marshalled the party for their ramble on the hill. A hollow like a great amphitheatre, full of terraced steps and misty olives, now lay between them and the heights of Fiesole, and the road, still following its curve, was about to sweep on to a promontory which stood out in the plain. It was this promontory, uncultivated, wet, covered with bushes and occasional trees, which had caught the fancy of Alessio Baldovinetti nearly five hundred years before.

He had ascended it, that diligent and rather obscure master, possibly with an eye to business, possibly for the joy of ascending. Standing there, he had seen that view of the Val d'Arno and distant Florence, which he afterwards had introduced not very effectively into his work. But where exactly had he stood? That was the question which Mr. Eager hoped to solve now. And Miss Lavish, whose nature was attracted by anything problematical, had become equally enthusiastic.

Mas não é fácil carregar as fotos de Alessio Baldovinetti em sua cabeça, mesmo que você tenha se lembrado de olhar para elas antes de começar. E a névoa no vale aumentou a dificuldade da busca.

A festa surgiu de tufo em tufo de grama, sua ansiedade de se manterem juntos sendo igualada apenas pelo desejo de ir em direções diferentes. Finalmente, eles se dividiram em grupos. Lucy se agarrou a Miss Bartlett e Miss Lavish; os Emersons voltaram para manter um diálogo laborioso com os motoristas; enquanto os dois clérigos, que deveriam ter tópicos em comum, foram deixados um para o outro.

As duas senhoras mais velhas logo descartaram a máscara. No sussurro audível que agora era tão familiar para Lucy, elas começaram a discutir, não Alessio Baldovinetti, mas a unidade. Miss Bartlett havia perguntado ao Sr. George Emerson qual era a sua profissão, e ele havia respondido "a ferrovia". Ela estava muito arrependida de ter perguntado a ele. Ela não tinha idéia de que seria uma resposta tão horrível, ou ela não teria perguntado a ele. O Sr. Beebe tinha virado a conversa tão inteligentemente, e ela esperava que o jovem não tivesse ficado muito magoado ao perguntar a ele.

"A ferrovia!" gaseou a Miss Lavish. "Oh, mas eu vou morrer! É claro que foi a ferrovia!" Ela não podia controlar sua hilaridade. "Ele é a imagem de um porteiro, no sudeste do país".

"Eleanor, fique quieta", depenando a sua companheira vivaz. "Quieto! Eles vão ouvir o Emerson..."

"Eu não posso parar. Deixe-me seguir meu caminho malvado. Um porteiro..."

But it is not easy to carry the pictures of Alessio Baldovinetti in your head, even if you have remembered to look at them before starting. And the haze in the valley increased the difficulty of the quest.

The party sprang about from tuft to tuft of grass, their anxiety to keep together being only equalled by their desire to go different directions. Finally they split into groups. Lucy clung to Miss Bartlett and Miss Lavish; the Emersons returned to hold laborious converse with the drivers; while the two clergymen, who were expected to have topics in common, were left to each other.

The two elder ladies soon threw off the mask. In the audible whisper that was now so familiar to Lucy they began to discuss, not Alessio Baldovinetti, but the drive. Miss Bartlett had asked Mr. George Emerson what his profession was, and he had answered "the railway." She was very sorry that she had asked him. She had no idea that it would be such a dreadful answer, or she would not have asked him. Mr. Beebe had turned the conversation so cleverly, and she hoped that the young man was not very much hurt at her asking him.

"The railway!" gasped Miss Lavish. "Oh, but I shall die! Of course it was the railway!" She could not control her mirth. "He is the image of a porter—on, on the South-Eastern."

"Eleanor, be quiet," plucking at her vivacious companion. "Hush! They'll hear—the Emersons—"

"I can't stop. Let me go my wicked way. A porter—"

The Reverend Arthur Beebe, the Reverend Cuthbert Eager, Mr. Emerson, Mr. George Emerson, Miss Eleanor Lavish, Miss Charlotte Bartlett, and Miss Lucy Honeychurch Drive Out in Carriages to See a View; Italians Drive Them.

"Eleanor!"

"Tenho certeza de que está tudo bem", diz Lucy. "Os Emersons não vão ouvir, e eles não se importariam se ouvissem".

Miss Lavish não pareceu satisfeita com isso.

"Miss Honeychurch ouvindo", ela disse de forma um pouco cruzada. "Pouf! Wouf! Sua malandreca! Vá embora!"

"Oh, Lucy, você deveria estar com o Sr. Eager, tenho certeza".

"Eu não consigo encontrá-los agora e também não quero".

"Mr. Eager ficará ofendido. A festa é sua".

"Por favor, eu prefiro parar aqui com você".

"Não, eu concordo", disse Miss Lavish. "É como um banquete escolar; os meninos se separaram das meninas". Srta. Lucy, você deve ir. Nós desejamos conversar sobre tópicos altos não adequados para o seu ouvido".

A garota era teimosa. Quando seu tempo em Florença chegou ao fim, ela estava apenas à vontade entre aqueles a quem ela se sentia indiferente. Tal uma era Miss Lavish, e tal por enquanto era Charlotte. Ela desejava não ter chamado a atenção para si mesma; ambos estavam irritados com sua observação e pareciam determinados a se livrarem dela.

"Como alguém fica cansado", disse Miss Bartlett. "Oh, eu gostaria que Freddy e sua mãe pudessem estar aqui".

O altruísmo com Miss Bartlett tinha usurpado completamente as funções do entusiasmo. Lucy também não olhou para a vista. Ela não iria desfrutar de nada até que estivesse segura em Roma.

"Eleanor!"

"I'm sure it's all right," put in Lucy. "The Emersons won't hear, and they wouldn't mind if they did."

Miss Lavish did not seem pleased at this.

"Miss Honeychurch listening!" she said rather crossly. "Pouf! Wouf! You naughty girl! Go away!"

"Oh, Lucy, you ought to be with Mr. Eager, I'm sure."

"I can't find them now, and I don't want to either."

"Mr. Eager will be offended. It is your party."

"Please, I'd rather stop here with you."

"No, I agree," said Miss Lavish. "It's like a school feast; the boys have got separated from the girls. Miss Lucy, you are to go. We wish to converse on high topics unsuited for your ear."

The girl was stubborn. As her time at Florence drew to its close she was only at ease amongst those to whom she felt indifferent. Such a one was Miss Lavish, and such for the moment was Charlotte. She wished she had not called attention to herself; they were both annoyed at her remark and seemed determined to get rid of her.

"How tired one gets," said Miss Bartlett. "Oh, I do wish Freddy and your mother could be here."

Unselfishness with Miss Bartlett had entirely usurped the functions of enthusiasm. Lucy did not look at the view either. She would not enjoy anything till she was safe at Rome.

"Então sente-se", disse Miss Lavish. "Observe minha previdência".

Com muitos sorrisos ela produziu dois daqueles quadrados mackintosh que protegem a estrutura do turista da grama úmida ou dos degraus de mármore frio. Ela se sentou em cima de um; quem iria sentar no outro?

"Lucy; sem dúvida alguma, Lucy. O chão servirá para mim. Realmente eu não tenho tido reumatismo há anos. Se eu o sentir chegando, eu ficarei de pé. Imagine os sentimentos de sua mãe se eu o deixar sentar no molhado em sua roupa branca". Ela se sentou pesadamente onde o chão parecia particularmente úmido. "Aqui estamos nós, todos instalados deliciosamente. Mesmo que meu vestido seja mais fino, ele não vai mostrar tanto, sendo marrom. Sente-se, querida; você é muito altruísta; você não se afirma o suficiente". Ela limpou a garganta. "Agora não se assuste; isto não é uma constipação". É a mais pequena tosse, e eu já a tive há três dias. Não tem nada a ver com sentar aqui".

Havia apenas uma maneira de tratar a situação. Ao final de cinco minutos Lucy partiu em busca do Sr. Beebe e do Sr. Eager, derrotado pela praça mackintosh.

Ela se dirigiu aos motoristas, que estavam espalhados pelas carruagens, perfumando as almofadas com charutos. O canalha, um jovem ossudo queimado pelo sol, levantou-se para cumprimentá-la com a cortesia de um anfitrião e a segurança de um parente.

"Dove?" disse Lucy, depois de pensar muito ansiosamente.

The Reverend Arthur Beebe, the Reverend Cuthbert Eager, Mr. Emerson, Mr. George Emerson, Miss Eleanor Lavish, Miss Charlotte Bartlett, and Miss Lucy Honeychurch Drive Out in Carriages to See a View; Italians Drive Them.

Seu rosto se iluminou. É claro que ele sabia onde. Até agora também não. Seu braço varreu três quartos do horizonte. Ele deveria apenas pensar que ele sabia onde. Ele pressionou as pontas dos dedos na testa e depois os empurrou em direção a ela, como se escorresse com o extrato visível do conhecimento.

Mais parecia necessário. O que era o italiano para "clérigo"?

"Dove buoni uomini?" disse ela finalmente.

Bom? Pouco o adjetivo para esses seres nobres! Ele mostrou a ela seu charuto.

"Uno-piu-piccolo", foi sua próxima observação, implicando "O charuto foi dado a você pelo Sr. Beebe, o menor dos dois bons homens?

Ela estava correta como sempre. Amarrou o cavalo a uma árvore, chutou-o para que ficasse quieto, limpou o pó da carruagem, arranjou o cabelo, remodelou o chapéu, encorajou o bigode, e em menos de um quarto de minuto estava pronto para conduzi-la. Os italianos nascem sabendo o caminho. Parece que a terra inteira estava diante deles, não como um mapa, mas como um tabuleiro de xadrez, no qual eles continuamente contemplavam as peças que mudavam, assim como os quadrados. Qualquer pessoa pode encontrar lugares, mas o encontro de pessoas é um presente de Deus.

His face lit up. Of course he knew where. Not so far either. His arm swept three-fourths of the horizon. He should just think he did know where. He pressed his finger-tips to his forehead and then pushed them towards her, as if oozing with visible extract of knowledge.

More seemed necessary. What was the Italian for "clergyman"?

"Dove buoni uomini?" said she at last.

Good? Scarcely the adjective for those noble beings! He showed her his cigar.

"Uno—piu—piccolo," was her next remark, implying "Has the cigar been given to you by Mr. Beebe, the smaller of the two good men?"

She was correct as usual. He tied the horse to a tree, kicked it to make it stay quiet, dusted the carriage, arranged his hair, remoulded his hat, encouraged his moustache, and in rather less than a quarter of a minute was ready to conduct her. Italians are born knowing the way. It would seem that the whole earth lay before them, not as a map, but as a chess-board, whereon they continually behold the changing pieces as well as the squares. Any one can find places, but the finding of people is a gift from God.

Ele só parou uma vez, para escolher-lhe umas violetas azuis fantásticas. Ela agradeceu a ele com muito prazer. Na companhia deste homem comum, o mundo era belo e direto. Pela primeira vez, ela sentiu a influência da primavera. Seu braço varreu graciosamente o horizonte; violetas, como outras coisas, existiam em grande profusão lá; "será que ela gostaria de vê-las?

"Mas homens bons".

Ele se curvou. Certamente. Primeiro os bons homens, depois os violetas. Eles avançaram rapidamente através do mato, que se tornou cada vez mais espesso. Eles estavam perto da borda do promontório, e a vista estava roubando ao redor deles, mas a rede marrom dos arbustos a estilhaçou em inúmeros pedaços. Ele estava ocupado em seu charuto, e em segurar os ramos de pliant. Ela estava se regozijando com a sua fuga do tédio. Nem um passo, nem um galho, não era importante para ela.

"O que é isso?"

Havia uma voz na madeira, na distância atrás deles. A voz do Sr. Eager? Ele encolheu os ombros. A ignorância de um italiano às vezes é mais notável do que seu conhecimento. Ela não conseguia fazê-lo entender que talvez eles tivessem sentido falta dos clérigos. A vista estava finalmente se formando; ela podia discernir o rio, a planície dourada, outras colinas.

"Eccolo!", exclamou ele.

No mesmo momento o chão cedeu, e com um grito ela caiu da floresta. Luz e beleza a envolveram. Ela havia caído em um pequeno terraço aberto, que estava coberto de violetas de ponta a ponta.

He only stopped once, to pick her some great blue violets. She thanked him with real pleasure. In the company of this common man the world was beautiful and direct. For the first time she felt the influence of Spring. His arm swept the horizon gracefully; violets, like other things, existed in great profusion there; "would she like to see them?"

"Ma buoni uomini."

He bowed. Certainly. Good men first, violets afterwards. They proceeded briskly through the undergrowth, which became thicker and thicker. They were nearing the edge of the promontory, and the view was stealing round them, but the brown network of the bushes shattered it into countless pieces. He was occupied in his cigar, and in holding back the pliant boughs. She was rejoicing in her escape from dullness. Not a step, not a twig, was unimportant to her.

"What is that?"

There was a voice in the wood, in the distance behind them. The voice of Mr. Eager? He shrugged his shoulders. An Italian's ignorance is sometimes more remarkable than his knowledge. She could not make him understand that perhaps they had missed the clergymen. The view was forming at last; she could discern the river, the golden plain, other hills.

"Eccolo!" he exclaimed.

At the same moment the ground gave way, and with a cry she fell out of the wood. Light and beauty enveloped her. She had fallen on to a little open terrace, which was covered with violets from end to end.

The Reverend Arthur Beebe, the Reverend Cuthbert Eager, Mr. Emerson, Mr. George Emerson, Miss Eleanor Lavish, Miss Charlotte Bartlett, and Miss Lucy Honeychurch Drive Out in Carriages to See a View; Italians Drive Them.

"Coragem!" gritou sua companheira, agora em pé cerca de dois metros acima. "Coragem e amor".

Ela não respondeu. De seus pés o chão se inclinava bruscamente para a vista, e as violetas corriam em riachos e riachos e cataratas, irrigando a encosta com azul, eddying ao redor dos caules das árvores coletando em piscinas nas cavidades, cobrindo a grama com manchas de espuma azulada. Mas nunca mais eles estavam em tal profusão; este terraço era a cabeça do poço, a fonte primordial de onde a beleza jorrava para regar a terra.

Parado à sua beira, como um nadador que se prepara, era o bom homem. Mas ele não era o homem bom que ela esperava, e ele estava sozinho.

George tinha se virado ao som da sua chegada. Por um momento ele a contemplou, como alguém que havia caído do céu. Ele viu alegria radiante no rosto dela, ele viu as flores batendo contra o vestido dela em ondas azuis. Os arbustos acima delas se fecharam. Ele deu um rápido passo em frente e a beijou.

Antes que ela pudesse falar, quase antes que ela pudesse sentir, uma voz chamou: "Lucy! Lucy! Lucy!" O silêncio da vida havia sido quebrado por Miss Bartlett que ficou marrom contra a vista.

"Courage!" cried her companion, now standing some six feet above. "Courage and love."

She did not answer. From her feet the ground sloped sharply into view, and violets ran down in rivulets and streams and cataracts, irrigating the hillside with blue, eddying round the tree stems collecting into pools in the hollows, covering the grass with spots of azure foam. But never again were they in such profusion; this terrace was the well-head, the primal source whence beauty gushed out to water the earth.

Standing at its brink, like a swimmer who prepares, was the good man. But he was not the good man that she had expected, and he was alone.

George had turned at the sound of her arrival. For a moment he contemplated her, as one who had fallen out of heaven. He saw radiant joy in her face, he saw the flowers beat against her dress in blue waves. The bushes above them closed. He stepped quickly forward and kissed her.

Before she could speak, almost before she could feel, a voice called, "Lucy! Lucy! Lucy!" The silence of life had been broken by Miss Bartlett who stood brown against the view.

They Return

Eles Retornam

Algum jogo complicado tinha sido jogado para cima e para baixo na encosta durante toda a tarde. O que era e exatamente como os jogadores tinham se desviado, Lucy foi lenta em descobrir. O Sr. Eager os tinha encontrado com um olhar questionador. Charlotte o havia repelido com muita conversa fiada. O Sr. Emerson, procurando seu filho, foi informado sobre o paradeiro dele para encontrá-lo. O Sr. Beebe, que usava o aspecto acalorado de um neutro, foi convidado a recolher as facções para o retorno para casa.

Havia uma sensação geral de apalpação e perplexidade. Pan estava entre eles - não o grande deus Pan, que foi enterrado esses dois mil anos, mas o pequeno deus Pan, que preside a contretempos sociais e piqueniques mal sucedidos. O Sr. Beebe tinha perdido todos, e tinha consumido na solidão a cesta de chá que ele havia criado como uma agradável surpresa. Miss Lavish tinha perdido Miss Bartlett. Lucy tinha perdido Mr.

Ansioso. O Sr. Emerson tinha perdido o George. Miss Bartlett tinha perdido uma praça mackintosh. Phaethon tinha perdido o jogo.

Some complicated game had been playing up and down the hillside all the afternoon. What it was and exactly how the players had sided, Lucy was slow to discover. Mr. Eager had met them with a questioning eye. Charlotte had repulsed him with much small talk. Mr. Emerson, seeking his son, was told whereabouts to find him. Mr. Beebe, who wore the heated aspect of a neutral, was bidden to collect the factions for the return home.

There was a general sense of groping and bewilderment. Pan had been amongst them—not the great god Pan, who has been buried these two thousand years, but the little god Pan, who presides over social contretemps and unsuccessful picnics. Mr. Beebe had lost everyone, and had consumed in solitude the tea-basket which he had brought up as a pleasant surprise. Miss Lavish had lost Miss Bartlett. Lucy had lost Mr.

Eager. Mr. Emerson had lost George. Miss Bartlett had lost a mackintosh square. Phaethon had lost the game.

Esse último fato era inegável. Ele subiu para a caixa tremendo, com o colarinho para cima, profetizando a rápida aproximação do mau tempo. "Deixe-nos ir imediatamente", disse ele. "O signorino vai andar".

"Até o fim? Ele vai demorar horas", disse o Sr. Beebe.

"Aparentemente. Eu disse a ele que era insensato". Ele não olharia ninguém na cara; talvez a derrota fosse particularmente mortificante para ele. Ele sozinho tinha jogado habilmente, usando todo o seu instinto, enquanto os outros tinham usado restos de sua inteligência. Ele sozinho havia adivinhado o que as coisas eram, e o que ele desejava que fossem. Ele sozinho tinha interpretado a mensagem que Lucy tinha recebido cinco dias antes dos lábios de um homem moribundo. Persephone, que passa metade de sua vida no túmulo - ela também podia interpretar isso. Não é assim com estes ingleses. Eles adquirem conhecimento lentamente, e talvez tarde demais.

That last fact was undeniable. He climbed on to the box shivering, with his collar up, prophesying the swift approach of bad weather. "Let us go immediately," he told them. "The signorino will walk."

"All the way? He will be hours," said Mr. Beebe.

"Apparently. I told him it was unwise." He would look no one in the face; perhaps defeat was particularly mortifying for him. He alone had played skilfully, using the whole of his instinct, while the others had used scraps of their intelligence. He alone had divined what things were, and what he wished them to be. He alone had interpreted the message that Lucy had received five days before from the lips of a dying man. Persephone, who spends half her life in the grave—she could interpret it also. Not so these English. They gain knowledge slowly, and perhaps too late.

Os pensamentos de um motorista de táxi, entretanto, raramente afetam a vida de seus empregadores. Ele era o mais competente dos oponentes de Miss Bartlett, mas infinitamente o menos perigoso. Uma vez de volta à cidade, ele e sua perspicácia e seu conhecimento não incomodariam mais as senhoras inglesas. Claro, era muito desagradável; ela tinha visto sua cabeça preta nos arbustos; ele poderia fazer dela uma história de taberna. Mas afinal, o que nós temos a ver com tabernas? A verdadeira ameaça pertence à sala de visitas. Era das pessoas da sala de visitas que Miss Bartlett pensou enquanto viajava para baixo em direção ao sol que se desvanece. Lucy sentou-se ao lado dela; Mr. Eager sentou-se em frente, tentando chamá-la à atenção; ele estava vagamente desconfiado. Eles falaram de Alessio Baldovinetti.

Chuva e escuridão vieram juntas. As duas senhoras se aconchegaram sob um guarda-sol inadequado. Houve um relâmpago e Miss Lavish, que estava nervosa, gritou da carruagem na frente. No clarão seguinte, Lucy também gritou. O Sr. Eager dirigiu-se a ela profissionalmente:

"Coragem, Miss Honeychurch, coragem e fé. Se eu pudesse dizer isso, há algo quase blasfemo neste horror dos elementos. Devemos seriamente supor que todas essas nuvens, toda essa imensa exibição elétrica, é simplesmente chamada à existência para extinguir você ou eu"?

"Não é claro..."

The thoughts of a cab-driver, however just, seldom affect the lives of his employers. He was the most competent of Miss Bartlett's opponents, but infinitely the least dangerous. Once back in the town, he and his insight and his knowledge would trouble English ladies no more. Of course, it was most unpleasant; she had seen his black head in the bushes; he might make a tavern story out of it. But after all, what have we to do with taverns? Real menace belongs to the drawing-room. It was of drawing-room people that Miss Bartlett thought as she journeyed downwards towards the fading sun. Lucy sat beside her; Mr. Eager sat opposite, trying to catch her eye; he was vaguely suspicious. They spoke of Alessio Baldovinetti.

Rain and darkness came on together. The two ladies huddled together under an inadequate parasol. There was a lightning flash, and Miss Lavish who was nervous, screamed from the carriage in front. At the next flash, Lucy screamed also. Mr. Eager addressed her professionally:

"Courage, Miss Honeychurch, courage and faith. If I might say so, there is something almost blasphemous in this horror of the elements. Are we seriously to suppose that all these clouds, all this immense electrical display, is simply called into existence to extinguish you or me?"

"No—of course—"

"Mesmo do ponto de vista científico, as chances de não sermos atingidos são enormes. As facas de aço, os únicos artigos que podem atrair a corrente, estão na outra carruagem. E, em qualquer caso, nós estamos infinitamente mais seguros do que se estivéssemos caminhando. Coragem-coragem e fé".

Sob o tapete, Lucy sentiu a bondosa pressão da mão de sua prima. Às vezes nossa necessidade de um gesto de simpatia é tão grande que não nos importamos exatamente com o que isso significa ou quanto podemos ter que pagar por isso depois. Miss Bartlett, por este exercício oportuno de seus músculos, ganhou mais do que teria ganho em horas de pregação ou exame cruzado.

Ela a renovou quando as duas carruagens pararam, metade em Florença.

"Mr. Eager!" chamado Mr. Beebe. "Nós queremos a sua ajuda. Você vai interpretar para nós?"

"George!" gritou o Sr. Emerson. "Pergunte ao seu motorista para que lado George foi. O garoto pode perder o caminho. Ele pode ser morto".

"Vá, Mr. Eager", disse Miss Bartlett, "não pergunte ao nosso motorista; nosso motorista não é uma ajuda. Vá e apoie o pobre Mr. Beebe-, ele está quase demente".

"Ele pode ser morto!" gritou o velho. "Ele pode ser morto!"

"Comportamento típico", disse o capelão, quando ele desistiu da carruagem. "Na presença da realidade esse tipo de pessoa invariavelmente se rompe".

"O que ele sabe?" sussurrou Lucy assim que eles estavam sozinhos. "Charlotte, o quanto o Sr. Eager sabe?"

"Nada, querida; ele não sabe nada. Mas..." ela apontou para o motorista..." *ele* sabe de tudo. Querido, era melhor? Devo"? Ela tirou a bolsa dela. "É horrível ficar enredada com pessoas de classe baixa. Ele viu tudo isso". Batendo nas costas de Phaethon com seu livro-guia, ela disse: "Silenzio!" e ofereceu-lhe um franco.

"Va bene", ele respondeu, e aceitou. Tão bem este final para o seu dia como qualquer outro. Mas Lucy, uma empregada mortal, ficou desapontada com ele.

Houve uma explosão na estrada. A tempestade havia atingido o cabo aéreo do bonde, e um dos grandes suportes havia caído. Se eles não tivessem parado, talvez eles pudessem ter se machucado. Eles escolheram considerá-lo como uma preservação milagrosa, e as enchentes de amor e sinceridade, que frutificam a cada hora de vida, explodiram em tumulto. Eles desceram das carruagens; eles se abraçaram. Era tão alegre ser perdoado por indignidades passadas quanto perdoar a eles. Por um momento, eles perceberam vastas possibilidades do bem.

As pessoas mais velhas se recuperaram rapidamente. No apogeu de suas emoções eles sabiam que não eram homens ou não eram mulheres. Miss Lavish calculou que, mesmo que eles tivessem continuado, eles não teriam sido pegos no acidente. O Sr. Eager murmurou uma oração moderada. Mas os motoristas, através de quilômetros de estrada escura e esquálida, derramaram suas almas para os dryads e os santos, e Lucy derramou as dela para sua prima.

"What does he know?" whispered Lucy as soon as they were alone. "Charlotte, how much does Mr. Eager know?"

"Nothing, dearest; he knows nothing. But—" she pointed at the driver—" *he* knows everything. Dearest, had we better? Shall I?" She took out her purse. "It is dreadful to be entangled with low-class people. He saw it all." Tapping Phaethon's back with her guide-book, she said, "Silenzio!" and offered him a franc.

"Va bene," he replied, and accepted it. As well this ending to his day as any. But Lucy, a mortal maid, was disappointed in him.

There was an explosion up the road. The storm had struck the overhead wire of the tramline, and one of the great supports had fallen. If they had not stopped perhaps they might have been hurt. They chose to regard it as a miraculous preservation, and the floods of love and sincerity, which fructify every hour of life, burst forth in tumult. They descended from the carriages; they embraced each other. It was as joyful to be forgiven past unworthinesses as to forgive them. For a moment they realized vast possibilities of good.

The older people recovered quickly. In the very height of their emotion they knew it to be unmanly or unladylike. Miss Lavish calculated that, even if they had continued, they would not have been caught in the accident. Mr. Eager mumbled a temperate prayer. But the drivers, through miles of dark squalid road, poured out their souls to the dryads and the saints, and Lucy poured out hers to her cousin.

"Charlotte, querida Charlotte, me beije. Me beije novamente. Só você pode me entender. Você me avisou para ter cuidado. E eu - eu pensei que estava me desenvolvendo".

"Não chore, querida. Leve seu tempo".

"Eu tenho sido obstinado e tolo do que você imagina, muito pior. Uma vez perto do rio - mas ele não é morto - ele não seria morto, não é?"

O pensamento perturbou o seu arrependimento. De fato, a tempestade foi pior ao longo da estrada; mas ela estava perto do perigo, e então ela pensou que deveria estar perto de todos.

"Eu não confio". Sempre se reza contra isso".

"Ele é realmente - acho que ele foi pego de surpresa, assim como eu fui antes. Mas desta vez eu não sou o culpado; eu quero que você acredite nisso. Eu simplesmente escorreguei para dentro daquelas violetas. Não, eu quero ser realmente sincero. Eu sou um pouco culpado. Eu tive pensamentos bobos. O céu, você sabe, era dourado, e o chão todo azul, e por um momento ele se parecia com alguém de um livro".

"Em um livro?"

"Heróis - Deuses - o absurdo das meninas da escola".

"E então?"

"Mas, Charlotte, você sabe o que aconteceu então".

"Charlotte, dear Charlotte, kiss me. Kiss me again. Only you can understand me. You warned me to be careful. And I—I thought I was developing."

"Do not cry, dearest. Take your time."

"I have been obstinate and silly—worse than you know, far worse. Once by the river—Oh, but he isn't killed—he wouldn't be killed, would he?"

The thought disturbed her repentance. As a matter of fact, the storm was worst along the road; but she had been near danger, and so she thought it must be near to everyone.

"I trust not. One would always pray against that."

"He is really—I think he was taken by surprise, just as I was before. But this time I'm not to blame; I want you to believe that. I simply slipped into those violets. No, I want to be really truthful. I am a little to blame. I had silly thoughts. The sky, you know, was gold, and the ground all blue, and for a moment he looked like someone in a book."

"In a book?"

"Heroes—gods—the nonsense of schoolgirls."

"And then?"

"But, Charlotte, you know what happened then."

Miss Bartlett ficou em silêncio. Na verdade, ela tinha pouco mais a aprender. Com um certo discernimento, ela atraiu seu jovem primo afetuosamente para ela. O corpo de Lucy foi sacudido por suspiros profundos, que nada podia reprimir.

"Eu quero ser sincera", sussurrou ela. "É tão difícil ser absolutamente sincero".

"Não se preocupe, querida. Espere até que você esteja mais calmo. Vamos conversar sobre isso antes de dormir no meu quarto".

Assim, eles reentraram na cidade com as mãos presas. Foi um choque para a garota descobrir até que ponto a emoção havia diminuído nos outros. A tempestade tinha cessado e o Sr. Emerson estava mais fácil com seu filho. O Sr. Beebe tinha recuperado o bom humor, e o Sr. Eager já estava desdenhando a Miss Lavish. Só Charlotte tinha certeza de Charlotte, cujo exterior ocultava tanto discernimento e amor.

O luxo da auto-exposição a manteve quase feliz durante a longa noite. Ela pensava não tanto no que havia acontecido, mas em como ela deveria descrevê-lo. Todas as suas sensações, seus espasmos de coragem, seus momentos de alegria irracional, seu misterioso descontentamento, deveriam ser cuidadosamente colocados diante de seu primo. E juntos, na confiança divina, eles se desentenderiam e interpretariam todos eles.

"Finalmente", pensou ela, "eu me entenderei". Não voltarei a ser incomodada por coisas que saem do nada, e significam que não sei o quê".

Miss Bartlett was silent. Indeed, she had little more to learn. With a certain amount of insight she drew her young cousin affectionately to her. All the way back Lucy's body was shaken by deep sighs, which nothing could repress.

"I want to be truthful," she whispered. "It is so hard to be absolutely truthful."

"Don't be troubled, dearest. Wait till you are calmer. We will talk it over before bed-time in my room."

So they re-entered the city with hands clasped. It was a shock to the girl to find how far emotion had ebbed in others. The storm had ceased, and Mr. Emerson was easier about his son. Mr. Beebe had regained good humour, and Mr. Eager was already snubbing Miss Lavish. Charlotte alone she was sure of—Charlotte, whose exterior concealed so much insight and love.

The luxury of self-exposure kept her almost happy through the long evening. She thought not so much of what had happened as of how she should describe it. All her sensations, her spasms of courage, her moments of unreasonable joy, her mysterious discontent, should be carefully laid before her cousin. And together in divine confidence they would disentangle and interpret them all.

"At last," thought she, "I shall understand myself. I shan't again be troubled by things that come out of nothing, and mean I don't know what."

Miss Alan asked her to play. She refused vehemently. Music seemed to her the employment of a child. She sat close to her cousin, who, with commendable patience, was listening to a long story about lost luggage. When it was over she capped it by a story of her own. Lucy became rather hysterical with the delay. In vain she tried to check, or at all events to accelerate, the tale. It was not till a late hour that Miss Bartlett had recovered her luggage and could say in her usual tone of gentle reproach:

"Well, dear, I at all events am ready for Bedfordshire. Come into my room, and I will give a good brush to your hair."

With some solemnity the door was shut, and a cane chair placed for the girl. Then Miss Bartlett said "So what is to be done?"

She was unprepared for the question. It had not occurred to her that she would have to do anything. A detailed exhibition of her emotions was all that she had counted upon.

"What is to be done? A point, dearest, which you alone can settle."

A chuva corria pelas janelas pretas, e a grande sala estava úmida e fria, Uma vela acesa tremia no peito das gavetas perto do toque de Miss Bartlett, o que lançava sombras monstruosas e fantásticas sobre a porta aparafusada. Um bonde rugiu no escuro, e Lucy sentiu uma tristeza incontável, embora ela já tivesse secado seus olhos há muito tempo. Ela os levantou para o teto, onde os grifos e fagotes eram incolores e vagos, os próprios fantasmas da alegria.

"Está chovendo há quase quatro horas", disse ela finalmente.

A Sra. Bartlett ignorou a observação.

"Como você se propõe a silenciá-lo?"

"O motorista?"

"Minha querida menina, não; Sr. George Emerson".

Lucy começou a subir e descer na sala.

"Eu não entendo", disse ela finalmente.

Ela entendeu muito bem, mas ela não queria mais ser absolutamente verdadeira.

"Como você vai impedi-lo de falar sobre isso"?

"Tenho a sensação de que falar é uma coisa que ele nunca fará".

"Eu, também, pretendo julgá-lo caridosamente". Mas infelizmente eu já conheci o tipo antes. Eles raramente guardam suas façanhas para si mesmos".

"Exploits?" gritou Lucy, envenenando sob o horrível plural.

The rain was streaming down the black windows, and the great room felt damp and chilly, One candle burnt trembling on the chest of drawers close to Miss Bartlett's toque, which cast monstrous and fantastic shadows on the bolted door. A tram roared by in the dark, and Lucy felt unaccountably sad, though she had long since dried her eyes. She lifted them to the ceiling, where the griffins and bassoons were colourless and vague, the very ghosts of joy.

"It has been raining for nearly four hours," she said at last.

Miss Bartlett ignored the remark.

"How do you propose to silence him?"

"The driver?"

"My dear girl, no; Mr. George Emerson."

Lucy began to pace up and down the room.

"I don't understand," she said at last.

She understood very well, but she no longer wished to be absolutely truthful.

"How are you going to stop him talking about it?"

"I have a feeling that talk is a thing he will never do."

"I, too, intend to judge him charitably. But unfortunately I have met the type before. They seldom keep their exploits to themselves."

"Exploits?" cried Lucy, wincing under the horrible plural.

"Meu pobre querido, você supunha que esta era a primeira vez dele? Venha aqui e me escute. Eu estou apenas coletando a partir de seus próprios comentários. Você se lembra daquele dia no almoço quando ele discutiu com a Srta. Alan que gostar de uma pessoa é uma razão extra para gostar de outra"?

"Sim", disse Lucy, que na ocasião a discussão tinha agradado.

"Bem, eu não sou puritano. Não há necessidade de chamá-lo de um jovem malvado, mas obviamente ele não é completamente refinado. Vamos nos ater aos seus antecedentes deploráveis e à sua educação, se você desejar. Mas nós não estamos mais longe com a nossa pergunta. O que você se propõe a fazer"?

Uma idéia correu pelo cérebro de Lucy, o que, se ela tivesse pensado nela mais cedo e a tivesse tornado parte dela, poderia ter se mostrado vitoriosa.

"Eu me proponho a falar com ele", disse ela.

Miss Bartlett proferiu um grito de alarme genuíno.

"Você vê, Charlotte, sua bondade - eu nunca a esquecerei. Mas, como você disse, isso é assunto meu. Meu e dele".

"E você vai *implorá-lo*, para *beg* ele para manter o silêncio?"

"Certamente que não. Não haveria nenhuma dificuldade. O que quer que você pergunte a ele, ele responde, sim ou não; então está acabado. Eu tenho tido medo dele. Mas agora eu não estou nem um pouquinho".

"My poor dear, did you suppose that this was his first? Come here and listen to me. I am only gathering it from his own remarks. Do you remember that day at lunch when he argued with Miss Alan that liking one person is an extra reason for liking another?"

"Yes," said Lucy, whom at the time the argument had pleased.

"Well, I am no prude. There is no need to call him a wicked young man, but obviously he is thoroughly unrefined. Let us put it down to his deplorable antecedents and education, if you wish. But we are no farther on with our question. What do you propose to do?"

An idea rushed across Lucy's brain, which, had she thought of it sooner and made it part of her, might have proved victorious.

"I propose to speak to him," said she.

Miss Bartlett uttered a cry of genuine alarm.

"You see, Charlotte, your kindness—I shall never forget it. But—as you said—it is my affair. Mine and his."

"And you are going to *implore* him, to *beg* him to keep silence?"

"Certainly not. There would be no difficulty. Whatever you ask him he answers, yes or no; then it is over. I have been frightened of him. But now I am not one little bit."

"Mas nós o tememos por você, querida. Você é tão jovem e inexperiente, você viveu entre pessoas tão legais, que você não pode perceber o que os homens podem ser - como eles podem ter um prazer brutal em insultar uma mulher que o seu sexo não protege e se reúne. Esta tarde, por exemplo, se eu não tivesse chegado, o que teria acontecido"?

"Eu não consigo pensar", disse Lucy gravemente.

Algo em sua voz fez Miss Bartlett repetir sua pergunta, entoando-a mais vigorosamente.

"O que teria acontecido se eu não tivesse chegado"?

"Eu não consigo pensar", disse Lucy novamente.

"Quando ele insultou você, como você teria respondido"?

"Eu não tive tempo para pensar. Você veio".

"Sim, mas você não vai me dizer agora o que você teria feito?"

"Eu deveria ter..." Ela se verificou e quebrou a sentença. Ela subiu até a janela pingando e esticou os olhos para a escuridão. Ela não conseguia pensar no que teria feito.

"Saia da janela, querida", disse Miss Bartlett. "Você será vista da estrada".

"But we fear him for you, dear. You are so young and inexperienced, you have lived among such nice people, that you cannot realize what men can be—how they can take a brutal pleasure in insulting a woman whom her sex does not protect and rally round. This afternoon, for example, if I had not arrived, what would have happened?"

"I can't think," said Lucy gravely.

Something in her voice made Miss Bartlett repeat her question, intoning it more vigorously.

"What would have happened if I hadn't arrived?"

"I can't think," said Lucy again.

"When he insulted you, how would you have replied?"

"I hadn't time to think. You came."

"Yes, but won't you tell me now what you would have done?"

"I should have—" She checked herself, and broke the sentence off. She went up to the dripping window and strained her eyes into the darkness. She could not think what she would have done.

"Come away from the window, dear," said Miss Bartlett. "You will be seen from the road."

Lucy obedeceu. Ela estava em poder de seu primo. Ela não podia modular a chave do desvalorização de si mesma na qual ela havia começado. Nenhum deles se referiu novamente à sua sugestão de que ela deveria falar com George e resolver o assunto, seja ele qual for, com ele.

A senhorita Bartlett se tornou queixosa.

"Oh, para um homem de verdade! Nós somos apenas duas mulheres, você e eu. Existe o Sr. Eager, mas você não confia nele. Oh, para o seu irmão! Ele é jovem, mas eu sei que o insulto da irmã dele despertaria nele um leão. Graças a Deus, o cavalheirismo ainda não está morto. Ainda restam alguns homens que podem reverenciar a mulher".

Enquanto ela falava, ela tirou seus anéis, dos quais ela usava vários, e os tocou na almofada do alfinete. Então ela soprou em suas luvas e disse:

"Será um empurrão para pegar o trem da manhã, mas devemos tentar".

"Que trem?"

"O trem para Roma". Ela olhou criticamente para suas luvas.

A garota recebeu o anúncio tão facilmente quanto ele havia sido dado.

"Quando o trem para Roma vai?"

"Às oito".

"A Signora Bertolini ficaria chateada".

"Devemos encarar isso", disse Miss Bartlett, não gostando de dizer que ela já tinha dado aviso prévio.

"Ela nos fará pagar por uma semana inteira de pensão".

"Eu espero que ela vá. No entanto, estaremos muito mais confortáveis no hotel dos Vyses. O chá da tarde não é dado lá para nada?"

"Sim, mas eles pagam um extra pelo vinho". Depois desta observação, ela permaneceu imóvel e silenciosa. Para seus olhos cansados Charlotte latejou e inchou como uma figura fantasmagórica em um sonho.

Eles começaram a classificar suas roupas para embalagem, pois não havia tempo a perder, se eles fossem pegar o trem para Roma. Lucy, quando admoestada, começou a ir e voltar entre as salas, mais consciente do desconforto de fazer as malas à luz de velas do que de um doente mais sutil. Charlotte, que era prática sem habilidade, ajoelhou-se ao lado de um baú vazio, esforçando-se em vão para pavimentá-lo com livros de espessura e tamanho variáveis.

Ela deu dois ou três suspiros, pois a postura inclinada machucou suas costas e, por toda a sua diplomacia, ela sentiu que estava envelhecendo. A menina a ouviu ao entrar na sala e foi agarrada por um daqueles impulsos emocionais aos quais ela nunca poderia atribuir uma causa. Ela só sentiu que a vela queimaria melhor, a embalagem ficaria mais fácil, o mundo seria mais feliz, se ela pudesse dar e receber algum amor humano.

O impulso tinha vindo antes de hoje, mas nunca tão forte. Ela se ajoelhou ao lado de seu primo e a tomou nos braços.

"I expect she will. However, we shall be much more comfortable at the Vyses' hotel. Isn't afternoon tea given there for nothing?"

"Yes, but they pay extra for wine." After this remark she remained motionless and silent. To her tired eyes Charlotte throbbed and swelled like a ghostly figure in a dream.

They began to sort their clothes for packing, for there was no time to lose, if they were to catch the train to Rome. Lucy, when admonished, began to move to and fro between the rooms, more conscious of the discomforts of packing by candlelight than of a subtler ill. Charlotte, who was practical without ability, knelt by the side of an empty trunk, vainly endeavouring to pave it with books of varying thickness and size.

She gave two or three sighs, for the stooping posture hurt her back, and, for all her diplomacy, she felt that she was growing old. The girl heard her as she entered the room, and was seized with one of those emotional impulses to which she could never attribute a cause. She only felt that the candle would burn better, the packing go easier, the world be happier, if she could give and receive some human love.

The impulse had come before to-day, but never so strongly. She knelt down by her cousin's side and took her in her arms.

Miss Bartlett devolveu o abraço com ternura e calor. Mas ela não era uma mulher estúpida e sabia perfeitamente que Lucy não a amava, mas precisava que ela a amasse. Pois foi em tons sinistros que ela disse, depois de uma longa pausa:

"Querida Lucy, como você vai me perdoar?"

Lucy estava imediatamente alerta, sabendo por amarga experiência o que significava perdoar Miss Bartlett. Sua emoção relaxou, ela modificou um pouco seu abraço, e ela disse:

"Charlotte querida, o que você quer dizer? Como se eu tivesse algo a perdoar"!

"Você tem muito, e eu tenho muito a me perdoar, também. Eu sei bem o quanto eu o aborreço a cada vez".

"Mas não".

Miss Bartlett assumiu seu papel preferido, o de mártir prematuramente envelhecida.

"Ah, mas sim! Eu sinto que nossa turnê juntos dificilmente é o sucesso que eu esperava. Eu talvez soubesse que isso não seria suficiente. Você quer alguém mais jovem e mais forte e mais em simpatia com você. Eu sou muito desinteressante e antiquado apenas para embalar e desembalar suas coisas".

"Por favor..."

"Minha única consolação foi que você encontrou pessoas mais ao seu gosto, e muitas vezes foram capazes de me deixar em casa. Eu tinha minhas próprias idéias pobres sobre o que uma senhora deveria fazer, mas espero não infligi-las a você mais do que era necessário. Você tinha sua própria maneira sobre estas salas, em todos os casos".

Miss Bartlett returned the embrace with tenderness and warmth. But she was not a stupid woman, and she knew perfectly well that Lucy did not love her, but needed her to love. For it was in ominous tones that she said, after a long pause:

"Dearest Lucy, how will you ever forgive me?"

Lucy was on her guard at once, knowing by bitter experience what forgiving Miss Bartlett meant. Her emotion relaxed, she modified her embrace a little, and she said:

"Charlotte dear, what do you mean? As if I have anything to forgive!"

"You have a great deal, and I have a very great deal to forgive myself, too. I know well how much I vex you at every turn."

"But no—"

Miss Bartlett assumed her favourite role, that of the prematurely aged martyr.

"Ah, but yes! I feel that our tour together is hardly the success I had hoped. I might have known it would not do. You want someone younger and stronger and more in sympathy with you. I am too uninteresting and old-fashioned—only fit to pack and unpack your things."

"Please—"

"My only consolation was that you found people more to your taste, and were often able to leave me at home. I had my own poor ideas of what a lady ought to do, but I hope I did not inflict them on you more than was necessary. You had your own way about these rooms, at all events."

"Você não deve dizer essas coisas", disse Lucy suavemente.

Ela ainda se agarrava à esperança de que ela e Charlotte se amavam, de coração e alma. Eles continuaram a fazer as malas em silêncio.

"Eu tenho sido um fracasso", disse Miss Bartlett, enquanto lutava com as tiras do baú de Lucy ao invés de amarrar as próprias. "Falhou em fazer você feliz; falhou no meu dever para com sua mãe. Ela tem sido tão generosa comigo; nunca mais vou enfrentá-la depois deste desastre".

"Mas a mãe vai entender. Não é sua culpa, este problema, e também não é um desastre".

"A culpa é minha, é um desastre". Ela nunca vai me perdoar, e com razão. Por exemplo, que direito eu tinha de fazer amizade com Miss Lavish"?

"Todos os direitos".

"Quando eu estava aqui para seu bem? Se eu o aborreci, é igualmente verdade que eu o negligenciei. Sua mãe verá isso tão claramente quanto eu, quando você lhe disser".

Lucy, de um desejo covarde de melhorar a situação, disse:

"Por que a mãe precisa ouvir falar disso?"

"Mas você conta tudo para ela?"

"Suponho que sim em geral".

"Eu não ouso quebrar sua confiança". Há algo de sagrado nele. A menos que você sinta que é uma coisa que você não poderia dizer a ela".

A garota não seria degradada a isso.

"You mustn't say these things," said Lucy softly.

She still clung to the hope that she and Charlotte loved each other, heart and soul. They continued to pack in silence.

"I have been a failure," said Miss Bartlett, as she struggled with the straps of Lucy's trunk instead of strapping her own. "Failed to make you happy; failed in my duty to your mother. She has been so generous to me; I shall never face her again after this disaster."

"But mother will understand. It is not your fault, this trouble, and it isn't a disaster either."

"It is my fault, it is a disaster. She will never forgive me, and rightly. For instance, what right had I to make friends with Miss Lavish?"

"Every right."

"When I was here for your sake? If I have vexed you it is equally true that I have neglected you. Your mother will see this as clearly as I do, when you tell her."

Lucy, from a cowardly wish to improve the situation, said:

"Why need mother hear of it?"

"But you tell her everything?"

"I suppose I do generally."

"I dare not break your confidence. There is something sacred in it. Unless you feel that it is a thing you could not tell her."

The girl would not be degraded to this.

"Naturalmente, eu deveria ter dito a ela. Mas caso ela devesse culpá-lo de alguma forma, eu prometo que não o farei, estou muito disposto a não fazê-lo. Eu nunca falarei sobre isso nem a ela nem a ninguém".

Sua promessa levou a longa entrevista a um súbito fechamento. Miss Bartlett bicou-a com inteligência em ambas as bochechas, desejou boa noite e a mandou para seu próprio quarto.

Por um momento, o problema original estava em segundo plano. George parece ter se comportado como um cad; talvez essa fosse a visão que se teria eventualmente. No momento ela não o absolveu nem o condenou; ela não passou julgamento. No momento em que ela estava prestes a julgá-lo, a voz de seu primo havia intervindo e, desde então, era Miss Bartlett que havia dominado; Miss Bartlett que, mesmo agora, podia ser ouvida suspirando em uma fenda na parede divisória; Miss Bartlett, que realmente não havia sido nem flexível, nem humilde, nem inconsistente.

Ela tinha trabalhado como uma grande artista; por um tempo - por anos - ela não tinha sentido, mas no final foi apresentado à garota o quadro completo de um mundo sem ânimo e sem amor no qual os jovens correm para a destruição até aprenderem melhor - um mundo envergonhado de precauções e barreiras que podem evitar o mal, mas que não parecem trazer o bem, se é que podemos julgar por aqueles que mais os usaram.

"Naturally I should have told her. But in case she should blame you in any way, I promise I will not, I am very willing not to. I will never speak of it either to her or to any one."

Her promise brought the long-drawn interview to a sudden close. Miss Bartlett pecked her smartly on both cheeks, wished her good-night, and sent her to her own room.

For a moment the original trouble was in the background. George would seem to have behaved like a cad throughout; perhaps that was the view which one would take eventually. At present she neither acquitted nor condemned him; she did not pass judgement. At the moment when she was about to judge him her cousin's voice had intervened, and, ever since, it was Miss Bartlett who had dominated; Miss Bartlett who, even now, could be heard sighing into a crack in the partition wall; Miss Bartlett, who had really been neither pliable nor humble nor inconsistent.

She had worked like a great artist; for a time—indeed, for years—she had been meaningless, but at the end there was presented to the girl the complete picture of a cheerless, loveless world in which the young rush to destruction until they learn better—a shamefaced world of precautions and barriers which may avert evil, but which do not seem to bring good, if we may judge from those who have used them most.

Lucy estava sofrendo com o mais grave erro que este mundo já descobriu: a vantagem diplomática havia sido tirada de sua sinceridade, de seu anseio por simpatia e amor. Um tal erro não é facilmente esquecido. Nunca mais ela se expôs sem a devida consideração e precaução contra a repulsa. E um tal erro pode reagir desastrosamente sobre a alma.

A campainha tocou, e ela começou a tocar as persianas. Antes de alcançá-las, ela hesitou, virou-se e apagou a vela. Assim foi que, embora ela tenha visto alguém de pé no molhado abaixo, ele, embora tenha olhado para cima, não a viu.

Para chegar ao seu quarto ele teve que ir pelo dela. Ela ainda estava vestida. Ela percebeu que ela poderia escorregar para a passagem e apenas dizer que ela teria ido embora antes que ele subisse, e que as suas relações sexuais extraordinárias tinham acabado.

Se ela teria ousado fazer isso nunca foi provado. No momento crítico, Miss Bartlett abriu sua própria porta, e sua voz disse:

"Desejo uma palavra com você na sala de visitas, Sr. Emerson, por favor".

Logo seus passos voltaram, e a Srta. Bartlett disse: "Boa noite, Sr. Emerson".

Sua respiração pesada e cansada foi a única resposta; a acompanhante tinha feito seu trabalho.

Lucy chorou em voz alta: "Isso não é verdade. Não pode ser tudo verdade. Eu não quero ser atrapalhada. Eu quero envelhecer rapidamente".

Miss Bartlett bateu na parede.

Lucy was suffering from the most grievous wrong which this world has yet discovered: diplomatic advantage had been taken of her sincerity, of her craving for sympathy and love. Such a wrong is not easily forgotten. Never again did she expose herself without due consideration and precaution against rebuff. And such a wrong may react disastrously upon the soul.

The door-bell rang, and she started to the shutters. Before she reached them she hesitated, turned, and blew out the candle. Thus it was that, though she saw someone standing in the wet below, he, though he looked up, did not see her.

To reach his room he had to go by hers. She was still dressed. It struck her that she might slip into the passage and just say that she would be gone before he was up, and that their extraordinary intercourse was over.

Whether she would have dared to do this was never proved. At the critical moment Miss Bartlett opened her own door, and her voice said:

"I wish one word with you in the drawing-room, Mr. Emerson, please."

Soon their footsteps returned, and Miss Bartlett said: "Good-night, Mr. Emerson."

His heavy, tired breathing was the only reply; the chaperon had done her work.

Lucy cried aloud: "It isn't true. It can't all be true. I want not to be muddled. I want to grow older quickly."

Miss Bartlett tapped on the wall.

"Vá para a cama imediatamente, querida. Você precisa de todo o resto que conseguir".

"Go to bed at once, dear. You need all the rest you can get."

Pela manhã, eles partiram para Roma.

In the morning they left for Rome.

Medieval

Medieval

As cortinas da sala de desenho no canto Windy tinham sido puxadas para se encontrar, pois o tapete era novo e merecia proteção contra o sol de agosto. Eram cortinas pesadas, chegando quase até o chão, e a luz que filtrada através delas era moderada e variada. Um poeta - ninguém estava presente - poderia ter citado, "A vida como uma cúpula de muitos vidros coloridos", ou poderia ter comparado as cortinas às comportas, baixadas contra as marés intoleráveis do céu. Sem isso foi derramado um mar de radiância; por dentro, a glória, embora visível, foi temperada às capacidades do homem.

Duas pessoas agradáveis sentaram-se na sala. Um - um menino de dezenove anos - estava estudando um pequeno manual de anatomia, e espreitando ocasionalmente em um osso que estava em cima do piano. De vez em quando ele saltava em sua cadeira e soprava e gemia, pois o dia estava quente e a impressão era pequena, e a moldura humana era feita com medo; e sua mãe, que estava escrevendo uma carta, lia continuamente para ele o que ela tinha escrito. E continuamente ela se levantava de seu assento e partia as cortinas para que um riacho de luz caísse sobre o tapete, e fazia a observação de que eles ainda estavam lá.

The drawing-room curtains at Windy Corner had been pulled to meet, for the carpet was new and deserved protection from the August sun. They were heavy curtains, reaching almost to the ground, and the light that filtered through them was subdued and varied. A poet—none was present—might have quoted, "Life like a dome of many coloured glass," or might have compared the curtains to sluice-gates, lowered against the intolerable tides of heaven. Without was poured a sea of radiance; within, the glory, though visible, was tempered to the capacities of man.

Two pleasant people sat in the room. One—a boy of nineteen—was studying a small manual of anatomy, and peering occasionally at a bone which lay upon the piano. From time to time he bounced in his chair and puffed and groaned, for the day was hot and the print small, and the human frame fearfully made; and his mother, who was writing a letter, did continually read out to him what she had written. And continually did she rise from her seat and part the curtains so that a rivulet of light fell across the carpet, and make the remark that they were still there.

"Onde eles não estão?" disse o menino, que era Freddy, irmão de Lucy. "Eu lhe digo que estou ficando bastante doente".

"Pelo amor de Deus saia da minha sala de desenho, então..." gritou a Sra. Honeychurch, que esperava curar seus filhos da gíria, tomando-a literalmente.

Freddy não se moveu ou não respondeu.

"Eu acho que as coisas estão chegando a um ponto crítico", observou ela, querendo a opinião de seu filho sobre a situação se ela pudesse obtê-la sem súplicas indevidas.

"O tempo que eles fizeram".

"Estou feliz que Cecil esteja perguntando isso a ela mais uma vez".

"É a terceira vez dele, não é?"

"Freddy, eu chamo a maneira como você fala mal".

"Eu não queria ser indelicado". Então ele acrescentou: "Mas eu acho que Lucy pode ter desabafado com isso na Itália. Eu não sei como as meninas conseguem as coisas, mas ela não pode ter dito 'não' corretamente antes, ou ela não teria que dizer isso novamente agora. Sobre tudo isso - eu não consigo explicar - eu me sinto tão desconfortável".

"Você realmente, querida? Que interessante!"

"Eu me sinto - não me importo".

Ele retornou ao seu trabalho.

"Basta ouvir o que eu escrevi para a Sra. Vyse". Eu disse: 'Prezada Sra. Vyse'".

"Sim, mãe, você me disse. Uma carta muito boa".

"Where aren't they?" said the boy, who was Freddy, Lucy's brother. "I tell you I'm getting fairly sick."

"For goodness' sake go out of my drawing-room, then?" cried Mrs. Honeychurch, who hoped to cure her children of slang by taking it literally.

Freddy did not move or reply.

"I think things are coming to a head," she observed, rather wanting her son's opinion on the situation if she could obtain it without undue supplication.

"Time they did."

"I am glad that Cecil is asking her this once more."

"It's his third go, isn't it?"

"Freddy I do call the way you talk unkind."

"I didn't mean to be unkind." Then he added: "But I do think Lucy might have got this off her chest in Italy. I don't know how girls manage things, but she can't have said 'No' properly before, or she wouldn't have to say it again now. Over the whole thing—I can't explain—I do feel so uncomfortable."

"Do you indeed, dear? How interesting!"

"I feel—never mind."

He returned to his work.

"Just listen to what I have written to Mrs. Vyse. I said: 'Dear Mrs. Vyse.'"

"Yes, mother, you told me. A jolly good letter."

"Eu disse: 'Querida Sra. Vyse, Cecil acabou de pedir minha permissão sobre isso, e eu deveria estar encantada, se Lucy desejar isso. Mas...'". Ela parou de ler: "Eu me diverti bastante no Cecil pedindo minha permissão. Ele sempre entrou por não-convencionalidade, e os pais em nenhum lugar, e assim por diante. Quando se trata do assunto, ele não pode continuar sem mim".

"Nem eu".

"Você"?

Freddy acenou com a cabeça.

"O que você quer dizer?"

"Ele também me pediu permissão".

Ela exclamou: "Que estranho da parte dele!"

"Por que assim?" perguntou o filho e herdeiro. "Por que não deveria ser pedida minha permissão?"

"O que você sabe sobre Lucy ou meninas ou qualquer coisa? O que você já disse"?

"Eu disse a Cecil: 'Pegue-a ou deixe-a; não é da minha conta'".

"Que resposta útil!" Mas sua própria resposta, embora mais normal em sua redação, tinha tido o mesmo efeito.

"O incômodo é este", começou Freddy.

Então ele retomou seu trabalho, tímido demais para dizer qual era o incômodo. A Sra. Honeychurch voltou para a janela.

"Freddy, você deve vir. Lá estão eles ainda"!

"Eu não vejo que você deva ir espreitar assim".

"Espreitando assim! Eu não posso olhar pela minha própria janela"?

"I said: 'Dear Mrs. Vyse, Cecil has just asked my permission about it, and I should be delighted, if Lucy wishes it. But—'" She stopped reading, "I was rather amused at Cecil asking my permission at all. He has always gone in for unconventionality, and parents nowhere, and so forth. When it comes to the point, he can't get on without me."

"Nor me."

"You?"

Freddy nodded.

"What do you mean?"

"He asked me for my permission also."

She exclaimed: "How very odd of him!"

"Why so?" asked the son and heir. "Why shouldn't my permission be asked?"

"What do you know about Lucy or girls or anything? What ever did you say?"

"I said to Cecil, 'Take her or leave her; it's no business of mine!'"

"What a helpful answer!" But her own answer, though more normal in its wording, had been to the same effect.

"The bother is this," began Freddy.

Then he took up his work again, too shy to say what the bother was. Mrs. Honeychurch went back to the window.

"Freddy, you must come. There they still are!"

"I don't see you ought to go peeping like that."

"Peeping like that! Can't I look out of my own window?"

Mas ela voltou para a mesa de redação, observando, ao passar pelo filho, "Ainda na página 322? Freddy cheirou, e virou duas folhas. Por um breve espaço, eles ficaram em silêncio. De perto, além das cortinas, o murmúrio gentil de uma longa conversa nunca havia cessado.

"O incômodo é este: Eu coloquei meu pé nele com Cecil muito terrivelmente". Ele deu um gole de nervosismo. "Não satisfeito com a 'permissão', que eu dei - isto é, eu disse, 'eu não me importo' - bem, não satisfeito com isso, ele queria saber se eu não estava fora da minha cabeça com alegria. Ele praticamente colocou assim: Não seria uma coisa esplêndida para Lucy e para Windy Corner em geral se ele se casasse com ela? E ele teria uma resposta - ele disse que isso fortaleceria sua mão".

"Espero que você tenha dado uma resposta cuidadosa, querida".

"Eu respondi 'Não'", disse o garoto, rangendo os dentes. "Lá! Voe para um guisado! Eu não posso evitar - eu não posso dizer isso. Eu tive que dizer que não. Ele nunca deveria ter me perguntado".

"Criança ridícula!" gritou sua mãe. "Você se acha tão santo e verdadeiro, mas realmente é apenas um conceito abominável". Você acha que um homem como Cecil levaria a mínima nota de qualquer coisa que você dissesse? Eu espero que ele encaixotasse seus ouvidos. Como você ousa dizer não?"

But she returned to the writing-table, observing, as she passed her son, "Still page 322?" Freddy snorted, and turned over two leaves. For a brief space they were silent. Close by, beyond the curtains, the gentle murmur of a long conversation had never ceased.

"The bother is this: I have put my foot in it with Cecil most awfully." He gave a nervous gulp. "Not content with 'permission', which I did give—that is to say, I said, 'I don't mind'—well, not content with that, he wanted to know whether I wasn't off my head with joy. He practically put it like this: Wasn't it a splendid thing for Lucy and for Windy Corner generally if he married her? And he would have an answer—he said it would strengthen his hand."

"I hope you gave a careful answer, dear."

"I answered 'No'" said the boy, grinding his teeth. "There! Fly into a stew! I can't help it—had to say it. I had to say no. He ought never to have asked me."

"Ridiculous child!" cried his mother. "You think you're so holy and truthful, but really it's only abominable conceit. Do you suppose that a man like Cecil would take the slightest notice of anything you say? I hope he boxed your ears. How dare you say no?"

"Oh, fique quieta, mãe! Eu tinha que dizer não quando eu não podia dizer sim. Eu tentei rir como se eu não quisesse dizer o que disse e, como Cecil também riu e foi embora, pode ser que esteja tudo bem. Mas eu sinto que meu pé está nele. Oh, fique quieto, porém, e deixe um homem trabalhar".

"Não", disse a Sra. Honeychurch, com o ar de quem considerou o assunto, "Eu não vou ficar calado". Você sabe tudo o que passou entre eles em Roma; você sabe porque ele está aqui embaixo, e ainda assim você deliberadamente o insulta, e tenta expulsá-lo de minha casa".

"Nem um pouco", ele suplicou. "Eu só deixei sair que não gostava dele". Eu não o odeio, mas eu não gosto dele. O que eu me importo é que ele diga à Lucy".

Ele olhou para as cortinas desmontadamente.

"Bem, *Eu* gosto dele", disse a Sra. Honeychurch. "Eu conheço a mãe dele; ele é bom, inteligente, rico, bem conectado - Oh, você não precisa chutar o piano! Ele está bem conectado - Eu digo novamente se você quiser: ele está bem conectado". Ela fez uma pausa, como se ensaiasse seu elogio, mas seu rosto permaneceu insatisfeito. Ela acrescentou: "E ele tem maneiras bonitas".

"Eu gostei dele até agora. Suponho que ele está estragando a primeira semana da Lucy em casa; e também é algo que o Sr. Beebe disse, sem saber".

"Sr. Beebe?" disse sua mãe, tentando esconder o interesse dela. "Eu não vejo como o Sr. Beebe entra".

"Oh, do keep quiet, mother! I had to say no when I couldn't say yes. I tried to laugh as if I didn't mean what I said, and, as Cecil laughed too, and went away, it may be all right. But I feel my foot's in it. Oh, do keep quiet, though, and let a man do some work."

"No," said Mrs. Honeychurch, with the air of one who has considered the subject, "I shall not keep quiet. You know all that has passed between them in Rome; you know why he is down here, and yet you deliberately insult him, and try to turn him out of my house."

"Not a bit!" he pleaded. "I only let out I didn't like him. I don't hate him, but I don't like him. What I mind is that he'll tell Lucy."

He glanced at the curtains dismally.

"Well, *I* like him," said Mrs. Honeychurch. "I know his mother; he's good, he's clever, he's rich, he's well connected—Oh, you needn't kick the piano! He's well connected—I'll say it again if you like: he's well connected." She paused, as if rehearsing her eulogy, but her face remained dissatisfied. She added: "And he has beautiful manners."

"I liked him till just now. I suppose it's having him spoiling Lucy's first week at home; and it's also something that Mr. Beebe said, not knowing."

"Mr. Beebe?" said his mother, trying to conceal her interest. "I don't see how Mr. Beebe comes in."

"Você conhece a maneira engraçada do Sr. Beebe, quando você nunca sabe bem o que ele quer dizer. Ele disse: "O Sr. Vyse é um solteirão ideal". Eu era muito bonitinho, eu perguntei a ele o que ele queria dizer. Ele disse: 'Oh, ele é como eu - melhor desapegado'. Eu não consegui fazer ele dizer mais nada, mas isso me fez pensar. Desde que Cecil veio atrás de Lucy ele não tem sido tão agradável, pelo menos - eu não consigo explicar".

"Você nunca pode, querida. Mas eu posso. Você tem ciúmes do Cecil porque ele pode parar Lucy de tricotar suas gravatas de seda".

A explicação parecia plausível, e Freddy tentou aceitá-la. Mas na parte de trás de seu cérebro havia uma falta de desconfiança. Cecil elogiou demais uma por ser atlético. Era isso? Cecil fez uma conversa do seu próprio jeito. Este cansado. Foi isso? E Cecil era o tipo de sujeito que nunca usaria o boné de outro sujeito. Desconhecendo suas próprias profundezas, Freddy se verificou. Ele deve ter ciúmes, ou ele não gostaria de um homem por razões tão tolas.

“You know Mr. Beebe’s funny way, when you never quite know what he means. He said: ‘Mr. Vyse is an ideal bachelor.’ I was very cute, I asked him what he meant. He said ‘Oh, he’s like me—better detached.’ I couldn’t make him say any more, but it set me thinking. Since Cecil has come after Lucy he hasn’t been so pleasant, at least—I can’t explain.”

“You never can, dear. But I can. You are jealous of Cecil because he may stop Lucy knitting you silk ties.”

The explanation seemed plausible, and Freddy tried to accept it. But at the back of his brain there lurked a dim mistrust. Cecil praised one too much for being athletic. Was that it? Cecil made one talk in one’s own way. This tired one. Was that it? And Cecil was the kind of fellow who would never wear another fellow’s cap. Unaware of his own profundity, Freddy checked himself. He must be jealous, or he would not dislike a man for such foolish reasons.

"Será que isto serve?" chamou a mãe dele. "Querida Sra. Vyse,-Cecil acabou de pedir minha permissão sobre isso, e eu deveria estar encantada se Lucy desejar isso". Então eu coloquei no topo, "e eu disse isso à Lucy". Devo escrever a carta novamente - "e eu disse isso à Lucy". Mas Lucy parece muito incerta, e nestes dias os jovens devem decidir por si mesmos'. Eu disse isso porque não queria que a Sra. Vyse pensasse que éramos antiquados. Ela entra para dar palestras e melhorar sua mente, e o tempo todo uma espessa camada de chaminé debaixo das camas, e as marcas sujas dos polegares da empregada onde você acende a luz elétrica. Ela mantém esse apartamento abominavelmente...".

"Suponha que Lucy se case com Cecil, ela viveria em um apartamento, ou no campo?"

"Não interrompa de forma tão tola. Onde eu estava? Oh sim, os jovens devem decidir por si mesmos. Eu sei que Lucy gosta do seu filho, porque ela me conta tudo, e ela me escreveu de Roma quando ele lhe perguntou primeiro". Não, eu vou cruzar esse último pedaço - parece paternalista. Eu vou parar em 'porque ela me conta tudo'. Ou devo riscar isso, também?".

"Risque isso também", disse Freddy.

A Sra. Honeychurch o deixou lá dentro.

"Então a coisa toda corre: "Cara Sra. Vyse.-Cecil acabou de pedir minha permissão sobre isso, e eu deveria estar encantada se Lucy desejar, e eu disse a Lucy que sim". Mas Lucy parece muito incerta e, nestes dias, os jovens devem decidir por si mesmos. Eu sei que Lucy gosta do seu filho, porque ela me conta tudo. Mas eu não sei...".

"Will this do?" called his mother. "'Dear Mrs. Vyse,—Cecil has just asked my permission about it, and I should be delighted if Lucy wishes it.' Then I put in at the top, 'and I have told Lucy so.' I must write the letter out again—'and I have told Lucy so. But Lucy seems very uncertain, and in these days young people must decide for themselves.' I said that because I didn't want Mrs. Vyse to think us old-fashioned. She goes in for lectures and improving her mind, and all the time a thick layer of flue under the beds, and the maid's dirty thumb-marks where you turn on the electric light. She keeps that flat abominably—"

"Suppose Lucy marries Cecil, would she live in a flat, or in the country?"

"Don't interrupt so foolishly. Where was I? Oh yes—'Young people must decide for themselves. I know that Lucy likes your son, because she tells me everything, and she wrote to me from Rome when he asked her first.' No, I'll cross that last bit out—it looks patronizing. I'll stop at 'because she tells me everything.' Or shall I cross that out, too?"

"Cross it out, too," said Freddy.

Mrs. Honeychurch left it in.

"Then the whole thing runs: 'Dear Mrs. Vyse.—Cecil has just asked my permission about it, and I should be delighted if Lucy wishes it, and I have told Lucy so. But Lucy seems very uncertain, and in these days young people must decide for themselves. I know that Lucy likes your son, because she tells me everything. But I do not know—'"

"Cuidado!" gritou Freddy.

As cortinas se separaram.

O primeiro movimento de Cecil foi de irritação. Ele não podia suportar o hábito da Honeychurch de sentar no escuro para salvar os móveis. Instintivamente, ele deu um toque nas cortinas, e as mandou balançar pelos postes. A luz entrava. Foi revelado um terraço, como é o de muitas vilas com árvores de cada lado, e sobre ele um pequeno assento rústico, e dois canteiros de flores. Mas ele foi transfigurado pela vista além, pois o Windy Corner foi construído sobre a cordilheira que tem vista para o Sussex Weald. Lucy, que estava no pequeno assento, parecia estar à beira de um tapete mágico verde que pairava no ar acima do mundo tremuloso.

Cecil entrou.

Aparecendo tão tarde na história, Cecil deve ser descrito imediatamente. Ele era medieval. Como uma estátua gótica. Alto e refinado, com ombros que pareciam quadrados por um esforço da vontade, e uma cabeça que era inclinada um pouco mais alto que o nível normal de visão, ele se parecia com aqueles santos fastidiosos que guardam os portais de uma catedral francesa. Bem educado, bem dotado, e não deficiente fisicamente, ele permaneceu nas garras de um certo diabo que o mundo moderno conhece como auto-consciência, e que o medieval, com visão mais fraca, adorava como asceticismo.

"Look out!" cried Freddy.

The curtains parted.

Cecil's first movement was one of irritation. He couldn't bear the Honeychurch habit of sitting in the dark to save the furniture. Instinctively he give the curtains a twitch, and sent them swinging down their poles. Light entered. There was revealed a terrace, such as is owned by many villas with trees each side of it, and on it a little rustic seat, and two flower-beds. But it was transfigured by the view beyond, for Windy Corner was built on the range that overlooks the Sussex Weald. Lucy, who was in the little seat, seemed on the edge of a green magic carpet which hovered in the air above the tremulous world.

Cecil entered.

Appearing thus late in the story, Cecil must be at once described. He was medieval. Like a Gothic statue. Tall and refined, with shoulders that seemed braced square by an effort of the will, and a head that was tilted a little higher than the usual level of vision, he resembled those fastidious saints who guard the portals of a French cathedral. Well educated, well endowed, and not deficient physically, he remained in the grip of a certain devil whom the modern world knows as self-consciousness, and whom the medieval, with dimmer vision, worshipped as asceticism.

Uma estátua gótica implica em celibato, assim como uma estátua grega implica em fruição, e talvez fosse isto que o Sr. Beebe quis dizer. E Freddy, que ignorou a história e a arte, talvez quisesse dizer o mesmo quando falhou em imaginar Cecil usando o boné de outro companheiro.

A Sra. Honeychurch deixou sua carta na mesa de redação e se moveu em direção ao seu jovem conhecido.

"Oh, Cecil!" ela exclamou - "oh, Cecil, me diga!"

"I promessi sposi", disse ele.

Eles olharam para ele ansiosamente.

"Ela me aceitou", disse ele, e o som da coisa em inglês o fez corar e sorrir de prazer, e parecer mais humano.

"Estou tão feliz", disse a Sra. Honeychurch, enquanto Freddy ofereceu uma mão que estava amarela com produtos químicos. Eles desejavam que eles também soubessem italiano, pois nossas frases de aprovação e de espanto estão tão ligadas a pequenas ocasiões que tememos usá-las em grandes ocasiões. Nós somos obrigados a nos tornar vagamente poéticos, ou a nos refugiarmos em reminiscências das Escrituras.

"Bem-vindo como um da família", disse a Sra. Honeychurch, acenando sua mão para os móveis. "Este é realmente um dia de alegria! Eu tenho certeza de que você fará nossa querida Lucy feliz".

"Eu espero que sim", respondeu o jovem, mudando seus olhos para o teto.

A Gothic statue implies celibacy, just as a Greek statue implies fruition, and perhaps this was what Mr. Beebe meant. And Freddy, who ignored history and art, perhaps meant the same when he failed to imagine Cecil wearing another fellow's cap.

Mrs. Honeychurch left her letter on the writing table and moved towards her young acquaintance.

"Oh, Cecil!" she exclaimed—"oh, Cecil, do tell me!"

"I promessi sposi," said he.

They stared at him anxiously.

"She has accepted me," he said, and the sound of the thing in English made him flush and smile with pleasure, and look more human.

"I am so glad," said Mrs. Honeychurch, while Freddy proffered a hand that was yellow with chemicals. They wished that they also knew Italian, for our phrases of approval and of amazement are so connected with little occasions that we fear to use them on great ones. We are obliged to become vaguely poetic, or to take refuge in Scriptural reminiscences.

"Welcome as one of the family!" said Mrs. Honeychurch, waving her hand at the furniture. "This is indeed a joyous day! I feel sure that you will make our dear Lucy happy."

"I hope so," replied the young man, shifting his eyes to the ceiling.

"Nós mães -" simpatizamos com a Sra. Honeychurch, e então percebemos que ela era afetada, sentimental, bombástica - todas as coisas que ela mais odiava. Por que ela não podia ser o Freddy, que ficava rígido no meio da sala; com um ar muito cruzado e quase bonito?

"Eu digo, Lucy!" chamado Cecil, pois a conversa parecia sinalizar.

Lucy levantou-se do assento. Ela atravessou o gramado e sorriu para eles, como se ela fosse pedir para eles jogarem tênis. Então ela viu o rosto de seu irmão. Seus lábios se separaram e ela o tomou em seus braços. Ele disse: "Firme!".

"Nem um beijo para mim?" perguntou a mãe dela.

Lucy também a beijou.

"Você os levaria para o jardim e contaria à Sra. Honeychurch tudo sobre isso"? Cecil sugeriu. "E eu pararia aqui e contaria à minha mãe".

"Nós vamos com Lucy?" disse Freddy, como se estivéssemos recebendo ordens.

"Sim, você vai com Lucy".

Eles passaram para a luz do sol. Cecil os viu atravessar o terraço, e descer fora da vista pelos degraus. Eles desceriam - ele conhecia os seus caminhos - passando pelos arbustos, e passando pela casa de tênis e pela cama de dália, até chegar à horta, e lá, na presença das batatas e das ervilhas, o grande evento seria discutido.

Sorrindo indulgentemente, ele acendeu um cigarro e ensaiou os eventos que tinham levado a uma conclusão tão feliz.

"We mothers—" simpered Mrs. Honeychurch, and then realized that she was affected, sentimental, bombastic—all the things she hated most. Why could she not be Freddy, who stood stiff in the middle of the room; looking very cross and almost handsome?

"I say, Lucy!" called Cecil, for conversation seemed to flag.

Lucy rose from the seat. She moved across the lawn and smiled in at them, just as if she was going to ask them to play tennis. Then she saw her brother's face. Her lips parted, and she took him in her arms. He said, "Steady on!"

"Not a kiss for me?" asked her mother.

Lucy kissed her also.

"Would you take them into the garden and tell Mrs. Honeychurch all about it?" Cecil suggested. "And I'd stop here and tell my mother."

"We go with Lucy?" said Freddy, as if taking orders.

"Yes, you go with Lucy."

They passed into the sunlight. Cecil watched them cross the terrace, and descend out of sight by the steps. They would descend—he knew their ways—past the shrubbery, and past the tennis-lawn and the dahlia-bed, until they reached the kitchen garden, and there, in the presence of the potatoes and the peas, the great event would be discussed.

Smiling indulgently, he lit a cigarette, and rehearsed the events that had led to such a happy conclusion.

Ele conhecia Lucy há vários anos, mas apenas como uma garota comum que por acaso era musical. Ele ainda se lembrava de sua depressão naquela tarde em Roma, quando ela e sua terrível prima caíram sobre ele do nada, e exigiram ser levados para São Pedro. Naquele dia, ela parecia uma típica turista-grená, grosseira, e gótica com as viagens. Mas a Itália fez maravilhas com ela. Ela deu-lhe luz, e - o que ele segurava mais preciosamente - deu-lhe sombra. Logo ele detectou nela uma maravilhosa reticência. Ela era como uma mulher de Leonardo da Vinci, que nós amamos não tanto por ela, mas pelas coisas que ela não vai nos contar. As coisas certamente não são desta vida; nenhuma mulher de Leonardo poderia ter algo tão vulgar como uma "história". Ela se desenvolveu maravilhosamente dia após dia.

Então aconteceu que de civilidade paternalista ele passou aos poucos se não à paixão, pelo menos a um profundo mal-estar. Já em Roma ele havia insinuado para ela que eles poderiam ser adequados um para o outro. Tocou-lhe muito que ela não tivesse rompido com a sugestão. Sua recusa tinha sido clara e gentil; depois disso - como a frase horrível foi - ela tinha sido exatamente a mesma para ele como antes.

He had known Lucy for several years, but only as a commonplace girl who happened to be musical. He could still remember his depression that afternoon at Rome, when she and her terrible cousin fell on him out of the blue, and demanded to be taken to St. Peter's. That day she had seemed a typical tourist—shrill, crude, and gaunt with travel. But Italy worked some marvel in her. It gave her light, and—which he held more precious—it gave her shadow. Soon he detected in her a wonderful reticence. She was like a woman of Leonardo da Vinci's, whom we love not so much for herself as for the things that she will not tell us. The things are assuredly not of this life; no woman of Leonardo's could have anything so vulgar as a "story." She did develop most wonderfully day by day.

So it happened that from patronizing civility he had slowly passed if not to passion, at least to a profound uneasiness. Already at Rome he had hinted to her that they might be suitable for each other. It had touched him greatly that she had not broken away at the suggestion. Her refusal had been clear and gentle; after it—as the horrid phrase went—she had been exactly the same to him as before.

Três meses depois, à margem da Itália, entre os Alpes cobertos de flores, ele a havia perguntado novamente em linguagem tradicional e calva. Ela o lembrava de um Leonardo mais do que nunca; seus traços queimados pelo sol eram sombreados por uma pedra fantástica; às suas palavras ela se virou e ficou entre ele e a luz com planícies imensuráveis atrás dela. Ele caminhou para casa com ela sem se envergonhar, não se sentindo de forma alguma como um pretendente rejeitado.

As coisas que realmente importavam eram inabaláveis.

Então agora ele havia pedido mais uma vez e, claro e gentil como sempre, ela o aceitou, sem dar razões tímidas para o atraso, mas simplesmente dizendo que ela o amava e que faria o seu melhor para fazê-lo feliz. Sua mãe, também, ficaria satisfeita; ela tinha aconselhado o passo; ele deve escrever-lhe um longo relato.

Olhando para sua mão, caso algum dos produtos químicos de Freddy tivesse saído em cima dele, ele se mudou para a mesa de escrita. Lá ele viu "Querida Sra. Vyse", seguido por muitas rasuras. Ele recuou sem ler mais, e depois de um pouco de hesitação sentou-se em outro lugar, e escreveu uma nota no seu joelho.

Three months later, on the margin of Italy, among the flower-clad Alps, he had asked her again in bald, traditional language. She reminded him of a Leonardo more than ever; her sunburnt features were shadowed by fantastic rock; at his words she had turned and stood between him and the light with immeasurable plains behind her. He walked home with her unashamed, feeling not at all like a rejected suitor.

The things that really mattered were unshaken.

So now he had asked her once more, and, clear and gentle as ever, she had accepted him, giving no coy reasons for her delay, but simply saying that she loved him and would do her best to make him happy. His mother, too, would be pleased; she had counselled the step; he must write her a long account.

Glancing at his hand, in case any of Freddy's chemicals had come off on it, he moved to the writing table. There he saw "Dear Mrs. Vyse," followed by many erasures. He recoiled without reading any more, and after a little hesitation sat down elsewhere, and pencilled a note on his knee.

Então ele acendeu outro cigarro, que não parecia tão divino quanto o primeiro, e considerou o que poderia ser feito para tornar a sala de desenho Windy Corner mais distinta. Com essa perspectiva, deveria ter sido uma sala de sucesso, mas a trilha de Tottenham Court Road estava sobre ela; ele quase podia visualizar as motoravans dos senhores Shoolbred e Messrs. Maple chegando à porta e depositando esta cadeira, aquelas caixas de livros envernizadas, aquela mesa de redação.

A mesa lembrou a carta da Sra. Honeychurch. Ele não queria ler essa carta - suas tentações nunca foram nessa direção; mas ele se preocupou com isso, mesmo assim. Foi sua própria culpa que ela estava discutindo com sua mãe; ele queria o apoio dela em sua terceira tentativa de conquistar Lucy; ele queria sentir que outros, não importando quem fossem, concordavam com ele, e então ele havia pedido a permissão deles.

A Sra. Honeychurch tinha sido civilizada, mas obtusa no essencial, enquanto quanto a Freddy-"Ele é apenas um garoto", refletiu ele. "Eu represento tudo o que ele despreza". Por que ele deveria me querer como cunhado?"

As Igrejas de Mel eram uma família digna, mas ele começou a perceber que Lucy era de outro barro; e por isso - ele não a colocou muito definitivamente - ele deveria introduzi-la em círculos mais congeniosos o mais rápido possível.

"Mr. Beebe!" disse a empregada, e o novo reitor da Summer Street foi exibido; ele tinha imediatamente começado a ter relações amigáveis, devido aos elogios de Lucy a ele em suas cartas de Florença.

Then he lit another cigarette, which did not seem quite as divine as the first, and considered what might be done to make Windy Corner drawing-room more distinctive. With that outlook it should have been a successful room, but the trail of Tottenham Court Road was upon it; he could almost visualize the motor-vans of Messrs. Shoolbred and Messrs. Maple arriving at the door and depositing this chair, those varnished book-cases, that writing-table.

The table recalled Mrs. Honeychurch's letter. He did not want to read that letter—his temptations never lay in that direction; but he worried about it none the less. It was his own fault that she was discussing him with his mother; he had wanted her support in his third attempt to win Lucy; he wanted to feel that others, no matter who they were, agreed with him, and so he had asked their permission.

Mrs. Honeychurch had been civil, but obtuse in essentials, while as for Freddy—"He is only a boy," he reflected. "I represent all that he despises. Why should he want me for a brother-in-law?"

The Honeychurches were a worthy family, but he began to realize that Lucy was of another clay; and perhaps—he did not put it very definitely—he ought to introduce her into more congenial circles as soon as possible.

"Mr. Beebe!" said the maid, and the new rector of Summer Street was shown in; he had at once started on friendly relations, owing to Lucy's praise of him in her letters from Florence.

Cecil o cumprimentou de forma bastante crítica.

"Eu vim para o chá, Sr. Vyse". Você acha que eu vou buscá-lo?"

"Eu deveria dizer que sim. Comida é o que se faz aqui - não se sente naquela cadeira; a jovem Honeychurch deixou um osso nela".

"Pfui!"

"Eu sei", disse Cecil. "Eu sei". Eu não consigo pensar porque a Sra. Honeychurch permite isso".

Pois Cecil considerou o osso e os móveis de Maples separadamente; ele não percebeu que, tomados em conjunto, eles acenderam a sala na vida que ele desejava.

"Eu vim para o chá e para os mexericos. Isto não é notícia?"

"Notícias? Eu não te entendo", disse Cecil. "Notícia?"

O Sr. Beebe, cujas notícias eram de uma natureza muito diferente, prossegue.

"Eu conheci Sir Harry Otway quando cheguei; eu tenho todos os motivos para esperar que eu seja o primeiro no campo". Ele comprou Cissie e Albert do Sr. Flack"!

"Será que ele realmente?" disse Cecil, tentando se recuperar. Em que grotesco erro ele havia caído! Seria provável que um clérigo e um cavalheiro se referissem ao seu noivado de uma maneira tão petulante? Mas sua rigidez permaneceu, e, embora ele tenha perguntado quem Cissie e Albert poderiam ser, ele ainda achava que o Sr. Beebe era um limitador.

"Pergunta imperdoável! Ter parado uma semana em Windy Corner e não ter conhecido Cissie e Albert, as vilas semi-destacadas que foram correndo em frente à igreja! Eu vou colocar a Sra. Honeychurch atrás de você".

"Eu sou chocantemente estúpido com os assuntos locais", disse o jovem languidamente. "Eu não consigo nem me lembrar da diferença entre uma Junta de Freguesia e uma Junta de Governo Local". Talvez não haja diferença, ou talvez esses não sejam os nomes certos". Eu só vou para o campo para ver meus amigos e para desfrutar da paisagem. Isso é muito negligente da minha parte. Itália e Londres são os únicos lugares onde eu não sinto que exista em sofrimento".

Sr. Beebe, angustiado com esta pesada recepção de Cissie e Albert, determinado a mudar o assunto.

"Deixe-me ver, Sr. Vyse - eu esqueço - qual é a sua profissão?"

"Eu não tenho profissão", disse Cecil. "É outro exemplo da minha decadência". Minha atitude - uma atitude indefensável - é que desde que eu não seja um problema para ninguém, eu tenho o direito de fazer o que eu quiser". Eu sei que eu deveria estar recebendo dinheiro das pessoas, ou me dedicando a coisas que não me importam, mas de alguma forma, eu não tenho sido capaz de começar".

"Você é muito afortunado", disse o Sr. Beebe. "É uma oportunidade maravilhosa, a posse de lazer".

"Unpardonable question! To have stopped a week at Windy Corner and not to have met Cissie and Albert, the semi-detached villas that have been run up opposite the church! I'll set Mrs. Honeychurch after you."

"I'm shockingly stupid over local affairs," said the young man languidly. "I can't even remember the difference between a Parish Council and a Local Government Board. Perhaps there is no difference, or perhaps those aren't the right names. I only go into the country to see my friends and to enjoy the scenery. It is very remiss of me. Italy and London are the only places where I don't feel to exist on sufferance."

Mr. Beebe, distressed at this heavy reception of Cissie and Albert, determined to shift the subject.

"Let me see, Mr. Vyse—I forget—what is your profession?"

"I have no profession," said Cecil. "It is another example of my decadence. My attitude—quite an indefensible one—is that so long as I am no trouble to any one I have a right to do as I like. I know I ought to be getting money out of people, or devoting myself to things I don't care a straw about, but somehow, I've not been able to begin."

"You are very fortunate," said Mr. Beebe. "It is a wonderful opportunity, the possession of leisure."

Sua voz era bastante paroquial, mas ele não via sua maneira de responder naturalmente. Ele sentia, como todos os que têm ocupação regular devem sentir, que os outros também deveriam ter.

"Estou feliz que você aprove". Eu não ouso enfrentar a pessoa saudável - por exemplo, Freddy Honeychurch".

"Oh, o Freddy é um bom tipo, não é?"

"Admirável. Do tipo que fez da Inglaterra o que ela é".

Cecil se perguntava a si mesmo. Por que, neste dia de todos os outros, ele foi tão irremediavelmente contrário? Ele tentou acertar indagando efusivamente sobre a mãe do Sr. Beebe, uma senhora idosa pela qual ele não tinha nenhuma consideração especial. Então ele lisonjeou o clérigo, elogiou sua mente liberal, sua atitude iluminada em relação à filosofia e à ciência.

"Onde estão os outros", disse finalmente o Sr. Beebe, "Eu insisto em extrair o chá antes do serviço noturno".

"Acho que Anne nunca lhes disse que você estava aqui. Nesta casa, a pessoa é tão treinada nos criados no dia em que chega. A culpa da Anne é que ela implora seu perdão quando a ouve perfeitamente e chuta as pernas da cadeira com seus pés. As falhas de Maria - eu esqueço as falhas de Maria, mas elas são muito graves. Vamos procurar no jardim?".

"Eu conheço as falhas de Maria. Ela deixa as panelas de pó em pé nas escadas".

"A culpa da Eufemia é que ela não vai, simplesmente não vai, cortar o sebo suficientemente pequeno".

Ambos riram, e as coisas começaram a correr melhor.

His voice was rather parochial, but he did not quite see his way to answering naturally. He felt, as all who have regular occupation must feel, that others should have it also.

"I am glad that you approve. I daren't face the healthy person—for example, Freddy Honeychurch."

"Oh, Freddy's a good sort, isn't he?"

"Admirable. The sort who has made England what she is."

Cecil wondered at himself. Why, on this day of all others, was he so hopelessly contrary? He tried to get right by inquiring effusively after Mr. Beebe's mother, an old lady for whom he had no particular regard. Then he flattered the clergyman, praised his liberal-mindedness, his enlightened attitude towards philosophy and science.

"Where are the others?" said Mr. Beebe at last, "I insist on extracting tea before evening service."

"I suppose Anne never told them you were here. In this house one is so coached in the servants the day one arrives. The fault of Anne is that she begs your pardon when she hears you perfectly, and kicks the chair-legs with her feet. The faults of Mary—I forget the faults of Mary, but they are very grave. Shall we look in the garden?"

"I know the faults of Mary. She leaves the dust-pans standing on the stairs."

"The fault of Euphemia is that she will not, simply will not, chop the suet sufficiently small."

They both laughed, and things began to go better.

"As falhas de Freddy-" Cecil continuou.

"Ah, ele tem muitos". Ninguém além de sua mãe pode se lembrar das falhas de Freddy. Tente as falhas de Miss Honeychurch; elas não são inumeráveis".

"Ela não tem nenhuma", disse o jovem, com muita sinceridade.

"Eu concordo plenamente. No momento ela não tem nenhum".

"No momento?"

"Eu não sou cínico. Estou apenas pensando na minha teoria sobre a Miss Honeychurch. Parece razoável que ela toque tão maravilhosamente, e viva tão calmamente? Eu suspeito que um dia ela será maravilhosa em ambos. Os compartimentos à prova d'água nela se quebrarão, e a música e a vida se misturarão. Então nós a teremos heroicamente boa, heroicamente má, talvez, para ser boa ou má".

Cecil achou seu companheiro interessante.

"E no momento você acha que ela não é maravilhosa até onde a vida vai"?

"Bem, eu devo dizer que só a vi em Tunbridge Wells, onde ela não era maravilhosa, e em Florença. Desde que eu vim para a Summer Street ela está fora. Você a viu, não viu, em Roma e nos Alpes. Oh, eu esqueci; claro, você a conhecia antes. Não, ela também não era maravilhosa em Florença, mas eu continuava esperando que ela fosse".

"De que maneira?"

A conversa tinha se tornado agradável para eles, e eles estavam andando para cima e para baixo no terraço.

"The faults of Freddy—" Cecil continued.

"Ah, he has too many. No one but his mother can remember the faults of Freddy. Try the faults of Miss Honeychurch; they are not innumerable."

"She has none," said the young man, with grave sincerity.

"I quite agree. At present she has none."

"At present?"

"I'm not cynical. I'm only thinking of my pet theory about Miss Honeychurch. Does it seem reasonable that she should play so wonderfully, and live so quietly? I suspect that one day she will be wonderful in both. The water-tight compartments in her will break down, and music and life will mingle. Then we shall have her heroically good, heroically bad—too heroic, perhaps, to be good or bad."

Cecil found his companion interesting.

"And at present you think her not wonderful as far as life goes?"

"Well, I must say I've only seen her at Tunbridge Wells, where she was not wonderful, and at Florence. Since I came to Summer Street she has been away. You saw her, didn't you, at Rome and in the Alps. Oh, I forgot; of course, you knew her before. No, she wasn't wonderful in Florence either, but I kept on expecting that she would be."

"In what way?"

Conversation had become agreeable to them, and they were pacing up and down the terrace.

"Eu poderia tão facilmente dizer a você qual música ela tocará em seguida. Havia simplesmente a sensação de que ela tinha encontrado asas, e pretendia usá-las. Eu posso lhe mostrar uma linda foto no meu diário italiano: Miss Honeychurch como um papagaio, Miss Bartlett segurando a corda. Foto número dois: a corda quebra".

O esboço estava em seu diário, mas tinha sido feito depois, quando ele viu as coisas artisticamente. Na época, ele mesmo havia dado rebocadores sub-reptícios à corda.

"Mas a corda nunca quebrou?"

"Não. Eu poderia não ter visto Miss Honeychurch se levantar, mas eu certamente deveria ter ouvido Miss Bartlett cair".

"Ele quebrou agora", disse o jovem em tons baixos e vibrantes.

Imediatamente ele percebeu que de todas as formas convencidas, ridículas e desprezíveis de anunciar um compromisso, esta era a pior. Ele amaldiçoou seu amor pela metáfora; ele tinha sugerido que ele era uma estrela e que Lucy estava se elevando para alcançá-lo?

"Quebrado? O que você quer dizer?"

"Eu quis dizer", disse Cecil rigidamente, "que ela vai se casar comigo".

O clérigo estava consciente de uma amarga decepção que ele não conseguia manter fora de sua voz.

"Eu sinto muito; eu devo me desculpar. Eu não tinha idéia que você era íntimo dela, ou eu nunca deveria ter falado desta maneira flipante e superficial. Sr. Vyse, você deveria ter me impedido". E no jardim, ele mesmo viu Lucy; sim, ele ficou desapontado.

"I could as easily tell you what tune she'll play next. There was simply the sense that she had found wings, and meant to use them. I can show you a beautiful picture in my Italian diary: Miss Honeychurch as a kite, Miss Bartlett holding the string. Picture number two: the string breaks."

The sketch was in his diary, but it had been made afterwards, when he viewed things artistically. At the time he had given surreptitious tugs to the string himself.

"But the string never broke?"

"No. I mightn't have seen Miss Honeychurch rise, but I should certainly have heard Miss Bartlett fall."

"It has broken now," said the young man in low, vibrating tones.

Immediately he realized that of all the conceited, ludicrous, contemptible ways of announcing an engagement this was the worst. He cursed his love of metaphor; had he suggested that he was a star and that Lucy was soaring up to reach him?

"Broken? What do you mean?"

"I meant," said Cecil stiffly, "that she is going to marry me."

The clergyman was conscious of some bitter disappointment which he could not keep out of his voice.

"I am sorry; I must apologize. I had no idea you were intimate with her, or I should never have talked in this flippant, superficial way. Mr. Vyse, you ought to have stopped me." And down the garden he saw Lucy herself; yes, he was disappointed.

Cecil, que naturalmente preferiu os parabéns às desculpas, desceu a boca nas esquinas. Seria esta a recepção que sua ação receberia do mundo? É claro, ele desprezava o mundo como um todo; todo homem pensativo deveria; é quase um teste de refinamento. Mas ele era sensível às sucessivas partículas dele que ele encontrava.

Ocasionalmente, ele pode ser bastante rude.

"Sinto muito ter dado um choque a você", disse ele secamente. "Eu temo que a escolha de Lucy não tenha a sua aprovação".

"Não é isso. Mas você deveria ter me impedido. Eu conheço Miss Honeychurch apenas um pouco com o passar do tempo. Talvez eu não devesse tê-la discutido tão livremente com ninguém; certamente não com você".

"Você está consciente de ter dito algo indiscreto"?

O Sr. Beebe se recompôs. Realmente, o Sr. Vyse tinha a arte de colocar um nas posições mais cansativas. Ele foi levado a usar as prerrogativas de sua profissão.

Cecil, who naturally preferred congratulations to apologies, drew down his mouth at the corners. Was this the reception his action would get from the world? Of course, he despised the world as a whole; every thoughtful man should; it is almost a test of refinement. But he was sensitive to the successive particles of it which he encountered.

Occasionally he could be quite crude.

"I am sorry I have given you a shock," he said dryly. "I fear that Lucy's choice does not meet with your approval."

"Not that. But you ought to have stopped me. I know Miss Honeychurch only a little as time goes. Perhaps I oughtn't to have discussed her so freely with any one; certainly not with you."

"You are conscious of having said something indiscreet?"

Mr. Beebe pulled himself together. Really, Mr. Vyse had the art of placing one in the most tiresome positions. He was driven to use the prerogatives of his profession.

"Não, eu não disse nada indiscreto. Eu previ em Florença que a sua infância tranqüila e sem problemas deve terminar, e terminou. Eu me dei conta de que ela poderia dar algum passo importante. Ela deu um passo importante. Ela aprendeu - você me deixará falar livremente, como eu comecei livremente - ela aprendeu o que é amar: a maior lição, algumas pessoas lhe dirão, que nossa vida terrena proporciona". Agora era hora de ele acenar com seu chapéu no trio que se aproximava. Ele não omitiu isso. "Ela aprendeu através de você", e se sua voz ainda era clerical, agora também era sincera; "que seja seu cuidado que o conhecimento dela seja proveitoso para ela".

"Grazie tante!" disse Cecil, que não gostava de parsons.

"Você já ouviu?" gritou a Sra. Honeychurch enquanto ela trabalhava no jardim inclinado. "Oh, Sr. Beebe, você já ouviu a notícia?"

Freddy, agora cheio de genialidade, assobiou a marcha do casamento. A juventude raramente critica o fato consumado.

"De fato eu tenho", ele chorou. Ele olhou para Lucy. Na presença dela, ele não podia mais agir como pastor - em todos os eventos, não sem desculpas. "Sra. Honeychurch, eu vou fazer o que sempre devo fazer, mas geralmente eu sou muito tímida. Eu quero invocar todo tipo de bênção sobre eles, túmulo e gay, grande e pequeno". Eu quero que todas as suas vidas sejam supremamente boas e supremamente felizes como marido e mulher, como pai e mãe. E agora eu quero meu chá".

"No, I have said nothing indiscreet. I foresaw at Florence that her quiet, uneventful childhood must end, and it has ended. I realized dimly enough that she might take some momentous step. She has taken it. She has learnt—you will let me talk freely, as I have begun freely—she has learnt what it is to love: the greatest lesson, some people will tell you, that our earthly life provides." It was now time for him to wave his hat at the approaching trio. He did not omit to do so. "She has learnt through you," and if his voice was still clerical, it was now also sincere; "let it be your care that her knowledge is profitable to her."

"Grazie tante!" said Cecil, who did not like parsons.

"Have you heard?" shouted Mrs. Honeychurch as she toiled up the sloping garden. "Oh, Mr. Beebe, have you heard the news?"

Freddy, now full of geniality, whistled the wedding march. Youth seldom criticizes the accomplished fact.

"Indeed I have!" he cried. He looked at Lucy. In her presence he could not act the parson any longer—at all events not without apology. "Mrs. Honeychurch, I'm going to do what I am always supposed to do, but generally I'm too shy. I want to invoke every kind of blessing on them, grave and gay, great and small. I want them all their lives to be supremely good and supremely happy as husband and wife, as father and mother. And now I want my tea."

"Você só pediu a tempo", a senhora retorquiu. "Como você se atreve a ser sério no Windy Corner?"

Ele tirou seu tom dela. Não houve mais beneficência pesada, não houve mais tentativas de dignificar a situação com a poesia ou as Escrituras. Nenhum deles ousou ou foi capaz de ser mais sério.

Um compromisso é uma coisa tão potente que, mais cedo ou mais tarde, reduz todos os que falam dele a este estado de admiração alegre. Longe disso, na solidão de seus quartos, o Sr. Beebe, e até mesmo Freddy, podem ser novamente críticos. Mas em sua presença e na presença uns dos outros, eles foram sinceramente hilários. Tem um poder estranho, pois obriga não apenas os lábios, mas o próprio coração. O principal paralelo para comparar uma grande coisa com outra - é o poder sobre nós de um templo de algum credo alienígena. Parados do lado de fora, nós zombamos ou nos opomos a ele, ou no máximo nos sentimos sentimentais. Por dentro, embora os santos e deuses não sejam nossos, nós nos tornamos verdadeiros crentes, caso algum verdadeiro crente deva estar presente.

Foi assim que, depois das apalpadelas e das dúvidas da tarde, eles se juntaram e se instalaram em uma festa de chá muito agradável. Se eles eram hipócritas, eles não sabiam disso, e sua hipocrisia tinha todas as chances de se estabelecer e de se tornar verdadeira. Anne, pousando cada prato como se fosse um presente de casamento, os estimulou muito. Eles não podiam ficar atrás daquele sorriso dela que ela lhes deu antes de chutar a porta da sala de visitas.

"You only asked for it just in time," the lady retorted. "How dare you be serious at Windy Corner?"

He took his tone from her. There was no more heavy beneficence, no more attempts to dignify the situation with poetry or the Scriptures. None of them dared or was able to be serious any more.

An engagement is so potent a thing that sooner or later it reduces all who speak of it to this state of cheerful awe. Away from it, in the solitude of their rooms, Mr. Beebe, and even Freddy, might again be critical. But in its presence and in the presence of each other they were sincerely hilarious. It has a strange power, for it compels not only the lips, but the very heart. The chief parallel to compare one great thing with another—is the power over us of a temple of some alien creed. Standing outside, we deride or oppose it, or at the most feel sentimental. Inside, though the saints and gods are not ours, we become true believers, in case any true believer should be present.

So it was that after the gropings and the misgivings of the afternoon they pulled themselves together and settled down to a very pleasant tea-party. If they were hypocrites they did not know it, and their hypocrisy had every chance of setting and of becoming true. Anne, putting down each plate as if it were a wedding present, stimulated them greatly. They could not lag behind that smile of hers which she gave them ere she kicked the drawing-room door.

O Sr. Beebe quirruped. Freddy estava em seu melhor momento, referindo-se a Cecil como a família homenageada com o trocadilho "Fiasco" no noivo. A Sra. Honeychurch, divertida e portentosa, prometeu bem como sogra. Quanto a Lucy e Cecil, para quem o templo havia sido construído, eles também se uniram ao alegre ritual, mas esperaram, como adoradores sinceros deveriam, pela revelação de algum santuário mais sagrado de alegria.

Mr. Beebe chirruped. Freddy was at his wittiest, referring to Cecil as the "Fiasco"—family honoured pun on fiance. Mrs. Honeychurch, amusing and portly, promised well as a mother-in-law. As for Lucy and Cecil, for whom the temple had been built, they also joined in the merry ritual, but waited, as earnest worshippers should, for the disclosure of some holier shrine of joy.

Lucy as a Work of Art

Lucy Como Obra De Arte

Alguns dias após o noivado, a Sra. Honeychurch fez Lucy e seu Fiasco virem a uma pequena festa de jardim na vizinhança, pois naturalmente ela queria mostrar às pessoas que sua filha estava se casando com um homem apresentável.

A few days after the engagement was announced Mrs. Honeychurch made Lucy and her Fiasco come to a little garden-party in the neighbourhood, for naturally she wanted to show people that her daughter was marrying a presentable man.

Cecil estava mais do que apresentável; ele parecia distinto, e era muito agradável ver sua figura esbelta mantendo o passo com Lucy, e seu rosto longo e justo respondendo quando Lucy falou com ele. As pessoas congratularam a Sra. Honeychurch, que é, eu acredito, um erro social, mas isso a agradou, e ela apresentou Cecil indiscriminadamente a alguns dowagers abafados.

Cecil was more than presentable; he looked distinguished, and it was very pleasant to see his slim figure keeping step with Lucy, and his long, fair face responding when Lucy spoke to him. People congratulated Mrs. Honeychurch, which is, I believe, a social blunder, but it pleased her, and she introduced Cecil rather indiscriminately to some stuffy dowagers.

No chá aconteceu um infortúnio: uma xícara de café ficou chateada com a figura de seda de Lucy, e embora Lucy fingisse indiferença, sua mãe não fingiu nada do tipo a não ser arrastá-la para dentro de casa para que o vestido fosse tratado por uma empregada simpática. Eles foram embora algum tempo, e Cecil ficou com os dowagers. Quando eles voltaram, ele não era tão agradável quanto tinha sido.

At tea a misfortune took place: a cup of coffee was upset over Lucy's figured silk, and though Lucy feigned indifference, her mother feigned nothing of the sort but dragged her indoors to have the frock treated by a sympathetic maid. They were gone some time, and Cecil was left with the dowagers. When they returned he was not as pleasant as he had been.

"Você vai a muito desse tipo de coisa", perguntou ele quando eles estavam dirigindo para casa.

"Do you go to much of this sort of thing?" he asked when they were driving home.

"Oh, de vez em quando", disse Lucy, que tinha se divertido bastante.

"É típico da sociedade do campo"?

"Eu suponho que sim. Mãe, será que seria?"

"Abundância da sociedade", disse a Sra. Honeychurch, que estava tentando lembrar o enforcamento de um dos vestidos.

Vendo que seus pensamentos estavam em outro lugar, Cecil se inclinou para Lucy e disse:

"Para mim me pareceu perfeitamente terrível, desastroso, portentoso".

"Lamento muito que você tenha ficado preso".

"Não é isso, mas os parabéns. É tão nojento, a forma como um compromisso é considerado propriedade pública - um tipo de lugar de desperdício onde todo estranho pode atirar em seu sentimento vulgar. Todas aquelas mulheres velhas sorridentes"!

"A gente tem que passar por isso, eu suponho. Da próxima vez, eles não vão notar tanto em nós".

"Mas meu ponto é que toda a atitude deles está errada. Um compromisso - palavra horrível em primeiro lugar - é um assunto privado, e deve ser tratado como tal".

"Oh, now and then," said Lucy, who had rather enjoyed herself.

"Is it typical of country society?"

"I suppose so. Mother, would it be?"

"Plenty of society," said Mrs. Honeychurch, who was trying to remember the hang of one of the dresses.

Seeing that her thoughts were elsewhere, Cecil bent towards Lucy and said:

"To me it seemed perfectly appalling, disastrous, portentous."

"I am so sorry that you were stranded."

"Not that, but the congratulations. It is so disgusting, the way an engagement is regarded as public property—a kind of waste place where every outsider may shoot his vulgar sentiment. All those old women smirking!"

"One has to go through it, I suppose. They won't notice us so much next time."

"But my point is that their whole attitude is wrong. An engagement—horrid word in the first place—is a private matter, and should be treated as such."

No entanto, as mulheres idosas sorridentes, por mais erradas que estivessem individualmente, eram racialmente corretas. O espírito das gerações havia sorrido através delas, regozijando-se com o noivado de Cecil e Lucy porque prometia a continuidade da vida na Terra. Para Cecil e Lucy, ele prometia algo bem diferente - o amor pessoal. Daí a irritação de Cecil e a crença de Lucy de que sua irritação era justa.

"Que cansativo", disse ela. "Você não poderia ter escapado para o tênis?"

"Eu não jogo tênis - pelo menos, não em público. O bairro está privado do romance de eu ser atlético". O romance que eu tenho é o do inglês Italianato".

"Italianato inglês"?

"E un diavolo incarnato! Você conhece o provérbio?"

Ela não o fez. Nem parecia aplicável a um jovem que tinha passado um inverno tranqüilo em Roma com sua mãe. Mas Cecil, desde seu noivado, tinha levado a afetar uma malandragem cosmopolita que ele estava longe de possuir.

Bem", disse ele, "Eu não posso evitar que eles me desaprovem". Existem certas barreiras inamovíveis entre mim e eles, e eu tenho que aceitá-las".

"Todos nós temos nossas limitações, eu suponho", disse a sábia Lucy.

"Às vezes eles são forçados, no entanto", disse Cecil, que viu por seu comentário que ela não entendia bem a posição dele.

"Como?"

Yet the smirking old women, however wrong individually, were racially correct. The spirit of the generations had smiled through them, rejoicing in the engagement of Cecil and Lucy because it promised the continuance of life on earth. To Cecil and Lucy it promised something quite different—personal love. Hence Cecil's irritation and Lucy's belief that his irritation was just.

"How tiresome!" she said. "Couldn't you have escaped to tennis?"

"I don't play tennis—at least, not in public. The neighbourhood is deprived of the romance of me being athletic. Such romance as I have is that of the Inglese Italianato."

"Inglese Italianato?"

"E un diavolo incarnato! You know the proverb?"

She did not. Nor did it seem applicable to a young man who had spent a quiet winter in Rome with his mother. But Cecil, since his engagement, had taken to affect a cosmopolitan naughtiness which he was far from possessing.

"Well," said he, "I cannot help it if they do disapprove of me. There are certain irremovable barriers between myself and them, and I must accept them."

"We all have our limitations, I suppose," said wise Lucy.

"Sometimes they are forced on us, though," said Cecil, who saw from her remark that she did not quite understand his position.

"How?"

"Não faz diferença, se nos cercamos completamente, ou se estamos cercados pelas barreiras dos outros"?

"It makes a difference doesn't it, whether we fully fence ourselves in, or whether we are fenced out by the barriers of others?"

Ela pensou um momento e concordou que isso fazia a diferença.

She thought a moment, and agreed that it did make a difference.

"Diferença?" gritou a Sra. Honeychurch, subitamente alerta. "Eu não vejo nenhuma diferença. As cercas são cercas, especialmente quando elas estão no mesmo lugar".

"Difference?" cried Mrs. Honeychurch, suddenly alert. "I don't see any difference. Fences are fences, especially when they are in the same place."

"Estávamos falando de motivos", disse Cecil, em quem o frasco de interrupção foi colocado.

"We were speaking of motives," said Cecil, on whom the interruption jarred.

"Meu querido Cecil, olha aqui". Ela se espalhou de joelhos e colocou sua caixa de cartão no colo. "Este sou eu". Este é o Windy Corner. O resto do padrão são as outras pessoas. Os motivos estão todos muito bem, mas a cerca vem aqui".

"My dear Cecil, look here." She spread out her knees and perched her card-case on her lap. "This is me. That's Windy Corner. The rest of the pattern is the other people. Motives are all very well, but the fence comes here."

"Nós não estávamos falando de cercas de verdade", disse Lucy, rindo.

"We weren't talking of real fences," said Lucy, laughing.

"Oh, estou vendo, querida poesia".

"Oh, I see, dear—poetry."

Ela se inclinou placidamente para trás. Cecil se perguntou porque Lucy havia se divertido.

She leant placidly back. Cecil wondered why Lucy had been amused.

"Eu lhe digo quem não tem 'cercas', como você as chama", disse ela, "e esse é o Sr. Beebe".

"I tell you who has no 'fences,' as you call them," she said, "and that's Mr. Beebe."

"Um pastor sem esgrima significaria um pastor indefeso".

"A parson fenceless would mean a parson defenceless."

Lucy foi lenta em seguir o que as pessoas diziam, mas rápida o suficiente para detectar o que elas queriam dizer. Ela perdeu o epigrama de Cecil, mas percebeu a sensação que o motivou.

Lucy was slow to follow what people said, but quick enough to detect what they meant. She missed Cecil's epigram, but grasped the feeling that prompted it.

"Você não gosta do Sr. Beebe?" ela perguntou pensativamente.

"Don't you like Mr. Beebe?" she asked thoughtfully.

"Eu nunca disse isso", ele chorou. "Eu o considero muito acima da média". Eu só neguei..." E ele se afastou novamente do assunto de cercas, e foi brilhante.

"Agora, um clérigo que eu odeio", disse ela querendo dizer algo simpático, "um clérigo que tem cercas, e os mais terríveis, é o Sr. Eager, o capelão inglês em Florença. Ele foi verdadeiramente insincero - não apenas o modo infeliz". Ele era um snobe, e tão convencido, e ele disse coisas tão indelicadas".

"Que tipo de coisas?"

"Havia um homem velho no Bertolini que ele disse ter assassinado sua esposa".

"Talvez ele tivesse".

"No!"

"Por que 'não'"?

"Ele era um velho tão simpático, tenho certeza".

Cecil riu de sua inconseqüência feminina.

"Bem, eu tentei peneirar a coisa. O Sr. Eager nunca chegaria ao ponto. Ele prefere isso vagamente - disse que o velho tinha 'praticamente' assassinado sua esposa - a assassinou aos olhos de Deus".

"Silêncio, querida!" disse a Sra. Honeychurch, sem querer.

"Mas não é intolerável que uma pessoa a quem nos dizem para imitar ande por aí espalhando calúnias? Foi, eu acredito, principalmente devido a ele que o velho homem foi largado. As pessoas fingiam que ele era vulgar, mas ele certamente não era isso".

"I never said so!" he cried. "I consider him far above the average. I only denied—" And he swept off on the subject of fences again, and was brilliant.

"Now, a clergyman that I do hate," said she wanting to say something sympathetic, "a clergyman that does have fences, and the most dreadful ones, is Mr. Eager, the English chaplain at Florence. He was truly insincere—not merely the manner unfortunate. He was a snob, and so conceited, and he did say such unkind things."

"What sort of things?"

"There was an old man at the Bertolini whom he said had murdered his wife."

"Perhaps he had."

"No!"

"Why 'no'?"

"He was such a nice old man, I'm sure."

Cecil laughed at her feminine inconsequence.

"Well, I did try to sift the thing. Mr. Eager would never come to the point. He prefers it vague—said the old man had 'practically' murdered his wife—had murdered her in the sight of God."

"Hush, dear!" said Mrs. Honeychurch absently.

"But isn't it intolerable that a person whom we're told to imitate should go round spreading slander? It was, I believe, chiefly owing to him that the old man was dropped. People pretended he was vulgar, but he certainly wasn't that."

"Pobre homem velho! Qual era o nome dele?"

"Harris", disse Lucy de forma fluente.

"Esperemos que a Sra. Harris não alerte nenhuma pessoa segura", disse sua mãe.

Cecil acenou com a cabeça inteligentemente.

"O Sr. Eager não é um pastor do tipo culto?" ele perguntou.

"Eu não sei. Eu o odeio". Eu já ouvi ele dar uma palestra sobre Giotto. Eu o odeio. Nada pode esconder uma natureza mesquinha. Eu * o odeio* a ele".

"Meu Deus, graciosa criança!" disse a Sra. Honeychurch. "Você vai explodir minha cabeça! O que há para se gritar? Eu proíbo você e Cecil de odiar mais clérigos".

Ele sorriu. De fato, houve algo bastante incongruente na explosão moral de Lucy sobre o Sr. Eager. Era como se alguém devesse ver o Leonardo no teto do Sistine. Ele ansiava em sugerir a ela que não estava aqui a sua vocação; que o poder e o encanto de uma mulher residem no mistério, não na reclamação muscular. Mas, possivelmente, a bravata é um sinal de vitalidade: ela destrói a bela criatura, mas mostra que ela está viva. Após um momento, ele contemplou seu rosto corado e seus gestos excitados com uma certa aprovação. Ele proibiu reprimir as fontes da juventude.

"Poor old man! What was his name?"

"Harris," said Lucy glibly.

"Let's hope that Mrs. Harris there warn't no sich person," said her mother.

Cecil nodded intelligently.

"Isn't Mr. Eager a parson of the cultured type?" he asked.

"I don't know. I hate him. I've heard him lecture on Giotto. I hate him. Nothing can hide a petty nature. I *hate* him."

"My goodness gracious me, child!" said Mrs. Honeychurch. "You'll blow my head off! Whatever is there to shout over? I forbid you and Cecil to hate any more clergymen."

He smiled. There was indeed something rather incongruous in Lucy's moral outburst over Mr. Eager. It was as if one should see the Leonardo on the ceiling of the Sistine. He longed to hint to her that not here lay her vocation; that a woman's power and charm reside in mystery, not in muscular rant. But possibly rant is a sign of vitality: it mars the beautiful creature, but shows that she is alive. After a moment, he contemplated her flushed face and excited gestures with a certain approval. He forebore to repress the sources of youth.

A natureza - mais simples de tópicos, ele pensou - se coloca ao redor deles. Ele elogiou a madeira de pinho, as duras e profundas folhas de parênteses, as folhas carmesim que mancharam os arbustos feridos, a beleza útil da estrada que dá a volta. O mundo ao ar livre não era muito familiar para ele, e ocasionalmente ele errava em uma questão de fato. A boca da Sra. Honeychurch tremeu quando ele falou sobre o verde perpétuo do lariço.

"Eu me considero uma pessoa de sorte", concluiu ele, "Quando estou em Londres, sinto que nunca poderia viver fora dela. Quando estou no país, sinto o mesmo sobre o país. Afinal, eu acredito que pássaros e árvores e o céu são as coisas mais maravilhosas da vida, e que as pessoas que vivem entre eles devem ser as melhores. É verdade que em nove de cada dez casos eles parecem não notar nada. O senhor do campo e o trabalhador do campo são, cada um no seu caminho, os companheiros mais deprimentes. No entanto, eles podem ter uma simpatia tácita com o funcionamento da natureza que nos é negada da cidade. Você sente isso, Sra. Honeychurch"?

A Sra. Honeychurch começou e sorriu. Ela não tinha estado presente. Cecil, que estava bastante esmagado no banco da frente da vitória, sentiu-se irritado, e determinado a não dizer nada interessante novamente.

Lucy também não tinha comparecido. Sua testa estava enrugada, e ela ainda parecia furiosamente cruzada - o resultado, concluiu ele, de muita ginástica moral. Era triste vê-la assim cega para as belezas de um bosque de agosto.

Nature—simplest of topics, he thought—lay around them. He praised the pine-woods, the deep lasts of bracken, the crimson leaves that spotted the hurt-bushes, the serviceable beauty of the turnpike road. The outdoor world was not very familiar to him, and occasionally he went wrong in a question of fact. Mrs. Honeychurch's mouth twitched when he spoke of the perpetual green of the larch.

"I count myself a lucky person," he concluded, "When I'm in London I feel I could never live out of it. When I'm in the country I feel the same about the country. After all, I do believe that birds and trees and the sky are the most wonderful things in life, and that the people who live amongst them must be the best. It's true that in nine cases out of ten they don't seem to notice anything. The country gentleman and the country labourer are each in their way the most depressing of companions. Yet they may have a tacit sympathy with the workings of Nature which is denied to us of the town. Do you feel that, Mrs. Honeychurch?"

Mrs. Honeychurch started and smiled. She had not been attending. Cecil, who was rather crushed on the front seat of the victoria, felt irritable, and determined not to say anything interesting again.

Lucy had not attended either. Her brow was wrinkled, and she still looked furiously cross—the result, he concluded, of too much moral gymnastics. It was sad to see her thus blind to the beauties of an August wood.

"'Desce daí, donzela, da altura da montanha", citou ele, e tocou o joelho dela com o seu próprio joelho.

Ela lavou a água novamente e disse: "Que altura?"

"'Desce daí, donzela, da altura daquela montanha,

Que prazer vive em altura (o pastor cantava).

Em altura e no esplendor das colinas"...

Vamos seguir o conselho da Sra. Honeychurch e não odiar mais os clérigos. O que é este lugar?"

"Summer Street, é claro", disse Lucy, e se animou.

A floresta tinha se aberto para deixar espaço para um prado triangular inclinado. Bonitas cabanas o forraram em dois lados, e o lado superior e o terceiro lado foi ocupado por uma nova igreja de pedra, expensivamente simples, uma encantadora espiral com telhas. A casa do Sr. Beebe ficava perto da igreja. Em altura, quase não ultrapassava as casas de campo. Algumas grandes mansões estavam à mão, mas elas estavam escondidas nas árvores. A cena sugeria um Alpes suíço ao invés do santuário e centro de um mundo de leis, e foi manchado apenas por duas pequenas vilas feias - as vilas que tinham competido com o noivado de Cecil, tendo sido adquiridas por Sir Harry Otway na mesma tarde em que Lucy tinha sido adquirida por Cecil.

"Cissie" era o nome de uma dessas vilas, "Albert" da outra. Estes títulos não só foram escolhidos em gótico sombreado nos portões do jardim, mas apareceram uma segunda vez nos portões, onde seguiram a curva semicircular do arco de entrada em maiúsculas de bloco. "Albert" era habitado. Seu jardim torturado era brilhante com gerânios e lobelias e conchas polidas. Suas janelinhas eram castelhadas em renda de Nottingham. "Cissie" era para deixar. Três quadros de avisos, pertencentes a agentes Dorking, roncaram em sua cerca e anunciaram o fato não surpreendente. Os caminhos dela já eram como ervas daninhas; seu lenço de bolso de um gramado era amarelo com dentes-de-leão.

"O lugar está arruinado", disseram as senhoras mecanicamente. "A Rua Summer nunca mais será a mesma".

Quando a carruagem passou, a porta da "Cissie" se abriu, e um cavalheiro saiu dela.

"Pare!" gritou a Sra. Honeychurch, tocando o cocheiro com seu guarda-sol. "Aqui está Sir Harry. Agora nós vamos saber. Sir Harry, puxe essas coisas para baixo de uma vez!"

Sir Harry Otway - que não precisa ser descrito - veio até a carruagem e disse "Sra. Honeychurch, era minha intenção". Eu não posso, eu realmente não posso ser a Srta. Flack".

"Eu nem sempre estou certo? Ela deveria ter ido antes que o contrato fosse assinado. Ela ainda vive sem pagar aluguel, como no tempo de seu sobrinho"?

"Mas o que posso fazer?" Ele baixou sua voz. "Uma velha senhora, tão vulgar, e quase acamada".

"Cissie" was the name of one of these villas, "Albert" of the other. These titles were not only picked out in shaded Gothic on the garden gates, but appeared a second time on the porches, where they followed the semicircular curve of the entrance arch in block capitals. "Albert" was inhabited. His tortured garden was bright with geraniums and lobelias and polished shells. His little windows were chastely swathed in Nottingham lace. "Cissie" was to let. Three notice-boards, belonging to Dorking agents, lolled on her fence and announced the not surprising fact. Her paths were already weedy; her pocket-handkerchief of a lawn was yellow with dandelions.

"The place is ruined!" said the ladies mechanically. "Summer Street will never be the same again."

As the carriage passed, "Cissie's" door opened, and a gentleman came out of her.

"Stop!" cried Mrs. Honeychurch, touching the coachman with her parasol. "Here's Sir Harry. Now we shall know. Sir Harry, pull those things down at once!"

Sir Harry Otway—who need not be described—came to the carriage and said "Mrs. Honeychurch, I meant to. I can't, I really can't turn out Miss Flack."

"Am I not always right? She ought to have gone before the contract was signed. Does she still live rent free, as she did in her nephew's time?"

"But what can I do?" He lowered his voice. "An old lady, so very vulgar, and almost bedridden."

"Vire-a para fora", disse Cecil corajosamente.

Sir Harry suspirou, e olhou para as vilas de luto. Ele tinha tido um aviso completo das intenções do Sr. Flack, e poderia ter comprado o terreno antes do início da construção: mas ele estava apático e dilatador. Ele conhecia a Summer Street há tantos anos que ele não podia imaginar que ela estivesse estragada. Não até a Sra. Flack ter colocado a pedra fundamental, e a aparição do tijolo vermelho e creme ter começado a subir, ele tomou o alarme.

Ele chamou o Sr. Flack, o construtor local, - um homem muito razoável e respeitoso - que concordou que as telhas teriam feito um telhado mais artístico, mas apontou que as ardósias eram mais baratas. Ele aventurou-se a diferenciar, no entanto, sobre as colunas coríntias que deveriam se agarrar como sanguessugas às molduras das janelas de proa, dizendo que, por sua vez, ele gostava de aliviar a fachada com um pouco de decoração. Sir Harry insinuou que uma coluna, se possível, deveria ser tanto estrutural quanto decorativa.

O Sr. Flack respondeu que todas as colunas haviam sido encomendadas, acrescentando, "e todas as capitais diferem - uma com dragões na folhagem, outra aproximando-se do estilo Jônio, outra apresentando a inicial da Sra. Flack - cada uma diferente". Pois ele tinha lido seu Ruskin. Ele construiu suas vilas de acordo com seu desejo; e só depois que ele inseriu uma tia imóvel em uma delas é que Sir Harry comprou.

"Turn her out," said Cecil bravely.

Sir Harry sighed, and looked at the villas mournfully. He had had full warning of Mr. Flack's intentions, and might have bought the plot before building commenced: but he was apathetic and dilatory. He had known Summer Street for so many years that he could not imagine it being spoilt. Not till Mrs. Flack had laid the foundation stone, and the apparition of red and cream brick began to rise did he take alarm.

He called on Mr. Flack, the local builder,—a most reasonable and respectful man—who agreed that tiles would have made more artistic roof, but pointed out that slates were cheaper. He ventured to differ, however, about the Corinthian columns which were to cling like leeches to the frames of the bow windows, saying that, for his part, he liked to relieve the façade by a bit of decoration. Sir Harry hinted that a column, if possible, should be structural as well as decorative.

Mr. Flack replied that all the columns had been ordered, adding, "and all the capitals different—one with dragons in the foliage, another approaching to the Ionian style, another introducing Mrs. Flack's initials—every one different." For he had read his Ruskin. He built his villas according to his desire; and not until he had inserted an immovable aunt into one of them did Sir Harry buy.

Esta transação fútil e não lucrativa encheu o cavaleiro de tristeza enquanto ele se inclinava sobre a carruagem da Sra. Honeychurch. Ele havia falhado em seus deveres para com o lado do campo, e o lado do campo também estava rindo dele. Ele havia gasto dinheiro, e ainda assim a Summer Street estava estragada como sempre. Tudo o que ele podia fazer agora era encontrar um inquilino desejável para a "Cissie" - alguém realmente desejável.

"O aluguel é absurdamente baixo", disse-lhes ele, "e talvez eu seja um locador fácil. Mas é um tamanho tão constrangedor. É grande demais para a classe camponesa e pequeno demais para qualquer um menos como nós".

Cecil estava hesitando se ele deveria desprezar as vilas ou desprezar Sir Harry por desprezá-las. Este último impulso parecia ser o mais frutífero.

"Você deveria encontrar um inquilino de uma vez", disse ele maliciosamente. "Seria um paraíso perfeito para um funcionário de banco".

"Exatamente!" disse Sir Harry entusiasmado. "É exatamente isso que eu temo, Sr. Vyse". Isso vai atrair o tipo errado de pessoas. O serviço de trem melhorou - uma melhoria fatal, na minha mente. E o que estão a cinco milhas de uma estação nestes dias de bicicleta?"

"Seria um pouco um funcionário extenuante", disse Lucy.

Cecil, que tinha toda a sua parte de maldade medieval, respondeu que o físico da classe média baixa estava melhorando a um ritmo assustador. Ela viu que ele estava rindo do vizinho inofensivo deles, e se animou para detê-lo.

This futile and unprofitable transaction filled the knight with sadness as he leant on Mrs. Honeychurch's carriage. He had failed in his duties to the country-side, and the country-side was laughing at him as well. He had spent money, and yet Summer Street was spoilt as much as ever. All he could do now was to find a desirable tenant for "Cissie"—someone really desirable.

"The rent is absurdly low," he told them, "and perhaps I am an easy landlord. But it is such an awkward size. It is too large for the peasant class and too small for any one the least like ourselves."

Cecil had been hesitating whether he should despise the villas or despise Sir Harry for despising them. The latter impulse seemed the more fruitful.

"You ought to find a tenant at once," he said maliciously. "It would be a perfect paradise for a bank clerk."

"Exactly!" said Sir Harry excitedly. "That is exactly what I fear, Mr. Vyse. It will attract the wrong type of people. The train service has improved—a fatal improvement, to my mind. And what are five miles from a station in these days of bicycles?"

"Rather a strenuous clerk it would be," said Lucy.

Cecil, who had his full share of mediaeval mischievousness, replied that the physique of the lower middle classes was improving at a most appalling rate. She saw that he was laughing at their harmless neighbour, and roused herself to stop him.

"Sir Harry", exclamou ela, "Eu tenho uma idéia. O que você gostaria de ter solteironas?"

"Minha querida Lucy, seria esplêndido. Você conhece alguma coisa assim?"

"Sim; eu os conheci no exterior".

"Gentlewomen?", ele perguntou, tentativamente.

"Sim, de fato, e no momento atual, sem-teto. Eu tive notícias deles na semana passada - Srta. Teresa e Srta. Catharine Alan. Eu realmente não estou brincando. Elas são as pessoas certas. O Sr. Beebe também as conhece. Posso dizer a elas para escreverem para você"?

"De fato você pode!" ele gritou. "Aqui estamos nós já com a dificuldade resolvida". Como é delicioso! Instalações extras - por favor, diga a eles que eles terão instalações extras, pois eu não terei honorários de agentes. Ah, os agentes! As pessoas terríveis que eles me enviaram! Uma mulher, quando eu escrevi uma carta com tato, você sabe - como ela me explicou sua posição social, respondeu que ela pagaria o aluguel antecipadamente. Como se alguém se importasse com isso! E várias referências que eu aceitei foram as mais insatisfatórias - pessoas vigaristas, ou não respeitáveis. E oh, o engano! Eu vi uma boa parte do lado sórdido nesta última semana. O engano das pessoas mais promissoras. Minha querida Lucy, o engano"!

Ela acenou com a cabeça.

"Sir Harry!" she exclaimed, "I have an idea. How would you like spinsters?"

"My dear Lucy, it would be splendid. Do you know any such?"

"Yes; I met them abroad."

"Gentlewomen?" he asked tentatively.

"Yes, indeed, and at the present moment homeless. I heard from them last week—Miss Teresa and Miss Catharine Alan. I'm really not joking. They are quite the right people. Mr. Beebe knows them, too. May I tell them to write to you?"

"Indeed you may!" he cried. "Here we are with the difficulty solved already. How delightful it is! Extra facilities—please tell them they shall have extra facilities, for I shall have no agents' fees. Oh, the agents! The appalling people they have sent me! One woman, when I wrote—a tactful letter, you know—asking her to explain her social position to me, replied that she would pay the rent in advance. As if one cares about that! And several references I took up were most unsatisfactory—people swindlers, or not respectable. And oh, the deceit! I have seen a good deal of the seamy side this last week. The deceit of the most promising people. My dear Lucy, the deceit!"

She nodded.

Meu conselho", colocado na Sra. Honeychurch, "é que não tenha nada a ver com Lucy e suas senhoras decadentes". Eu conheço o tipo. Preserve-me de pessoas que viram dias melhores, e traga heranças com elas que fazem a casa cheirar mal. É uma coisa triste, mas eu preferia deixar para alguém que está subindo no mundo do que para alguém que desceu".

"Eu acho que o sigo", disse Sir Harry; "mas é, como você diz, uma coisa muito triste".

"As Misses Alan não são isso!" gritou Lucy.

"Sim, eles são", disse Cecil. "Eu não os conheci, mas devo dizer que eles foram um acréscimo altamente inadequado à vizinhança".

"Não dê ouvidos a ele, Sir Harry, ele é cansativo".

"Sou eu que estou cansado", ele respondeu. "Eu não devia vir com meus problemas para os jovens". Mas realmente estou tão preocupado, e Lady Otway apenas dirá que eu não posso ser muito cuidadoso, o que é bem verdade, mas nenhuma ajuda real".

"Então eu posso escrever para a minha Misses Alan?"

"Por favor!"

Mas seu olho vacilou quando a Sra. Honeychurch exclamou:

"Cuidado! Eles certamente terão canários. Sir Harry, cuidado com os canários: eles cuspem a semente através das barras das gaiolas e depois vêm os ratos. Cuidado com as mulheres ao mesmo tempo. Só deixe para um homem".

"Realmente..." ele murmurou galantemente, embora ele tenha visto a sabedoria de sua observação.

"My advice," put in Mrs. Honeychurch, "is to have nothing to do with Lucy and her decayed gentlewomen at all. I know the type. Preserve me from people who have seen better days, and bring heirlooms with them that make the house smell stuffy. It's a sad thing, but I'd far rather let to some one who is going up in the world than to someone who has come down."

"I think I follow you," said Sir Harry; "but it is, as you say, a very sad thing."

"The Misses Alan aren't that!" cried Lucy.

"Yes, they are," said Cecil. "I haven't met them but I should say they were a highly unsuitable addition to the neighbourhood."

"Don't listen to him, Sir Harry—he's tiresome."

"It's I who am tiresome," he replied. "I oughtn't to come with my troubles to young people. But really I am so worried, and Lady Otway will only say that I cannot be too careful, which is quite true, but no real help."

"Then may I write to my Misses Alan?"

"Please!"

But his eye wavered when Mrs. Honeychurch exclaimed:

"Beware! They are certain to have canaries. Sir Harry, beware of canaries: they spit the seed out through the bars of the cages and then the mice come. Beware of women altogether. Only let to a man."

"Really—" he murmured gallantly, though he saw the wisdom of her remark.

"Os homens não fofocam sobre as xícaras de chá. Se eles ficam bêbados, há um fim deles - eles se deitam confortavelmente e dormem fora. Se eles forem vulgares, eles de alguma forma guardam isso para si mesmos. Isso não se espalha assim. Dê-me um homem - claro, desde que ele esteja limpo".

Sir Harry corou. Nem ele nem Cecil gostaram desses elogios abertos ao seu sexo. Mesmo a exclusão dos sujos não lhes deixou muita distinção. Ele sugeriu que a Sra. Honeychurch, se ela tivesse tempo, deveria descer da carruagem e inspecionar "Cissie" para si mesma. Ela ficou encantada. A natureza pretendia que ela fosse pobre e que vivesse em uma casa assim. Arranjos domésticos sempre a atraíram, especialmente quando eles estavam em pequena escala.

Cecil puxou Lucy de volta enquanto ela seguia sua mãe.

"Sra. Honeychurch", disse ele, "e se nós dois formos para casa e deixarmos você"?

"Certamente!" foi sua resposta cordial.

Sir Harry também parecia quase feliz demais para se livrar deles. Ele se dirigiu a eles conscientemente, disse: "Aha! jovens, jovens, jovens!" e então se apressou para destravar a casa.

"Vulgariano sem esperança!" exclamou Cecil, quase antes de ficarem sem ouvido.

"Oh, Cecil!"

"Eu não posso evitar". Seria errado não odiar aquele homem".

"Ele não é esperto, mas realmente é legal".

"Não, Lucy, ele representa tudo o que é ruim na vida do campo. Em Londres, ele manteria seu lugar. Ele pertenceria a um clube sem cérebro, e sua esposa daria festas sem cérebro. Mas aqui ele age o pequeno deus com sua gentileza, e seu patrocínio, e sua estética falsa, e cada um deles - até mesmo sua mãe - é acolhido".

"Tudo o que você diz é bem verdade", disse Lucy, embora ela se sentisse desanimada. "Eu me pergunto se - se isso importa tanto".

"É de suma importância. Sir Harry é a essência dessa festa de jardim. Oh, meu Deus, como eu me sinto cruzado! Como eu espero que ele consiga um inquilino vulgar naquela vila - uma mulher tão vulgar que ele note isso. *Cavalheiros! * Ugh! com sua cabeça careca e queixo em retirada! Mas vamos esquecê-lo".

Essa Lucy ficou feliz o suficiente para fazer. Se Cecil não gostou de Sir Harry Otway e Mr. Beebe, que garantia havia de que as pessoas que realmente importavam para ela escapariam? Por exemplo, Freddy. Freddy não era inteligente, nem sutil, nem bonito, e o que impediu Cecil de dizer, a qualquer minuto, "Seria errado não odiar Freddy"? E o que ela responderia? Mais do que Freddy, ela não foi, mas ele deu a ela ansiedade suficiente. Ela só podia assegurar a si mesma que Cecil tinha conhecido Freddy algum tempo, e que eles sempre se davam bem, exceto, talvez, durante os últimos dias, o que foi um acidente, talvez.

"Por onde devemos ir?" ela perguntou-lhe.

"No, Lucy, he stands for all that is bad in country life. In London he would keep his place. He would belong to a brainless club, and his wife would give brainless dinner parties. But down here he acts the little god with his gentility, and his patronage, and his sham aesthetics, and every one—even your mother—is taken in."

"All that you say is quite true," said Lucy, though she felt discouraged. "I wonder whether—whether it matters so very much."

"It matters supremely. Sir Harry is the essence of that garden-party. Oh, goodness, how cross I feel! How I do hope he'll get some vulgar tenant in that villa—some woman so really vulgar that he'll notice it. *Gentlefolks!* Ugh! with his bald head and retreating chin! But let's forget him."

This Lucy was glad enough to do. If Cecil disliked Sir Harry Otway and Mr. Beebe, what guarantee was there that the people who really mattered to her would escape? For instance, Freddy. Freddy was neither clever, nor subtle, nor beautiful, and what prevented Cecil from saying, any minute, "It would be wrong not to loathe Freddy"? And what would she reply? Further than Freddy she did not go, but he gave her anxiety enough. She could only assure herself that Cecil had known Freddy some time, and that they had always got on pleasantly, except, perhaps, during the last few days, which was an accident, perhaps.

"Which way shall we go?" she asked him.

A natureza - mais simples de tópicos, ela pensou - estava ao redor deles. A Rua Summer ficava no meio da floresta, e ela havia parado onde um caminho de pé divergia da estrada alta.

"Há duas maneiras?"

"Talvez a estrada seja mais sensata, já que nos levantamos com inteligência".

"Eu prefiro passar pela madeira", disse Cecil, com aquela irritação subjugada que ela havia notado nele toda a tarde. "Por que, Lucy, você sempre diz a estrada? Você sabe que nunca esteve comigo no campo ou na floresta desde que estávamos noivos"?

"Eu não tenho? A madeira, então", disse Lucy, assustada com a sua bicharada, mas bastante certa de que ele explicaria mais tarde; não era seu hábito deixá-la em dúvida quanto ao seu significado.

Ela liderou o caminho para os pinheiros sussurrando, e com certeza ele explicou antes que eles tivessem ido a uma dúzia de metros.

"Eu tive uma idéia - ouso dizer erroneamente - que você se sente mais em casa comigo em uma sala".

"Um quarto?" ela ecoou, desesperadamente desconcertada.

"Sim, ou, no máximo, em um jardim, ou em uma estrada". Nunca no país real como este".

"Oh, Cecil, o que você quer dizer? Eu nunca senti nada do tipo. Você fala como se eu fosse um tipo de poetisa".

Nature—simplest of topics, she thought—was around them. Summer Street lay deep in the woods, and she had stopped where a footpath diverged from the highroad.

"Are there two ways?"

"Perhaps the road is more sensible, as we're got up smart."

"I'd rather go through the wood," said Cecil, With that subdued irritation that she had noticed in him all the afternoon. "Why is it, Lucy, that you always say the road? Do you know that you have never once been with me in the fields or the wood since we were engaged?"

"Haven't I? The wood, then," said Lucy, startled at his queerness, but pretty sure that he would explain later; it was not his habit to leave her in doubt as to his meaning.

She led the way into the whispering pines, and sure enough he did explain before they had gone a dozen yards.

"I had got an idea—I dare say wrongly—that you feel more at home with me in a room."

"A room?" she echoed, hopelessly bewildered.

"Yes. Or, at the most, in a garden, or on a road. Never in the real country like this."

"Oh, Cecil, whatever do you mean? I have never felt anything of the sort. You talk as if I was a kind of poetess sort of person."

"Eu não sei que você não é. Eu o conecto com uma visão - um certo tipo de visão. Por que você não deveria me conectar com uma sala"?

Ela refletiu um momento, e então disse, rindo:

"Você sabe que você está certo? Eu sei. Eu devo ser uma poetisa, afinal de contas. Quando penso em você, é sempre como em uma sala. Que engraçado"!

Para surpresa dela, ele parecia aborrecido.

"Uma sala de desenho, rezar? Sem vista?"

"Sim, sem vista, eu gosto. Por que não?"

"Eu prefiro," ele disse com repreensão, "que você me conectasse com o ar livre".

Ela disse novamente: "Oh, Cecil, o que você quer dizer?"

Como nenhuma explicação foi dada, ela se livrou do assunto como muito difícil para uma garota e o levou mais para dentro da floresta, parando de vez em quando em alguma combinação particularmente bonita ou familiar das árvores. Ela conhecia a floresta entre Summer Street e Windy Corner desde que ela podia andar sozinha; ela tinha brincado de perder Freddy nela, quando Freddy era um bebê de cara roxa; e embora ela tivesse estado na Itália, ela não tinha perdido nenhum de seus encantos.

Atualmente eles chegaram a uma pequena clareira entre os pinheiros - um outro pequeno alpino verde, solitário desta vez, e segurando em seu seio uma piscina rasa.

Ela exclamou, "O Lago Sagrado"!

"Por que você chama isso?"

"I don't know that you aren't. I connect you with a view—a certain type of view. Why shouldn't you connect me with a room?"

She reflected a moment, and then said, laughing:

"Do you know that you're right? I do. I must be a poetess after all. When I think of you it's always as in a room. How funny!"

To her surprise, he seemed annoyed.

"A drawing-room, pray? With no view?"

"Yes, with no view, I fancy. Why not?"

"I'd rather," he said reproachfully, "that you connected me with the open air."

She said again, "Oh, Cecil, whatever do you mean?"

As no explanation was forthcoming, she shook off the subject as too difficult for a girl, and led him further into the wood, pausing every now and then at some particularly beautiful or familiar combination of the trees. She had known the wood between Summer Street and Windy Corner ever since she could walk alone; she had played at losing Freddy in it, when Freddy was a purple-faced baby; and though she had been to Italy, it had lost none of its charm.

Presently they came to a little clearing among the pines—another tiny green alp, solitary this time, and holding in its bosom a shallow pool.

She exclaimed, "The Sacred Lake!"

"Why do you call it that?"

"Eu não consigo lembrar o porquê. Eu suponho que isso vem de algum livro. Agora é apenas uma poça, mas você vê aquele riacho passando por ele? Bem, uma boa quantidade de água desce depois de chuvas fortes, e não pode escapar de uma vez, e a piscina se torna bastante grande e bonita. Então Freddy costumava tomar banho lá. Ele é muito afeiçoado a isso".

"E você?"

Ele quis dizer: "Você gosta disso"? Mas ela respondeu sonhando: "Eu também tomei banho aqui, até ser descoberto". Depois houve uma discussão".

Em outro momento ele poderia ter ficado chocado, pois tinha dentro de si profundezas de prudência. Mas agora? com seu culto momentâneo ao ar fresco, ele estava encantado com a admirável simplicidade dela. Ele olhou para ela enquanto ela estava à beira da piscina. Ela se levantou com inteligência, como ela disse, e ela o lembrou de uma flor brilhante que não tem folhas próprias, mas que floresce abruptamente de um mundo de verde.

"Quem te descobriu"?

"Charlotte", ela murmurou. "Ela estava parando conosco. Charlotte-Charlotte".

"Pobre garota!"

Ela sorriu gravemente. Um certo esquema, do qual até então ele havia encolhido, agora parecia prático.

"Lucy!"

"Sim, eu suponho que nós deveríamos ir", foi a resposta dela.

"Lucy, eu quero perguntar algo de você que eu nunca perguntei antes".

"I can't remember why. I suppose it comes out of some book. It's only a puddle now, but you see that stream going through it? Well, a good deal of water comes down after heavy rains, and can't get away at once, and the pool becomes quite large and beautiful. Then Freddy used to bathe there. He is very fond of it."

"And you?"

He meant, "Are you fond of it?" But she answered dreamily, "I bathed here, too, till I was found out. Then there was a row."

At another time he might have been shocked, for he had depths of prudishness within him. But now? with his momentary cult of the fresh air, he was delighted at her admirable simplicity. He looked at her as she stood by the pool's edge. She was got up smart, as she phrased it, and she reminded him of some brilliant flower that has no leaves of its own, but blooms abruptly out of a world of green.

"Who found you out?"

"Charlotte," she murmured. "She was stopping with us. Charlotte—Charlotte."

"Poor girl!"

She smiled gravely. A certain scheme, from which hitherto he had shrunk, now appeared practical.

"Lucy!"

"Yes, I suppose we ought to be going," was her reply.

"Lucy, I want to ask something of you that I have never asked before."

Com a grave nota na voz dele ela deu um passo franco e gentil em direção a ele.

"O quê, Cecil?"

"Até agora nunca - nem mesmo naquele dia no gramado, quando você concordou em se casar comigo..."

Ele se tornou auto-consciente e continuou olhando em volta para ver se eles eram observados. Sua coragem tinha ido embora.

"Sim?"

"Até agora, eu nunca te beijei".

Ela era tão escarlate como se ele tivesse colocado a coisa de forma mais indelicada.

"Não mais você tem", ela gaguejou.

"Então eu pergunto a você - posso agora?"

"Claro, você pode, Cecil. Você pode antes". Eu não posso correr para você, você sabe".

Naquele momento supremo, ele não estava consciente de nada além de absurdos. Sua resposta foi inadequada. Ela levantou o véu como se fosse um negócio. Quando ele se aproximou dela, ele encontrou tempo para desejar que pudesse recuar. Quando ele a tocou, seu pince-nez dourado se desalojou e foi achatado entre eles.

At the serious note in his voice she stepped frankly and kindly towards him.

"What, Cecil?"

"Hitherto never—not even that day on the lawn when you agreed to marry me—"

He became self-conscious and kept glancing round to see if they were observed. His courage had gone.

"Yes?"

"Up to now I have never kissed you."

She was as scarlet as if he had put the thing most indelicately.

"No—more you have," she stammered.

"Then I ask you—may I now?"

"Of course, you may, Cecil. You might before. I can't run at you, you know."

At that supreme moment he was conscious of nothing but absurdities. Her reply was inadequate. She gave such a business-like lift to her veil. As he approached her he found time to wish that he could recoil. As he touched her, his gold pince-nez became dislodged and was flattened between them.

Tal foi o abraço. Ele considerou, com a verdade, que tinha sido um fracasso. A paixão deveria se acreditar irresistível. Deveria esquecer a civilidade e a consideração e todas as outras maldições de uma natureza refinada. Acima de tudo, ela nunca deveria pedir licença onde existe o direito de passagem. Por que ele não poderia fazer como qualquer operário ou marinheiro - não, como qualquer jovem atrás do balcão teria feito? Ele reformulou a cena. Lucy estava de pé como uma flor junto à água, ele se apressou e a tomou em seus braços; ela o repreendeu, o permitiu e o reverenciou para sempre por sua virilidade. Pois ele acreditava que as mulheres veneravam os homens por sua masculinidade.

Eles deixaram a piscina em silêncio, após esta saudação. Ele esperou que ela fizesse alguma observação que deveria mostrar-lhe seus pensamentos mais íntimos. Finalmente ela falou, e com a gravidade adequada.

"Emerson era o nome, não Harris".

"Que nome?"

"O do velho".

"Que velhote?"

"Aquele velho de quem eu te falei. Aquele a quem o Sr. Eager foi tão indelicado".

Ele não podia saber que esta era a conversa mais íntima que eles já tinham tido.

Such was the embrace. He considered, with truth, that it had been a failure. Passion should believe itself irresistible. It should forget civility and consideration and all the other curses of a refined nature. Above all, it should never ask for leave where there is a right of way. Why could he not do as any labourer or navvy—nay, as any young man behind the counter would have done? He recast the scene. Lucy was standing flowerlike by the water, he rushed up and took her in his arms; she rebuked him, permitted him and revered him ever after for his manliness. For he believed that women revere men for their manliness.

They left the pool in silence, after this one salutation. He waited for her to make some remark which should show him her inmost thoughts. At last she spoke, and with fitting gravity.

"Emerson was the name, not Harris."

"What name?"

"The old man's."

"What old man?"

"That old man I told you about. The one Mr. Eager was so unkind to."

He could not know that this was the most intimate conversation they had ever had.

Cecil as a Humourist

Cecil Como Um Humorista

A sociedade da qual Cecil propôs resgatar Lucy talvez não fosse um caso muito esplêndido, mas era mais esplêndida do que seus antecedentes a intitulavam. Seu pai, um próspero advogado local, tinha construído Windy Corner, como uma especulação na época em que o distrito estava se abrindo, e, apaixonando-se por sua própria criação, tinha terminado por viver lá ele mesmo. Logo após seu casamento, a atmosfera social começou a se alterar.

Outras casas foram construídas no topo daquela encosta íngreme do sul e outras, novamente, entre os pinhais atrás, e ao norte, na barreira de giz das descidas. A maioria dessas casas era maior do que Windy Corner, e eram preenchidas por pessoas que vinham, não do distrito, mas de Londres, e que confundiam as Igrejas de Mel com os restos de uma aristocracia indígena. Ele estava inclinado a se assustar, mas sua esposa aceitou a situação sem orgulho ou humildade.

The society out of which Cecil proposed to rescue Lucy was perhaps no very splendid affair, yet it was more splendid than her antecedents entitled her to. Her father, a prosperous local solicitor, had built Windy Corner, as a speculation at the time the district was opening up, and, falling in love with his own creation, had ended by living there himself. Soon after his marriage the social atmosphere began to alter.

Other houses were built on the brow of that steep southern slope and others, again, among the pine-trees behind, and northward on the chalk barrier of the downs. Most of these houses were larger than Windy Corner, and were filled by people who came, not from the district, but from London, and who mistook the Honeychurches for the remnants of an indigenous aristocracy. He was inclined to be frightened, but his wife accepted the situation without either pride or humility.

"Eu não posso pensar o que as pessoas estão fazendo", ela diria, "mas é extremamente afortunado para as crianças". Ela ligou para todos os lugares; suas ligações foram retornadas com entusiasmo, e quando as pessoas descobriram que ela não era exatamente de seu *milieu*, elas gostaram dela, e isso não pareceu importar. Quando o Sr. Honeychurch morreu, ele teve a satisfação - que poucos advogados honestos desprezam - de deixar sua família enraizada na melhor sociedade que se pode obter.

O melhor que se pode obter. Certamente muitos dos imigrantes eram bastante monótonos, e Lucy percebeu isso mais vividamente desde o seu retorno da Itália. Até então ela havia aceito seus ideais sem questionar - sua bondade, sua religião inexplosiva, sua antipatia por sacos de papel, casca de laranja e garrafas quebradas. Radical e fora, ela aprendeu a falar com horror de Suburbia. A vida, até onde ela se preocupava em concebê-la, era um círculo de pessoas ricas e agradáveis, com interesses e inimigos idênticos.

Neste círculo, um pensou, casou e morreu. Fora dele havia pobreza e vulgaridade para sempre tentando entrar, assim como o nevoeiro londrino tenta entrar no pinhal que se espalhava pelas brechas das colinas do norte. Mas, na Itália, onde qualquer um que escolhe pode se aquecer em igualdade, como no sol, esta concepção de vida desapareceu. Seus sentidos se expandiram; ela sentiu que não havia ninguém de quem ela não pudesse gostar, que as barreiras sociais eram inamovíveis, sem dúvida, mas não particularmente altas.

"I cannot think what people are doing," she would say, "but it is extremely fortunate for the children." She called everywhere; her calls were returned with enthusiasm, and by the time people found out that she was not exactly of their *milieu*, they liked her, and it did not seem to matter. When Mr. Honeychurch died, he had the satisfaction—which few honest solicitors despise—of leaving his family rooted in the best society obtainable.

The best obtainable. Certainly many of the immigrants were rather dull, and Lucy realized this more vividly since her return from Italy. Hitherto she had accepted their ideals without questioning—their kindly affluence, their inexplosive religion, their dislike of paper-bags, orange-peel, and broken bottles. A Radical out and out, she learnt to speak with horror of Suburbia. Life, so far as she troubled to conceive it, was a circle of rich, pleasant people, with identical interests and identical foes.

In this circle, one thought, married, and died. Outside it were poverty and vulgarity for ever trying to enter, just as the London fog tries to enter the pine-woods pouring through the gaps in the northern hills. But, in Italy, where any one who chooses may warm himself in equality, as in the sun, this conception of life vanished. Her senses expanded; she felt that there was no one whom she might not get to like, that social barriers were irremovable, doubtless, but not particularly high.

Você pula sobre eles assim como você pula no pátio de um camponês nos Apeninos, e ele está feliz em vê-lo. Ela voltou com novos olhos.

Cecil também; mas a Itália tinha acelerado Cecil, não para a tolerância, mas para a irritação. Ele viu que a sociedade local era estreita, mas, ao invés de dizer: "Isso importa muito?" ele se rebelou, e tentou substituir por ela a sociedade que ele chamou de ampla. Ele não percebeu que Lucy havia consagrado seu ambiente pelas mil pequenas civilidades que criam uma ternura no tempo, e que embora seus olhos vissem seus defeitos, seu coração se recusava a desprezá-lo completamente.

Nem percebeu um ponto mais importante - que se ela era grande demais para esta sociedade, ela era grande demais para toda a sociedade, e tinha chegado ao estágio em que as relações pessoais a satisfariam sozinha. Uma rebelde que ela era, mas não do tipo que ele entendia - uma rebelde que desejava, não uma habitação mais ampla, mas igualdade ao lado do homem que ela amava. Pois a Itália estava oferecendo a ela o mais valioso de todos os bens - sua própria alma.

Jogando bumble-puppy com Minnie Beebe, sobrinha do reitor, e com treze anos de idade - um jogo antigo e muito honrado, que consiste em bater bolas de tênis bem alto no ar, para que caiam sobre a rede e saltem imoderadamente; algumas batem na Sra. Honeychurch; outras são perdidas. A frase é confusa, mas o melhor ilustra o estado de espírito de Lucy, pois ela estava tentando falar com o Sr. Beebe ao mesmo tempo.

You jump over them just as you jump into a peasant's olive-yard in the Apennines, and he is glad to see you. She returned with new eyes.

So did Cecil; but Italy had quickened Cecil, not to tolerance, but to irritation. He saw that the local society was narrow, but, instead of saying, "Does that very much matter?" he rebelled, and tried to substitute for it the society he called broad. He did not realize that Lucy had consecrated her environment by the thousand little civilities that create a tenderness in time, and that though her eyes saw its defects, her heart refused to despise it entirely.

Nor did he realize a more important point—that if she was too great for this society, she was too great for all society, and had reached the stage where personal intercourse would alone satisfy her. A rebel she was, but not of the kind he understood—a rebel who desired, not a wider dwelling-room, but equality beside the man she loved. For Italy was offering her the most priceless of all possessions—her own soul.

Playing bumble-puppy with Minnie Beebe, niece to the rector, and aged thirteen—an ancient and most honourable game, which consists in striking tennis-balls high into the air, so that they fall over the net and immoderately bounce; some hit Mrs. Honeychurch; others are lost. The sentence is confused, but the better illustrates Lucy's state of mind, for she was trying to talk to Mr. Beebe at the same time.

"Oh, tem sido um incômodo - primeiro ele, depois eles - ninguém sabe o que eles queriam, e todos são tão cansativos".

"Mas eles realmente estão vindo agora", disse o Sr. Beebe. "Eu escrevi para a Srta. Teresa alguns dias atrás - ela estava se perguntando com que freqüência o açougueiro chamava, e minha resposta de uma vez por mês deve tê-la impressionado favoravelmente. Eles estão chegando. Eu tive notícias deles esta manhã.

"Eu odiarei aquelas Miss Alans!" A Sra. Honeychurch chorou. "Só porque eles são velhos e bobos, espera-se que digam 'Que doce!'. Eu odeio o 'se' e 'mas' deles e 'e'. E a pobre Lucy-serve o seu direito de sombra".

O Sr. Beebe observou a sombra que brotava e gritava sobre a quadra de tênis. Cecil estava ausente - um não jogava bumble-puppy quando ele estava lá.

"Bem, se eles estão vindo - Não, Minnie, não Saturno". Saturno era uma bola de tênis cuja pele estava parcialmente descascada. Quando em movimento, seu globo estava rodeado por um anel. "Se eles estão vindo, Sir Harry vai deixá-los entrar antes do vigésimo nono, e ele vai riscar a cláusula sobre branquear os tetos, porque isso os deixou nervosos, e colocá-los no desgaste justo". Eu lhe disse que não era Saturno".

"Saturno é bom para cachorrinho", gritou Freddy, juntando-se a eles. "Minnie, não dê ouvidos a ela".

"Saturno não salta".

"Saturno salta o suficiente".

"Não, não tem".

"Oh, it has been such a nuisance—first he, then they—no one knowing what they wanted, and everyone so tiresome."

"But they really are coming now," said Mr. Beebe. "I wrote to Miss Teresa a few days ago—she was wondering how often the butcher called, and my reply of once a month must have impressed her favourably. They are coming. I heard from them this morning.

"I shall hate those Miss Alans!" Mrs. Honeychurch cried. "Just because they're old and silly one's expected to say 'How sweet!' I hate their 'if'-ing and 'but'-ing and 'and'-ing. And poor Lucy—serve her right—worn to a shadow."

Mr. Beebe watched the shadow springing and shouting over the tennis-court. Cecil was absent—one did not play bumble-puppy when he was there.

"Well, if they are coming—No, Minnie, not Saturn." Saturn was a tennis-ball whose skin was partially unsewn. When in motion his orb was encircled by a ring. "If they are coming, Sir Harry will let them move in before the twenty-ninth, and he will cross out the clause about whitewashing the ceilings, because it made them nervous, and put in the fair wear and tear one.—That doesn't count. I told you not Saturn."

"Saturn's all right for bumble-puppy," cried Freddy, joining them. "Minnie, don't you listen to her."

"Saturn doesn't bounce."

"Saturn bounces enough."

"No, he doesn't."

"Bem; ele salta melhor que o Lindo Diabo Branco".

"Silêncio, querida", disse a Sra. Honeychurch.

"Mas olhe para Lucy - reclamando de Saturno, e todo o tempo tem o Lindo Diabo Branco na mão, pronto para conectá-lo. Isso mesmo, Minnie, vá em busca dela - passe-a sobre as canelas com a raquete - passe-a sobre as canelas"!

Lucy caiu, o Lindo Diabo Branco rolou de sua mão.

O Sr. Beebe pegou-o e disse: "O nome desta bola é Vittoria Corombona, por favor." Mas sua correção passou despercebida.

Freddy possuía em alto grau o poder de chicotear garotinhas e em meio minuto ele havia transformado Minnie de uma criança bem educada em uma vida selvagem uivante. Lá em cima na casa Cecil as ouviu e, embora ele estivesse cheio de notícias divertidas, ele não desceu para transmiti-las, caso ele se machucasse. Ele não era um covarde e suportava a dor necessária, assim como qualquer homem. Mas ele odiava a violência física dos jovens. Como era certo! Com certeza acabou em um choro.

"Eu gostaria que a Srta. Alans pudesse ver isso", observou o Sr. Beebe, assim como Lucy, que estava cuidando da Minnie ferida, foi por sua vez levantada de seus pés por seu irmão.

"Quem são as Miss Alans?" Freddy Panted.

"Eles levaram Cissie Villa".

"Esse não era o nome..."

"Well; he bounces better than the Beautiful White Devil."

"Hush, dear," said Mrs. Honeychurch.

"But look at Lucy—complaining of Saturn, and all the time's got the Beautiful White Devil in her hand, ready to plug it in. That's right, Minnie, go for her—get her over the shins with the racquet—get her over the shins!"

Lucy fell, the Beautiful White Devil rolled from her hand.

Mr. Beebe picked it up, and said: "The name of this ball is Vittoria Corombona, please." But his correction passed unheeded.

Freddy possessed to a high degree the power of lashing little girls to fury, and in half a minute he had transformed Minnie from a well-mannered child into a howling wilderness. Up in the house Cecil heard them, and, though he was full of entertaining news, he did not come down to impart it, in case he got hurt. He was not a coward and bore necessary pain as well as any man. But he hated the physical violence of the young. How right it was! Sure enough it ended in a cry.

"I wish the Miss Alans could see this," observed Mr. Beebe, just as Lucy, who was nursing the injured Minnie, was in turn lifted off her feet by her brother.

"Who are the Miss Alans?" Freddy panted.

"They have taken Cissie Villa."

"That wasn't the name—"

Aqui seu pé escorregou, e todos eles caíram de forma muito agradável sobre a grama. Passou um intervalo.

Here his foot slipped, and they all fell most agreeably on to the grass. An interval elapses.

"Não era qual nome?" perguntou Lucy, com a cabeça de seu irmão no colo.

"Wasn't what name?" asked Lucy, with her brother's head in her lap.

"Alan não era o nome das pessoas a quem Sir Harry's deixou".

"Alan wasn't the name of the people Sir Harry's let to."

"Bobagem, Freddy! Você não sabe nada sobre isso".

"Nonsense, Freddy! You know nothing about it."

"Bobagem você mesmo! Eu já o vi neste minuto. Ele me disse: 'Ahem! Honeychurch','"-Freddy era um mímico indiferente-"'ahem! ahem! eu finalmente consegui inquilinos realmente profundos e rebeldes'. Eu disse, 'ooray, meu velho!' e lhe dei um tapa nas costas".

"Nonsense yourself! I've this minute seen him. He said to me: 'Ahem! Honeychurch,'"—Freddy was an indifferent mimic—"'ahem! ahem! I have at last procured really dee-sire-rebel tenants.' I said, 'ooray, old boy!' and slapped him on the back."

"Exatamente. A Srta. Alans?"

"Exactly. The Miss Alans?"

"Ao contrário, não. Mais como Anderson".

"Rather not. More like Anderson."

"Oh, meu bom Deus, não vai haver outra confusão!" A Sra. Honeychurch exclamou. "Você percebe, Lucy, que eu estou sempre certa? Eu *disse* que não interferia com Cissie Villa. Eu estou sempre certa. Eu estou muito desconfortável em estar sempre certa tantas vezes".

"Oh, good gracious, there isn't going to be another muddle!" Mrs. Honeychurch exclaimed. "Do you notice, Lucy, I'm always right? I *said* don't interfere with Cissie Villa. I'm always right. I'm quite uneasy at being always right so often."

"É apenas mais uma confusão de Freddy's". Freddy nem sabe o nome das pessoas que ele finge ter levado em seu lugar".

"It's only another muddle of Freddy's. Freddy doesn't even know the name of the people he pretends have taken it instead."

"Sim, eu sei. Eu tenho. Emerson".

"Yes, I do. I've got it. Emerson."

"Que nome?"

"What name?"

"Emerson. Eu aposto o que você quiser".

"Emerson. I'll bet you anything you like."

"Que cata-vento é Sir Harry", disse Lucy discretamente. "Eu gostaria de nunca ter me incomodado em nada com isso".

"What a weathercock Sir Harry is," said Lucy quietly. "I wish I had never bothered over it at all."

Then she lay on her back and gazed at the cloudless sky. Mr. Beebe, whose opinion of her rose daily, whispered to his niece that *that* was the proper way to behave if any little thing went wrong.

Meanwhile the name of the new tenants had diverted Mrs. Honeychurch from the contemplation of her own abilities.

"Emerson, Freddy? Do you know what Emersons they are?"

"I don't know whether they're any Emersons," retorted Freddy, who was democratic. Like his sister and like most young people, he was naturally attracted by the idea of equality, and the undeniable fact that there are different kinds of Emersons annoyed him beyond measure.

"I trust they are the right sort of person. All right, Lucy"—she was sitting up again—"I see you looking down your nose and thinking your mother's a snob. But there is a right sort and a wrong sort, and it's affectation to pretend there isn't."

"Emerson's a common enough name," Lucy remarked.

She was gazing sideways. Seated on a promontory herself, she could see the pine-clad promontories descending one beyond another into the Weald. The further one descended the garden, the more glorious was this lateral view.

"I was merely going to remark, Freddy, that I trusted they were no relations of Emerson the philosopher, a most trying man. Pray, does that satisfy you?"

"Oh, yes," he grumbled. "And you will be satisfied, too, for they're friends of Cecil; so"—elaborate irony—"you and the other country families will be able to call in perfect safety."

"*Cecil?*" exclaimed Lucy.

"Don't be rude, dear," said his mother placidly. "Lucy, don't screech. It's a new bad habit you're getting into."

"But has Cecil—"

"Friends of Cecil's," he repeated, "'and so really dee-sire-rebel. Ahem! Honeychurch, I have just telegraphed to them.'"

She got up from the grass.

It was hard on Lucy. Mr. Beebe sympathized with her very much. While she believed that her snub about the Miss Alans came from Sir Harry Otway, she had borne it like a good girl. She might well "screech" when she heard that it came partly from her lover. Mr. Vyse was a tease—something worse than a tease: he took a malicious pleasure in thwarting people. The clergyman, knowing this, looked at Miss Honeychurch with more than his usual kindness.

When she exclaimed, "But Cecil's Emersons—they can't possibly be the same ones—there is that—" he did not consider that the exclamation was strange, but saw in it an opportunity of diverting the conversation while she recovered her composure. He diverted it as follows:

"Os Emersons que estavam em Florença, você quer dizer? Não, eu suponho que não serão eles. É provavelmente um longo grito deles para os amigos do Sr. Vyse. Oh, Sra. Honeychurch, as pessoas mais estranhas! As pessoas mais estranhas! Pela nossa parte, nós gostamos deles, não é mesmo?" Ele apelou para Lucy. "Havia uma grande cena sobre algumas violetas. Eles escolheram violetas e encheram todos os vasos na sala dessas mesmas Miss Alans que não conseguiram vir a Cissie Villa.

Pobrezinhas! Tão chocadas e tão satisfeitas. Costumava ser uma das grandes histórias da Srta. Catharine. "Minha querida irmã adora flores", começou. Elas acharam a sala inteira uma massa de vasos azuis e jarras - e a história termina com 'Tão deselegante e ainda assim tão bonita'. Tudo isso é muito difícil. Sim, eu sempre conecto aqueles Florentine Emersons com violetas".

"O Fiasco fez você desta vez", comentou Freddy, não vendo que o rosto da irmã dele estava muito vermelho. Ela não conseguia se recuperar. O Sr. Beebe viu isso e continuou a desviar a conversa.

"Estes Emersons em particular consistiam de um pai e um filho - o filho um bom, se não um bom jovem; não um tolo, eu gosto, mas um pessimismo muito imaturo, etc.". Nossa alegria especial era o pai - um querido sentimental, e as pessoas declararam que ele havia assassinado sua esposa".

Em seu estado normal, o Sr. Beebe nunca teria repetido tal fofoca, mas ele estava tentando abrigar Lucy em seu pequeno problema. Ele repetiu qualquer bobagem que lhe veio à cabeça.

"The Emersons who were at Florence, do you mean? No, I don't suppose it will prove to be them. It is probably a long cry from them to friends of Mr. Vyse's. Oh, Mrs. Honeychurch, the oddest people! The queerest people! For our part we liked them, didn't we?" He appealed to Lucy. "There was a great scene over some violets. They picked violets and filled all the vases in the room of these very Miss Alans who have failed to come to Cissie Villa.

Poor little ladies! So shocked and so pleased. It used to be one of Miss Catharine's great stories. 'My dear sister loves flowers,' it began. They found the whole room a mass of blue—vases and jugs—and the story ends with 'So ungentlemanly and yet so beautiful.' It is all very difficult. Yes, I always connect those Florentine Emersons with violets."

"Fiasco's done you this time," remarked Freddy, not seeing that his sister's face was very red. She could not recover herself. Mr. Beebe saw it, and continued to divert the conversation.

"These particular Emersons consisted of a father and a son—the son a goodly, if not a good young man; not a fool, I fancy, but very immature—pessimism, et cetera. Our special joy was the father—such a sentimental darling, and people declared he had murdered his wife."

In his normal state Mr. Beebe would never have repeated such gossip, but he was trying to shelter Lucy in her little trouble. He repeated any rubbish that came into his head.

"Murdered his wife?" said Mrs. Honeychurch. "Lucy, don't desert us—go on playing bumble-puppy. Really, the Pension Bertolini must have been the oddest place. That's the second murderer I've heard of as being there. Whatever was Charlotte doing to stop? By-the-by, we really must ask Charlotte here some time."

Mr. Beebe could recall no second murderer. He suggested that his hostess was mistaken. At the hint of opposition she warmed. She was perfectly sure that there had been a second tourist of whom the same story had been told. The name escaped her. What was the name? Oh, what was the name? She clasped her knees for the name. Something in Thackeray. She struck her matronly forehead.

Lucy asked her brother whether Cecil was in.

"Oh, don't go!" he cried, and tried to catch her by the ankles.

"I must go," she said gravely. "Don't be silly. You always overdo it when you play."

Quando ela os deixou, o grito de sua mãe "Harris!" tremeu o ar tranqüilo, e a lembrou que ela tinha contado uma mentira e nunca a tinha corrigido. Uma mentira tão insensata também, no entanto, ela despedaçou seus nervos e a fez conectar esses Emersons, amigos de Cecil, com um par de turistas sem escrúpulos. Até então, a verdade tinha chegado a ela naturalmente. Ela viu que para o futuro ela deveria estar mais vigilante, e ser absolutamente verdadeira... Bem, em todo caso, ela não deve contar mentiras. Ela apressou o jardim, ainda corada de vergonha. Uma palavra de Cecil iria acalmá-la, ela estava certa.

"Cecil!"

"Hullo!" ele chamou, e saiu da janela da sala de fumo. Ele parecia estar bem disposto. "Eu estava esperando que você viesse. Eu ouvi vocês todos a fazer a jardinagem dos ursos, mas há uma diversão melhor aqui em cima. Eu, até eu, ganhei uma grande vitória para a Musa dos Quadrinhos. George Meredith está certo - a causa da Comédia e a causa da Verdade são realmente a mesma; e eu, até eu, encontrei inquilinos para a angustiada Cissie Villa. Não fique com raiva! Não fique com raiva! Você vai me perdoar quando ouvir tudo isso".

Ele parecia muito atraente quando seu rosto estava brilhante, e ele dissipou imediatamente os seus ridículos pressentimentos.

As she left them her mother's shout of "Harris!" shivered the tranquil air, and reminded her that she had told a lie and had never put it right. Such a senseless lie, too, yet it shattered her nerves and made her connect these Emersons, friends of Cecil's, with a pair of nondescript tourists. Hitherto truth had come to her naturally. She saw that for the future she must be more vigilant, and be—absolutely truthful? Well, at all events, she must not tell lies. She hurried up the garden, still flushed with shame. A word from Cecil would soothe her, she was sure.

"Cecil!"

"Hullo!" he called, and leant out of the smoking-room window. He seemed in high spirits. "I was hoping you'd come. I heard you all bear-gardening, but there's better fun up here. I, even I, have won a great victory for the Comic Muse. George Meredith's right—the cause of Comedy and the cause of Truth are really the same; and I, even I, have found tenants for the distressful Cissie Villa. Don't be angry! Don't be angry! You'll forgive me when you hear it all."

He looked very attractive when his face was bright, and he dispelled her ridiculous forebodings at once.

"Eu ouvi", disse ela. "Freddy nos disse". Malandreco Cecil! Eu suponho que devo perdoar você. Basta pensar em todos os problemas que eu tive para nada! Certamente as Miss Alans são um pouco cansativas, e eu prefiro ter bons amigos seus. Mas você não deveria provocar uma assim".

"Amigos meus?" ele riu. "Mas, Lucy, a piada toda está por vir! Venha aqui". Mas ela permaneceu de pé onde estava. "Você sabe onde eu conheci estes inquilinos desejáveis? Na National Gallery, quando eu estava para ver minha mãe na semana passada".

"Que lugar estranho para conhecer pessoas", disse ela nervosamente. "Eu não entendo bem".

"Na Sala Umbriana". Absolutamente estranhos. Eles estavam admirando Luca Signorelli - claro, muito estupidamente. No entanto, nós conversamos e eles não me refrescaram um pouco. Eles tinham estado na Itália".

"Mas, Cecil-" procedeu hilariante.

"Durante a conversa eles disseram que queriam uma casa de campo - o pai para morar lá, o filho para correr para os fins de semana. Eu pensei, "Que chance de marcar um gol de Sir Harry!" e peguei o endereço deles e uma referência londrina, descobri que eles não eram realmente guardas negros - foi um grande esporte - e escrevi para ele, curtindo..."

"Cecil! Não, não é justo. Eu provavelmente já os conheci antes..."

Ele a aborreceu.

"I have heard," she said. "Freddy has told us. Naughty Cecil! I suppose I must forgive you. Just think of all the trouble I took for nothing! Certainly the Miss Alans are a little tiresome, and I'd rather have nice friends of yours. But you oughtn't to tease one so."

"Friends of mine?" he laughed. "But, Lucy, the whole joke is to come! Come here." But she remained standing where she was. "Do you know where I met these desirable tenants? In the National Gallery, when I was up to see my mother last week."

"What an odd place to meet people!" she said nervously. "I don't quite understand."

"In the Umbrian Room. Absolute strangers. They were admiring Luca Signorelli—of course, quite stupidly. However, we got talking, and they refreshed me not a little. They had been to Italy."

"But, Cecil—" proceeded hilariously.

"In the course of conversation they said that they wanted a country cottage—the father to live there, the son to run down for week-ends. I thought, 'What a chance of scoring off Sir Harry!' and I took their address and a London reference, found they weren't actual blackguards—it was great sport—and wrote to him, making out—"

"Cecil! No, it's not fair. I've probably met them before—"

He bore her down.

"Perfeitamente justo". Qualquer coisa é justa e pune um snob. Aquele velho fará um mundo de bem para a vizinhança. Sir Harry é muito nojento com suas "senhoras decadentes". Eu queria ler uma lição para ele algum dia. Não, Lucy, as aulas devem se misturar, e em breve você vai concordar comigo. Deveria haver inter-marriagem - todos os tipos de coisas. Eu acredito na democracia..."

"Não, você não tem", ela estalou. "Você não sabe o que a palavra significa".

Ele olhou para ela e sentiu novamente que ela havia falhado em ser Leonardesca. "Não, você não!".

Seu rosto era inartístico - o de um virago peevish.

"Não é justo, Cecil. Eu o culpo - eu o culpo muito, de fato. Você não tinha nada que desfazer meu trabalho sobre a Miss Alans, e me fazer parecer ridículo. Você chama isso de "marcar pontos" Sir Harry, mas você percebe que tudo isso é às minhas custas? Eu o considero muito desleal de vocês".

Ela o deixou.

"Temperado!" pensou ele, levantando as sobrancelhas.

Não, foi pior do que o temperamento-nobismo. Enquanto Lucy pensou que seus próprios amigos espertos estavam suplantando a Miss Alans, ela não se importou. Ele percebeu que estes novos inquilinos poderiam ser de valor educativo. Ele toleraria o pai e atrairia o filho, que estava em silêncio. No interesse da Musa Cômica e da Verdade, ele os traria para Windy Corner.

"Perfectly fair. Anything is fair that punishes a snob. That old man will do the neighbourhood a world of good. Sir Harry is too disgusting with his 'decayed gentlewomen.' I meant to read him a lesson some time. No, Lucy, the classes ought to mix, and before long you'll agree with me. There ought to be intermarriage—all sorts of things. I believe in democracy—"

"No, you don't," she snapped. "You don't know what the word means."

He stared at her, and felt again that she had failed to be Leonardesque. "No, you don't!"

Her face was inartistic—that of a peevish virago.

"It isn't fair, Cecil. I blame you—I blame you very much indeed. You had no business to undo my work about the Miss Alans, and make me look ridiculous. You call it scoring off Sir Harry, but do you realize that it is all at my expense? I consider it most disloyal of you."

She left him.

"Temper!" he thought, raising his eyebrows.

No, it was worse than temper—snobbishness. As long as Lucy thought that his own smart friends were supplanting the Miss Alans, she had not minded. He perceived that these new tenants might be of value educationally. He would tolerate the father and draw out the son, who was silent. In the interests of the Comic Muse and of Truth, he would bring them to Windy Corner.

In Mrs. Vyse's Well-Appointed Flat

No Apartamento Bem Apontado Da Sra. Vyse

A Musa BD, embora capaz de cuidar de seus próprios interesses, não desprezou a assistência do Sr. Vyse. Sua idéia de trazer os Emersons para Windy Corner a impressionou como decididamente boa, e ela realizou as negociações sem nenhum contratempo. Sir Harry Otway assinou o acordo, conheceu o Sr. Emerson, que estava devidamente desiludido. A senhorita Alans ficou devidamente ofendida e escreveu uma carta digna para Lucy, a quem eles consideraram responsável pelo fracasso. O Sr. Beebe planejou momentos agradáveis para os recém-chegados, e disse à Sra. Honeychurch que Freddy deveria chamá-los assim que chegassem. De fato, o equipamento da Musa era tão amplo que ela permitiu que o Sr. Harris, nunca um criminoso muito robusto, abaixasse a cabeça, fosse esquecido e morresse.

The Comic Muse, though able to look after her own interests, did not disdain the assistance of Mr. Vyse. His idea of bringing the Emersons to Windy Corner struck her as decidedly good, and she carried through the negotiations without a hitch. Sir Harry Otway signed the agreement, met Mr. Emerson, who was duly disillusioned. The Miss Alans were duly offended, and wrote a dignified letter to Lucy, whom they held responsible for the failure. Mr. Beebe planned pleasant moments for the new-comers, and told Mrs. Honeychurch that Freddy must call on them as soon as they arrived. Indeed, so ample was the Muse's equipment that she permitted Mr. Harris, never a very robust criminal, to droop his head, to be forgotten, and to die.

Lucy - descer do céu brilhante para a terra, onde há sombras porque há colinas - Lucy a princípio foi mergulhada no desespero, mas se estabeleceu depois de um pequeno pensamento de que isso não importava muito. Agora que ela estava noiva, os Emersons dificilmente a insultariam e eram bem-vindos à vizinhança. E Cecil era bem-vindo para trazer a quem ele trouxesse para a vizinhança. Portanto, Cecil era bem-vindo para trazer os Emersons para a vizinhança. Mas, como eu digo, isto levou um pouco de reflexão, e - tão ilógico são as meninas - o evento permaneceu bastante maior e um pouco mais terrível do que deveria ter acontecido. Ela ficou feliz que uma visita à Sra. Vyse agora estava prevista; os inquilinos se mudaram para Cissie Villa enquanto ela estava a salvo no apartamento de Londres.

"Cecil-Cecil querido", ela sussurrou na noite em que chegou, e se enfiou em seus braços.

Cecil, também, tornou-se demonstrativo. Ele viu que o fogo necessário tinha sido acendido em Lucy. Finalmente ela ansiava por atenção, como uma mulher deveria, e olhava para ele porque ele era um homem.

"Então você me ama, coisinha?" murmurou ele.

"Oh, Cecil, eu faço, eu faço! Eu não sei o que devo fazer sem você".

Vários dias se passaram. Então ela recebeu uma carta de Miss Bartlett. Uma frieza havia surgido entre os dois primos e eles não se correspondiam desde que se separaram em agosto. A frieza datava do que Charlotte chamaria de "o vôo para Roma", e em Roma havia aumentado surpreendentemente. Para o companheiro que é meramente desconfortável no mundo medieval, torna-se exasperante no clássico. Charlotte, altruísta no Fórum, teria tentado um temperamento mais doce que o de Lucy, e uma vez, nos banhos de Caracalla, eles tinham duvidado se poderiam continuar sua viagem.

Lucy tinha dito que se juntaria aos Vyses - a Sra. Vyse era uma conhecida de sua mãe, então não havia nenhuma impropriedade no plano e a Sra. Bartlett tinha respondido que ela estava bastante acostumada a ser abandonada de repente. Finalmente nada aconteceu; mas a frieza permaneceu, e, para Lucy, foi até aumentada quando ela abriu a carta e leu o seguinte. Ela havia sido encaminhada do Windy Corner.

"TUNBRIDGE WELLS",

"Setembro*.

"QUERIDA LÚCIA,

Several days passed. Then she had a letter from Miss Bartlett. A coolness had sprung up between the two cousins, and they had not corresponded since they parted in August. The coolness dated from what Charlotte would call "the flight to Rome," and in Rome it had increased amazingly. For the companion who is merely uncongenial in the mediaeval world becomes exasperating in the classical. Charlotte, unselfish in the Forum, would have tried a sweeter temper than Lucy's, and once, in the Baths of Caracalla, they had doubted whether they could continue their tour.

Lucy had said she would join the Vyses—Mrs. Vyse was an acquaintance of her mother, so there was no impropriety in the plan and Miss Bartlett had replied that she was quite used to being abandoned suddenly. Finally nothing happened; but the coolness remained, and, for Lucy, was even increased when she opened the letter and read as follows. It had been forwarded from Windy Corner.

"TUNBRIDGE WELLS,

"*September.*

"DEAREST LUCIA,

"Eu tenho notícias de você finalmente! Miss Lavish tem andado de bicicleta em suas partes, mas não tinha certeza se uma ligação seria bem-vinda. Perfurou seu pneu perto da Rua Summer, e ele foi consertado enquanto ela se sentava bem triste naquele belo cemitério, ela viu, para seu espanto, uma porta aberta em frente e o jovem Emerson saiu. Ele disse que seu pai tinha acabado de tomar a casa. Ele *disse* que ele não sabia que você morava na vizinhança (?).

Ele nunca sugeriu dar uma xícara de chá para a Eleanor. Querida Lucy, estou muito preocupada, e aconselho você a fazer um peito limpo de seu comportamento passado para sua mãe, Freddy, e Sr. Vyse, que o proibirá de entrar na casa, etc. Foi uma grande desgraça, e eu ouso dizer que você já lhes contou. O Sr. Vyse é tão sensível. Eu me lembro como eu costumava enervá-lo em Roma. Sinto muito por tudo isso, e não deve ser fácil a menos que eu o avise.

"Acredite em mim,

"Seu primo ansioso e amoroso,

"CHARLOTTE".

Lucy ficou muito aborrecida e respondeu da seguinte forma:

"BEAUCHAMP MANSIONS, S.W.

"QUERIDA CHARLOTTE,

"I have news of you at last! Miss Lavish has been bicycling in your parts, but was not sure whether a call would be welcome. Puncturing her tire near Summer Street, and it being mended while she sat very woebegone in that pretty churchyard, she saw to her astonishment, a door open opposite and the younger Emerson man come out. He said his father had just taken the house. He *said* he did not know that you lived in the neighbourhood (?).

He never suggested giving Eleanor a cup of tea. Dear Lucy, I am much worried, and I advise you to make a clean breast of his past behaviour to your mother, Freddy, and Mr. Vyse, who will forbid him to enter the house, etc. That was a great misfortune, and I dare say you have told them already. Mr. Vyse is so sensitive. I remember how I used to get on his nerves at Rome. I am very sorry about it all, and should not feel easy unless I warned you.

"Believe me,

"Your anxious and loving cousin,

"CHARLOTTE."

Lucy was much annoyed, and replied as follows:

"BEAUCHAMP MANSIONS, S.W.

"DEAR CHARLOTTE,

"Muito obrigado pelo seu aviso. Quando o Sr. Emerson esqueceu de si mesmo na montanha, você me fez prometer não contar para a mãe, porque você disse que ela o culparia por não estar sempre comigo. Eu cumpri essa promessa, e não posso dizer a ela agora. Eu disse tanto para ela quanto para Cecil que conheci os Emersons em Florença, e que eles são pessoas respeitáveis - que eu *faço*- e a razão pela qual ele ofereceu a Miss Lavish nenhum chá foi provavelmente que ele mesmo não tinha nenhum.

Ela deveria ter tentado na Reitoria. Eu não posso começar a fazer alarde neste estágio. Você deve ver que isso seria absurdo demais. Se os Emersons ouvissem que eu tinha reclamado deles, eles se achariam importantes, o que é exatamente o que eles não são. Eu gosto do velho pai e estou ansioso para vê-lo novamente. Quanto ao filho, eu sinto muito pelo *ele* quando nos encontramos, e não por mim mesmo. Eles são conhecidos por Cecil, que está muito bem e falou de você no outro dia.

Nós esperamos nos casar em janeiro.

"Miss Lavish não pode ter contado muito sobre mim, pois eu não estou no Windy Corner de maneira alguma, mas aqui. Por favor, não coloque 'Private' fora do seu envelope novamente. Ninguém abre minhas cartas.

"Seu carinhosamente,

"L. M. HONEYCHURCH".

"Many thanks for your warning. When Mr. Emerson forgot himself on the mountain, you made me promise not to tell mother, because you said she would blame you for not being always with me. I have kept that promise, and cannot possibly tell her now. I have said both to her and Cecil that I met the Emersons at Florence, and that they are respectable people—which I *do* think—and the reason that he offered Miss Lavish no tea was probably that he had none himself.

She should have tried at the Rectory. I cannot begin making a fuss at this stage. You must see that it would be too absurd. If the Emersons heard I had complained of them, they would think themselves of importance, which is exactly what they are not. I like the old father, and look forward to seeing him again. As for the son, I am sorry for *him* when we meet, rather than for myself. They are known to Cecil, who is very well and spoke of you the other day.

We expect to be married in January.

"Miss Lavish cannot have told you much about me, for I am not at Windy Corner at all, but here. Please do not put 'Private' outside your envelope again. No one opens my letters.

"Yours affectionately,

"L. M. HONEYCHURCH."

O segredo tem esta desvantagem: perdemos o senso de proporção; não podemos dizer se o nosso segredo é importante ou não. Será que Lucy e sua prima estavam fechadas com uma grande coisa que destruiria a vida de Cecil se ele a descobrisse, ou com uma pequena coisa da qual ele riria? A Srta. Bartlett sugeriu a primeira. Talvez ela estivesse certa. Tinha se tornado uma grande coisa agora. Deixada para si mesma, Lucy teria dito à sua mãe e ao seu amante ingenuamente, e isso teria permanecido uma coisinha. "Emerson, não Harris"; foi só isso há algumas semanas. Ela tentou contar ao Cecil mesmo agora quando eles estavam rindo de uma linda senhora que havia golpeado seu coração na escola. Mas o corpo dela se comportou de forma tão ridícula que ela parou.

Ela e seu segredo ficaram mais dez dias nas Metrópoles desertas visitando as cenas que eles iriam conhecer tão bem mais tarde. Não lhe fez mal nenhum, pensou Cecil, aprender a estrutura da sociedade, enquanto a própria sociedade estava ausente nos campos de golfe ou nos pântanos. O tempo estava frio, e não lhe fez mal nenhum. Apesar da estação do ano, a Sra. Vyse conseguiu juntar um jantar de festa composto inteiramente pelos netos de pessoas famosas.

Secrecy has this disadvantage: we lose the sense of proportion; we cannot tell whether our secret is important or not. Were Lucy and her cousin closeted with a great thing which would destroy Cecil's life if he discovered it, or with a little thing which he would laugh at? Miss Bartlett suggested the former. Perhaps she was right. It had become a great thing now. Left to herself, Lucy would have told her mother and her lover ingenuously, and it would have remained a little thing. "Emerson, not Harris"; it was only that a few weeks ago. She tried to tell Cecil even now when they were laughing about some beautiful lady who had smitten his heart at school. But her body behaved so ridiculously that she stopped.

She and her secret stayed ten days longer in the deserted Metropolis visiting the scenes they were to know so well later on. It did her no harm, Cecil thought, to learn the framework of society, while society itself was absent on the golf-links or the moors. The weather was cool, and it did her no harm. In spite of the season, Mrs. Vyse managed to scrape together a dinner-party consisting entirely of the grandchildren of famous people.

A comida era pobre, mas a conversa teve um cansaço espirituoso que impressionou a garota. A pessoa estava cansada de tudo, parecia. A pessoa se lançou em entusiasmos apenas para cair graciosamente, e se levantou em meio a gargalhadas simpáticas. Nesta atmosfera, a pensão Bertolini e Windy Corner pareciam igualmente rudes, e Lucy viu que sua carreira em Londres a afastaria um pouco de tudo o que ela havia amado no passado.

Os netos lhe pediram para tocar o piano.

Ela interpretou Schumann. "Agora algum Beethoven" chamado Cecil, quando a beleza querida da música tinha morrido. Ela balançou a cabeça e tocou Schumann novamente. A rosa melódica, sem fins lucrativos, mágica. Ela quebrou; foi retomada quebrada, não marchando uma vez desde o berço até o túmulo. A tristeza do incompleto - a tristeza que muitas vezes é a Vida, mas que nunca deveria ser roubada pela Arte em suas frases desajustadas, e fez os nervos da platéia vibrar. Assim, ela não tinha tocado no pequeno piano drapeado no Bertolini, e "Too much Schumann" não foi a observação de que o Sr. Beebe tinha passado para si mesmo quando ela voltou.

The food was poor, but the talk had a witty weariness that impressed the girl. One was tired of everything, it seemed. One launched into enthusiasms only to collapse gracefully, and pick oneself up amid sympathetic laughter. In this atmosphere the Pension Bertolini and Windy Corner appeared equally crude, and Lucy saw that her London career would estrange her a little from all that she had loved in the past.

The grandchildren asked her to play the piano.

She played Schumann. "Now some Beethoven" called Cecil, when the querulous beauty of the music had died. She shook her head and played Schumann again. The melody rose, unprofitably magical. It broke; it was resumed broken, not marching once from the cradle to the grave. The sadness of the incomplete—the sadness that is often Life, but should never be Art—throbbed in its disjected phrases, and made the nerves of the audience throb. Not thus had she played on the little draped piano at the Bertolini, and "Too much Schumann" was not the remark that Mr. Beebe had passed to himself when she returned.

Quando os convidados se foram, e Lucy tinha ido para a cama, a Sra. Vyse deu um passo para cima e para baixo na sala de visitas, discutindo sua pequena festa com seu filho. A Sra. Vyse era uma mulher legal, mas sua personalidade, como a de muitos outros, havia sido inundada por Londres, pois ela precisava de uma cabeça forte para viver entre muitas pessoas. A esfera muito vasta de seu destino a havia esmagado; e ela havia visto muitas estações, muitas cidades, muitos homens, por suas habilidades, e mesmo com Cecil ela era mecânica, e se comportava como se ele não fosse um filho, mas, por assim dizer, uma multidão filial.

"Faça de Lucy uma de nós", disse ela, olhando em volta inteligentemente no final de cada frase, e distendendo os lábios até que ela falasse novamente. "Lucy está se tornando maravilhosa-maravilhosa".

"Sua música sempre foi maravilhosa".

"Sim, mas ela está purgando a mancha da Honeychurch, a mais excelente das Honeychurches, mas você sabe o que quero dizer. Ela nem sempre está citando criados, ou perguntando a um como o pudim é feito".

"A Itália fez isso".

"Talvez", murmurou ela, pensando no museu que representava a Itália para ela. "É simplesmente possível". Cecil, cuidado, você se casa com ela em janeiro próximo. Ela já é uma de nós".

When the guests were gone, and Lucy had gone to bed, Mrs. Vyse paced up and down the drawing-room, discussing her little party with her son. Mrs. Vyse was a nice woman, but her personality, like many another's, had been swamped by London, for it needs a strong head to live among many people. The too vast orb of her fate had crushed her; and she had seen too many seasons, too many cities, too many men, for her abilities, and even with Cecil she was mechanical, and behaved as if he was not one son, but, so to speak, a filial crowd.

"Make Lucy one of us," she said, looking round intelligently at the end of each sentence, and straining her lips apart until she spoke again. "Lucy is becoming wonderful—wonderful."

"Her music always was wonderful."

"Yes, but she is purging off the Honeychurch taint, most excellent Honeychurches, but you know what I mean. She is not always quoting servants, or asking one how the pudding is made."

"Italy has done it."

"Perhaps," she murmured, thinking of the museum that represented Italy to her. "It is just possible. Cecil, mind you marry her next January. She is one of us already."

"Mas a música dela", exclamou ele. "O estilo dela! Como ela se manteve com Schumann quando, como um idiota, eu queria Beethoven. Schumann estava certo para esta noite. Schumann era a coisa certa. Você sabe, mãe, eu vou ter nossos filhos educados como Lucy. Traga-os para o meio de pessoas honestas do interior para se refrescarem, mande-os para a Itália para serem sutis, e depois - não até lá - deixe-os vir para Londres. Eu não acredito nessa educação londrina", ele rompeu, lembrando que ele mesmo tinha tido uma, e concluiu: "Em todo caso, não para as mulheres".

"Faça-a uma de nós", repetiu a Sra. Vyse, e processada até a cama.

Enquanto ela dormia, um grito - o grito de pesadelo - do quarto da Lucy. Lucy poderia tocar para a empregada se ela gostasse, mas a Sra. Vyse achou por bem ir ela mesma. Ela encontrou a garota sentada em pé com a mão na bochecha.

"Sinto muito, Sra. Vyse- são estes sonhos".

"Pesadelos?"

"Apenas sonhos".

A senhora idosa sorriu e a beijou, dizendo de forma muito distinta: "Você deveria ter nos ouvido falar de você, querida. Ele te admira mais do que nunca. Sonhe com isso".

Lucy devolveu o beijo, ainda cobrindo uma bochecha com a mão. A Sra. Vyse encostou para a cama. Cecil, a quem o grito não tinha despertado, ressonou. A escuridão envolveu o apartamento.

"But her music!" he exclaimed. "The style of her! How she kept to Schumann when, like an idiot, I wanted Beethoven. Schumann was right for this evening. Schumann was the thing. Do you know, mother, I shall have our children educated just like Lucy. Bring them up among honest country folks for freshness, send them to Italy for subtlety, and then—not till then—let them come to London. I don't believe in these London educations—" He broke off, remembering that he had had one himself, and concluded, "At all events, not for women."

"Make her one of us," repeated Mrs. Vyse, and processed to bed.

As she was dozing off, a cry—the cry of nightmare—rang from Lucy's room. Lucy could ring for the maid if she liked but Mrs. Vyse thought it kind to go herself. She found the girl sitting upright with her hand on her cheek.

"I am so sorry, Mrs. Vyse—it is these dreams."

"Bad dreams?"

"Just dreams."

The elder lady smiled and kissed her, saying very distinctly: "You should have heard us talking about you, dear. He admires you more than ever. Dream of that."

Lucy returned the kiss, still covering one cheek with her hand. Mrs. Vyse recessed to bed. Cecil, whom the cry had not awoke, snored. Darkness enveloped the flat.

Twelfth Chapter

Décimo Segundo Capítulo

Era uma tarde de sábado, alegre e brilhante depois de chuvas abundantes, e o espírito da juventude habitava nela, embora a temporada fosse agora de outono. Tudo isso foi gracioso e triunfou. Quando os carros passaram pela Rua Summer eles levantaram apenas um pouco de poeira, e seu fedor logo foi disperso pelo vento e substituído pelo cheiro das bétulas molhadas ou dos pinheiros. O Sr. Beebe, à vontade para as amenidades da vida, se debruçou sobre seu portão da Reitoria. Freddy se inclinou por ele, fumando um cachimbo pendente.

"Suponha que nós vamos e atrapalhamos um pouco aquelas novas pessoas do lado oposto".

"M'm".

"Eles podem divertir você".

Freddy, a quem seus companheiros nunca se divertiram, sugeriu que as novas pessoas poderiam estar se sentindo um pouco ocupadas, e assim por diante, já que eles tinham acabado de se mudar para cá.

It was a Saturday afternoon, gay and brilliant after abundant rains, and the spirit of youth dwelt in it, though the season was now autumn. All that was gracious triumphed. As the motorcars passed through Summer Street they raised only a little dust, and their stench was soon dispersed by the wind and replaced by the scent of the wet birches or of the pines. Mr. Beebe, at leisure for life's amenities, leant over his Rectory gate. Freddy leant by him, smoking a pendant pipe.

"Suppose we go and hinder those new people opposite for a little."

"M'm."

"They might amuse you."

Freddy, whom his fellow-creatures never amused, suggested that the new people might be feeling a bit busy, and so on, since they had only just moved in.

"Eu sugeri que devemos impedi-los", disse o Sr. Beebe. "Eles valem a pena". Destravando o portão, ele navegou sobre o verde triangular até Cissie Villa. "Hullo!" ele chorou, gritando para dentro da porta aberta, através da qual muita miséria era visível.

Uma voz grave respondeu, "Hullo!".

"Eu trouxe alguém para vê-lo".

"Desço em um minuto".

A passagem foi bloqueada por um guarda-roupa, que os homens de remoção não tinham conseguido carregar pela escada. O Sr. Beebe contornou a passagem com dificuldade. A sala de estar em si foi bloqueada com livros.

"Estas pessoas são grandes leitores?" Freddy sussurrou. "Eles são desse tipo?"

"Eu imagino que eles saibam como ler - uma realização rara. O que eles têm? Byron. Exatamente. Um Shropshire Lad. Nunca ouvi falar disso. O Caminho de Toda Carne. Nunca ouviu falar disso. Gibbon. Hullo! querido George lê alemão. Um-um-Schopenhauer, Nietzsche, e assim continuamos. Bem, eu suponho que sua geração conhece seu próprio negócio, Honeychurch".

"Sr. Beebe, olhe para isso", disse Freddy em tons de espanto.

Na cornija do guarda-roupa, a mão de um amador havia pintado esta inscrição: "Desconfie de todas as empresas que requerem roupas novas."

"Eu sei. Não é alegre? Eu gosto disso. Tenho certeza que isso é obra do velhote".

"Que estranho da parte dele!"

"Com certeza você concorda"?

"I suggested we should hinder them," said Mr. Beebe. "They are worth it." Unlatching the gate, he sauntered over the triangular green to Cissie Villa. "Hullo!" he cried, shouting in at the open door, through which much squalor was visible.

A grave voice replied, "Hullo!"

"I've brought someone to see you."

"I'll be down in a minute."

The passage was blocked by a wardrobe, which the removal men had failed to carry up the stairs. Mr. Beebe edged round it with difficulty. The sitting-room itself was blocked with books.

"Are these people great readers?" Freddy whispered. "Are they that sort?"

"I fancy they know how to read—a rare accomplishment. What have they got? Byron. Exactly. A Shropshire Lad. Never heard of it. The Way of All Flesh. Never heard of it. Gibbon. Hullo! dear George reads German. Um—um—Schopenhauer, Nietzsche, and so we go on. Well, I suppose your generation knows its own business, Honeychurch."

"Mr. Beebe, look at that," said Freddy in awestruck tones.

On the cornice of the wardrobe, the hand of an amateur had painted this inscription: "Mistrust all enterprises that require new clothes."

"I know. Isn't it jolly? I like that. I'm certain that's the old man's doing."

"How very odd of him!"

"Surely you agree?"

But Freddy was his mother's son and felt that one ought not to go on spoiling the furniture.

"Pictures!" the clergyman continued, scrambling about the room. "Giotto—they got that at Florence, I'll be bound."

"The same as Lucy's got."

"Oh, by-the-by, did Miss Honeychurch enjoy London?"

"She came back yesterday."

"I suppose she had a good time?"

"Yes, very," said Freddy, taking up a book. "She and Cecil are thicker than ever."

"That's good hearing."

"I wish I wasn't such a fool, Mr. Beebe."

Mr. Beebe ignored the remark.

"Lucy used to be nearly as stupid as I am, but it'll be very different now, mother thinks. She will read all kinds of books."

"So will you."

"Only medical books. Not books that you can talk about afterwards. Cecil is teaching Lucy Italian, and he says her playing is wonderful. There are all kinds of things in it that we have never noticed. Cecil says—"

"What on earth are those people doing upstairs? Emerson—we think we'll come another time."

George ran down-stairs and pushed them into the room without speaking.

"Let me introduce Mr. Honeychurch, a neighbour."

Então Freddy atirou um dos relâmpagos da juventude. Talvez ele fosse tímido, talvez ele fosse amigável, ou talvez ele pensasse que o rosto de George queria ser lavado. Em todo caso, ele o cumprimentou com: "Como você está? Venha e tome um banho".

"Oh, tudo bem", disse George, impassível.

O Sr. Beebe foi altamente entretido.

"'How d'ye do? how d'ye do? Venha e tome um banho", ele riu. "Essa é a melhor abertura de conversa que eu já ouvi. Mas eu tenho medo que ela só aja entre homens. Você pode imaginar uma senhora que foi apresentada a outra senhora por uma terceira senhora abrindo civilidades com 'Como você se sai? Venha e tome um banho'? E ainda assim você vai me dizer que os sexos são iguais".

"Eu lhes digo que eles serão", disse o Sr. Emerson, que tinha descido as escadas lentamente. "Boa tarde, Sr. Beebe". Eu lhe digo que eles serão camaradas, e George pensa o mesmo".

"Nós devemos elevar as damas ao nosso nível..." perguntou o clérigo.

"O Jardim do Éden", perseguiu o Sr. Emerson, ainda descendente, "que você coloca no passado, ainda está realmente por vir". Vamos entrar nele quando não mais desprezarmos nossos corpos".

O Sr. Beebe renunciou a colocar o Jardim do Éden em qualquer lugar.

"Nisto - não em outras coisas - nós homens estamos à frente". Nós desprezamos o corpo menos do que as mulheres". Mas só quando formos camaradas é que entraremos no jardim".

Then Freddy hurled one of the thunderbolts of youth. Perhaps he was shy, perhaps he was friendly, or perhaps he thought that George's face wanted washing. At all events he greeted him with, "How d'ye do? Come and have a bathe."

"Oh, all right," said George, impassive.

Mr. Beebe was highly entertained.

"'How d'ye do? how d'ye do? Come and have a bathe,'" he chuckled. "That's the best conversational opening I've ever heard. But I'm afraid it will only act between men. Can you picture a lady who has been introduced to another lady by a third lady opening civilities with 'How do you do? Come and have a bathe'? And yet you will tell me that the sexes are equal."

"I tell you that they shall be," said Mr. Emerson, who had been slowly descending the stairs. "Good afternoon, Mr. Beebe. I tell you they shall be comrades, and George thinks the same."

"We are to raise ladies to our level?" the clergyman inquired.

"The Garden of Eden," pursued Mr. Emerson, still descending, "which you place in the past, is really yet to come. We shall enter it when we no longer despise our bodies."

Mr. Beebe disclaimed placing the Garden of Eden anywhere.

"In this—not in other things—we men are ahead. We despise the body less than women do. But not until we are comrades shall we enter the garden."

"Eu digo, e este banho?" murmurou Freddy, horrorizado com a massa filosófica que se aproximava dele.

"Eu acreditei em um retorno à natureza uma vez. Mas como podemos voltar à natureza quando nunca estivemos com ela? Hoje, eu acredito que devemos descobrir a Natureza. Depois de muitas conquistas, devemos alcançar a simplicidade. Ela é nossa herança".

"Deixe-me apresentar o Sr. Honeychurch, cuja irmã você vai se lembrar em Florença".

"Como você faz? Muito feliz em ver você, e que você está levando George para um banho. Muito feliz em saber que sua irmã vai se casar. Casamento é um dever. Tenho certeza de que ela ficará feliz, pois nós também conhecemos o Sr. Vyse. Ele tem sido muito gentil. Ele nos conheceu por acaso na Galeria Nacional, e organizou tudo sobre esta casa encantadora. Embora eu espero não ter incomodado Sir Harry Otway. Eu conheci tão poucos proprietários liberais, e eu estava ansioso para comparar sua atitude em relação às leis do jogo com a atitude conservadora. Ah, este vento! Você faz bem em se banhar. O seu é um país glorioso, Honeychurch"!

"Nem um pouco!" murmurou Freddy. "Eu devo - isto é, eu tenho o prazer de chamá-lo mais tarde, diz minha mãe, eu espero".

"*Chamar*, meu rapaz? Quem nos ensinou essa tagarelice de sala de desenho? Chame a sua avó! Ouça o vento entre os pinheiros! O seu é um país glorioso".

O Sr. Beebe veio em socorro.

"I say, what about this bathe?" murmured Freddy, appalled at the mass of philosophy that was approaching him.

"I believed in a return to Nature once. But how can we return to Nature when we have never been with her? To-day, I believe that we must discover Nature. After many conquests we shall attain simplicity. It is our heritage."

"Let me introduce Mr. Honeychurch, whose sister you will remember at Florence."

"How do you do? Very glad to see you, and that you are taking George for a bathe. Very glad to hear that your sister is going to marry. Marriage is a duty. I am sure that she will be happy, for we know Mr. Vyse, too. He has been most kind. He met us by chance in the National Gallery, and arranged everything about this delightful house. Though I hope I have not vexed Sir Harry Otway. I have met so few Liberal landowners, and I was anxious to compare his attitude towards the game laws with the Conservative attitude. Ah, this wind! You do well to bathe. Yours is a glorious country, Honeychurch!"

"Not a bit!" mumbled Freddy. "I must—that is to say, I have to—have the pleasure of calling on you later on, my mother says, I hope."

"*Call*, my lad? Who taught us that drawing-room twaddle? Call on your grandmother! Listen to the wind among the pines! Yours is a glorious country."

Mr. Beebe came to the rescue.

"Sr. Emerson, ele vai ligar, eu vou ligar; você ou seu filho vai retornar nossas ligações antes de dez dias terem decorrido. Eu confio que você tenha percebido sobre o intervalo de dez dias. Não conta que eu o ajudei com os olhos da escada ontem. Não conta que eles vão tomar banho esta tarde".

"Sim, vá e tome banho, George. Por que você se põe a falar? Traga-os de volta para o chá. Traga de volta leite, bolos, mel. A mudança vai fazer bem para você. George tem trabalhado muito duro em seu escritório. Eu não posso acreditar que ele está bem".

George curvou sua cabeça, poeirenta e sombria, exalando o cheiro peculiar de quem manuseou móveis.

"Você realmente quer este banho?" Freddy perguntou a ele. "É apenas um lago, você não sabe. Eu ouso dizer que você está acostumado a algo melhor".

"Sim, eu já disse 'Sim'".

O Sr. Beebe sentiu-se obrigado a ajudar seu jovem amigo, e liderou o caminho para fora de casa e para dentro do pinhal. Como foi glorioso! Por um pouco de tempo a voz do velho Sr. Emerson os perseguiu dispensando bons desejos e filosofia. Cessou, e eles só ouviram o vento forte soprando os parênteses e as árvores. O Sr. Beebe, que podia ficar em silêncio, mas que não suportava o silêncio, foi obrigado a conversar, já que a expedição parecia um fracasso, e nenhum de seus companheiros proferia uma palavra. Ele falou de Florença. George assistiu gravemente, concordando ou discordando com gestos leves mas determinados que eram tão inexplicáveis quanto os movimentos das copas das árvores acima de suas cabeças.

"Mr. Emerson, he will call, I shall call; you or your son will return our calls before ten days have elapsed. I trust that you have realized about the ten days' interval. It does not count that I helped you with the stair-eyes yesterday. It does not count that they are going to bathe this afternoon."

"Yes, go and bathe, George. Why do you dawdle talking? Bring them back to tea. Bring back some milk, cakes, honey. The change will do you good. George has been working very hard at his office. I can't believe he's well."

George bowed his head, dusty and sombre, exhaling the peculiar smell of one who has handled furniture.

"Do you really want this bathe?" Freddy asked him. "It is only a pond, don't you know. I dare say you are used to something better."

"Yes—I have said 'Yes' already."

Mr. Beebe felt bound to assist his young friend, and led the way out of the house and into the pine-woods. How glorious it was! For a little time the voice of old Mr. Emerson pursued them dispensing good wishes and philosophy. It ceased, and they only heard the fair wind blowing the bracken and the trees. Mr. Beebe, who could be silent, but who could not bear silence, was compelled to chatter, since the expedition looked like a failure, and neither of his companions would utter a word. He spoke of Florence. George attended gravely, assenting or dissenting with slight but determined gestures that were as inexplicable as the motions of the tree-tops above their heads.

"E que coincidência que você deveria conhecer o Sr. Vyse! Você percebeu que você encontraria toda a Pensão Bertolini aqui embaixo"?

"Eu não fiz isso. Miss Lavish me disse".

"Quando eu era jovem, eu sempre quis escrever uma 'História de Coincidência'".

Sem entusiasmo.

"Embora, de fato, as coincidências sejam muito mais raras do que supomos. Por exemplo, não é pura coincidência que você esteja aqui agora, quando se trata de refletir".

Para seu alívio, George começou a falar.

"E é. Eu tenho refletido. É o destino. Tudo é Destino. Nós somos lançados juntos pelo Destino, separados pelo Destino, separados pelo Destino, separados pelo Destino. Os doze ventos nos sopram - nós não nos acomodamos".

"Você não refletiu em nada", fez o rap do clérigo. "Deixe-me dar-lhe uma dica útil, Emerson: não atribua nada ao destino. Não diga: "Eu não fiz isso", pois você fez isso, dez para um. Agora eu vou contra-interrogar você. Onde você conheceu a Srta. Honeychurch e a mim mesmo pela primeira vez"?

"Itália".

"E onde você conheceu o Sr. Vyse, que vai se casar com a Srta. Honeychurch?"

"Galeria Nacional".

"Olhando para a arte italiana. Lá está você, e ainda assim você fala de coincidência e destino. Você naturalmente procura coisas italianas, e nós e nossos amigos também. Isto restringe imensamente o campo que nos encontramos novamente nele".

“And what a coincidence that you should meet Mr. Vyse! Did you realize that you would find all the Pension Bertolini down here?”

“I did not. Miss Lavish told me.”

“When I was a young man, I always meant to write a 'History of Coincidence.'”

No enthusiasm.

“Though, as a matter of fact, coincidences are much rarer than we suppose. For example, it isn't purely coincidentally that you are here now, when one comes to reflect.”

To his relief, George began to talk.

“It is. I have reflected. It is Fate. Everything is Fate. We are flung together by Fate, drawn apart by Fate—flung together, drawn apart. The twelve winds blow us—we settle nothing—”

“You have not reflected at all,” rapped the clergyman. “Let me give you a useful tip, Emerson: attribute nothing to Fate. Don't say, 'I didn't do this,' for you did it, ten to one. Now I'll cross-question you. Where did you first meet Miss Honeychurch and myself?”

“Italy.”

“And where did you meet Mr. Vyse, who is going to marry Miss Honeychurch?”

“National Gallery.”

“Looking at Italian art. There you are, and yet you talk of coincidence and Fate. You naturally seek out things Italian, and so do we and our friends. This narrows the field immeasurably we meet again in it.”

"É destino que eu esteja aqui", persistiu George. "Mas você pode chamá-lo de Itália se isso te fizer menos infeliz".

"It is Fate that I am here," persisted George. "But you can call it Italy if it makes you less unhappy."

O Sr. Beebe deslizou para longe de um tratamento tão pesado do assunto. Mas ele era infinitamente tolerante com os jovens, e não tinha nenhum desejo de desprezar George.

Mr. Beebe slid away from such heavy treatment of the subject. But he was infinitely tolerant of the young, and had no desire to snub George.

"E assim por isto e por outras razões minha 'História de Coincidência' ainda está para escrever".

"And so for this and for other reasons my 'History of Coincidence' is still to write."

Silêncio.

Silence.

Desejando terminar o episódio, ele acrescentou: "Estamos todos tão felizes por você ter vindo".

Wishing to round off the episode, he added; "We are all so glad that you have come."

Silêncio.

Silence.

"Aqui estamos nós!" chamado Freddy.

"Here we are!" called Freddy.

"Oh, que bom!" exclamou o Sr. Beebe, limpando a testa.

"Oh, good!" exclaimed Mr. Beebe, mopping his brow.

"Lá dentro está o lago. Eu gostaria que fosse maior", ele acrescentou apologeticamente.

"In there's the pond. I wish it was bigger," he added apologetically.

Eles desceram por um banco escorregadio de agulhas de pinheiro. Lá estava a lagoa, colocada em seu pequeno alpino de um lago verde, mas grande o suficiente para conter o corpo humano, e puro o suficiente para refletir o céu. Por causa das chuvas, as águas haviam inundado a grama ao redor, que se mostrava como um lindo caminho esmeralda, tentando estes pés em direção à piscina central.

They climbed down a slippery bank of pine-needles. There lay the pond, set in its little alp of green—only a pond, but large enough to contain the human body, and pure enough to reflect the sky. On account of the rains, the waters had flooded the surrounding grass, which showed like a beautiful emerald path, tempting these feet towards the central pool.

"É distintamente bem sucedido, como as lagoas vão," disse o Sr. Beebe. "Nenhuma desculpa é necessária para a lagoa".

"It's distinctly successful, as ponds go," said Mr. Beebe. "No apologies are necessary for the pond."

George sentou-se onde o chão estava seco, e desabotoou suas botas.

George sat down where the ground was dry, and drearily unlaced his boots.

"Não são esplêndidas essas massas de salgueiro-cerdeiro? Eu amo salgueiro-cervo em semente. Qual é o nome desta planta aromática?"

Ninguém sabia, ou parecia se importar.

"Estas mudanças abruptas de vegetação - este pequeno trato esponjoso de plantas aquáticas, e em ambos os lados, todos os crescimentos são duros ou quebradiços - o couro, fetos, feridas, pinheiros. Muito charmoso, muito charmoso".

"Sr. Beebe, você não está tomando banho?" chamado Freddy, enquanto ele se despiu.

O Sr. Beebe pensou que não estava.

"A água é maravilhosa!" gritou Freddy, empinando para dentro.

"Água é água", murmurou George. Molhando seu cabelo primeiro - um sinal seguro de apatia - ele seguiu Freddy até o divino, tão indiferente como se ele fosse uma estátua e a lagoa um balde de sabão. Era necessário usar seus músculos. Era necessário manter-se limpo. O Sr. Beebe os observava e observava as sementes do salgueiro-cervo dançando coricamente acima de suas cabeças.

"Apooshoo, apooshoo, apooshoo," foi Freddy, nadando por duas vezes em qualquer direção, e depois se envolvendo em canas ou lama.

"Vale a pena", perguntou o outro, Michelangelesque na margem inundada.

O banco quebrou, e ele caiu na piscina antes de ter pesado a pergunta corretamente.

"Hee-poof-I've engoliu um pollywog, Mr. Beebe, a água é maravilhosa, a água está simplesmente rasgando".

"Aren't those masses of willow-herb splendid? I love willow-herb in seed. What's the name of this aromatic plant?"

No one knew, or seemed to care.

"These abrupt changes of vegetation—this little spongeous tract of water plants, and on either side of it all the growths are tough or brittle—heather, bracken, hurts, pines. Very charming, very charming."

"Mr. Beebe, aren't you bathing?" called Freddy, as he stripped himself.

Mr. Beebe thought he was not.

"Water's wonderful!" cried Freddy, prancing in.

"Water's water," murmured George. Wetting his hair first—a sure sign of apathy—he followed Freddy into the divine, as indifferent as if he were a statue and the pond a pail of soapsuds. It was necessary to use his muscles. It was necessary to keep clean. Mr. Beebe watched them, and watched the seeds of the willow-herb dance chorically above their heads.

"Apooshoo, apooshoo, apooshoo," went Freddy, swimming for two strokes in either direction, and then becoming involved in reeds or mud.

"Is it worth it?" asked the other, Michelangelesque on the flooded margin.

The bank broke away, and he fell into the pool before he had weighed the question properly.

"Hee-poof—I've swallowed a pollywog, Mr. Beebe, water's wonderful, water's simply ripping."

"A água não é tão ruim assim", disse George, reaparecendo de seu mergulho, e cuspindo ao sol.

"A água é maravilhosa. Mr. Beebe, faça".

"Apooshoo, kouf".

O Sr. Beebe, que era gostoso, e que sempre aceitou sempre que possível, olhou à sua volta. Ele não conseguia detectar nenhum paroquiano, exceto os pinhais, subindo acentuadamente por todos os lados, e gesticulando uns contra os outros contra o azul. Como era glorioso! O mundo dos automóveis e dos Deans rurais recuou inimitavelmente. Água, céu, sempre-ventos, um vento - essas coisas que nem as estações do ano podem tocar, e certamente elas estão além da intrusão do homem...

"Eu também posso me lavar"; e logo suas roupas fizeram uma terceira pequena pilha na frente, e ele também afirmou a maravilha da água.

Era água comum, nem havia muito dela, e, como Freddy disse, lembrava um nadar em uma salada. Os três cavalheiros giravam no alto do peito da piscina, à moda das ninfas em Götterdämmerung. Mas ou porque as chuvas tinham dado um frescor ou porque o sol estava derramando um calor muito glorioso, ou porque dois dos senhores eram jovens em anos e o terceiro jovem em espírito - por alguma razão ou outra - uma mudança veio sobre eles, e eles esqueceram a Itália e Botânica e Destino.

"Water's not so bad," said George, reappearing from his plunge, and sputtering at the sun.

"Water's wonderful. Mr. Beebe, do."

"Apooshoo, kouf."

Mr. Beebe, who was hot, and who always acquiesced where possible, looked around him. He could detect no parishioners except the pine-trees, rising up steeply on all sides, and gesturing to each other against the blue. How glorious it was! The world of motor-cars and rural Deans receded inimitably. Water, sky, evergreens, a wind—these things not even the seasons can touch, and surely they lie beyond the intrusion of man?

"I may as well wash too"; and soon his garments made a third little pile on the sward, and he too asserted the wonder of the water.

It was ordinary water, nor was there very much of it, and, as Freddy said, it reminded one of swimming in a salad. The three gentlemen rotated in the pool breast high, after the fashion of the nymphs in Götterdämmerung. But either because the rains had given a freshness or because the sun was shedding a most glorious heat, or because two of the gentlemen were young in years and the third young in spirit—for some reason or other a change came over them, and they forgot Italy and Botany and Fate.

Eles começaram a jogar. O Sr. Beebe e Freddy se salpicaram um ao outro. Um pouco deferencialmente, eles salpicaram George. Ele estava quieto: eles temiam tê-lo ofendido. Então todas as forças da juventude explodiram. Ele sorriu, atirou-se a eles, espirrou neles, os abaixou, os chutou, os enlameou, e os expulsou da piscina.

"Corrida à sua volta, então" gritou Freddy, e eles correram ao sol, e George pegou um atalho e sujou suas canelas, e teve que tomar banho uma segunda vez. Então o Sr. Beebe consentiu em correr - uma visão memorável.

Eles correram para se secar, tomaram banho para esfriar, brincaram de ser índios nos salgueiros e nos parênteses, tomaram banho para ficar limpos. E o tempo todo, três pequenos fardos de água estavam discretamente deitados na frente, proclamando:

"Não. Nós somos o que importa. Sem nós, nenhum empreendimento deve começar. Para nós, no final, toda a carne se transformará".

"Uma tentativa! Uma tentativa" gritou Freddy, pegando o pacote de George e colocando-o ao lado de um poste de meta imaginário.

"Socker rules", George retorquiu, espalhando o pacote de Freddy com um chute.

"Gol!"

"Gol!"

"Passe!"

"Cuide do meu relógio!" gritou o Sr. Beebe.

As roupas voaram em todas as direções.

They began to play. Mr. Beebe and Freddy splashed each other. A little deferentially, they splashed George. He was quiet: they feared they had offended him. Then all the forces of youth burst out. He smiled, flung himself at them, splashed them, ducked them, kicked them, muddied them, and drove them out of the pool.

"Race you round it, then," cried Freddy, and they raced in the sunshine, and George took a short cut and dirtied his shins, and had to bathe a second time. Then Mr. Beebe consented to run—a memorable sight.

They ran to get dry, they bathed to get cool, they played at being Indians in the willow-herbs and in the bracken, they bathed to get clean. And all the time three little bundles lay discreetly on the sward, proclaiming:

"No. We are what matters. Without us shall no enterprise begin. To us shall all flesh turn in the end."

"A try! A try!" yelled Freddy, snatching up George's bundle and placing it beside an imaginary goal-post.

"Socker rules," George retorted, scattering Freddy's bundle with a kick.

"Goal!"

"Goal!"

"Pass!"

"Take care my watch!" cried Mr. Beebe.

Clothes flew in all directions.

"Cuide do meu chapéu! Não, já chega, Freddy. Vista-se agora. Não, eu digo!"

Mas os dois jovens estavam delirando. Longe eles brilhavam nas árvores, Freddy com um colete debaixo do braço, George com um chapéu bem desperto no seu cabelo pingando.

"Isso vai servir!" gritou o Sr. Beebe, lembrando que afinal ele estava em sua própria paróquia. Então sua voz mudou como se cada árvore de pinheiro fosse um Reitor Rural. "Oi, calma aí! Eu vejo pessoas chegando, companheiros!"

Gritos, e círculos crescentes sobre a terra batida.

"Oi! oi! *adies!*"

Nem George nem Freddy foram verdadeiramente refinados. Mesmo assim, eles não ouviram o último aviso do Sr. Beebe ou teriam evitado a Sra. Honeychurch, Cecil e Lucy, que estavam descendo para chamar a velha Sra. Butterworth. Freddy deixou cair o colete a seus pés, e se atirou para dentro de alguns parênteses. George bateu em seus rostos, virou-se e se afastou pelo caminho para o lago, ainda vestido com o chapéu do Sr. Beebe.

"Graciosa viva!" gritou a Sra. Honeychurch. "Quem foram aquelas pessoas infelizes? Oh, queridos, olhem para o lado! E o pobre Sr. Beebe, também! O que aconteceu?"

"Take care my hat! No, that's enough, Freddy. Dress now. No, I say!"

But the two young men were delirious. Away they twinkled into the trees, Freddy with a clerical waistcoat under his arm, George with a wide-awake hat on his dripping hair.

"That'll do!" shouted Mr. Beebe, remembering that after all he was in his own parish. Then his voice changed as if every pine-tree was a Rural Dean. "Hi! Steady on! I see people coming you fellows!"

Yells, and widening circles over the dappled earth.

"Hi! hi! *Ladies!*"

Neither George nor Freddy was truly refined. Still, they did not hear Mr. Beebe's last warning or they would have avoided Mrs. Honeychurch, Cecil, and Lucy, who were walking down to call on old Mrs. Butterworth. Freddy dropped the waistcoat at their feet, and dashed into some bracken. George whooped in their faces, turned and scudded away down the path to the pond, still clad in Mr. Beebe's hat.

"Gracious alive!" cried Mrs. Honeychurch. "Whoever were those unfortunate people? Oh, dears, look away! And poor Mr. Beebe, too! Whatever has happened?"

"Venha por aqui imediatamente", comandou Cecil, que sempre sentiu que ele deveria conduzir as mulheres, embora ele não soubesse para onde, e protegê-las, embora ele não soubesse contra o quê. Ele as conduziu agora em direção aos parênteses onde Freddy se sentava escondido.

"Oh, pobre Sr. Beebe! Foi esse seu colete que deixamos no caminho? Cecil, o colete do Sr. Beebe..."

Nenhum negócio nosso, disse Cecil, olhando para Lucy, que era toda guarda-sol e evidentemente "pensava".

"Eu gosto do Sr. Beebe saltou de volta para o lago".

"Por aqui, por favor, Sra. Honeychurch, por aqui".

Eles o seguiram no banco tentando a expressão tensa, mas despreocupada, que é adequada para as senhoras em tais ocasiões.

"Bem, *Eu* não posso evitar", disse uma voz que se aproxima, e Freddy criou um rosto com sardas e um par de ombros nevados para fora das frondes. "Eu não posso ser pisado, posso?"

"Meu bom Deus, querida, então é você! Que administração miserável! Por que não tomar um banho confortável em casa, com calor e frio"?

"Olhe aqui, mãe, um companheiro tem que lavar, e um companheiro tem que secar, e se outro companheiro..."

"Querido, sem dúvida você está certo como sempre, mas você não está em posição de argumentar. Venha, Lucy". Eles viraram. "Oh, olhe - não olhe! Oh, pobre Sr. Beebe! Que infelicidade novamente..."

"Come this way immediately," commanded Cecil, who always felt that he must lead women, though he knew not whither, and protect them, though he knew not against what. He led them now towards the bracken where Freddy sat concealed.

"Oh, poor Mr. Beebe! Was that his waistcoat we left in the path? Cecil, Mr. Beebe's waistcoat—"

No business of ours, said Cecil, glancing at Lucy, who was all parasol and evidently "minded."

"I fancy Mr. Beebe jumped back into the pond."

"This way, please, Mrs. Honeychurch, this way."

They followed him up the bank attempting the tense yet nonchalant expression that is suitable for ladies on such occasions.

"Well, *I* can't help it," said a voice close ahead, and Freddy reared a freckled face and a pair of snowy shoulders out of the fronds. "I can't be trodden on, can I?"

"Good gracious me, dear; so it's you! What miserable management! Why not have a comfortable bath at home, with hot and cold laid on?"

"Look here, mother, a fellow must wash, and a fellow's got to dry, and if another fellow—"

"Dear, no doubt you're right as usual, but you are in no position to argue. Come, Lucy." They turned. "Oh, look—don't look! Oh, poor Mr. Beebe! How unfortunate again—"

Pois o Sr. Beebe estava apenas rastejando para fora do lago, em cuja superfície flutuavam roupas de natureza íntima; enquanto George, o mundialmente cansado George, gritou ao Freddy que tinha fisgado um peixe.

"E eu, eu engoli um", respondeu ele entre os parênteses. "Eu engoli um pollywog". Ele se mexe na minha barriga. Eu vou morrer - Emerson, sua besta, você tem nas minhas malas".

"Silêncio, queridos", disse a Sra. Honeychurch, que achou impossível ficar chocada. "E tenham certeza de que vocês se secam bem primeiro. Todas estas constipações vêm de não secar completamente".

"Mãe, venha embora", disse Lucy. "Oh, por amor de Deus, venha".

"Hullo!" gritou George, para que novamente as senhoras parassem.

Ele se considerava como vestido. Descalço, descalço, radiante e personalizável contra a floresta sombria, ele chamou:

"Hullo, Miss Honeychurch! Hullo!"

"Arco, Lucy; arco melhor". Quem quer que seja? Eu vou me curvar".

Miss Honeychurch fez uma vénia.

Naquela noite e em toda aquela noite a água fugiu. No dia seguinte, a piscina encolheu até seu tamanho antigo e perdeu sua glória. Tinha sido um chamado ao sangue e à vontade relaxada, uma bênção passageira cuja influência não passou, uma santidade, um feitiço, um cálice momentâneo para a juventude.

How Miss Bartlett's Boiler Was So Tiresome

Como a Caldeira De Miss Bartlett Foi Tão Cansativa

Quantas vezes Lucy tinha ensaiado este arco, esta entrevista! Mas ela sempre os tinha ensaiado dentro de casa, e com certos acessórios, o que certamente temos o direito de assumir. Quem poderia prever que ela e George se encontrariam na rotina de uma civilização, em meio a um exército de casacos e coleiras e botas que jaziam feridos sobre a terra iluminada pelo sol? Ela havia imaginado um jovem Sr. Emerson, que poderia ser tímido ou mórbido ou indiferente ou furtivamente impudente. Ela estava preparada para tudo isso. Mas ela nunca havia imaginado alguém que fosse feliz e a cumprimentasse com o grito da estrela da manhã.

How often had Lucy rehearsed this bow, this interview! But she had always rehearsed them indoors, and with certain accessories, which surely we have a right to assume. Who could foretell that she and George would meet in the rout of a civilization, amidst an army of coats and collars and boots that lay wounded over the sunlit earth? She had imagined a young Mr. Emerson, who might be shy or morbid or indifferent or furtively impudent. She was prepared for all of these. But she had never imagined one who would be happy and greet her with the shout of the morning star.

No interior, tomando chá com a velha Sra. Butterworth, ela mesma refletiu que é impossível prever o futuro com algum grau de precisão, que é impossível ensaiar a vida. Uma falha no cenário, um rosto no público, uma irrupção do público no palco, e todos os nossos gestos cuidadosamente planejados não significam nada, ou significam muito. "Eu vou me curvar", ela pensou. "Eu não vou apertar a mão com ele". Isso será apenas a coisa certa". Ela havia se curvado - mas a quem? Para os deuses, para os heróis, para as bobagens das garotas da escola! Ela havia se curvado sobre o lixo que sobrecarrega o mundo.

Então, ela correu seus pensamentos, enquanto suas faculdades estavam ocupadas com Cecil. Foi outra daquelas terríveis chamadas de noivado. A Sra. Butterworth queria vê-lo, e ele não queria ser visto. Ele não queria ouvir falar sobre hortênsias, porque elas mudam de cor à beira-mar. Ele não queria se juntar ao C.O.S. Quando cruzava ele estava sempre elaborado, e fazia respostas longas e inteligentes onde "Sim" ou "Não" teria feito.

Lucy o acalmou e mexeu na conversa de uma maneira que prometia bem para sua paz conjugal. Ninguém é perfeito, e certamente é mais sábio descobrir as imperfeições antes do casamento. Miss Bartlett, de fato, embora não em palavras, havia ensinado à moça que esta nossa vida não contém nada de satisfatório. Lucy, embora não gostasse do professor, considerou o ensinamento como profundo, e o aplicou a seu amante.

Indoors herself, partaking of tea with old Mrs. Butterworth, she reflected that it is impossible to foretell the future with any degree of accuracy, that it is impossible to rehearse life. A fault in the scenery, a face in the audience, an irruption of the audience on to the stage, and all our carefully planned gestures mean nothing, or mean too much. "I will bow," she had thought. "I will not shake hands with him. That will be just the proper thing." She had bowed—but to whom? To gods, to heroes, to the nonsense of school-girls! She had bowed across the rubbish that cumbers the world.

So ran her thoughts, while her faculties were busy with Cecil. It was another of those dreadful engagement calls. Mrs. Butterworth had wanted to see him, and he did not want to be seen. He did not want to hear about hydrangeas, why they change their colour at the seaside. He did not want to join the C. O. S. When cross he was always elaborate, and made long, clever answers where "Yes" or "No" would have done.

Lucy soothed him and tinkered at the conversation in a way that promised well for their married peace. No one is perfect, and surely it is wiser to discover the imperfections before wedlock. Miss Bartlett, indeed, though not in word, had taught the girl that this our life contains nothing satisfactory. Lucy, though she disliked the teacher, regarded the teaching as profound, and applied it to her lover.

"Lucy", disse sua mãe, quando eles chegaram em casa, "há algo de errado com Cecil"?

A questão era sinistra; até agora a Sra. Honeychurch tinha se comportado com caridade e contenção.

"Não, eu acho que não, mãe; Cecil está tudo bem".

"Talvez ele esteja cansado".

Lucy comprometida: talvez Cecil estivesse um pouco cansado.

"Porque senão" - ela arrancou seus alfinetes com o desagrado de recolher - "porque senão eu não posso explicar por ele".

"Eu acho que a Sra. Butterworth é bastante cansativa, se você fala sério".

"Cecil disse a você para pensar assim". Você se dedicou a ela quando criança, e nada vai descrever a bondade dela para você através da febre tifóide. Não, é a mesma coisa em todos os lugares".

"Deixe-me só guardar o seu gorro, posso?"

"Com certeza ele poderia respondê-la civilizadamente por meia hora"?

"Cecil tem um padrão muito alto para as pessoas", vacilou Lucy, vendo problemas pela frente. "É parte de seus ideais - é realmente isso que o faz às vezes parecer..."

"Oh, besteira! Se ideais elevados fazem um jovem rude, quanto mais cedo ele se livrar deles, melhor", disse a Sra. Honeychurch, entregando-lhe o gorro.

"Agora, mãe! Eu mesmo vi você cruzar com a Sra. Butterworth"!

"Lucy," said her mother, when they got home, "is anything the matter with Cecil?"

The question was ominous; up till now Mrs. Honeychurch had behaved with charity and restraint.

"No, I don't think so, mother; Cecil's all right."

"Perhaps he's tired."

Lucy compromised: perhaps Cecil was a little tired.

"Because otherwise"—she pulled out her bonnet-pins with gathering displeasure—"because otherwise I cannot account for him."

"I do think Mrs. Butterworth is rather tiresome, if you mean that."

"Cecil has told you to think so. You were devoted to her as a little girl, and nothing will describe her goodness to you through the typhoid fever. No—it is just the same thing everywhere."

"Let me just put your bonnet away, may I?"

"Surely he could answer her civilly for one half-hour?"

"Cecil has a very high standard for people," faltered Lucy, seeing trouble ahead. "It's part of his ideals—it is really that that makes him sometimes seem—"

"Oh, rubbish! If high ideals make a young man rude, the sooner he gets rid of them the better," said Mrs. Honeychurch, handing her the bonnet.

"Now, mother! I've seen you cross with Mrs. Butterworth yourself!"

"Não dessa forma. Às vezes eu poderia torcer o pescoço dela. Mas não dessa maneira. Não. É a mesma coisa com Cecil por toda parte".

"Por-por-por-eu nunca lhe disse. Eu recebi uma carta de Charlotte enquanto estive fora em Londres".

Esta tentativa de desviar a conversa foi muito pueril, e a Sra. Honeychurch ressentiu-se com isso.

"Desde que Cecil voltou de Londres, nada parece agradar a ele. Sempre que eu falo, ele me encolhe; - Eu o vejo, Lucy; é inútil me contradizer. Sem dúvida eu não sou nem artística, nem literária, nem intelectual, nem musical, mas não posso ajudar a mobília da sala de desenho; seu pai comprou-a e nós devemos aturar isso, Cecil gentilmente se lembrará".

"Eu-eu vejo o que você quer dizer, e certamente Cecil não deveria fazê-lo. Mas ele não significa ser incivil - ele uma vez explicou - são as *coisas* que o perturbam - ele é facilmente perturbado por coisas feias - ele não é incivil para *pessoas*".

"É uma coisa ou uma pessoa quando Freddy canta?"

"Você não pode esperar que uma pessoa realmente musical aprecie músicas cômicas como nós apreciamos".

"Então por que ele não saiu da sala? Por que ficar sentado, zombando e estragando o prazer de todos"?

"Not in that way. At times I could wring her neck. But not in that way. No. It is the same with Cecil all over."

"By-the-by—I never told you. I had a letter from Charlotte while I was away in London."

This attempt to divert the conversation was too puerile, and Mrs. Honeychurch resented it.

"Since Cecil came back from London, nothing appears to please him. Whenever I speak he winces;—I see him, Lucy; it is useless to contradict me. No doubt I am neither artistic nor literary nor intellectual nor musical, but I cannot help the drawing-room furniture; your father bought it and we must put up with it, will Cecil kindly remember."

"I—I see what you mean, and certainly Cecil oughtn't to. But he does not mean to be uncivil—he once explained—it is the *things* that upset him—he is easily upset by ugly things—he is not uncivil to *people*."

"Is it a thing or a person when Freddy sings?"

"You can't expect a really musical person to enjoy comic songs as we do."

"Then why didn't he leave the room? Why sit wriggling and sneering and spoiling everyone's pleasure?"

"Nós não devemos ser injustos com as pessoas", vacilou Lucy. Algo a havia enfraquecido, e o caso de Cecil, que ela havia dominado tão perfeitamente em Londres, não surgiria de uma forma eficaz. As duas civilizações haviam entrado em choque - Cecil deu a entender que poderiam - e ela ficou deslumbrada e perplexa, como se o brilho que está por trás de toda a civilização tivesse cegado seus olhos. O bom gosto e o mau gosto eram apenas palavras-chave, roupas de diversos cortes; e a própria música se dissolvia num sussurro através de árvores de pinheiro, onde a canção não é distinguível da canção cômica.

Ela permaneceu em muito embaraço, enquanto a Sra. Honeychurch trocava seu vestido para o jantar; e de vez em quando ela dizia uma palavra, e não fazia as coisas melhorarem. Não havia como esconder o fato, Cecil tinha a intenção de ser supercilioso, e ele teve sucesso. E Lucy - ela não sabia porque - desejava que o problema pudesse ter vindo em qualquer outro momento.

"Vá e vista-se, querida; você vai se atrasar".

"Tudo bem, mãe..."

"Não diga 'Tudo bem' e pare. Vá".

"We mustn't be unjust to people," faltered Lucy. Something had enfeebled her, and the case for Cecil, which she had mastered so perfectly in London, would not come forth in an effective form. The two civilizations had clashed—Cecil hinted that they might—and she was dazzled and bewildered, as though the radiance that lies behind all civilization had blinded her eyes. Good taste and bad taste were only catchwords, garments of diverse cut; and music itself dissolved to a whisper through pine-trees, where the song is not distinguishable from the comic song.

She remained in much embarrassment, while Mrs. Honeychurch changed her frock for dinner; and every now and then she said a word, and made things no better. There was no concealing the fact, Cecil had meant to be supercilious, and he had succeeded. And Lucy—she knew not why—wished that the trouble could have come at any other time.

"Go and dress, dear; you'll be late."

"All right, mother—"

"Don't say 'All right' and stop. Go."

Ela obedeceu, mas perdeu o controle na janela de desembarque. Ela estava voltada para o norte, então havia pouca vista, e nenhuma vista para o céu. Agora, como no inverno, as árvores de pinho estavam penduradas perto de seus olhos. Uma conectou a janela de pouso com a depressão. Nenhum problema definido a ameaçou, mas ela suspirou para si mesma: "Oh, querida, o que devo fazer, o que devo fazer"? Pareceu a ela que todos os outros estavam se comportando muito mal. E ela não deveria ter mencionado a carta de Miss Bartlett. Ela deve ter mais cuidado; sua mãe era bastante inquisitiva, e poderia ter perguntado sobre o que era. Oh, querida, o que ela deveria fazer? - e então Freddy subiu as escadas e se juntou às fileiras dos mal-comportados.

"Eu digo, essas são pessoas de topo".

"Meu querido bebê, como você tem sido cansativo! Você não tem como levá-los para tomar banho no Lago Sagrado; é muito público. Foi bom para você, mas muito constrangedor para todos os outros. Tenha mais cuidado. Você esquece que o lugar está crescendo meio suburbano".

"Eu digo, há alguma coisa na semana de amanhã?"

"Não que eu saiba".

"Então eu quero perguntar aos Emersons até o tênis de domingo".

"Oh, eu não faria isso, Freddy, eu não faria isso com toda essa confusão".

"O que há de errado com o tribunal? Eles não vão se importar com um galo ou dois, e eu pedi bolas novas".

"Eu quis dizer *é melhor não. Eu realmente quis dizer isso".

Ele a agarrou pelos cotovelos e a dançou humoristicamente para cima e para baixo na passagem. Ela fingiu não se importar, mas ela poderia ter gritado com temperamento. Cecil olhou para eles enquanto prosseguia para seu banheiro e eles impediram Maria com sua ninhada de latas de água quente. Então a Sra. Honeychurch abriu sua porta e disse: "Lucy, que barulho você está fazendo! Eu tenho algo a dizer a você. Você disse que tinha recebido uma carta de Charlotte?" e Freddy fugiu.

"Sim, eu realmente não posso parar. Eu preciso me vestir também".

"Como está Charlotte?"

"Tudo bem".

"Lucy!"

A infeliz garota voltou.

"Você tem o mau hábito de se apressar no meio de uma frase. Charlotte mencionou sua caldeira"?

"Seu *o quê?* *"

"Você não se lembra que a caldeira dela deveria ser retirada em outubro, e a cisterna de banho dela limpava, e todo tipo de coisas terríveis"?

"Eu não consigo lembrar de todas as preocupações de Charlotte", disse Lucy amargamente. "Eu terei o suficiente, agora que você não está satisfeita com Cecil".

A Sra. Honeychurch pode ter saído em chamas. Ela não o fez. Ela disse: "Vem cá, velha senhora - obrigado por guardar o meu chapéu - beija-me." E, embora nada seja perfeito, Lucy sentiu no momento que sua mãe e Windy Corner e o Weald no sol em declínio eram perfeitos.

He seized her by the elbows and humorously danced her up and down the passage. She pretended not to mind, but she could have screamed with temper. Cecil glanced at them as he proceeded to his toilet and they impeded Mary with her brood of hot-water cans. Then Mrs. Honeychurch opened her door and said: "Lucy, what a noise you're making! I have something to say to you. Did you say you had had a letter from Charlotte?" and Freddy ran away.

"Yes. I really can't stop. I must dress too."

"How's Charlotte?"

"All right."

"Lucy!"

The unfortunate girl returned.

"You've a bad habit of hurrying away in the middle of one's sentences. Did Charlotte mention her boiler?"

"Her *what?*"

"Don't you remember that her boiler was to be had out in October, and her bath cistern cleaned out, and all kinds of terrible to-doings?"

"I can't remember all Charlotte's worries," said Lucy bitterly. "I shall have enough of my own, now that you are not pleased with Cecil."

Mrs. Honeychurch might have flamed out. She did not. She said: "Come here, old lady—thank you for putting away my bonnet—kiss me." And, though nothing is perfect, Lucy felt for the moment that her mother and Windy Corner and the Weald in the declining sun were perfect.

Então, a aridez saiu da vida. Em geral, no Windy Corner. No último minuto, quando a máquina social estava entupida desesperadamente, um membro ou outro da família derramou uma gota de óleo. Cecil desprezou seus métodos - talvez corretamente. Em todo caso, eles não eram seus próprios métodos.

O jantar foi servido às sete e meia. Freddy tagarelou com a graça, e eles puxaram suas cadeiras pesadas e caíram para elas. Felizmente, os homens estavam com fome. Nada de impróprio ocorreu até o pudim. Então Freddy disse:

"Lucy, como é Emerson?"

"Eu o vi em Florença", disse Lucy, esperando que isto passasse para uma resposta.

"Ele é do tipo esperto, ou é um cara decente?"

"Pergunte a Cecil; foi Cecil quem o trouxe aqui".

"Ele é do tipo esperto, como eu", disse Cecil.

Freddy olhou para ele com dúvidas.

"Quão bem você os conhecia no Bertolini?" perguntou a Sra. Honeychurch.

"Oh, muito ligeiramente. Quero dizer, Charlotte os conhecia ainda menos do que eu".

"Oh, isso me lembra - você nunca me disse o que Charlotte disse em sua carta".

So the grittiness went out of life. It generally did at Windy Corner. At the last minute, when the social machine was clogged hopelessly, one member or other of the family poured in a drop of oil. Cecil despised their methods—perhaps rightly. At all events, they were not his own.

Dinner was at half-past seven. Freddy gabbled the grace, and they drew up their heavy chairs and fell to. Fortunately, the men were hungry. Nothing untoward occurred until the pudding. Then Freddy said:

"Lucy, what's Emerson like?"

"I saw him in Florence," said Lucy, hoping that this would pass for a reply.

"Is he the clever sort, or is he a decent chap?"

"Ask Cecil; it is Cecil who brought him here."

"He is the clever sort, like myself," said Cecil.

Freddy looked at him doubtfully.

"How well did you know them at the Bertolini?" asked Mrs. Honeychurch.

"Oh, very slightly. I mean, Charlotte knew them even less than I did."

"Oh, that reminds me—you never told me what Charlotte said in her letter."

"Uma coisa e outra", disse Lucy, perguntando-se se ela conseguiria passar pela refeição sem uma mentira. "Entre outras coisas, que uma terrível amiga dela tinha andado de bicicleta pela Summer Street, se perguntava se ela teria vindo nos ver, e misericordiosamente não o fez".

"Lucy, eu chamo a maneira como você fala mal".

"Ela era uma romancista", disse Lucy craftily. A observação foi feliz, pois nada despertou tanto a Sra. Honeychurch quanto a literatura nas mãos das fêmeas. Ela abandonava cada tópico para evocar contra aquelas mulheres que (ao invés de cuidar de suas casas e seus filhos) buscam a notoriedade através da impressão. Sua atitude era: "Se os livros devem ser escritos, que sejam escritos por homens"; e ela a desenvolveu longamente, enquanto Cecil bocejou e Freddy tocou em "Este ano, no próximo ano, agora, nunca", com suas pedras de ameixa, e Lucy alimentou artisticamente as chamas da ira de sua mãe.

Mas logo a conflagração acabou, e os fantasmas começaram a se reunir na escuridão. Havia demasiados fantasmas. O fantasma original - aquele toque de lábios em sua bochecha - certamente foi colocado há muito tempo; não poderia ser nada para ela que um homem a tivesse beijado em uma montanha uma vez. Mas tinha gerado uma família espectral - Sr. Harris, a carta de Miss Bartlett, as lembranças de Mr. Beebe das violetas - e uma ou outra delas estava destinada a assombrá-la diante dos próprios olhos de Cecil.

Foi Miss Bartlett que voltou agora, e com uma vividez terrível.

"One thing and another," said Lucy, wondering whether she would get through the meal without a lie. "Among other things, that an awful friend of hers had been bicycling through Summer Street, wondered if she'd come up and see us, and mercifully didn't."

"Lucy, I do call the way you talk unkind."

"She was a novelist," said Lucy craftily. The remark was a happy one, for nothing roused Mrs. Honeychurch so much as literature in the hands of females. She would abandon every topic to inveigh against those women who (instead of minding their houses and their children) seek notoriety by print. Her attitude was: "If books must be written, let them be written by men"; and she developed it at great length, while Cecil yawned and Freddy played at "This year, next year, now, never," with his plum-stones, and Lucy artfully fed the flames of her mother's wrath.

But soon the conflagration died down, and the ghosts began to gather in the darkness. There were too many ghosts about. The original ghost—that touch of lips on her cheek—had surely been laid long ago; it could be nothing to her that a man had kissed her on a mountain once. But it had begotten a spectral family—Mr. Harris, Miss Bartlett's letter, Mr. Beebe's memories of violets—and one or other of these was bound to haunt her before Cecil's very eyes.

It was Miss Bartlett who returned now, and with appalling vividness.

"Tenho pensado, Lucy, naquela carta de Charlotte. Como ela está?"

"Eu rasguei a coisa".

"Ela não disse como ela era? Como ela soa? Animada?"

"Oh, sim, suponho que sim, não muito alegre".

"Então, depende disso, *é* a caldeira. Eu mesmo sei como a água predomina na mente de alguém. Eu preferiria qualquer outra coisa - mesmo um infortúnio com a carne".

Cecil colocou sua mão sobre seus olhos.

"Eu também", afirmou Freddy, apoiando sua mãe apoiando o espírito de sua observação e não a substância.

E eu estive pensando", ela acrescentou nervosamente, "certamente poderíamos espremer Charlotte aqui na próxima semana, e dar a ela umas boas férias enquanto os encanadores em Tunbridge Wells terminam". Eu não tenho visto a pobre Charlotte há tanto tempo".

Era mais do que seus nervos podiam suportar. E ela não podia protestar violentamente após a bondade de sua mãe para com ela lá em cima.

"Mãe, não!" ela suplicou. "É impossível". Nós não podemos ter Charlotte em cima das outras coisas; nós estamos espremidos até a morte como ela é. Freddy tem um amigo chegando na terça-feira, lá está Cecil, e você prometeu acolher Minnie Beebe por causa do susto da difteria. Isso simplesmente não pode ser feito".

"Bobagem! Pode".

"Se Minnie dorme no banho. Não de outra forma".

“I have been thinking, Lucy, of that letter of Charlotte's. How is she?”

“I tore the thing up.”

“Didn't she say how she was? How does she sound? Cheerful?”

“Oh, yes I suppose so—no—not very cheerful, I suppose.”

“Then, depend upon it, it *is* the boiler. I know myself how water preys upon one's mind. I would rather anything else—even a misfortune with the meat.”

Cecil laid his hand over his eyes.

“So would I,” asserted Freddy, backing his mother up—backing up the spirit of her remark rather than the substance.

“And I have been thinking,” she added rather nervously, “surely we could squeeze Charlotte in here next week, and give her a nice holiday while the plumbers at Tunbridge Wells finish. I have not seen poor Charlotte for so long.”

It was more than her nerves could stand. And she could not protest violently after her mother's goodness to her upstairs.

“Mother, no!” she pleaded. “It's impossible. We can't have Charlotte on the top of the other things; we're squeezed to death as it is. Freddy's got a friend coming Tuesday, there's Cecil, and you've promised to take in Minnie Beebe because of the diphtheria scare. It simply can't be done.”

“Nonsense! It can.”

“If Minnie sleeps in the bath. Not otherwise.”

"Minnie pode dormir com você".

"Eu não vou tê-la".

"Então, se você é tão egoísta, o Sr. Floyd deve dividir um quarto com Freddy".

"Miss Bartlett, Miss Bartlett, Miss Bartlett," gemeu Cecil, mais uma vez colocando a mão sobre os seus olhos.

"É impossível", repetiu Lucy. "Eu não quero criar dificuldades, mas não é justo para as empregadas encher a casa assim".

Ai de mim!

"A verdade, querida, é que você não gosta da Charlotte".

"Não, eu não tenho. E Cecil já não faz mais isso. Ela nos irrita. Você não a tem visto ultimamente, e não percebe como ela pode ser cansativa, apesar de tão boa. Então, por favor, mãe, não nos preocupe neste último verão; mas nos estrague com mimos, não pedindo para ela vir".

"Ouçam, ouçam!" disse Cecil.

A Sra. Honeychurch, com mais gravidade do que o normal, e com mais sentimento do que ela mesma costumava permitir, respondeu: "Isto não é muito gentil da parte de vocês dois". Vocês têm um ao outro e todos esses bosques para caminhar, tão cheios de coisas bonitas; e a pobre Charlotte só tem a água desligada e encanadores. Vocês são jovens, queridos, e por mais espertos que sejam os jovens, e por mais livros que leiam, eles nunca adivinharão qual é a sensação de envelhecer".

Cecil desmoronou seu pão.

"Minnie can sleep with you."

"I won't have her."

"Then, if you're so selfish, Mr. Floyd must share a room with Freddy."

"Miss Bartlett, Miss Bartlett, Miss Bartlett," moaned Cecil, again laying his hand over his eyes.

"It's impossible," repeated Lucy. "I don't want to make difficulties, but it really isn't fair on the maids to fill up the house so."

Alas!

"The truth is, dear, you don't like Charlotte."

"No, I don't. And no more does Cecil. She gets on our nerves. You haven't seen her lately, and don't realize how tiresome she can be, though so good. So please, mother, don't worry us this last summer; but spoil us by not asking her to come."

"Hear, hear!" said Cecil.

Mrs. Honeychurch, with more gravity than usual, and with more feeling than she usually permitted herself, replied: "This isn't very kind of you two. You have each other and all these woods to walk in, so full of beautiful things; and poor Charlotte has only the water turned off and plumbers. You are young, dears, and however clever young people are, and however many books they read, they will never guess what it feels like to grow old."

Cecil crumbled his bread.

"Devo dizer que a prima Charlotte foi muito gentil comigo naquele ano em que eu liguei na minha bicicleta", colocado em Freddy. "Ela me agradeceu por ter vindo até eu me sentir como uma idiota, e se agitou sem parar para ferver um ovo para o meu chá".

"Eu sei, querida. Ela é gentil com todos, e ainda assim Lucy faz essa dificuldade quando tentamos dar a ela algum pequeno retorno".

Mas Lucy endureceu seu coração. Não foi bom ser gentil com Miss Bartlett. Ela tinha tentado a si mesma com muita freqüência e muito recentemente. Poder-se-ia colocar um tesouro no céu pela tentativa, mas não se enriqueceu nem Miss Bartlett nem ninguém mais na terra. Ela estava reduzida a dizer: "Eu não posso evitá-lo, mãe. Eu não gosto de Charlotte. Eu admito que é horrível da minha parte".

"De sua própria conta, você lhe disse o mesmo".

"Bem, ela deixaria Florença tão estupidamente. Ela se apressou..."

Os fantasmas estavam voltando; eles encheram a Itália, eles estavam até mesmo usurpando os lugares que ela conheceu quando criança. O Lago Sagrado nunca mais seria o mesmo, e, na semana de domingo, algo aconteceria até mesmo ao Windy Corner. Como ela lutaria contra os fantasmas? Por um momento o mundo visível se desvaneceu, e só as lembranças e emoções pareciam reais.

"Suponho que Miss Bartlett deve vir, já que ela ferve os ovos tão bem", disse Cecil, que estava em um estado de espírito bastante mais feliz, graças ao cozimento admirável.

"I must say Cousin Charlotte was very kind to me that year I called on my bike," put in Freddy. "She thanked me for coming till I felt like such a fool, and fussed round no end to get an egg boiled for my tea just right."

"I know, dear. She is kind to everyone, and yet Lucy makes this difficulty when we try to give her some little return."

But Lucy hardened her heart. It was no good being kind to Miss Bartlett. She had tried herself too often and too recently. One might lay up treasure in heaven by the attempt, but one enriched neither Miss Bartlett nor any one else upon earth. She was reduced to saying: "I can't help it, mother. I don't like Charlotte. I admit it's horrid of me."

"From your own account, you told her as much."

"Well, she would leave Florence so stupidly. She flurried—"

The ghosts were returning; they filled Italy, they were even usurping the places she had known as a child. The Sacred Lake would never be the same again, and, on Sunday week, something would even happen to Windy Corner. How would she fight against ghosts? For a moment the visible world faded away, and memories and emotions alone seemed real.

"I suppose Miss Bartlett must come, since she boils eggs so well," said Cecil, who was in rather a happier frame of mind, thanks to the admirable cooking.

Eu não quis dizer que o ovo estava *bem* cozido", corrigiu Freddy, "porque na verdade ela esqueceu de tirá-lo, e na verdade eu não ligo para os ovos". Eu só quis dizer o quanto ela parecia alegre".

Cecil franziu o sobrolho novamente. Oh, essas Igrejas de Mel! Ovos, caldeiras, hortênsias, empregadas domésticas - de tais eram suas vidas compactas. "Eu e Lucy podemos descer de nossas cadeiras?" ele perguntou, com uma insolência pouco velada. "Nós não queremos nenhuma sobremesa".

"I didn't mean the egg was *well* boiled," corrected Freddy, "because in point of fact she forgot to take it off, and as a matter of fact I don't care for eggs. I only meant how jolly kind she seemed."

Cecil frowned again. Oh, these Honeychurches! Eggs, boilers, hydrangeas, maids—of such were their lives compact. "May me and Lucy get down from our chairs?" he asked, with scarcely veiled insolence. "We don't want no dessert."

How Lucy Faced the External Situation Bravely

Como Lucy Enfrentou Corajosamente a Situação Externa

É claro que Miss Bartlett aceitou. E, igualmente, é claro, ela se sentiu segura de que iria se provar um incômodo, e implorou que lhe fosse dado um quarto de sobra inferior - qualquer coisa sem vista, qualquer coisa. Seu amor por Lucy. E, igualmente, é claro, George Emerson poderia vir ao tênis na semana de domingo.

Lucy enfrentou a situação corajosamente, porém, como a maioria de nós, ela só enfrentou a situação que a envolveu. Ela nunca olhou para dentro. Se às vezes imagens estranhas se elevavam das profundezas, ela as deixava nervosas. Quando Cecil trouxe os Emersons para a Summer Street, isso a deixou nervosa. Charlotte se queimaria com as tolices do passado, e isso poderia perturbar seus nervos. Ela ficava nervosa à noite. Quando ela falou com George - eles se encontraram novamente quase imediatamente na reitoria - sua voz a comoveu profundamente, e ela desejava permanecer perto dele.

Of course Miss Bartlett accepted. And, equally of course, she felt sure that she would prove a nuisance, and begged to be given an inferior spare room—something with no view, anything. Her love to Lucy. And, equally of course, George Emerson could come to tennis on the Sunday week.

Lucy faced the situation bravely, though, like most of us, she only faced the situation that encompassed her. She never gazed inwards. If at times strange images rose from the depths, she put them down to nerves. When Cecil brought the Emersons to Summer Street, it had upset her nerves. Charlotte would burnish up past foolishness, and this might upset her nerves. She was nervous at night. When she talked to George—they met again almost immediately at the Rectory—his voice moved her deeply, and she wished to remain near him.

How dreadful if she really wished to remain near him! Of course, the wish was due to nerves, which love to play such perverse tricks upon us. Once she had suffered from "things that came out of nothing and meant she didn't know what." Now Cecil had explained psychology to her one wet afternoon, and all the troubles of youth in an unknown world could be dismissed.

It is obvious enough for the reader to conclude, "She loves young Emerson." A reader in Lucy's place would not find it obvious. Life is easy to chronicle, but bewildering to practice, and we welcome "nerves" or any other shibboleth that will cloak our personal desire. She loved Cecil; George made her nervous; will the reader explain to her that the phrases should have been reversed?

But the external situation—she will face that bravely.

The meeting at the Rectory had passed off well enough. Standing between Mr. Beebe and Cecil, she had made a few temperate allusions to Italy, and George had replied. She was anxious to show that she was not shy, and was glad that he did not seem shy either.

"A nice fellow," said Mr. Beebe afterwards "He will work off his crudities in time. I rather mistrust young men who slip into life gracefully."

Lucy said, "He seems in better spirits. He laughs more."

"Yes," replied the clergyman. "He is waking up."

Isso foi tudo. Mas, com o passar da semana, mais de suas defesas caíram, e ela entreteve uma imagem que tinha beleza física. Apesar das direções mais claras, Miss Bartlett conseguiu atrapalhar a sua chegada. Ela deveria estar na estação sudeste em Dorking, onde a Sra. Honeychurch foi ao seu encontro. Ela chegou na estação de Londres e Brighton, e teve que alugar um táxi. Ninguém estava em casa, exceto Freddy e seu amigo, que tiveram que parar o tênis e entretê-la por uma hora sólida. Cecil e Lucy apareceram às quatro horas, e estes, com a pequena Minnie Beebe, fizeram um sexteto um pouco lúgubre no gramado superior para o chá.

"Eu nunca me perdoarei", disse Miss Bartlett, que continuava se levantando de seu assento, e teve que ser implorada pela companhia unida para permanecer. "Eu aborreci tudo". A irromper sobre os jovens! Mas eu insisto em pagar pelo meu táxi". Conceda isso, em todo caso".

"Nossos visitantes nunca fazem coisas tão terríveis", disse Lucy, enquanto seu irmão, em cuja memória o ovo cozido já havia crescido insubstancialmente, exclamou em tons irritáveis: "Exatamente o que eu tenho tentado convencer a prima Charlotte, Lucy, durante a última meia hora".

"Eu não me sinto um visitante comum", disse Miss Bartlett, e olhou para sua luva desgastada.

"Tudo bem, se você realmente preferir. Cinco xelins, e eu dei um bob para o motorista".

That was all. But, as the week wore on, more of her defences fell, and she entertained an image that had physical beauty. In spite of the clearest directions, Miss Bartlett contrived to bungle her arrival. She was due at the South-Eastern station at Dorking, whither Mrs. Honeychurch drove to meet her. She arrived at the London and Brighton station, and had to hire a cab up. No one was at home except Freddy and his friend, who had to stop their tennis and to entertain her for a solid hour. Cecil and Lucy turned up at four o'clock, and these, with little Minnie Beebe, made a somewhat lugubrious sextette upon the upper lawn for tea.

"I shall never forgive myself," said Miss Bartlett, who kept on rising from her seat, and had to be begged by the united company to remain. "I have upset everything. Bursting in on young people! But I insist on paying for my cab up. Grant that, at any rate."

"Our visitors never do such dreadful things," said Lucy, while her brother, in whose memory the boiled egg had already grown unsubstantial, exclaimed in irritable tones: "Just what I've been trying to convince Cousin Charlotte of, Lucy, for the last half hour."

"I do not feel myself an ordinary visitor," said Miss Bartlett, and looked at her frayed glove.

"All right, if you'd really rather. Five shillings, and I gave a bob to the driver."

Miss Bartlett olhou em sua bolsa. Apenas soberanos e centavos. Alguém poderia dar o troco a ela? Freddy tinha meia libra e seu amigo tinha quatro meios-coroas. Miss Bartlett aceitou o dinheiro deles e então disse: "Mas a quem sou eu para dar o soberano?"

"Vamos deixar tudo para a mãe voltar", sugeriu Lucy.

"Não, querida; sua mãe pode dar um longo passeio de carro, agora que ela não está atrapalhada por mim. Todos nós temos nossas pequenas fraquezas, e a minha é o pronto acerto de contas".

Aqui o amigo de Freddy, Sr. Floyd, fez a única observação que precisava ser citada: ele se ofereceu para atirar Freddy pela libra de Miss Bartlett. Uma solução parecia à vista, e até mesmo Cecil, que tinha bebido seu chá ostensivamente na vista, sentiu a eterna atração do Chance, e deu a volta por cima.

Mas isso também não aconteceu.

"Por favor - por favor - eu sei que sou um triste desmancha-prazeres, mas isso me deixaria miserável. Eu praticamente deveria estar roubando aquele que perdeu".

"Freddy me deve quinze xelins", interpôs Cecil. "Então vai dar certo se você me der a libra".

"Quinze xelins", disse a Srta. Bartlett duvidosamente. "Como é isso, Sr. Vyse?"

"Porque, você não vê, Freddy pagou seu táxi. Dê-me a libra, e nós evitaremos este jogo deplorável".

Miss Bartlett looked in her purse. Only sovereigns and pennies. Could any one give her change? Freddy had half a quid and his friend had four half-crowns. Miss Bartlett accepted their moneys and then said: "But who am I to give the sovereign to?"

"Let's leave it all till mother comes back," suggested Lucy.

"No, dear; your mother may take quite a long drive now that she is not hampered with me. We all have our little foibles, and mine is the prompt settling of accounts."

Here Freddy's friend, Mr. Floyd, made the one remark of his that need be quoted: he offered to toss Freddy for Miss Bartlett's quid. A solution seemed in sight, and even Cecil, who had been ostentatiously drinking his tea at the view, felt the eternal attraction of Chance, and turned round.

But this did not do, either.

"Please—please—I know I am a sad spoil-sport, but it would make me wretched. I should practically be robbing the one who lost."

"Freddy owes me fifteen shillings," interposed Cecil. "So it will work out right if you give the pound to me."

"Fifteen shillings," said Miss Bartlett dubiously. "How is that, Mr. Vyse?"

"Because, don't you see, Freddy paid your cab. Give me the pound, and we shall avoid this deplorable gambling."

Miss Bartlett, que era pobre em números, ficou desnorteada e tornou o soberano, em meio aos gurgles reprimidos dos outros jovens. Por um momento Cecil ficou feliz. Ele estava brincando de bobagem entre os seus pares. Então ele olhou de relance para Lucy, em cujo rosto as ansiedades mesquinhas haviam manchado os sorrisos. Em janeiro ele resgataria seu Leonardo deste estonteante tagarelice.

"Mas eu não vejo isso", exclamou Minnie Beebe que tinha observado por pouco a transação iníqua. "Eu não vejo porque o Sr. Vyse deve ter a libra".

"Por causa dos quinze xelins e dos cinco", eles disseram solenemente. "Quinze xelins e cinco xelins fazem uma libra, você vê".

"Mas eu não vejo..."

Eles tentaram asfixiá-la com bolo.

"Não, obrigado. Eu já terminei. Eu não vejo porque-Freddy, não me cutuche. Senhorita Honeychurch, seu irmão está me machucando. Ow! E os dez xelins do Sr. Floyd? Ow! Não, eu não vejo e nunca verei porque a Srta. Não-sei-quantos não deve pagar aquele dinheiro para o motorista".

"Eu tinha esquecido o motorista", disse Miss Bartlett, avermelhando. "Obrigada, querida, por me lembrar. Um xelim foi isso? Alguém pode me dar troco por meia coroa?"

"Eu vou conseguir", disse a jovem anfitriã, levantando-se com a decisão.

"Cecil, dá-me esse soberano. Não, dê-me esse soberano". Vou fazer com que a Eufemia mude isso, e começaremos tudo de novo desde o início".

Miss Bartlett, who was poor at figures, became bewildered and rendered up the sovereign, amidst the suppressed gurgles of the other youths. For a moment Cecil was happy. He was playing at nonsense among his peers. Then he glanced at Lucy, in whose face petty anxieties had marred the smiles. In January he would rescue his Leonardo from this stupefying twaddle.

"But I don't see that!" exclaimed Minnie Beebe who had narrowly watched the iniquitous transaction. "I don't see why Mr. Vyse is to have the quid."

"Because of the fifteen shillings and the five," they said solemnly. "Fifteen shillings and five shillings make one pound, you see."

"But I don't see—"

They tried to stifle her with cake.

"No, thank you. I'm done. I don't see why—Freddy, don't poke me. Miss Honeychurch, your brother's hurting me. Ow! What about Mr. Floyd's ten shillings? Ow! No, I don't see and I never shall see why Miss What's-her-name shouldn't pay that bob for the driver."

"I had forgotten the driver," said Miss Bartlett, reddening. "Thank you, dear, for reminding me. A shilling was it? Can any one give me change for half a crown?"

"I'll get it," said the young hostess, rising with decision.

"Cecil, give me that sovereign. No, give me up that sovereign. I'll get Euphemia to change it, and we'll start the whole thing again from the beginning."

"Lucy-Lucy - que chatice eu sou!" protestou Miss Bartlett, e a seguiu através do gramado. Lucy tropeçou na frente, simulando hilaridade. Quando eles ficaram sem ouvidos, Miss Bartlett parou suas lágrimas e disse de forma bastante vigorosa: "Você já contou a ele sobre ele?"

"Não, eu não", respondeu Lucy, e então poderia ter mordido a língua dela por entender tão rapidamente o que sua prima queria dizer. "Deixe-me ver o valor de prata de um soberano".

Ela escapou para a cozinha. As transições repentinas de Miss Bartlett foram muito assustadoras. Às vezes parecia que ela planejava cada palavra que falava ou fazia com que fosse dita; como se toda essa preocupação com táxis e mudanças tivesse sido um ardil para surpreender a alma.

"Não, eu não disse a Cecil nem a ninguém", comentou ela, quando ela voltou. "Eu prometi a você que não deveria. Aqui está seu dinheiro - todos os xelins, exceto duas meias-coroas. Você o contaria? Você pode saldar bem a sua dívida agora".

Miss Bartlett estava na sala de desenho, olhando para a fotografia de São João ascendente, que havia sido emoldurada.

"Que horror!" ela murmurou, "que mais que horror, se o Sr. Vyse vier a ouvir isso de alguma outra fonte".

"Oh, não, Charlotte", disse a garota, entrando na batalha. "George Emerson está bem, e que outra fonte está lá?"

Miss Bartlett considerada. "Por exemplo, o motorista. Eu o vi olhando através dos arbustos para você, lembre-se que ele tinha uma violeta entre seus dentes".

Lucy estremeceu um pouco. "Nós vamos ter o caso bobo se não tivermos cuidado". Como um motorista de táxi florentino poderia alguma vez se apoderar do Cecil"?

"Devemos pensar em todas as possibilidades".

"Oh, está tudo bem".

"Ou talvez o velho Sr. Emerson saiba". Na verdade, ele tem certeza de que sabe".

"Eu não me importo se ele faz. Fui grato a você por sua carta, mas mesmo que a notícia se espalhe, acho que posso confiar no Cecil para rir dela".

"Para contradizê-lo?"

"Não, para rir disso". Mas ela sabia em seu coração que ela não podia confiar nele, pois ele a desejava intocada.

"Muito bem, querida, você é que sabe. Talvez os cavalheiros sejam diferentes do que eles eram quando eu era jovem. As senhoras certamente são diferentes".

"Agora, Charlotte!" Ela bateu na sua brincadeira. "Você é gentil, ansiosa. O que você *dispõe* que eu faça? Primeiro você diz "Não conte"; e depois você diz "Conte". O que é que vai ser? Rápido!".

Miss Bartlett suspirou "Eu não sou páreo para você na conversa, querida. Eu coro quando penso como interferi em Florença, e você é tão bem capaz de cuidar de si mesma, e muito mais inteligente em todos os sentidos do que eu sou. Você nunca vai me perdoar".

"Vamos sair, então". Eles vão esmagar toda a porcelana se nós não o fizermos".

Pois o ar ressoava com os gritos de Minnie, que estava sendo escalpada com uma colher de chá.

Lucy shuddered a little. "We shall get the silly affair on our nerves if we aren't careful. How could a Florentine cab-driver ever get hold of Cecil?"

"We must think of every possibility."

"Oh, it's all right."

"Or perhaps old Mr. Emerson knows. In fact, he is certain to know."

"I don't care if he does. I was grateful to you for your letter, but even if the news does get round, I think I can trust Cecil to laugh at it."

"To contradict it?"

"No, to laugh at it." But she knew in her heart that she could not trust him, for he desired her untouched.

"Very well, dear, you know best. Perhaps gentlemen are different to what they were when I was young. Ladies are certainly different."

"Now, Charlotte!" She struck at her playfully. "You kind, anxious thing. What *would* you have me do? First you say 'Don't tell'; and then you say, 'Tell'. Which is it to be? Quick!"

Miss Bartlett sighed "I am no match for you in conversation, dearest. I blush when I think how I interfered at Florence, and you so well able to look after yourself, and so much cleverer in all ways than I am. You will never forgive me."

"Shall we go out, then. They will smash all the china if we don't."

For the air rang with the shrieks of Minnie, who was being scalped with a teaspoon.

"Caro, um momento - talvez não tenhamos essa chance para uma conversa novamente. Você já viu o jovem"?

"Sim, eu tenho".

"O que aconteceu?"

"Nós nos encontramos na Reitoria".

"Qual é a linha que ele está assumindo?"

"Nenhuma linha. Ele falou sobre a Itália, como qualquer outra pessoa. Está realmente tudo bem. Que vantagem ele teria em ser um cad, para falar sem rodeios? Eu gostaria de poder fazer você ver isso do meu jeito. Ele realmente não vai ser nenhum incômodo, Charlotte".

"Uma vez um cad, sempre um cad". Essa é a minha pobre opinião".

Lucy fez uma pausa. "Cecil disse um dia - e eu achei tão profundo - que existem dois tipos de cads - o consciente e o subconsciente". Ela pausou novamente, para ter certeza de fazer justiça à profundidade de Cecil. Através da janela ela viu o próprio Cecil, virando as páginas de um romance. Era um novo livro da biblioteca de Smith. Sua mãe deve ter voltado da estação.

"Uma vez um cad, sempre um cad," dronou Miss Bartlett.

"Dear, one moment—we may not have this chance for a chat again. Have you seen the young one yet?"

"Yes, I have."

"What happened?"

"We met at the Rectory."

"What line is he taking up?"

"No line. He talked about Italy, like any other person. It is really all right. What advantage would he get from being a cad, to put it bluntly? I do wish I could make you see it my way. He really won't be any nuisance, Charlotte."

"Once a cad, always a cad. That is my poor opinion."

Lucy paused. "Cecil said one day—and I thought it so profound—that there are two kinds of cads—the conscious and the subconscious." She paused again, to be sure of doing justice to Cecil's profundity. Through the window she saw Cecil himself, turning over the pages of a novel. It was a new one from Smith's library. Her mother must have returned from the station.

"Once a cad, always a cad," droned Miss Bartlett.

"O que eu quero dizer com subconsciente é que Emerson perdeu sua cabeça. Eu caí em todas aquelas violetas, e ele foi bobo e surpreso. Eu não acho que nós deveríamos culpá-lo muito. Faz tanta diferença quando você vê uma pessoa com coisas bonitas atrás dele inesperadamente. Realmente faz; faz uma enorme diferença, e ele perdeu a cabeça: ele não me admira, ou qualquer um desses disparates, uma palhinha. Freddy gosta mais dele, e o convidou para estar aqui no domingo, para que você possa julgar por si mesmo.

Ele melhorou; ele nem sempre parece que vai estourar em lágrimas. Ele é funcionário do escritório do gerente geral em uma das grandes ferrovias - não um porteiro! e corre para o pai durante os fins de semana. Papai tinha a ver com jornalismo, mas é reumático e já se aposentou. Lá! Agora para o jardim". Ela se apoderou de seu convidado pelo braço. "Suponha que nós não falamos mais sobre esse negócio italiano tolo.

Queremos que você tenha uma visita agradável e descansada no Windy Corner, sem preocupações".

Lucy achou que este foi um bom discurso. O leitor pode ter detectado um infeliz deslize nele. Se Miss Bartlett detectou o deslize, não se pode dizer, pois é impossível penetrar na mente das pessoas idosas. Ela pode ter falado mais, mas eles foram interrompidos pela entrada de sua anfitriã. Explicações aconteceram, e no meio delas Lucy escapou, as imagens palpitando um pouco mais vividamente em seu cérebro.

"What I mean by subconscious is that Emerson lost his head. I fell into all those violets, and he was silly and surprised. I don't think we ought to blame him very much. It makes such a difference when you see a person with beautiful things behind him unexpectedly. It really does; it makes an enormous difference, and he lost his head: he doesn't admire me, or any of that nonsense, one straw. Freddy rather likes him, and has asked him up here on Sunday, so you can judge for yourself.

He has improved; he doesn't always look as if he's going to burst into tears. He is a clerk in the General Manager's office at one of the big railways—not a porter! and runs down to his father for week-ends. Papa was to do with journalism, but is rheumatic and has retired. There! Now for the garden." She took hold of her guest by the arm. "Suppose we don't talk about this silly Italian business any more.

We want you to have a nice restful visit at Windy Corner, with no worriting."

Lucy thought this rather a good speech. The reader may have detected an unfortunate slip in it. Whether Miss Bartlett detected the slip one cannot say, for it is impossible to penetrate into the minds of elderly people. She might have spoken further, but they were interrupted by the entrance of her hostess. Explanations took place, and in the midst of them Lucy escaped, the images throbbing a little more vividly in her brain.

The Disaster Within

O Desastre Dentro De

O domingo após a chegada de Miss Bartlett foi um dia glorioso, como a maioria dos dias daquele ano. No Weald, o outono se aproximava, quebrando a monotonia verde do verão, tocando os parques com a flor cinzenta da névoa, as faias com carvalhos, os carvalhos com ouro. Nas alturas, os batalhões de pinheiros negros testemunharam a mudança, eles mesmos imutáveis. Qualquer um dos dois países foi coberto por um céu sem nuvens, e em qualquer um deles surgiu o tilintar dos sinos da igreja.

O jardim de Windy Corners estava deserto, com exceção de um livro vermelho, que se encontrava ao sol sobre o caminho de cascalho. Da casa vieram sons incoerentes, como os das fêmeas se preparando para a adoração. "Os homens dizem que não vão" - "Bem, eu não os culpo" -Minnie diz, "precisa que ela vá?" - "Diga-lhe, sem bobagens" - "Anne! Mary! "Querida Lúcia, posso te invadir por um alfinete?" Pois Miss Bartlett tinha anunciado que ela em todos os eventos era uma para a igreja.

The Sunday after Miss Bartlett's arrival was a glorious day, like most of the days of that year. In the Weald, autumn approached, breaking up the green monotony of summer, touching the parks with the grey bloom of mist, the beech-trees with russet, the oak-trees with gold. Up on the heights, battalions of black pines witnessed the change, themselves unchangeable. Either country was spanned by a cloudless sky, and in either arose the tinkle of church bells.

The garden of Windy Corners was deserted except for a red book, which lay sunning itself upon the gravel path. From the house came incoherent sounds, as of females preparing for worship. "The men say they won't go"—"Well, I don't blame them"—Minnie says, "need she go?"—"Tell her, no nonsense"—"Anne! Mary! Hook me behind!"—"Dearest Lucia, may I trespass upon you for a pin?" For Miss Bartlett had announced that she at all events was one for church.

The sun rose higher on its journey, guided, not by Phaethon, but by Apollo, competent, unswerving, divine. Its rays fell on the ladies whenever they advanced towards the bedroom windows; on Mr. Beebe down at Summer Street as he smiled over a letter from Miss Catharine Alan; on George Emerson cleaning his father's boots; and lastly, to complete the catalogue of memorable things, on the red book mentioned previously. The ladies move, Mr. Beebe moves, George moves, and movement may engender shadow. But this book lies motionless, to be caressed all the morning by the sun and to raise its covers slightly, as though acknowledging the caress.

Presently Lucy steps out of the drawing-room window. Her new cerise dress has been a failure, and makes her look tawdry and wan. At her throat is a garnet brooch, on her finger a ring set with rubies—an engagement ring. Her eyes are bent to the Weald. She frowns a little—not in anger, but as a brave child frowns when he is trying not to cry. In all that expanse no human eye is looking at her, and she may frown unrebuked and measure the spaces that yet survive between Apollo and the western hills.

"Lucy! Lucy! What's that book? Who's been taking a book out of the shelf and leaving it about to spoil?"

"It's only the library book that Cecil's been reading."

"But pick it up, and don't stand idling there like a flamingo."

Lucy pegou o livro e olhou para o título lislessly, Under a Loggia. Ela não mais leu romances ela mesma, dedicando todo o seu tempo livre à literatura sólida, na esperança de alcançar Cecil. Era terrível o pouco que ela sabia, e mesmo quando ela pensava que sabia alguma coisa, como os pintores italianos, ela descobriu que tinha esquecido. Somente esta manhã ela confundiu Francesco Francia com Piero della Francesca, e Cecil disse: "O quê! você não está esquecendo sua Itália já?". E isto também lhe causou ansiedade quando ela saudou a querida vista e o querido jardim em primeiro plano, e acima deles, dificilmente concebível em outro lugar, o querido sol.

"Lucy - você tem uma pesexpence para Minnie e um xelim para você"?

Ela se apressou para sua mãe, que estava trabalhando rapidamente em uma briga de domingo.

"É uma coleção especial - esqueci-me para quê. Eu imploro, nada de vulgar tilintar no prato com meiospeninos; veja que Minnie tem uma bela e brilhante sessenta pences. Onde está a criança? Minnie! Esse livro está todo empenado. (Céus, como você está liso!) Coloque-o debaixo do Atlas para prensar. Minnie!".

"Oh, Sra. Honeychurch-" das regiões superiores.

"Minnie, não se atrase. Aí vem o cavalo" - sempre foi o cavalo, nunca a carruagem. "Onde está Charlotte? Corra para cima e a apresse. Por que ela está tão demorada? Ela não tinha nada para fazer. Ela nunca traz nada além de blusas. Pobre Charlotte - Como eu odeio blusas! Minnie"!

O paganismo é infeccioso - mais infeccioso do que a difteria ou a pietude - e a sobrinha do Reitor foi levada à igreja em protesto. Como sempre, ela não viu o porquê. Por que ela não deveria sentar-se ao sol com os jovens? Os jovens, que agora tinham aparecido, zombaram dela com palavras sem graça. A Sra. Honeychurch defendeu a ortodoxia e, no meio da confusão, a Sra. Bartlett, vestida na altura da moda, veio descendo as escadas.

"Querida Marian, eu sinto muito, mas eu não tenho nenhuma pequena mudança - nada além de soberanos e meias coroas. Qualquer um poderia me dar..."

"Sim, facilmente. Salte para dentro. Valha-me Deus, como você parece inteligente! Que lindo vestido! Você nos envergonha a todos".

"Se eu não vestisse meus melhores trapos e farrapos agora, quando eu deveria usá-los?" disse Miss Bartlett censurando. Ela entrou na vitoria e se colocou de costas para o cavalo. O rugido necessário se seguiu, e então eles foram embora.

"Adeus! Seja bom!" chamou Cecil.

Paganism is infectious—more infectious than diphtheria or piety—and the Rector's niece was taken to church protesting. As usual, she didn't see why. Why shouldn't she sit in the sun with the young men? The young men, who had now appeared, mocked her with ungenerous words. Mrs. Honeychurch defended orthodoxy, and in the midst of the confusion Miss Bartlett, dressed in the very height of the fashion, came strolling down the stairs.

"Dear Marian, I am very sorry, but I have no small change—nothing but sovereigns and half crowns. Could any one give me—"

"Yes, easily. Jump in. Gracious me, how smart you look! What a lovely frock! You put us all to shame."

"If I did not wear my best rags and tatters now, when should I wear them?" said Miss Bartlett reproachfully. She got into the victoria and placed herself with her back to the horse. The necessary roar ensued, and then they drove off.

"Good-bye! Be good!" called out Cecil.

Lucy mordeu o lábio, pois o tom estava escarnecendo. Sobre o tema "igreja e assim por diante", eles tiveram uma conversa bastante insatisfatória. Ele tinha dito que as pessoas deveriam se rever, e ela não queria se rever; ela não sabia que isso estava feito. A ortodoxia honesta que Cecil respeitou, mas ele sempre assumiu que a honestidade é o resultado de uma crise espiritual; ele não podia imaginá-la como um direito natural de nascimento, que poderia crescer como flores. Tudo o que ele disse sobre este assunto a afligia, embora ele exsudava tolerância de cada poro; de alguma forma os Emersons eram diferentes.

Ela viu os Emersons depois da igreja. Havia uma fila de carruagens pela estrada, e o veículo Honeychurch estava em frente a Cissie Villa. Para poupar tempo, eles caminharam sobre o verde até ela, e encontraram pai e filho fumando no jardim.

"Me apresente", disse sua mãe. "A menos que o jovem considere que ele já me conhece".

Ele provavelmente o fez; mas Lucy ignorou o Lago Sagrado e os apresentou formalmente. O velho Sr. Emerson a reivindicou com muito carinho e disse o quanto ele estava feliz por ela ir se casar. Ela disse que sim, ela estava feliz também; e então, como Miss Bartlett e Minnie estavam ficando para trás com o Sr. Beebe, ela virou a conversa para um tópico menos perturbador, e perguntou a ele como ele gostava de sua nova casa.

Lucy bit her lip, for the tone was sneering. On the subject of "church and so on" they had had rather an unsatisfactory conversation. He had said that people ought to overhaul themselves, and she did not want to overhaul herself; she did not know it was done. Honest orthodoxy Cecil respected, but he always assumed that honesty is the result of a spiritual crisis; he could not imagine it as a natural birthright, that might grow heavenward like flowers. All that he said on this subject pained her, though he exuded tolerance from every pore; somehow the Emersons were different.

She saw the Emersons after church. There was a line of carriages down the road, and the Honeychurch vehicle happened to be opposite Cissie Villa. To save time, they walked over the green to it, and found father and son smoking in the garden.

"Introduce me," said her mother. "Unless the young man considers that he knows me already."

He probably did; but Lucy ignored the Sacred Lake and introduced them formally. Old Mr. Emerson claimed her with much warmth, and said how glad he was that she was going to be married. She said yes, she was glad too; and then, as Miss Bartlett and Minnie were lingering behind with Mr. Beebe, she turned the conversation to a less disturbing topic, and asked him how he liked his new house.

"Muito", ele respondeu, mas havia uma nota de ofensa em sua voz; ela nunca o tinha conhecido ofendido antes. Ele acrescentou: "Nós descobrimos, no entanto, que as Miss Alans estavam chegando, e que nós as descobrimos". As mulheres se importam com uma coisa dessas. Eu estou muito chateado com isso".

"Eu acredito que houve algum mal-entendido", disse a Sra. Honeychurch, desconfortavelmente.

"Nosso senhorio nos disse que deveríamos ser um tipo de pessoa diferente", disse George, que parecia disposto a levar o assunto adiante. "Ele achou que deveríamos ser artísticos. Ele está desapontado".

"E eu me pergunto se nós deveríamos escrever para a Miss Alans e nos oferecer para desistir". O que você acha?" Ele apelou para Lucy.

"Oh, pare agora que você veio", disse Lucy levemente. Ela deve evitar censurar Cecil. Pois foi em Cecil que o pequeno episódio virou, embora seu nome nunca tenha sido mencionado.

"Assim diz George. Ele diz que a Miss Alans deve ir para o muro. No entanto, parece tão indelicado".

"Há apenas uma certa quantidade de bondade no mundo", disse George, vendo a luz do sol piscar nos painéis das carruagens de passagem.

"Sim!" exclamou a Sra. Honeychurch. "Isso é exatamente o que eu digo". Por que todo este trapalhada e tagarelice sobre duas Miss Alans?"

"Very much," he replied, but there was a note of offence in his voice; she had never known him offended before. He added: "We find, though, that the Miss Alans were coming, and that we have turned them out. Women mind such a thing. I am very much upset about it."

"I believe that there was some misunderstanding," said Mrs. Honeychurch uneasily.

"Our landlord was told that we should be a different type of person," said George, who seemed disposed to carry the matter further. "He thought we should be artistic. He is disappointed."

"And I wonder whether we ought to write to the Miss Alans and offer to give it up. What do you think?" He appealed to Lucy.

"Oh, stop now you have come," said Lucy lightly. She must avoid censuring Cecil. For it was on Cecil that the little episode turned, though his name was never mentioned.

"So George says. He says that the Miss Alans must go to the wall. Yet it does seem so unkind."

"There is only a certain amount of kindness in the world," said George, watching the sunlight flash on the panels of the passing carriages.

"Yes!" exclaimed Mrs. Honeychurch. "That's exactly what I say. Why all this twiddling and twaddling over two Miss Alans?"

"Há uma certa quantidade de bondade, assim como há uma certa quantidade de luz", continuou ele em tons medidos. "Nós lançamos uma sombra sobre algo onde quer que estejamos, e não é bom mover-se de lugar em lugar para salvar as coisas; porque a sombra sempre segue. Escolha um lugar onde você não fará mal - sim, escolha um lugar onde você não fará muito mal, e fique nele por tudo o que você vale, de frente para o sol".

"Oh, Sr. Emerson, eu vejo que você é esperto!"

"Eh-?"

"Eu vejo que você vai ser esperto. Espero que você não tenha se comportado assim com o pobre Freddy".

Os olhos de George riram, e Lucy suspeitou que ele e sua mãe se dariam muito bem.

"Não, eu não disse", disse ele. "Ele se comportou dessa maneira comigo. É a filosofia dele. Somente ele começa a vida com ela; e eu tentei a Nota de Interrogatório primeiro".

"O que *faz* você quer dizer? Não, não importa o que você quer dizer. Não explique. Ele está ansioso para vê-lo esta tarde. Você joga tênis? Você se importa com o tênis no domingo..."?

"George mind tennis no domingo! George, depois de sua educação, faz distinção entre o domingo..."

"Muito bem, George não se importa com o tênis no domingo. Não me importo mais com isso. Sr. Emerson, se você pudesse vir com seu filho, nós ficaríamos muito satisfeitos".

"There is a certain amount of kindness, just as there is a certain amount of light," he continued in measured tones. "We cast a shadow on something wherever we stand, and it is no good moving from place to place to save things; because the shadow always follows. Choose a place where you won't do harm—yes, choose a place where you won't do very much harm, and stand in it for all you are worth, facing the sunshine."

"Oh, Mr. Emerson, I see you're clever!"

"Eh—?"

"I see you're going to be clever. I hope you didn't go behaving like that to poor Freddy."

George's eyes laughed, and Lucy suspected that he and her mother would get on rather well.

"No, I didn't," he said. "He behaved that way to me. It is his philosophy. Only he starts life with it; and I have tried the Note of Interrogation first."

"What *do* you mean? No, never mind what you mean. Don't explain. He looks forward to seeing you this afternoon. Do you play tennis? Do you mind tennis on Sunday—?"

"George mind tennis on Sunday! George, after his education, distinguish between Sunday—"

"Very well, George doesn't mind tennis on Sunday. No more do I. That's settled. Mr. Emerson, if you could come with your son we should be so pleased."

Ele a agradeceu, mas a caminhada soou um pouco longe; ele só podia se cerrar nestes dias.

Ela se voltou para George: "E então ele quer desistir de sua casa para a Miss Alans".

"Eu sei", disse George, e colocou seu braço em volta do pescoço de seu pai. A bondade que o Sr. Beebe e Lucy sempre souberam que existia nele surgiu de repente, como a luz do sol tocando uma vasta paisagem - um toque do sol da manhã... Ela se lembrou que em todas as suas perversidades ele nunca havia falado contra o afeto.

Miss Bartlett se aproximou.

"Você conhece nossa prima, Miss Bartlett", disse a Sra. Honeychurch agradavelmente. "Você a conheceu com minha filha em Florença".

"Sim, de fato!" disse o velho, e fez como se ele saísse do jardim para conhecer a senhora. Miss Bartlett prontamente entrou na vitoria. Assim entrincheirada, ela emitiu um arco formal. Era a pensão Bertolini novamente, a mesa de jantar com os decanters de água e vinho. Era a velha e antiga batalha da sala com a vista.

He thanked her, but the walk sounded rather far; he could only potter about in these days.

She turned to George: "And then he wants to give up his house to the Miss Alans."

"I know," said George, and put his arm round his father's neck. The kindness that Mr. Beebe and Lucy had always known to exist in him came out suddenly, like sunlight touching a vast landscape—a touch of the morning sun? She remembered that in all his perversities he had never spoken against affection.

Miss Bartlett approached.

"You know our cousin, Miss Bartlett," said Mrs. Honeychurch pleasantly. "You met her with my daughter in Florence."

"Yes, indeed!" said the old man, and made as if he would come out of the garden to meet the lady. Miss Bartlett promptly got into the victoria. Thus entrenched, she emitted a formal bow. It was the pension Bertolini again, the dining-table with the decanters of water and wine. It was the old, old battle of the room with the view.

George não respondeu ao arco. Como qualquer menino, ele corou e ficou envergonhado; ele sabia que o acompanhante se lembrava. Ele disse: "Eu-eu vou subir para o tênis se eu conseguir", e foi para dentro de casa. Talvez qualquer coisa que ele fizesse teria agradado a Lucy, mas sua inépcia foi direto ao coração dela; os homens não eram deuses afinal, mas tão humanos e desajeitados quanto as meninas; até mesmo os homens podem sofrer de desejos inexplicáveis, e precisam de ajuda. Para uma de suas criações, e de seu destino, a fraqueza dos homens era uma verdade desconhecida, mas ela tinha suposto isso em Florença, quando George jogou suas fotografias no rio Arno.

"George, não vá", gritou seu pai, que achou um grande deleite para as pessoas se seu filho falasse com elas. "George tem estado tão bem disposto hoje, e tenho certeza que ele terminará vindo esta tarde".

Lucy chamou a atenção de seu primo. Algo em seu apelo mudo a fez imprudente. "Sim", disse ela, levantando sua voz, "Eu espero que ele o faça". Então ela foi para a carruagem e murmurou: "O velho não foi avisado; eu sabia que estava tudo bem". A Sra. Honeychurch a seguiu, e eles foram embora.

George did not respond to the bow. Like any boy, he blushed and was ashamed; he knew that the chaperon remembered. He said: "I—I'll come up to tennis if I can manage it," and went into the house. Perhaps anything that he did would have pleased Lucy, but his awkwardness went straight to her heart; men were not gods after all, but as human and as clumsy as girls; even men might suffer from unexplained desires, and need help. To one of her upbringing, and of her destination, the weakness of men was a truth unfamiliar, but she had surmised it at Florence, when George threw her photographs into the River Arno.

"George, don't go," cried his father, who thought it a great treat for people if his son would talk to them. "George has been in such good spirits today, and I am sure he will end by coming up this afternoon."

Lucy caught her cousin's eye. Something in its mute appeal made her reckless. "Yes," she said, raising her voice, "I do hope he will." Then she went to the carriage and murmured, "The old man hasn't been told; I knew it was all right." Mrs. Honeychurch followed her, and they drove away.

Satisfactory that Mr. Emerson had not been told of the Florence escapade; yet Lucy's spirits should not have leapt up as if she had sighted the ramparts of heaven. Satisfactory; yet surely she greeted it with disproportionate joy. All the way home the horses' hoofs sang a tune to her: "He has not told, he has not told." Her brain expanded the melody: "He has not told his father—to whom he tells all things. It was not an exploit. He did not laugh at me when I had gone." She raised her hand to her cheek. "He does not love me. No. How terrible if he did! But he has not told. He will not tell."

She longed to shout the words: "It is all right. It's a secret between us two for ever. Cecil will never hear." She was even glad that Miss Bartlett had made her promise secrecy, that last dark evening at Florence, when they had knelt packing in his room. The secret, big or little, was guarded.

Only three English people knew of it in the world. Thus she interpreted her joy. She greeted Cecil with unusual radiance, because she felt so safe. As he helped her out of the carriage, she said:

"The Emersons have been so nice. George Emerson has improved enormously."

"How are my protégés?" asked Cecil, who took no real interest in them, and had long since forgotten his resolution to bring them to Windy Corner for educational purposes.

"Protégés!" ela exclamou com algum calor. Pois a única relação que Cecil concebeu foi feudal: a de protetor e protegido. Ele não teve nenhum vislumbre da camaradagem após a qual a alma da garota ansiava.

"Você deve ver por si mesmo como são seus protegidos. George Emerson está chegando esta tarde. Ele é um homem muito interessante com quem conversar. Só não..." Ela quase disse: "Não o proteja". Mas a campainha estava tocando para o almoço e, como muitas vezes acontecia, Cecil não tinha dado muita atenção aos seus comentários. Charme, não argumento, era para ser o seu forte.

O almoço foi uma refeição alegre. Geralmente Lucy estava deprimida nas refeições. Alguém tinha que se acalmar - Cecil ou Miss Bartlett ou um Ser não visível aos olhos dos mortais - um Ser que sussurrava para sua alma: "Não vai durar, esta alegria". Em janeiro você deve ir a Londres para entreter os netos de homens célebres". Mas, hoje, ela sentiu que tinha recebido uma garantia. Sua mãe estava sempre ali sentada, seu irmão aqui.

O sol, embora tivesse se movido um pouco desde a manhã, nunca estaria escondido atrás das colinas do oeste. Depois do almoço, eles a convidaram para brincar. Ela tinha visto o braço de Gluck naquele ano, e tocou de memória a música do jardim encantado - a música à qual Renaud se aproxima, sob a luz de um amanhecer eterno, a música que nunca ganha, nunca diminui, mas se ondula para sempre como os mares vazios da terra das fadas.

"Protégés!" she exclaimed with some warmth. For the only relationship which Cecil conceived was feudal: that of protector and protected. He had no glimpse of the comradeship after which the girl's soul yearned.

"You shall see for yourself how your protégés are. George Emerson is coming up this afternoon. He is a most interesting man to talk to. Only don't—" She nearly said, "Don't protect him." But the bell was ringing for lunch, and, as often happened, Cecil had paid no great attention to her remarks. Charm, not argument, was to be her forte.

Lunch was a cheerful meal. Generally Lucy was depressed at meals. Some one had to be soothed—either Cecil or Miss Bartlett or a Being not visible to the mortal eye—a Being who whispered to her soul: "It will not last, this cheerfulness. In January you must go to London to entertain the grandchildren of celebrated men." But to-day she felt she had received a guarantee. Her mother would always sit there, her brother here.

The sun, though it had moved a little since the morning, would never be hidden behind the western hills. After luncheon they asked her to play. She had seen Gluck's Armide that year, and played from memory the music of the enchanted garden—the music to which Renaud approaches, beneath the light of an eternal dawn, the music that never gains, never wanes, but ripples for ever like the tideless seas of fairyland.

Tal música não é para o piano, e seu público começou a ficar ressentido, e Cecil, compartilhando o descontentamento, gritou: "Agora toca o outro jardim - o de Parsifal."

Ela fechou o instrumento.

"Não muito obediente", disse a voz de sua mãe.

Temendo que ela tivesse ofendido Cecil, ela se virou rapidamente. Lá estava George. Ele tinha entrado sem interrompê-la.

"Oh, eu não tinha idéia!" exclamou ela, ficando muito vermelha; e então, sem uma palavra de saudação, ela reabriu o piano. Cecil deveria ter o Parsifal, e qualquer outra coisa de que ele gostasse.

"Nossa artista mudou de idéia", disse Miss Bartlett, talvez implicando, ela irá tocar a música para o Sr. Emerson. Lucy não sabia o que fazer, nem mesmo o que ela queria fazer. Ela tocou muito mal alguns compassos da música das Flower Maidens e então ela parou.

"Eu voto no tênis", disse Freddy, enojado com o entretenimento de sucateamento.

"Sim, eu também". Mais uma vez ela fechou o desafortunado piano. "Eu voto que você tem um quatro de homens".

"Tudo bem".

"Não para mim, obrigado", disse Cecil. "Eu não vou estragar o conjunto". Ele nunca percebeu que pode ser um ato de bondade em um mau jogador compor um quarto.

"Oh, venha com Cecil. Eu sou mau, Floyd é podre, e por isso ouso dizer que é Emerson".

George o corrigiu: "Eu não sou mau."

Such music is not for the piano, and her audience began to get restive, and Cecil, sharing the discontent, called out: "Now play us the other garden—the one in Parsifal."

She closed the instrument.

"Not very dutiful," said her mother's voice.

Fearing that she had offended Cecil, she turned quickly round. There George was. He had crept in without interrupting her.

"Oh, I had no idea!" she exclaimed, getting very red; and then, without a word of greeting, she reopened the piano. Cecil should have the Parsifal, and anything else that he liked.

"Our performer has changed her mind," said Miss Bartlett, perhaps implying, she will play the music to Mr. Emerson. Lucy did not know what to do nor even what she wanted to do. She played a few bars of the Flower Maidens' song very badly and then she stopped.

"I vote tennis," said Freddy, disgusted at the scrappy entertainment.

"Yes, so do I." Once more she closed the unfortunate piano. "I vote you have a men's four."

"All right."

"Not for me, thank you," said Cecil. "I will not spoil the set." He never realized that it may be an act of kindness in a bad player to make up a fourth.

"Oh, come along Cecil. I'm bad, Floyd's rotten, and so I dare say's Emerson."

George corrected him: "I am not bad."

Olhou-se para isso com o nariz embaixo. "Então certamente eu não vou jogar", disse Cecil, enquanto Miss Bartlett, sob a impressão de que ela estava desprezando George, acrescentou: "Eu concordo com você, Sr. Vyse. É muito melhor você não brincar". Muito melhor não".

Minnie, correndo para onde Cecil temia pisar, anunciou que iria tocar. "Eu vou perder cada bola de qualquer maneira, então o que isso importa?" Mas o domingo interveio e carimbou fortemente a gentileza da sugestão.

"Então terá que ser Lucy", disse a Sra. Honeychurch; "você deve cair de volta em Lucy. Não há outra maneira de sair disso. Lucy, vá e troque seu vestido".

O Sabá da Lucy era geralmente desta natureza anfíbia. Ela o guardava sem hipocrisia pela manhã, e o quebrava sem relutância pela tarde. Enquanto ela trocava de vestido, ela se perguntava se Cecil estava zombando dela; na verdade ela precisava se reformar e acertar tudo antes de se casar com ele.

One looked down one's nose at this. "Then certainly I won't play," said Cecil, while Miss Bartlett, under the impression that she was snubbing George, added: "I agree with you, Mr. Vyse. You had much better not play. Much better not."

Minnie, rushing in where Cecil feared to tread, announced that she would play. "I shall miss every ball anyway, so what does it matter?" But Sunday intervened and stamped heavily upon the kindly suggestion.

"Then it will have to be Lucy," said Mrs. Honeychurch; "you must fall back on Lucy. There is no other way out of it. Lucy, go and change your frock."

Lucy's Sabbath was generally of this amphibious nature. She kept it without hypocrisy in the morning, and broke it without reluctance in the afternoon. As she changed her frock, she wondered whether Cecil was sneering at her; really she must overhaul herself and settle everything up before she married him.

O Sr. Floyd era seu sócio. Ela gostava de música, mas como o tênis parecia muito melhor. Quanto melhor para correr com roupas confortáveis do que sentar-se ao piano e sentir a garota debaixo dos braços. Mais uma vez a música lhe pareceu o emprego de uma criança. George serviu, e a surpreendeu com sua ansiedade de vencer. Ela se lembrou como ele tinha suspiro entre os túmulos em Santa Croce porque as coisas não cabiam; como depois da morte daquele italiano obscuro ele tinha se inclinado sobre o parapeito do Arno e dito a ela: "Eu vou querer viver, eu lhe digo". Ele queria viver agora, para ganhar no tênis, para suportar tudo o que valia ao sol - o sol que tinha começado a declinar e estava brilhando em seus olhos; e ele ganhou.

Ah, como os Weald estavam lindos! As colinas se destacaram acima de seu brilho, como Fiesole fica acima da planície da Toscana, e as South Downs, se alguém escolher, eram as montanhas de Carrara. Ela pode estar esquecendo sua Itália, mas ela estava notando mais coisas em sua Inglaterra. Podia-se jogar um novo jogo com a vista, e tentar encontrar em suas inúmeras dobras alguma cidade ou vila que fizesse por Florença. Ah, como os Weald estavam lindos!

Mas agora Cecil a reivindicou. Ele se achava em um estado de espírito crítico lúcido, e não se compadeceria com a exaltação. Ele tinha sido um incômodo durante todo o tênis, pois o romance que ele estava lendo era tão ruim que ele era obrigado a lê-lo em voz alta para os outros. Ele passeava pelos recintos da quadra e gritava: "Eu digo, ouça isto, Lucy. Três infinitivos divididos".

Mr. Floyd was her partner. She liked music, but how much better tennis seemed. How much better to run about in comfortable clothes than to sit at the piano and feel girt under the arms. Once more music appeared to her the employment of a child. George served, and surprised her by his anxiety to win. She remembered how he had sighed among the tombs at Santa Croce because things wouldn't fit; how after the death of that obscure Italian he had leant over the parapet by the Arno and said to her: "I shall want to live, I tell you." He wanted to live now, to win at tennis, to stand for all he was worth in the sun—the sun which had begun to decline and was shining in her eyes; and he did win.

Ah, how beautiful the Weald looked! The hills stood out above its radiance, as Fiesole stands above the Tuscan Plain, and the South Downs, if one chose, were the mountains of Carrara. She might be forgetting her Italy, but she was noticing more things in her England. One could play a new game with the view, and try to find in its innumerable folds some town or village that would do for Florence. Ah, how beautiful the Weald looked!

But now Cecil claimed her. He chanced to be in a lucid critical mood, and would not sympathize with exaltation. He had been rather a nuisance all through the tennis, for the novel that he was reading was so bad that he was obliged to read it aloud to others. He would stroll round the precincts of the court and call out: "I say, listen to this, Lucy. Three split infinitives."

"Terrível", disse Lucy, e perdeu seu derrame. Quando eles terminaram seu set, ele ainda continuou lendo; havia alguma cena de assassinato, e realmente todos devem ouvi-la. Freddy e Sr. Floyd foram obrigados a caçar uma bola perdida nos louros, mas os outros dois aceitaram.

"A cena é colocada em Florença".

"Que divertido, Cecil! Leia à vontade. Venha, Sr. Emerson, sente-se depois de toda a sua energia". Ela tinha "perdoado" George, como ela disse, e ela fez questão de ser agradável para ele.

Ele pulou por cima da rede e sentou-se aos pés dela perguntando: "Você - e você está cansado?"

"Claro que não estou!"

"Você se importa de ser espancado?"

Ela ia responder, "Não", quando lhe pareceu que ela se importava, então ela respondeu, "Sim". Ela acrescentou alegremente: "Eu não vejo *você é* um jogador tão esplêndido, no entanto. A luz estava atrás de você, e estava nos meus olhos".

"Eu nunca disse que estava".

"Por que, você fez!"

"Você não compareceu".

"Você disse - oh, não vá para a precisão nesta casa. Todos nós exageramos, e ficamos muito irritados com as pessoas que não o fazem".

"'A cena é colocada em Florença'", repetiu Cecil, com uma nota ascendente.

Lucy se lembrou.

"'Pôr-do-sol. Leonora estava acelerando'".

Lucy interrompeu. "Leonora? Leonora é a heroína? Por quem é o livro"?

"Joseph Emery Prank". 'Pôr-do-sol. Leonora acelerando pela praça. Reze aos santos para que ela não chegue muito tarde. Pôr-do-sol - o pôr-do-sol da Itália. Sob a Loggia de Orcagna - a Loggia de' Lanzi, como às vezes a chamamos agora -'".

Lucy explodiu em gargalhadas. "Joseph Emery Prank' de fato! Por que é Miss Lavish! É o romance de Miss Lavish, e ela está publicando-o com o nome de outra pessoa".

"Quem pode ser a Miss Lavish"?

"Oh, uma pessoa horrível - Sr. Emerson, você se lembra de Miss Lavish?"

Entusiasmada por sua agradável tarde, ela bateu palmas.

George olhou para cima. "Claro que sim. Eu a vi no dia em que cheguei na Summer Street. Foi ela quem me disse que você morava aqui".

"Você não estava satisfeito?" Ela queria dizer "para ver Miss Lavish", mas quando ele se curvou para a grama sem responder, ela percebeu que ela poderia significar algo mais. Ela observou a cabeça dele, que estava quase descansando contra o joelho dela, e ela pensou que as orelhas estavam avermelhadas. "Não admira que o romance seja ruim", ela acrescentou. "Eu nunca gostei de Miss Lavish". Mas eu suponho que se deve ler quando se conhece ela".

"Todos os livros modernos são ruins", disse Cecil, que estava irritado com sua falta de atenção, e desabafou com seu aborrecimento sobre literatura. "Todo mundo escreve por dinheiro nestes dias".

"Oh, Cecil-!"

Lucy interrupted. "Leonora? Is Leonora the heroine? Who's the book by?"

"Joseph Emery Prank. 'Sunset. Leonora speeding across the square. Pray the saints she might not arrive too late. Sunset—the sunset of Italy. Under Orcagna's Loggia—the Loggia de' Lanzi, as we sometimes call it now—'"

Lucy burst into laughter. "'Joseph Emery Prank' indeed! Why it's Miss Lavish! It's Miss Lavish's novel, and she's publishing it under somebody else's name."

"Who may Miss Lavish be?"

"Oh, a dreadful person—Mr. Emerson, you remember Miss Lavish?"

Excited by her pleasant afternoon, she clapped her hands.

George looked up. "Of course I do. I saw her the day I arrived at Summer Street. It was she who told me that you lived here."

"Weren't you pleased?" She meant "to see Miss Lavish," but when he bent down to the grass without replying, it struck her that she could mean something else. She watched his head, which was almost resting against her knee, and she thought that the ears were reddening. "No wonder the novel's bad," she added. "I never liked Miss Lavish. But I suppose one ought to read it as one's met her."

"All modern books are bad," said Cecil, who was annoyed at her inattention, and vented his annoyance on literature. "Every one writes for money in these days."

"Oh, Cecil—!"

"É assim. Eu não vou mais infligir Joseph Emery Prank em você".

Cecil, esta tarde pareceu um pardal tão twittering. Os altos e baixos em sua voz eram perceptíveis, mas não a afetaram. Ela tinha vivido entre melodia e movimento, e seus nervos se recusavam a responder ao estrondo dele. Deixando-o irritado, ela olhou novamente para a cabeça preta. Ela não queria afagá-la, mas ela se via querendo afagá-la; a sensação era curiosa.

"Como você gosta desta nossa visão, Sr. Emerson?"

"Eu nunca percebo muita diferença de pontos de vista".

"O que você quer dizer?"

"Porque são todos iguais. Porque tudo que importa neles é a distância e o ar".

"H'm!" disse Cecil, incerto se a observação foi marcante ou não.

"Meu pai" - ele olhou para ela (e estava um pouco corado) - "diz que existe apenas uma visão perfeita - a visão do céu diretamente sobre nossas cabeças, e que todas essas visões sobre a terra não são mais do que cópias estragadas dela".

"Eu espero que seu pai tenha lido Dante", disse Cecil, dedilhando o romance, o que só permitiu que ele liderasse a conversa.

"Ele nos disse em outro dia que as vistas são realmente multidões - multidões de árvores, casas e colinas - e que estão destinadas a se assemelharem, como multidões humanas - e que o poder que elas têm sobre nós é às vezes sobrenatural, pela mesma razão".

Os lábios de Lucy se separaram.

"It is so. I will inflict Joseph Emery Prank on you no longer."

Cecil, this afternoon seemed such a twittering sparrow. The ups and downs in his voice were noticeable, but they did not affect her. She had dwelt amongst melody and movement, and her nerves refused to answer to the clang of his. Leaving him to be annoyed, she gazed at the black head again. She did not want to stroke it, but she saw herself wanting to stroke it; the sensation was curious.

"How do you like this view of ours, Mr. Emerson?"

"I never notice much difference in views."

"What do you mean?"

"Because they're all alike. Because all that matters in them is distance and air."

"H'm!" said Cecil, uncertain whether the remark was striking or not.

"My father"—he looked up at her (and he was a little flushed)—"says that there is only one perfect view—the view of the sky straight over our heads, and that all these views on earth are but bungled copies of it."

"I expect your father has been reading Dante," said Cecil, fingering the novel, which alone permitted him to lead the conversation.

"He told us another day that views are really crowds—crowds of trees and houses and hills—and are bound to resemble each other, like human crowds—and that the power they have over us is sometimes supernatural, for the same reason."

Lucy's lips parted.

"Para uma multidão é mais do que as pessoas que a compõem". Algo é acrescentado a ela - ninguém sabe como - assim como algo foi acrescentado a essas colinas".

Ele apontou com sua raquete para as South Downs.

"Que idéia esplêndida", murmurou ela. "Eu vou gostar de ouvir seu pai falar novamente". Lamento muito que ele não esteja tão bem".

"Não, ele não está bem".

"Há um relato absurdo de uma visão neste livro", disse Cecil. "Também que os homens caem em duas classes - aqueles que esquecem as vistas e aqueles que se lembram delas, mesmo em salas pequenas".

"Sr. Emerson, você tem algum irmão ou irmã?"

"Nenhum. Por quê?".

"Você falou de 'nós'".

"Minha mãe, eu estava querendo dizer".

Cecil fechou o romance com um estrondo.

"Oh, Cecil-como você me fez pular!"

"Não mais vou infligir Joseph Emery Prank a você".

"Eu posso apenas me lembrar de nós três indo para o país por um dia e vendo até Hindhead". É a primeira coisa que eu me lembro".

Cecil se levantou; o homem estava doente - ele não tinha vestido o casaco depois do tênis - ele não o fez. Ele teria se afastado se Lucy não o tivesse impedido.

"Cecil, leia a coisa sobre a vista".

"Não enquanto o Sr. Emerson estiver aqui para nos entreter".

"For a crowd is more than the people who make it up. Something gets added to it—no one knows how—just as something has got added to those hills."

He pointed with his racquet to the South Downs.

"What a splendid idea!" she murmured. "I shall enjoy hearing your father talk again. I'm so sorry he's not so well."

"No, he isn't well."

"There's an absurd account of a view in this book," said Cecil. "Also that men fall into two classes—those who forget views and those who remember them, even in small rooms."

"Mr. Emerson, have you any brothers or sisters?"

"None. Why?"

"You spoke of 'us.'"

"My mother, I was meaning."

Cecil closed the novel with a bang.

"Oh, Cecil—how you made me jump!"

"I will inflict Joseph Emery Prank on you no longer."

"I can just remember us all three going into the country for the day and seeing as far as Hindhead. It is the first thing that I remember."

Cecil got up; the man was ill-bred—he hadn't put on his coat after tennis—he didn't do. He would have strolled away if Lucy had not stopped him.

"Cecil, do read the thing about the view."

"Not while Mr. Emerson is here to entertain us."

"Não lê fora. Eu acho que nada é mais engraçado do que ouvir coisas bobas lidas em voz alta. Se o Sr. Emerson nos acha frívolos, ele pode ir".

Isto pareceu sutil a Cecil e o agradou. Ele colocou o visitante na posição de um prig. Um pouco apaziguado, ele se sentou novamente.

"Sr. Emerson, vá e encontre bolas de tênis". Ela abriu o livro. Cecil deve ter sua leitura e qualquer outra coisa que ele tenha gostado. Mas sua atenção desviou-se para a mãe de George, que - segundo o Sr. Eager - foi assassinada aos olhos de Deus e - segundo seu filho - foi vista até Hindhead.

"Eu estou realmente para ir?" perguntou George.

"Não, claro que não", ela respondeu.

"Capítulo dois", disse Cecil, bocejando. "Encontre-me capítulo dois, se não estiver incomodando você".

O capítulo dois foi encontrado e ela deu uma olhada nas sentenças de abertura.

Ela pensou que tinha enlouquecido.

"Aqui, me dê o livro".

Ela ouviu sua voz dizendo: "Não vale a pena ler - é bobagem demais para ler - eu nunca vi tal lixo - não deveria ser permitido imprimir".

Ele tirou o livro dela.

"'Leonora'", ele leu, "'sentou-se pensativo e sozinho. Antes dela deitar o rico champanhe da Toscana, salpicado com muitos vilarejos sorridentes. A estação era primavera'".

"No—read away. I think nothing's funnier than to hear silly things read out loud. If Mr. Emerson thinks us frivolous, he can go."

This struck Cecil as subtle, and pleased him. It put their visitor in the position of a prig. Somewhat mollified, he sat down again.

"Mr. Emerson, go and find tennis balls." She opened the book. Cecil must have his reading and anything else that he liked. But her attention wandered to George's mother, who—according to Mr. Eager—had been murdered in the sight of God and—according to her son—had seen as far as Hindhead.

"Am I really to go?" asked George.

"No, of course not really," she answered.

"Chapter two," said Cecil, yawning. "Find me chapter two, if it isn't bothering you."

Chapter two was found, and she glanced at its opening sentences.

She thought she had gone mad.

"Here—hand me the book."

She heard her voice saying: "It isn't worth reading—it's too silly to read—I never saw such rubbish—it oughtn't to be allowed to be printed."

He took the book from her.

"'Leonora,'" he read, "'sat pensive and alone. Before her lay the rich champaign of Tuscany, dotted over with many a smiling village. The season was spring.'"

Miss Lavish sabia, de alguma forma, e tinha impresso o passado em prosa arrastada, para Cecil ler e para George ouvir.

"Uma névoa dourada", ele leu. Ele leu: "'Afar fora das torres de Florence, enquanto o banco em que ela estava sentada estava coberto de violetas. Todos os não observados, Antonio roubou atrás dela...'".

Para que Cecil não visse seu rosto, ela se virou para George e viu seu rosto.

Ele leu: "'De seus lábios não veio nenhum protesto verbal, como o uso formal de amantes. Nenhuma eloqüência foi dele, nem ele sofreu com a falta dele. Ele simplesmente a envolveu em seus braços masculinos'".

"Esta não é a passagem que eu queria", ele os informou, "há outra muito mais engraçada, mais adiante". Ele virou as folhas.

"Devemos ir para o chá?" disse Lucy, cuja voz permaneceu firme.

Ela liderou o caminho até o jardim, Cecil seguindo-a, George por último. Ela pensou que um desastre tinha sido evitado. Mas quando eles entraram nos arbustos, ele veio. O livro, como se não tivesse funcionado suficientemente mal, foi esquecido, e Cecil deve voltar para buscá-lo; e George, que amava apaixonadamente, deve errar contra ela no caminho estreito.

"Não" ela arfou e, pela segunda vez, foi beijada por ele.

Como se não fosse mais possível, ele escorregou de volta; Cecil voltou para ela; eles chegaram ao gramado superior sozinhos.

Miss Lavish knew, somehow, and had printed the past in draggled prose, for Cecil to read and for George to hear.

"'A golden haze,'" he read. He read: "'Afar off the towers of Florence, while the bank on which she sat was carpeted with violets. All unobserved Antonio stole up behind her—'"

Lest Cecil should see her face she turned to George and saw his face.

He read: "'There came from his lips no wordy protestation such as formal lovers use. No eloquence was his, nor did he suffer from the lack of it. He simply enfolded her in his manly arms.'"

"This isn't the passage I wanted," he informed them, "there is another much funnier, further on." He turned over the leaves.

"Should we go in to tea?" said Lucy, whose voice remained steady.

She led the way up the garden, Cecil following her, George last. She thought a disaster was averted. But when they entered the shrubbery it came. The book, as if it had not worked mischief enough, had been forgotten, and Cecil must go back for it; and George, who loved passionately, must blunder against her in the narrow path.

"No—" she gasped, and, for the second time, was kissed by him.

As if no more was possible, he slipped back; Cecil rejoined her; they reached the upper lawn alone.

Lying to George

Mentir Para George

Mas Lucy tinha se desenvolvido desde a primavera. Ou seja, ela agora era mais capaz de sufocar as emoções das quais as convenções e o mundo desaprovam. Embora o perigo fosse maior, ela não foi abalada por soluços profundos. Ela disse a Cecil: "Eu não vou entrar para o chá, mãe, preciso escrever algumas cartas", e foi para o quarto dela. Então ela se preparou para a ação. O amor sentiu e retornou, o amor que nossos corpos exatos e nossos corações transfiguraram, o amor que é a coisa mais real que jamais encontraremos, reapareceu agora como inimigo do mundo, e ela deve sufocá-lo.

Ela mandou chamar Miss Bartlett.

But Lucy had developed since the spring. That is to say, she was now better able to stifle the emotions of which the conventions and the world disapprove. Though the danger was greater, she was not shaken by deep sobs. She said to Cecil, "I am not coming in to tea—tell mother—I must write some letters," and went up to her room. Then she prepared for action. Love felt and returned, love which our bodies exact and our hearts have transfigured, love which is the most real thing that we shall ever meet, reappeared now as the world's enemy, and she must stifle it.

She sent for Miss Bartlett.

O concurso não estava entre o amor e o dever. Talvez nunca exista tal concurso. Ela estava entre o real e o fingido, e o primeiro objetivo de Lucy era derrotar a si mesma. Enquanto seu cérebro se turvava, à medida que a memória dos pontos de vista se escurecia e as palavras do livro morriam, ela retornava ao seu velho choque de nervos. Ela "venceu seu colapso". Mexendo com a verdade, ela esqueceu que a verdade já tinha sido. Lembrando que ela estava noiva de Cecil, ela se compeliu a lembranças confusas de George; ele não era nada para ela; ele nunca havia sido nada; ele havia se comportado abominavelmente; ela nunca o havia encorajado. A armadura da falsidade é sutilmente forjada das trevas, e esconde um homem não apenas dos outros, mas de sua própria alma. Em poucos momentos Lucy estava equipada para a batalha.

"Algo muito terrível aconteceu", ela começou, assim que seu primo chegou. "Você sabe alguma coisa sobre o romance de Miss Lavish?"

Miss Bartlett parecia surpresa e disse que não tinha lido o livro, nem sabia que ele estava publicado; Eleanor era uma mulher reticente no coração.

"Há uma cena nela. O herói e a heroína fazem amor". Você sabe sobre isso"?

"Querido..."

"Você sabe sobre isso, por favor?" ela repetiu. "Eles estão em uma encosta, e Florence está na distância".

"Minha boa Lúcia, eu estou no mar. Eu não sei nada sobre isso".

The contest lay not between love and duty. Perhaps there never is such a contest. It lay between the real and the pretended, and Lucy's first aim was to defeat herself. As her brain clouded over, as the memory of the views grew dim and the words of the book died away, she returned to her old shibboleth of nerves. She "conquered her breakdown." Tampering with the truth, she forgot that the truth had ever been. Remembering that she was engaged to Cecil, she compelled herself to confused remembrances of George; he was nothing to her; he never had been anything; he had behaved abominably; she had never encouraged him. The armour of falsehood is subtly wrought out of darkness, and hides a man not only from others, but from his own soul. In a few moments Lucy was equipped for battle.

"Something too awful has happened," she began, as soon as her cousin arrived. "Do you know anything about Miss Lavish's novel?"

Miss Bartlett looked surprised, and said that she had not read the book, nor known that it was published; Eleanor was a reticent woman at heart.

"There is a scene in it. The hero and heroine make love. Do you know about that?"

"Dear—?"

"Do you know about it, please?" she repeated. "They are on a hillside, and Florence is in the distance."

"My good Lucia, I am all at sea. I know nothing about it whatever."

"Existem violetas. Eu não posso acreditar que seja uma coincidência". Charlotte, Charlotte, como *poderia* você ter dito a ela? Eu já pensei antes de falar; deve* ser você".

"Disse a ela o quê?", perguntou ela, com crescente agitação.

"Sobre aquela tarde horrível em fevereiro".

Miss Bartlett ficou genuinamente emocionada. "Oh, Lucy, querida menina - ela não colocou isso em seu livro?"

Lucy acenou com a cabeça.

"Não para que se possa reconhecê-lo". Sim."

"Então nunca mais - nunca mais - Eleanor Lavish será minha amiga".

"Então você contou?"

"Acabei de acontecer - quando tomei chá com ela em Roma - no curso da conversa..."

"Mas Charlotte - e a promessa que você me fez quando estávamos fazendo as malas? Por que você contou a Miss Lavish, quando você nem me deixou contar para a mãe?"

"Eu nunca perdoarei a Eleanor". Ela traiu a minha confiança".

"Mas por que você disse a ela? Isto é uma coisa muito séria".

Por que alguém diz alguma coisa? A pergunta é eterna, e não foi surpreendente que Miss Bartlett só suspire um leve suspiro em resposta. Ela tinha feito mal - ela admitiu, ela só esperava que não tivesse feito mal; ela tinha dito à Eleanor com a mais estrita confiança.

Lucy carimbada com irritação.

"There are violets. I cannot believe it is a coincidence. Charlotte, Charlotte, how *could* you have told her? I have thought before speaking; it *must* be you."

"Told her what?" she asked, with growing agitation.

"About that dreadful afternoon in February."

Miss Bartlett was genuinely moved. "Oh, Lucy, dearest girl—she hasn't put that in her book?"

Lucy nodded.

"Not so that one could recognize it. Yes."

"Then never—never—never more shall Eleanor Lavish be a friend of mine."

"So you did tell?"

"I did just happen—when I had tea with her at Rome—in the course of conversation—"

"But Charlotte—what about the promise you gave me when we were packing? Why did you tell Miss Lavish, when you wouldn't even let me tell mother?"

"I will never forgive Eleanor. She has betrayed my confidence."

"Why did you tell her, though? This is a most serious thing."

Why does any one tell anything? The question is eternal, and it was not surprising that Miss Bartlett should only sigh faintly in response. She had done wrong—she admitted it, she only hoped that she had not done harm; she had told Eleanor in the strictest confidence.

Lucy stamped with irritation.

"Cecil por acaso leu a passagem em voz alta para mim e para o Sr. Emerson; isso perturbou o Sr. Emerson e ele me insultou novamente. Atrás das costas de Cecil. Ugh! É possível que os homens sejam tão brutos? Atrás das costas do Cecil quando estávamos andando pelo jardim".

Miss Bartlett explodiu em auto-acusações e arrependimentos.

"O que deve ser feito agora? Você pode me dizer?"

"Oh, Lucy - Eu nunca me perdoarei, nunca até o dia da minha morte". Imagine se suas perspectivas..."

"Eu sei," disse Lucy, wincing at the word. "Eu vejo agora porque você queria que eu contasse a Cecil, e o que você quis dizer com "alguma outra fonte". Você sabia que tinha contado a Miss Lavish, e que ela não era confiável".

Era a vez de Miss Bartlett se encolher. No entanto", disse a menina, desprezando a mudança da prima, "O que está feito, está feito". Você me colocou numa posição muito constrangedora. Como eu vou sair disso"?

Miss Bartlett não conseguia pensar. Os dias de sua energia tinham acabado. Ela era uma visitante, não uma acompanhante, e uma visitante desacreditada por isso. Ela ficou de mãos atadas enquanto a garota trabalhava com a raiva necessária.

"Cecil happened to read out the passage aloud to me and to Mr. Emerson; it upset Mr. Emerson and he insulted me again. Behind Cecil's back. Ugh! Is it possible that men are such brutes? Behind Cecil's back as we were walking up the garden."

Miss Bartlett burst into self-accusations and regrets.

"What is to be done now? Can you tell me?"

"Oh, Lucy—I shall never forgive myself, never to my dying day. Fancy if your prospects—"

"I know," said Lucy, wincing at the word. "I see now why you wanted me to tell Cecil, and what you meant by 'some other source.' You knew that you had told Miss Lavish, and that she was not reliable."

It was Miss Bartlett's turn to wince. "However," said the girl, despising her cousin's shiftiness, "What's done's done. You have put me in a most awkward position. How am I to get out of it?"

Miss Bartlett could not think. The days of her energy were over. She was a visitor, not a chaperon, and a discredited visitor at that. She stood with clasped hands while the girl worked herself into the necessary rage.

"Ele deve - que o homem deve ter um cenário tal que ele não se esqueça. E quem deve dar a ele? Eu não posso dizer à mãe agora - a você. Nem ao Cecil, Charlotte, por sua causa. Eu sou apanhado de todas as maneiras. Eu acho que vou enlouquecer. Eu não tenho ninguém para me ajudar. É por isso que eu mandei chamar você. O que é procurado é um homem com um chicote".

Miss Bartlett concordou: queria-se um homem com um chicote.

"Sim - mas não é bom concordar. O que vai ser *done?* Nós, mulheres, ficamos maldispostas. O que *faz* uma garota quando se depara com um cad?"

"Eu sempre disse que ele era um cad, querida. Dê-me crédito por isso, em todo caso. Desde o primeiro momento - quando ele disse que seu pai estava tomando um banho".

"Oh, incomode o crédito e quem tem estado certo ou errado! Nós dois fizemos uma bagunça disso. George Emerson ainda está lá no jardim, e ele deve ficar impune ou não? Eu quero saber".

Miss Bartlett estava absolutamente indefesa. Sua própria exposição a tinha enervado, e os pensamentos estavam colidindo dolorosamente em seu cérebro. Ela se moveu para a janela, e tentou detectar os flanelas brancas do cad entre os louros.

"Você estava pronto o suficiente no Bertolini quando você me levou para Roma. Você não pode falar com ele de novo agora?"

"Com vontade, eu moveria o céu e a terra..."

"He must—that man must have such a setting down that he won't forget. And who's to give it him? I can't tell mother now—owing to you. Nor Cecil, Charlotte, owing to you. I am caught up every way. I think I shall go mad. I have no one to help me. That's why I've sent for you. What's wanted is a man with a whip."

Miss Bartlett agreed: one wanted a man with a whip.

"Yes—but it's no good agreeing. What's to be *done?* We women go maundering on. What *does* a girl do when she comes across a cad?"

"I always said he was a cad, dear. Give me credit for that, at all events. From the very first moment—when he said his father was having a bath."

"Oh, bother the credit and who's been right or wrong! We've both made a muddle of it. George Emerson is still down the garden there, and is he to be left unpunished, or isn't he? I want to know."

Miss Bartlett was absolutely helpless. Her own exposure had unnerved her, and thoughts were colliding painfully in her brain. She moved feebly to the window, and tried to detect the cad's white flannels among the laurels.

"You were ready enough at the Bertolini when you rushed me off to Rome. Can't you speak again to him now?"

"Willingly would I move heaven and earth—"

"Eu quero algo mais definido", disse Lucy desdenhosamente. "Você vai falar com ele? É o mínimo que você pode fazer, certamente, considerando que tudo isso aconteceu porque você quebrou sua palavra".

"Nunca mais Eleanor Lavish será uma amiga minha".

Realmente, Charlotte estava superando a si mesma.

"Sim ou não, por favor; sim ou não".

"É o tipo de coisa que só um cavalheiro pode resolver". George Emerson estava subindo no jardim com uma bola de tênis em sua mão.

"Muito bem", disse Lucy, com um gesto de raiva. "Ninguém vai me ajudar. Eu mesma falarei com ele". E imediatamente ela percebeu que isto era o que o primo dela havia pretendido o tempo todo.

"Hullo, Emerson!" chamado Freddy por baixo. "Encontrou a bola perdida? Bom homem! Quer um chá?" E houve uma irrupção da casa para o terraço.

"Oh, Lucy, mas isso é corajoso da sua parte! Eu admiro você..."

Eles se reuniram ao redor de George, que acenou, ela sentiu, sobre o lixo, os pensamentos desleixados, os anseios furtivos que estavam começando a acumular sua alma. A raiva dela desvaneceu-se ao vê-lo. Ah! Os Emersons eram boas pessoas em seu caminho. Ela teve que subjugar a pressa em seu sangue antes de dizer:

“I want something more definite,” said Lucy contemptuously. “Will you speak to him? It is the least you can do, surely, considering it all happened because you broke your word.”

“Never again shall Eleanor Lavish be a friend of mine.”

Really, Charlotte was outdoing herself.

“Yes or no, please; yes or no.”

“It is the kind of thing that only a gentleman can settle.” George Emerson was coming up the garden with a tennis ball in his hand.

“Very well,” said Lucy, with an angry gesture. “No one will help me. I will speak to him myself.” And immediately she realized that this was what her cousin had intended all along.

“Hullo, Emerson!” called Freddy from below. “Found the lost ball? Good man! Want any tea?” And there was an irruption from the house on to the terrace.

“Oh, Lucy, but that is brave of you! I admire you—”

They had gathered round George, who beckoned, she felt, over the rubbish, the sloppy thoughts, the furtive yearnings that were beginning to cumber her soul. Her anger faded at the sight of him. Ah! The Emersons were fine people in their way. She had to subdue a rush in her blood before saying:

"Freddy o levou para a sala de jantar. Os outros estão indo para o jardim. Venha. Vamos acabar com isto rapidamente. Venha. Eu quero você na sala, é claro".

"Lucy, você se importa de fazer isso?"

"Como você pode fazer uma pergunta tão ridícula?"

"Pobre Lucy -" Ela estendeu sua mão. "Eu pareço não trazer nada além de infortúnio aonde quer que eu vá". Lucy acenou com a cabeça. Ela se lembrou da última noite deles em Florença - as malas, a vela, a sombra do toque de Miss Bartlett na porta. Ela não deveria ser presa por pathos uma segunda vez. Eludindo a carícia de sua prima, ela abriu o caminho lá embaixo.

"Experimente a geléia", dizia Freddy. "A geléia é muito boa".

George, com um visual grande e desgrenhado, estava andando para cima e para baixo na sala de jantar. Quando ela entrou, ele parou e disse:

"Não há nada para comer".

"Você vai até os outros", disse Lucy; "Charlotte e eu daremos ao Sr. Emerson tudo o que ele quiser". Onde está a mãe?"

"Ela começou em sua escrita de domingo. Ela está na sala de desenho".

"Está tudo bem. Você vai embora".

Ele saiu cantando.

Lucy se sentou à mesa. Miss Bartlett, que estava completamente assustada, pegou um livro e fingiu ler.

"Freddy has taken him into the dining-room. The others are going down the garden. Come. Let us get this over quickly. Come. I want you in the room, of course."

"Lucy, do you mind doing it?"

"How can you ask such a ridiculous question?"

"Poor Lucy—" She stretched out her hand. "I seem to bring nothing but misfortune wherever I go." Lucy nodded. She remembered their last evening at Florence—the packing, the candle, the shadow of Miss Bartlett's toque on the door. She was not to be trapped by pathos a second time. Eluding her cousin's caress, she led the way downstairs.

"Try the jam," Freddy was saying. "The jam's jolly good."

George, looking big and dishevelled, was pacing up and down the dining-room. As she entered he stopped, and said:

"No—nothing to eat."

"You go down to the others," said Lucy; "Charlotte and I will give Mr. Emerson all he wants. Where's mother?"

"She's started on her Sunday writing. She's in the drawing-room."

"That's all right. You go away."

He went off singing.

Lucy sat down at the table. Miss Bartlett, who was thoroughly frightened, took up a book and pretended to read.

Ela não seria atraída para um discurso elaborado. Ela acabou de dizer: "Eu não posso ter isso, Sr. Emerson. Eu não posso nem mesmo falar com você. Saia desta casa e nunca mais entre nela enquanto eu viver aqui...", ela disse, "corando enquanto falava e apontando para a porta. "Eu odeio uma briga. Vá por favor".

"O que..."

"Sem discussão".

"Mas eu não posso..."

Ela balançou a cabeça. "Vá, por favor. Eu não quero chamar o Sr. Vyse".

"Você não quer dizer," ele disse, ignorando absolutamente Miss Bartlett- "você não quer dizer que você vai se casar com aquele homem?"

A linha foi inesperada.

Ela encolheu os ombros, como se sua vulgaridade a cansasse. "Você é meramente ridículo", disse ela calmamente.

Então as palavras dele subiram gravemente sobre as dela: "Você não pode viver com Vyse. Ele é apenas para um conhecido. Ele é para a sociedade e conversa cultivada. Ele não deve conhecer ninguém intimamente, muito menos uma mulher".

Foi uma nova luz sobre o caráter de Cecil.

"Você já conversou com Vyse sem se sentir cansado?"

"Eu dificilmente posso discutir..."

She would not be drawn into an elaborate speech. She just said: "I can't have it, Mr. Emerson. I cannot even talk to you. Go out of this house, and never come into it again as long as I live here—" flushing as she spoke and pointing to the door. "I hate a row. Go please."

"What—"

"No discussion."

"But I can't—"

She shook her head. "Go, please. I do not want to call in Mr. Vyse."

"You don't mean," he said, absolutely ignoring Miss Bartlett—"you don't mean that you are going to marry that man?"

The line was unexpected.

She shrugged her shoulders, as if his vulgarity wearied her. "You are merely ridiculous," she said quietly.

Then his words rose gravely over hers: "You cannot live with Vyse. He's only for an acquaintance. He is for society and cultivated talk. He should know no one intimately, least of all a woman."

It was a new light on Cecil's character.

"Have you ever talked to Vyse without feeling tired?"

"I can scarcely discuss—"

"Não, mas você já? Ele é do tipo que está bem, desde que eles mantenham as coisas - livros, fotos - mas matem quando eles vêm às pessoas. É por isso que eu vou falar através de toda essa confusão mesmo agora. É chocante o bastante perder você em qualquer caso, mas geralmente um homem deve negar a si mesmo a alegria, e eu teria me contido se seu Cecil tivesse sido uma pessoa diferente. Eu nunca me teria deixado ir. Mas eu o vi pela primeira vez na Galeria Nacional, quando ele ganhou porque meu pai pronunciou mal os nomes de grandes pintores.

Então ele nos traz aqui, e nós descobrimos que é para pregar uma partida num vizinho gentil. Esse é o homem que prega truques demais nas pessoas, na forma mais sagrada de vida que ele pode encontrar. Em seguida, eu os encontro juntos, e o encontro protegendo e ensinando a você e sua mãe a ficarem chocados, quando era para *você* resolver se você estava chocado ou não. Cecil tudo de novo. Ele não ousa deixar uma mulher decidir.

Ele é o tipo que tem mantido a Europa de volta por mil anos. A cada momento de sua vida ele está te formando, te dizendo o que é charmoso, divertido ou feminino, te dizendo o que um homem pensa de mulher; e você, você de todas as mulheres, ouça a voz dele ao invés da sua própria. Assim foi na Reitoria, quando eu encontrei vocês duas novamente; assim foi toda esta tarde. Então - não 'portanto eu te beijei', porque o livro me fez fazer isso, e eu desejo ao bem ter mais autocontrole.

"No, but have you ever? He is the sort who are all right so long as they keep to things—books, pictures—but kill when they come to people. That's why I'll speak out through all this muddle even now. It's shocking enough to lose you in any case, but generally a man must deny himself joy, and I would have held back if your Cecil had been a different person. I would never have let myself go. But I saw him first in the National Gallery, when he winced because my father mispronounced the names of great painters.

Then he brings us here, and we find it is to play some silly trick on a kind neighbour. That is the man all over—playing tricks on people, on the most sacred form of life that he can find. Next, I meet you together, and find him protecting and teaching you and your mother to be shocked, when it was for *you* to settle whether you were shocked or no. Cecil all over again. He daren't let a woman decide.

He's the type who's kept Europe back for a thousand years. Every moment of his life he's forming you, telling you what's charming or amusing or ladylike, telling you what a man thinks womanly; and you, you of all women, listen to his voice instead of to your own. So it was at the Rectory, when I met you both again; so it has been the whole of this afternoon. Therefore—not 'therefore I kissed you,' because the book made me do that, and I wish to goodness I had more self-control.

Eu não tenho vergonha. Eu não peço desculpas. Mas isso assustou você, e você pode não ter notado que eu te amo. Ou você teria me dito para ir, e teria lidado com uma coisa tremenda de forma tão leve? Mas, por isso, eu me decidi a lutar contra ele".

Lucy pensou em uma observação muito boa.

"Você diz que o Sr. Vyse quer que eu o escute, Sr. Emerson. Perdoe-me por sugerir que você pegou o hábito".

E ele pegou a reprovação de má qualidade e a tocou na imortalidade. Ele disse:

"Sim, eu tenho," e afundou como se de repente estivesse cansado. "Eu sou o mesmo tipo de bruto no fundo. Este desejo de governar uma mulher - é muito profundo, e homens e mulheres devem lutar juntos antes de entrar no jardim. Mas eu certamente te amo de uma maneira melhor do que ele". Ele pensou. "Sim - realmente de uma maneira melhor". Eu quero que você tenha seus próprios pensamentos, mesmo quando eu o seguro em meus braços". Ele os esticou em direção a ela.

"Lucy, seja rápida - não há tempo para conversarmos agora - venha até mim como você veio na primavera, e depois eu vou ser gentil e explicar. Eu tenho cuidado de você desde que aquele homem morreu. Eu não posso viver sem você, 'Não adianta', eu pensei; 'ela vai se casar com outra pessoa'; mas eu te encontro novamente quando todo o mundo é água e sol gloriosos. Quando você veio através da floresta, eu vi que nada mais importava. Eu liguei. Eu queria viver e ter minha chance de alegria".

I'm not ashamed. I don't apologize. But it has frightened you, and you may not have noticed that I love you. Or would you have told me to go, and dealt with a tremendous thing so lightly? But therefore—therefore I settled to fight him."

Lucy thought of a very good remark.

"You say Mr. Vyse wants me to listen to him, Mr. Emerson. Pardon me for suggesting that you have caught the habit."

And he took the shoddy reproof and touched it into immortality. He said:

"Yes, I have," and sank down as if suddenly weary. "I'm the same kind of brute at bottom. This desire to govern a woman—it lies very deep, and men and women must fight it together before they shall enter the garden. But I do love you surely in a better way than he does." He thought. "Yes—really in a better way. I want you to have your own thoughts even when I hold you in my arms." He stretched them towards her.

"Lucy, be quick—there's no time for us to talk now—come to me as you came in the spring, and afterwards I will be gentle and explain. I have cared for you since that man died. I cannot live without you, 'No good,' I thought; 'she is marrying someone else'; but I meet you again when all the world is glorious water and sun. As you came through the wood I saw that nothing else mattered. I called. I wanted to live and have my chance of joy."

"E o Sr. Vyse?" disse Lucy, que manteve uma calma louvável. "Será que ele não importa? Que eu amo Cecil e que serei sua esposa em breve? Um detalhe sem importância, eu suponho?"

Mas ele esticou seus braços sobre a mesa em direção a ela.

"Posso perguntar o que você pretende ganhar com esta exposição?"

Ele disse: "É a nossa última chance. Eu farei tudo o que puder". E como se ele tivesse feito todo o resto, ele se voltou para Miss Bartlett, que se sentou como um portento contra os céus da noite. "Você não nos impediria desta segunda vez se você entendesse", disse ele. "Eu estive na escuridão e vou voltar para ela, a menos que você tente entender".

A sua cabeça longa e estreita foi para frente e para trás, como se estivesse demolindo algum obstáculo invisível. Ela não respondeu.

"É ser jovem", ele disse calmamente, pegando sua raquete do chão e se preparando para partir. "É estar certo de que Lucy realmente se importa comigo". É que o amor e a juventude são intelectualmente importantes".

"And Mr. Vyse?" said Lucy, who kept commendably calm. "Does he not matter? That I love Cecil and shall be his wife shortly? A detail of no importance, I suppose?"

But he stretched his arms over the table towards her.

"May I ask what you intend to gain by this exhibition?"

He said: "It is our last chance. I shall do all that I can." And as if he had done all else, he turned to Miss Bartlett, who sat like some portent against the skies of the evening. "You wouldn't stop us this second time if you understood," he said. "I have been into the dark, and I am going back into it, unless you will try to understand."

Her long, narrow head drove backwards and forwards, as though demolishing some invisible obstacle. She did not answer.

"It is being young," he said quietly, picking up his racquet from the floor and preparing to go. "It is being certain that Lucy cares for me really. It is that love and youth matter intellectually."

Em silêncio, as duas mulheres o observavam. Sua última observação, elas sabiam, era um disparate, mas ele estava indo atrás ou não? Será que ele, o cad, o charlatão, não tentaria um final mais dramático? Não. Ele estava aparentemente satisfeito. Ele os deixou, fechando cuidadosamente a porta da frente; e quando eles olharam pela janela do corredor, eles o viram subir o carro e começar a subir as encostas de samambaia murcha atrás da casa. Suas línguas estavam soltas, e eles se regozijavam furtivamente.

"Oh, Lucia- volte aqui - oh, que homem horrível!"

Lucy não teve nenhuma reação - pelo menos, ainda não. "Bem, ele me diverte", disse ela. "Ou eu estou louca, ou então ele está, e eu estou inclinada a pensar que é o último. Mais uma confusão com você, Charlotte. Muito obrigada. Eu acho, no entanto, que este é o último. Meu admirador não vai me incomodar novamente".

E Miss Bartlett, também, ensaiou os malandros:

"Bem, não são todos que poderiam se vangloriar de tal conquista, querida, não é mesmo? Oh, não se deve rir, realmente. Poderia ter sido muito sério. Mas você foi tão sensato e corajoso - tão diferente das garotas do meu tempo".

"Vamos descer até eles".

In silence the two women watched him. His last remark, they knew, was nonsense, but was he going after it or not? Would not he, the cad, the charlatan, attempt a more dramatic finish? No. He was apparently content. He left them, carefully closing the front door; and when they looked through the hall window, they saw him go up the drive and begin to climb the slopes of withered fern behind the house. Their tongues were loosed, and they burst into stealthy rejoicings.

"Oh, Lucia—come back here—oh, what an awful man!"

Lucy had no reaction—at least, not yet. "Well, he amuses me," she said. "Either I'm mad, or else he is, and I'm inclined to think it's the latter. One more fuss through with you, Charlotte. Many thanks. I think, though, that this is the last. My admirer will hardly trouble me again."

And Miss Bartlett, too, essayed the roguish:

"Well, it isn't everyone who could boast such a conquest, dearest, is it? Oh, one oughtn't to laugh, really. It might have been very serious. But you were so sensible and brave—so unlike the girls of my day."

"Let's go down to them."

Mas, uma vez ao ar livre, ela fez uma pausa. Alguma emoção - piedade, terror, amor, mas a emoção foi forte - a viu, e ela estava ciente do outono. O verão estava terminando, e a noite trouxe seus odores de decadência, mais patéticos porque lembravam a primavera. Que algo ou outra coisa importava intelectualmente? Uma folha, violentamente agitada, dançava para além dela, enquanto outras folhas ficavam imóveis. Que a terra estava se precipitando para reentrar na escuridão, e as sombras daquelas árvores sobre o Windy Corner?

"Hullo, Lucy! Ainda há luz suficiente para outro conjunto, se vocês dois se apressarem".

"O Sr. Emerson teve que ir".

"Que chatice! Isso estraga os quatro. Eu digo, Cecil, brinca, brinca, brinca, tem um bom sujeito. É o último dia do Floyd. Jogue tênis com a gente, só desta vez".

A voz de Cecil veio: "Meu caro Freddy, eu não sou nenhum atleta. Como você bem observou nesta mesma manhã, "Há alguns calças que não servem para nada além de livros"; eu me declaro culpado de ser um cara assim, e não vou me infligir em você".

As escalas caíram dos olhos da Lucy. Como ela ficou de pé Cecil por um momento? Ele era absolutamente intolerável, e na mesma noite ela terminou o noivado.

But, once in the open air, she paused. Some emotion—pity, terror, love, but the emotion was strong—seized her, and she was aware of autumn. Summer was ending, and the evening brought her odours of decay, the more pathetic because they were reminiscent of spring. That something or other mattered intellectually? A leaf, violently agitated, danced past her, while other leaves lay motionless. That the earth was hastening to re-enter darkness, and the shadows of those trees over Windy Corner?

"Hullo, Lucy! There's still light enough for another set, if you two'll hurry."

"Mr. Emerson has had to go."

"What a nuisance! That spoils the four. I say, Cecil, do play, do, there's a good chap. It's Floyd's last day. Do play tennis with us, just this once."

Cecil's voice came: "My dear Freddy, I am no athlete. As you well remarked this very morning, 'There are some chaps who are no good for anything but books'; I plead guilty to being such a chap, and will not inflict myself on you."

The scales fell from Lucy's eyes. How had she stood Cecil for a moment? He was absolutely intolerable, and the same evening she broke off her engagement.

Lying to Cecil

Mentir Para Cecil

Ele ficou desnorteado. Ele não tinha nada a dizer. Ele nem estava bravo, mas estava de pé, com um copo de uísque entre as mãos, tentando pensar no que a havia levado a tal conclusão.

Ela havia escolhido o momento antes de dormir, quando, de acordo com o hábito burguês deles, ela sempre distribuía bebidas para os homens. Freddy e o Sr. Floyd estavam certos de se aposentar com seus copos, enquanto Cecil invariavelmente permanecia, bebericando no dele enquanto ela trancava o sideboard.

"Eu sinto muito sobre isso", disse ela; "Eu pensei cuidadosamente sobre as coisas. Nós somos muito diferentes. Devo pedir-lhe que me liberte, e tente esquecer que alguma vez houve uma garota tão tola".

Foi um discurso adequado, mas ela estava mais brava do que arrependida, e sua voz o mostrou.

"Diferência-como-como-"...

"Eu não tive uma educação realmente boa, para começar", continuou ela, ainda de joelhos junto ao aparador. "Minha viagem italiana chegou muito tarde e estou esquecendo tudo o que aprendi lá". Nunca poderei falar com seus amigos, ou me comportar como uma esposa sua deveria".

He was bewildered. He had nothing to say. He was not even angry, but stood, with a glass of whiskey between his hands, trying to think what had led her to such a conclusion.

She had chosen the moment before bed, when, in accordance with their bourgeois habit, she always dispensed drinks to the men. Freddy and Mr. Floyd were sure to retire with their glasses, while Cecil invariably lingered, sipping at his while she locked up the sideboard.

"I am very sorry about it," she said; "I have carefully thought things over. We are too different. I must ask you to release me, and try to forget that there ever was such a foolish girl."

It was a suitable speech, but she was more angry than sorry, and her voice showed it.

"Different—how—how—"

"I haven't had a really good education, for one thing," she continued, still on her knees by the sideboard. "My Italian trip came too late, and I am forgetting all that I learnt there. I shall never be able to talk to your friends, or behave as a wife of yours should."

263

"Eu não entendo você. Você não é como você mesmo. Você está cansada, Lucy".

"Cansada!", ela retorquiu, brincando de uma vez. "Isso é exatamente como você". Você sempre acha que as mulheres não significam o que elas dizem".

"Bem, você parece cansado, como se algo o tivesse preocupado".

"E se eu fizer? Isso não me impede de perceber a verdade. Eu não posso me casar com você, e você me agradecerá por dizer isso algum dia".

"Você teve aquela dor de cabeça ruim ontem - Tudo certo" - pois ela tinha exclamado indignada: "Eu vejo que é muito mais do que dores de cabeça. Mas me dê um momento". Ele fechou os olhos. "Você deve me desculpar se eu disser coisas estúpidas, mas meu cérebro ficou em pedaços". Parte dele vive três minutos atrás, quando eu tinha certeza de que você me amava, e a outra parte - eu acho difícil - eu provavelmente vou dizer a coisa errada".

Ela percebeu que ele não estava se comportando tão mal, e a irritação dela aumentou. Ela novamente desejava uma luta, não uma discussão. Para provocar a crise, ela disse:

"Há dias em que se vê claramente, e este é um deles. As coisas devem chegar a um ponto de ruptura algum dia, e acontece que é dia de hoje. Se você quiser saber, uma coisinha muito pequena decidiu que eu falaria com você - quando você não jogaria tênis com Freddy".

"Eu nunca jogo tênis", disse Cecil, dolorosamente desnorteado; "Eu nunca pude jogar. Eu não entendo uma palavra do que você diz".

"I don't understand you. You aren't like yourself. You're tired, Lucy."

"Tired!" she retorted, kindling at once. "That is exactly like you. You always think women don't mean what they say."

"Well, you sound tired, as if something has worried you."

"What if I do? It doesn't prevent me from realizing the truth. I can't marry you, and you will thank me for saying so some day."

"You had that bad headache yesterday—All right"—for she had exclaimed indignantly: "I see it's much more than headaches. But give me a moment's time." He closed his eyes. "You must excuse me if I say stupid things, but my brain has gone to pieces. Part of it lives three minutes back, when I was sure that you loved me, and the other part—I find it difficult—I am likely to say the wrong thing."

It struck her that he was not behaving so badly, and her irritation increased. She again desired a struggle, not a discussion. To bring on the crisis, she said:

"There are days when one sees clearly, and this is one of them. Things must come to a breaking-point some time, and it happens to be to-day. If you want to know, quite a little thing decided me to speak to you—when you wouldn't play tennis with Freddy."

"I never do play tennis," said Cecil, painfully bewildered; "I never could play. I don't understand a word you say."

"Você pode jogar bem o suficiente para compor um quatro. Eu achei abominavelmente egoísta da sua parte".

"Não, eu não posso - bem, não importa o tênis. Por que você não poderia - você não poderia ter me avisado se sentisse algo errado? Você falou do nosso casamento no almoço - pelo menos, você me deixou falar".

"Eu sabia que você não entenderia", disse Lucy muito cruelmente. "Eu poderia saber que teria havido estas explicações terríveis". Claro, não é o tênis - isso foi apenas a gota d'água para tudo o que eu tenho sentido por semanas. Certamente foi melhor não falar até que eu me sentisse certa". Ela desenvolveu esta posição. "Muitas vezes antes eu me perguntava se eu estava apto para sua esposa - por exemplo, em Londres; e você está apto para ser meu marido? Eu não acho que sim. Você não gosta de Freddy, nem de minha mãe. Sempre houve muito contra nosso noivado, Cecil, mas todos os nossos relacionamentos pareciam satisfeitos, e nós nos encontrávamos com tanta freqüência, e não era bom mencionar isso até que todas as coisas chegassem a um ponto. Eles têm hoje. Eu vejo claramente. Eu preciso falar. Isso é tudo".

"Eu não posso pensar que você estava certo", disse Cecil gentilmente. "Eu não posso dizer por que, mas embora tudo o que você diz pareça verdade, eu sinto que você não está me tratando de forma justa". É tudo muito horrível".

"Qual é o bem de uma cena?"

"Não adianta. Mas certamente eu tenho o direito de ouvir um pouco mais".

"You can play well enough to make up a four. I thought it abominably selfish of you."

"No, I can't—well, never mind the tennis. Why couldn't you—couldn't you have warned me if you felt anything wrong? You talked of our wedding at lunch—at least, you let me talk."

"I knew you wouldn't understand," said Lucy quite crossly. "I might have known there would have been these dreadful explanations. Of course, it isn't the tennis—that was only the last straw to all I have been feeling for weeks. Surely it was better not to speak until I felt certain." She developed this position. "Often before I have wondered if I was fitted for your wife—for instance, in London; and are you fitted to be my husband? I don't think so. You don't like Freddy, nor my mother. There was always a lot against our engagement, Cecil, but all our relations seemed pleased, and we met so often, and it was no good mentioning it until—well, until all things came to a point. They have to-day. I see clearly. I must speak. That's all."

"I cannot think you were right," said Cecil gently. "I cannot tell why, but though all that you say sounds true, I feel that you are not treating me fairly. It's all too horrible."

"What's the good of a scene?"

"No good. But surely I have a right to hear a little more."

Ele pousou seu vidro e abriu a janela. De onde ela se ajoelhou, janelando suas chaves, ela podia ver uma fenda de escuridão e, espreitando nela, como se isso lhe dissesse que "pouco mais", seu longo e atencioso rosto.

"Não abra a janela; e é melhor você desenhar a cortina também; Freddy ou qualquer um pode estar do lado de fora". Ele obedeceu. "Eu realmente acho melhor irmos para a cama, se você não se importa. Eu só direi coisas que me deixarão infeliz depois. Como você diz, tudo isso é horrível demais, e não é bom falar".

Mas para Cecil, agora que ele estava prestes a perdê-la, ela parecia cada momento mais desejável. Ele olhou para ela, ao invés de através dela, pela primeira vez desde que eles estavam noivos. De um Leonardo ela se tornou uma mulher viva, com mistérios e forças próprias, com qualidades que até escaparam da arte. Seu cérebro se recuperou do choque e, em uma explosão de devoção genuína, ele chorou: "Mas eu te amo, e eu pensei que você me amava!"

"Eu não fiz", disse ela. "Eu pensei que tinha feito no início. Eu sinto muito, e deveria ter recusado você desta última vez também".

Ele começou a andar para cima e para baixo da sala, e ela ficou cada vez mais irritada com seu comportamento digno. Ela contava com o fato de ele ser mesquinho. Isso teria tornado as coisas mais fáceis para ela. Por uma ironia cruel, ela estava tirando tudo o que havia de melhor na disposição dele.

"Você não me ama, evidentemente. Eu ouso dizer que você está certo em não me amar. Mas doeria um pouco menos se eu soubesse o porquê".

He put down his glass and opened the window. From where she knelt, jangling her keys, she could see a slit of darkness, and, peering into it, as if it would tell him that "little more," his long, thoughtful face.

"Don't open the window; and you'd better draw the curtain, too; Freddy or any one might be outside." He obeyed. "I really think we had better go to bed, if you don't mind. I shall only say things that will make me unhappy afterwards. As you say it is all too horrible, and it is no good talking."

But to Cecil, now that he was about to lose her, she seemed each moment more desirable. He looked at her, instead of through her, for the first time since they were engaged. From a Leonardo she had become a living woman, with mysteries and forces of her own, with qualities that even eluded art. His brain recovered from the shock, and, in a burst of genuine devotion, he cried: "But I love you, and I did think you loved me!"

"I did not," she said. "I thought I did at first. I am sorry, and ought to have refused you this last time, too."

He began to walk up and down the room, and she grew more and more vexed at his dignified behaviour. She had counted on his being petty. It would have made things easier for her. By a cruel irony she was drawing out all that was finest in his disposition.

"You don't love me, evidently. I dare say you are right not to. But it would hurt a little less if I knew why."

"Porque" - uma frase veio até ela, e ela aceitou - "você é do tipo que não pode conhecer ninguém intimamente".

Um olhar horrorizado veio em seus olhos.

"Eu não quero dizer exatamente isso. Mas você vai me questionar, embora eu lhe suplique que não o faça, e eu devo dizer algo. É isso, mais ou menos. Quando éramos apenas conhecidos, você me deixava ser eu mesmo, mas agora você está sempre me protegendo". A voz dela inchou. "Eu não vou ser protegido. Eu vou escolher por mim mesma o que é dama e o que é certo. Proteger-me é um insulto. Não se pode confiar em mim para encarar a verdade, mas eu tenho de obtê-la em segunda mão através de você?

O lugar de uma mulher! Você despreza minha mãe - eu sei que você faz - porque ela é convencional e se preocupa com pudins; mas, oh meu Deus" - ela se levantou - "convencional, Cecil, você é isso, pois você pode entender coisas bonitas, mas você não sabe como usá-las; e você se embrulha em arte, livros e música, e tentaria me embrulhar. Eu não serei sufocado, não pela música mais gloriosa, pois as pessoas são mais gloriosas, e você as esconde de mim.

É por isso que eu termino meu noivado. Você estava bem desde que você mantivesse as coisas, mas quando você veio até as pessoas..." Ela parou.

Houve uma pausa. Então Cecil disse com muita emoção:

"É verdade".

"Verdadeiro em geral", ela corrigiu, cheia de alguma vergonha vaga.

"Because"—a phrase came to her, and she accepted it—"you're the sort who can't know any one intimately."

A horrified look came into his eyes.

"I don't mean exactly that. But you will question me, though I beg you not to, and I must say something. It is that, more or less. When we were only acquaintances, you let me be myself, but now you're always protecting me." Her voice swelled. "I won't be protected. I will choose for myself what is ladylike and right. To shield me is an insult. Can't I be trusted to face the truth but I must get it second-hand through you?

A woman's place! You despise my mother—I know you do—because she's conventional and bothers over puddings; but, oh goodness!"—she rose to her feet—"conventional, Cecil, you're that, for you may understand beautiful things, but you don't know how to use them; and you wrap yourself up in art and books and music, and would try to wrap up me. I won't be stifled, not by the most glorious music, for people are more glorious, and you hide them from me.

That's why I break off my engagement. You were all right as long as you kept to things, but when you came to people—" She stopped.

There was a pause. Then Cecil said with great emotion:

"It is true."

"True on the whole," she corrected, full of some vague shame.

"É verdade, cada palavra. É uma revelação. É-I.".

"De qualquer forma, essas são as minhas razões para não ser sua esposa".

Ele repetiu: "'O tipo que não pode conhecer ninguém intimamente'. É verdade. Eu caí em pedaços logo no primeiro dia em que estivemos noivos. Eu me comportei como um cad para Beebe e para seu irmão. Você é ainda maior do que eu pensava". Ela deu um passo atrás. "Eu não vou te preocupar. Você é bom demais para mim". Eu nunca esquecerei sua percepção; e, querida, eu só a culpo por isto: você poderia ter me avisado nos estágios iniciais, antes de sentir que não se casaria comigo, e assim me deu uma chance de melhorar. Eu nunca te conheci até esta noite. Eu apenas usei você como uma cavilha para minhas noções bobas do que uma mulher deveria ser. Mas esta noite você é uma pessoa diferente: novos pensamentos - até mesmo uma nova voz -".

"O que você quer dizer com uma nova voz", perguntou ela, apreendida com raiva incontrolável.

"Eu quero dizer que uma nova pessoa parece falar através de você", disse ele.

Então ela perdeu o equilíbrio. Ela chorou: "Se você acha que estou apaixonada por outra pessoa, está muito enganada."

"É claro que eu não acho isso. Você não é desse tipo, Lucy".

"True, every word. It is a revelation. It is—I."

"Anyhow, those are my reasons for not being your wife."

He repeated: "'The sort that can know no one intimately.' It is true. I fell to pieces the very first day we were engaged. I behaved like a cad to Beebe and to your brother. You are even greater than I thought." She withdrew a step. "I'm not going to worry you. You are far too good to me. I shall never forget your insight; and, dear, I only blame you for this: you might have warned me in the early stages, before you felt you wouldn't marry me, and so have given me a chance to improve. I have never known you till this evening. I have just used you as a peg for my silly notions of what a woman should be. But this evening you are a different person: new thoughts—even a new voice—"

"What do you mean by a new voice?" she asked, seized with incontrollable anger.

"I mean that a new person seems speaking through you," said he.

Then she lost her balance. She cried: "If you think I am in love with some one else, you are very much mistaken."

"Of course I don't think that. You are not that kind, Lucy."

"Oh, sim, você acha mesmo. É a sua velha idéia, a idéia que tem mantido a Europa para trás - eu quero dizer a idéia de que as mulheres estão sempre pensando nos homens. Se uma garota rompe seu noivado, todos dizem: "Oh, ela tinha outra pessoa em sua mente; ela espera conseguir outra pessoa". É nojento, brutal! Como se uma garota não pudesse rompê-lo em nome da liberdade".

Ele respondeu com reverência: "Eu posso ter dito isso no passado. Eu nunca mais vou dizer isso novamente. Você me ensinou melhor".

Ela começou a avermelhar e fingiu examinar as janelas novamente.

"É claro que não há nenhuma questão de 'outra pessoa' nisto, nenhuma 'bobagem' ou qualquer estupidez nauseabunda. Eu peço desculpas muito humildemente se minhas palavras sugeriram que havia. Eu só quis dizer que havia uma força em você que eu não tinha conhecimento até agora".

"Muito bem, Cecil, isso serve. Não me peça desculpas. O erro foi meu".

"É uma questão entre ideais, os seus e os meus - ideais abstratos puros, e os seus são os mais nobres". Eu estava preso às velhas noções viciosas, e todo o tempo você era esplêndido e novo". A voz dele quebrou. "Eu devo realmente lhe agradecer pelo que você tem feito - por me mostrar o que eu realmente sou". Solenemente, eu lhe agradeço por me mostrar uma verdadeira mulher. Você vai apertar a mão"?

"Claro que sim", disse Lucy, torcendo sua outra mão nas cortinas. "Boa noite, Cecil. Adeus, Cecil. Está tudo bem. Sinto muito por isso. Muito obrigado por sua gentileza".

"Oh, yes, you do think it. It's your old idea, the idea that has kept Europe back—I mean the idea that women are always thinking of men. If a girl breaks off her engagement, everyone says: 'Oh, she had someone else in her mind; she hopes to get someone else.' It's disgusting, brutal! As if a girl can't break it off for the sake of freedom."

He answered reverently: "I may have said that in the past. I shall never say it again. You have taught me better."

She began to redden, and pretended to examine the windows again.

"Of course, there is no question of 'someone else' in this, no 'jilting' or any such nauseous stupidity. I beg your pardon most humbly if my words suggested that there was. I only meant that there was a force in you that I hadn't known of up till now."

"All right, Cecil, that will do. Don't apologize to me. It was my mistake."

"It is a question between ideals, yours and mine—pure abstract ideals, and yours are the nobler. I was bound up in the old vicious notions, and all the time you were splendid and new." His voice broke. "I must actually thank you for what you have done—for showing me what I really am. Solemnly, I thank you for showing me a true woman. Will you shake hands?"

"Of course I will," said Lucy, twisting up her other hand in the curtains. "Good-night, Cecil. Good-bye. That's all right. I'm sorry about it. Thank you very much for your gentleness."

"Deixe-me acender a sua vela, devo?"

Eles foram para o salão.

"Obrigado. Boa noite novamente. Deus te abençoe, Lucy!"

"Adeus, Cecil".

Ela o viu roubar lá em cima, enquanto as sombras de três corrimões passavam por cima do rosto dela como o bater das asas. No pouso ele parou forte em sua renúncia, e deu a ela um olhar de beleza memorável. Por toda sua cultura, Cecil era um asceta de coração, e nada em seu amor se transformou nele como a saída dele.

Ela nunca poderia se casar. No tumulto de sua alma, ela se manteve firme. Cecil acreditou nela; ela deve um dia acreditar em si mesma. Ela deve ser uma das mulheres que ela havia elogiado tão eloqüentemente, que se preocupa com a liberdade e não com os homens; ela deve esquecer que George a amava, que George havia pensado através dela e conseguido esta honrosa libertação, que George havia ido embora para - o que era - a escuridão.

Ela apagou a lâmpada.

Não fez para pensar, nem, por causa disso, para sentir. Ela desistiu de tentar se entender, e se juntou aos vastos exércitos dos incultos, que não seguem nem o coração nem o cérebro, e marcham para o seu destino por palavras de ordem. Os exércitos estão cheios de gente agradável e piedosa. Mas eles se renderam ao único inimigo que importa - o inimigo interno. Eles pecaram contra a paixão e a verdade, e vaidosos serão suas lutas pela virtude.

"Let me light your candle, shall I?"

They went into the hall.

"Thank you. Good-night again. God bless you, Lucy!"

"Good-bye, Cecil."

She watched him steal up-stairs, while the shadows from three banisters passed over her face like the beat of wings. On the landing he paused strong in his renunciation, and gave her a look of memorable beauty. For all his culture, Cecil was an ascetic at heart, and nothing in his love became him like the leaving of it.

She could never marry. In the tumult of her soul, that stood firm. Cecil believed in her; she must some day believe in herself. She must be one of the women whom she had praised so eloquently, who care for liberty and not for men; she must forget that George loved her, that George had been thinking through her and gained her this honourable release, that George had gone away into—what was it?—the darkness.

She put out the lamp.

It did not do to think, nor, for the matter of that, to feel. She gave up trying to understand herself, and joined the vast armies of the benighted, who follow neither the heart nor the brain, and march to their destiny by catch-words. The armies are full of pleasant and pious folk. But they have yielded to the only enemy that matters—the enemy within. They have sinned against passion and truth, and vain will be their strife after virtue.

Com o passar dos anos, eles são censurados. Seu prazer e sua piedade mostram rachaduras, sua sagacidade se torna cinismo, sua hipocrisia altruísta; eles sentem e produzem desconforto onde quer que vão. Eles pecaram contra Eros e contra Pallas Athene, e não por qualquer intervenção celestial, mas pelo curso ordinário da natureza, essas divindades aliadas serão vingadas.

Lucy entrou neste exército quando fingiu para George que não o amava, e fingiu para Cecil que ela não amava ninguém. A noite a recebeu, como havia recebido Miss Bartlett trinta anos antes.

As the years pass, they are censured. Their pleasantry and their piety show cracks, their wit becomes cynicism, their unselfishness hypocrisy; they feel and produce discomfort wherever they go. They have sinned against Eros and against Pallas Athene, and not by any heavenly intervention, but by the ordinary course of nature, those allied deities will be avenged.

Lucy entered this army when she pretended to George that she did not love him, and pretended to Cecil that she loved no one. The night received her, as it had received Miss Bartlett thirty years before.

Lying to Mr. Beebe, Mrs. Honeychurch, Freddy, and the Servants

Mentir Ao Sr. Beebe, Sra. Honeychurch, Freddy E the Servants

O Windy Corner ficava, não no cume da colina, mas algumas centenas de metros abaixo da encosta sul, na nascente de um dos grandes contrafortes que suportavam a colina. De ambos os lados havia uma ravina rasa, cheia de samambaias e pinheiros, e pela ravina à esquerda corria a rodovia em direção ao Weald.

Sempre que o Sr. Beebe atravessava o cume e via essas nobres disposições da terra, e, posicionado no meio delas, Windy Corner,- ele ria. A situação era tão gloriosa, a casa tão banal, para não dizer impertinente. O falecido Sr. Honeychurch havia afetado o cubo, porque ele era o que mais lhe dava acomodação para seu dinheiro, e a única adição feita por sua viúva havia sido uma pequena torre, com a forma de uma buzina de rinoceronte, onde ela podia sentar-se no tempo molhado e ver as carroças subindo e descendo a estrada.

Windy Corner lay, not on the summit of the ridge, but a few hundred feet down the southern slope, at the springing of one of the great buttresses that supported the hill. On either side of it was a shallow ravine, filled with ferns and pine-trees, and down the ravine on the left ran the highway into the Weald.

Whenever Mr. Beebe crossed the ridge and caught sight of these noble dispositions of the earth, and, poised in the middle of them, Windy Corner,—he laughed. The situation was so glorious, the house so commonplace, not to say impertinent. The late Mr. Honeychurch had affected the cube, because it gave him the most accommodation for his money, and the only addition made by his widow had been a small turret, shaped like a rhinoceros' horn, where she could sit in wet weather and watch the carts going up and down the road.

Tão impertinente - e ainda assim a casa "fez", pois era o lar de pessoas que amavam honestamente o ambiente ao seu redor. Outras casas no bairro haviam sido construídas por arquitetos caros, sobre outras, seus detentos haviam se aglomerado sedutoramente, mas tudo isso sugeria o acidental, o temporário; enquanto o Windy Corner parecia tão inevitável quanto uma feiúra da própria criação da natureza. Poderíamos rir da casa, mas nunca nos estremecemos.

O Sr. Beebe estava andando de bicicleta nesta segunda-feira à tarde com uma fofoca. Ele tinha ouvido falar da Srta. Alans. Essas senhoras admiráveis, já que não podiam ir a Cissie Villa, tinham mudado seus planos. Elas estavam indo para a Grécia ao invés disso.

Como Florence fez tanto bem à minha pobre irmã", escreveu a senhorita Catharine, "não vemos porque não devemos tentar Atenas neste inverno". É claro que Atenas é um mergulho, e o médico pediu seu pão digestivo especial; mas, afinal de contas, podemos levar isso conosco, e ele só está entrando primeiro em um vaporizador e depois em um trem. Mas existe uma igreja inglesa?". E a carta continuou a dizer: "Não espero que vamos mais longe do que Atenas, mas se você soubesse de uma pensão realmente confortável em Constantinopla, nós deveríamos ser tão gratos".

So impertinent—and yet the house "did," for it was the home of people who loved their surroundings honestly. Other houses in the neighborhood had been built by expensive architects, over others their inmates had fidgeted sedulously, yet all these suggested the accidental, the temporary; while Windy Corner seemed as inevitable as an ugliness of Nature's own creation. One might laugh at the house, but one never shuddered.

Mr. Beebe was bicycling over this Monday afternoon with a piece of gossip. He had heard from the Miss Alans. These admirable ladies, since they could not go to Cissie Villa, had changed their plans. They were going to Greece instead.

"Since Florence did my poor sister so much good," wrote Miss Catharine, "we do not see why we should not try Athens this winter. Of course, Athens is a plunge, and the doctor has ordered her special digestive bread; but, after all, we can take that with us, and it is only getting first into a steamer and then into a train. But is there an English Church?" And the letter went on to say: "I do not expect we shall go any further than Athens, but if you knew of a really comfortable pension at Constantinople, we should be so grateful."

Lucy apreciaria esta carta, e o sorriso com que o Sr. Beebe saudou Windy Corner foi em parte para ela. Ela veria a diversão dela, e alguma de sua beleza, pois ela deve ver alguma beleza. Embora ela não tivesse esperança sobre as fotos, e embora ela se vestisse tão irregularmente - oh, aquele vestido cereja ontem na igreja!- ela deve ver alguma beleza na vida, ou ela não conseguia tocar piano como ela fazia. Ele tinha uma teoria de que os músicos são incrivelmente complexos, e sabem muito menos do que outros artistas o que eles querem e o que eles são; que eles se confundem, assim como seus amigos; que sua psicologia é um desenvolvimento moderno, e ainda não foi entendida.

Esta teoria, se ele a conhecesse, possivelmente só tinha sido ilustrada por fatos. Ignorando os acontecimentos de ontem, ele estava apenas cavalgando para tomar um chá, para ver sua sobrinha, e para observar se Miss Honeychurch viu algo de belo no desejo de duas velhinhas de visitar Atenas.

Lucy would enjoy this letter, and the smile with which Mr. Beebe greeted Windy Corner was partly for her. She would see the fun of it, and some of its beauty, for she must see some beauty. Though she was hopeless about pictures, and though she dressed so unevenly—oh, that cerise frock yesterday at church!—she must see some beauty in life, or she could not play the piano as she did. He had a theory that musicians are incredibly complex, and know far less than other artists what they want and what they are; that they puzzle themselves as well as their friends; that their psychology is a modern development, and has not yet been understood.

This theory, had he known it, had possibly just been illustrated by facts. Ignorant of the events of yesterday he was only riding over to get some tea, to see his niece, and to observe whether Miss Honeychurch saw anything beautiful in the desire of two old ladies to visit Athens.

Uma carruagem foi desenhada fora do Windy Corner, e quando ele avistou a casa, ela começou, fez uma curva e parou abruptamente quando chegou à estrada principal. Portanto, deve ser o cavalo, que sempre esperou que as pessoas subissem a colina caso o cansassem. A porta se abriu obedientemente, e dois homens surgiram, que o Sr. Beebe reconheceu como Cecil e Freddy. Eles eram um casal estranho para ir dirigir; mas ele viu um baú ao lado das pernas do cocheiro. Cecil, que usava um lançador, deve estar indo embora, enquanto Freddy (um boné) - estava vendo-o para a estação. Eles caminharam rapidamente, pegando os atalhos, e chegaram ao cume enquanto a carruagem ainda estava perseguindo os ventos da estrada.

Eles apertaram as mãos do clérigo, mas não falaram.

"Então você está fora por um minuto, Sr. Vyse?" ele perguntou.

Cecil disse: "Sim", enquanto Freddy se afastava.

"Eu estava vindo para lhe mostrar esta carta encantadora daqueles amigos de Miss Honeychurch". Ele citou a partir dela. "Não é maravilhosa? Não é romântico? Com certeza eles irão para Constantinopla. Eles são levados em uma armadilha que não pode falhar. Eles vão acabar dando a volta ao mundo".

Cecil ouviu civilizadamente, e disse que estava certo de que Lucy estaria divertida e interessada.

A carriage was drawn up outside Windy Corner, and just as he caught sight of the house it started, bowled up the drive, and stopped abruptly when it reached the main road. Therefore it must be the horse, who always expected people to walk up the hill in case they tired him. The door opened obediently, and two men emerged, whom Mr. Beebe recognized as Cecil and Freddy. They were an odd couple to go driving; but he saw a trunk beside the coachman's legs. Cecil, who wore a bowler, must be going away, while Freddy (a cap)—was seeing him to the station. They walked rapidly, taking the short cuts, and reached the summit while the carriage was still pursuing the windings of the road.

They shook hands with the clergyman, but did not speak.

"So you're off for a minute, Mr. Vyse?" he asked.

Cecil said, "Yes," while Freddy edged away.

"I was coming to show you this delightful letter from those friends of Miss Honeychurch." He quoted from it. "Isn't it wonderful? Isn't it romance? Most certainly they will go to Constantinople. They are taken in a snare that cannot fail. They will end by going round the world."

Cecil listened civilly, and said he was sure that Lucy would be amused and interested.

"Não é o Romance caprichoso! Eu nunca percebo isso em vocês jovens; vocês não fazem nada além de jogar tênis no gramado, e dizem que o romance está morto, enquanto as Miss Alans estão lutando com todas as armas de decência contra a coisa terrível. Uma pensão realmente confortável em Constantinopla'! Então eles chamam isso por decência, mas em seus corações eles querem uma pensão com janelas mágicas se abrindo na espuma de mares perigosos na terra das fadas desesperadas! Nenhuma vista comum vai contentar a Miss Alans. Eles querem as Chaves da Pensão".

"Sinto muito interromper, Sr. Beebe", disse Freddy, "mas você tem alguma partida?"

"Eu tenho", disse Cecil, e não escapou do aviso do Sr. Beebe de que ele falou com o garoto mais gentilmente.

"Você nunca conheceu essa Srta. Alans, pois não, Sr. Vyse?"

"Nunca".

"Então você não vê a maravilha desta visita grega". Eu mesmo não estive na Grécia e não quero ir, e não consigo imaginar nenhum dos meus amigos indo". É muito grande para o nosso pequeno lote. Você não acha que sim? A Itália é quase o máximo que podemos conseguir. A Itália é heróica, mas a Grécia é divina ou diabólica - eu não tenho certeza qual, e em ambos os casos absolutamente fora do nosso foco suburbano. Tudo bem, Freddy - eu não estou sendo esperto, pela minha palavra eu não estou - eu tirei a idéia de outro companheiro; e me dê essas partidas quando você tiver terminado com eles". Ele acendeu um cigarro, e continuou falando com os dois jovens.

"Isn't Romance capricious! I never notice it in you young people; you do nothing but play lawn tennis, and say that romance is dead, while the Miss Alans are struggling with all the weapons of propriety against the terrible thing. 'A really comfortable pension at Constantinople!' So they call it out of decency, but in their hearts they want a pension with magic windows opening on the foam of perilous seas in fairyland forlorn! No ordinary view will content the Miss Alans. They want the Pension Keats."

"I'm awfully sorry to interrupt, Mr. Beebe," said Freddy, "but have you any matches?"

"I have," said Cecil, and it did not escape Mr. Beebe's notice that he spoke to the boy more kindly.

"You have never met these Miss Alans, have you, Mr. Vyse?"

"Never."

"Then you don't see the wonder of this Greek visit. I haven't been to Greece myself, and don't mean to go, and I can't imagine any of my friends going. It is altogether too big for our little lot. Don't you think so? Italy is just about as much as we can manage. Italy is heroic, but Greece is godlike or devilish—I am not sure which, and in either case absolutely out of our suburban focus. All right, Freddy—I am not being clever, upon my word I am not—I took the idea from another fellow; and give me those matches when you've done with them." He lit a cigarette, and went on talking to the two young men.

"Eu estava dizendo, se a nossa pobrezinha Cockney vive deve ter um passado, que seja italiana". Suficientemente grande em toda consciência. O teto da Capela Sistina para mim. Ali o contraste é o máximo que eu posso perceber. Mas não o Parthenon, não o friso de Phidias a qualquer preço; e aí vem a vitoria".

"Você está certo", disse Cecil. "A Grécia não é para o nosso pequeno lote"; e ele entrou. Freddy seguiu, acenando com a cabeça para o clérigo, a quem ele confiava para não estar puxando a perna, realmente. E antes que eles tivessem ido a uma dúzia de metros ele pulou para fora, e voltou correndo para a caixa de fósforos de Vyse, que não tinha sido devolvida. Como ele a pegou, ele disse: "Estou tão feliz que você só falou de livros". Cecil foi duramente atingido. Lucy não quer se casar com ele. Se você tivesse continuado sobre ela, como você fez com eles, ele poderia ter quebrado".

"Mas quando..."

"Tarde da noite passada. Eu tenho que ir".

"Talvez eles não me queiram lá embaixo".

"Não continue. Adeus".

"Graças a Deus!" exclamou o Sr. Beebe para si mesmo, e bateu na sela de sua bicicleta aprovando: "Foi a única coisa tola que ela já fez. Oh, que gloriosa viagem!" E, depois de pensar um pouco, ele negociou a ladeira no canto Windy, luz do coração. A casa estava novamente como deveria ser cortada para sempre do mundo pretensioso de Cecil.

Ele encontraria a Srta. Minnie no jardim.

"I was saying, if our poor little Cockney lives must have a background, let it be Italian. Big enough in all conscience. The ceiling of the Sistine Chapel for me. There the contrast is just as much as I can realize. But not the Parthenon, not the frieze of Phidias at any price; and here comes the victoria."

"You're quite right," said Cecil. "Greece is not for our little lot"; and he got in. Freddy followed, nodding to the clergyman, whom he trusted not to be pulling one's leg, really. And before they had gone a dozen yards he jumped out, and came running back for Vyse's match-box, which had not been returned. As he took it, he said: "I'm so glad you only talked about books. Cecil's hard hit. Lucy won't marry him. If you'd gone on about her, as you did about them, he might have broken down."

"But when—"

"Late last night. I must go."

"Perhaps they won't want me down there."

"No—go on. Good-bye."

"Thank goodness!" exclaimed Mr. Beebe to himself, and struck the saddle of his bicycle approvingly, "It was the one foolish thing she ever did. Oh, what a glorious riddance!" And, after a little thought, he negotiated the slope into Windy Corner, light of heart. The house was again as it ought to be—cut off forever from Cecil's pretentious world.

He would find Miss Minnie down in the garden.

Na sala de desenho, Lucy estava tilintando em uma Sonata Mozart. Ele hesitou um momento, mas foi para o jardim como solicitado. Lá ele encontrou uma companhia triste. Era um dia de bluster, e o vento havia tomado e quebrado os dahlias. A Sra. Honeychurch, que parecia cruzada, estava amarrando-os, enquanto a Sra. Bartlett, vestida inadequadamente, a impedia com ofertas de assistência. A uma pequena distância estavam Minnie e a "criança de jardim", uma importação de um minuto, cada uma segurando uma das extremidades de um longo pedaço de baixo.

"Oh, como você está, Sr. Beebe? Céus, que bagunça tudo é! Olhe para meus pompons escarlate, e o vento soprando suas saias, e o chão tão duro que nem um adereço vai grudar dentro, e então a carruagem ter que sair, quando eu tinha contado com Powell, que - perdoa a todos os seus devidos deveres - amarra bem as dahlias".

Evidentemente, a Sra. Honeychurch foi despedaçada.

"Como você está?" disse Miss Bartlett, com um olhar de sentido, como se transmitisse que mais do que as dálias tinham sido quebradas pelas tempestades de outono.

"Aqui, Lennie, o baixo", gritou a Sra. Honeychurch. A criança do jardim, que não sabia o que era o baixo, ficou enraizada no caminho com horror. Minnie escorregou para seu tio e sussurrou que todos eram muito desagradáveis hoje em dia, e que não era culpa dela se as cordas de dália rasgassem longitudinalmente ao invés de atravessarem.

In the drawing-room Lucy was tinkling at a Mozart Sonata. He hesitated a moment, but went down the garden as requested. There he found a mournful company. It was a blustering day, and the wind had taken and broken the dahlias. Mrs. Honeychurch, who looked cross, was tying them up, while Miss Bartlett, unsuitably dressed, impeded her with offers of assistance. At a little distance stood Minnie and the "garden-child," a minute importation, each holding either end of a long piece of bass.

"Oh, how do you do, Mr. Beebe? Gracious what a mess everything is! Look at my scarlet pompoms, and the wind blowing your skirts about, and the ground so hard that not a prop will stick in, and then the carriage having to go out, when I had counted on having Powell, who—give everyone their due—does tie up dahlias properly."

Evidently Mrs. Honeychurch was shattered.

"How do you do?" said Miss Bartlett, with a meaning glance, as though conveying that more than dahlias had been broken off by the autumn gales.

"Here, Lennie, the bass," cried Mrs. Honeychurch. The garden-child, who did not know what bass was, stood rooted to the path with horror. Minnie slipped to her uncle and whispered that everyone was very disagreeable to-day, and that it was not her fault if dahlia-strings would tear longways instead of across.

"Venha dar um passeio comigo", disse-lhe ele. "Você os preocupou tanto quanto eles podem ficar de pé. Sra. Honeychurch, eu só liguei sem objetivo. Vou levá-la para o chá na Taverna Beehive, se me permite".

"Oh, você precisa? Sim, preciso. - Não a tesoura, obrigado, Charlotte, quando ambas as minhas mãos já estiverem cheias - estou perfeitamente certo de que o cacto laranja irá antes que eu possa chegar até ele".

O Sr. Beebe, que era um especialista em aliviar situações, convidou a Srta. Bartlett para acompanhá-los a esta festividade suave.

"Sim, Charlotte, eu não quero que você vá; não há nada para parar, seja dentro de casa ou fora dela".

Miss Bartlett disse que seu dever estava na cama dahlia, mas quando ela tinha exasperado todos, exceto Minnie, por uma recusa, ela se virou e exasperou Minnie por uma aceitação. Enquanto eles andavam pelo jardim, o cacto laranja caiu, e a última visão do Sr. Beebe foi a de que a criança do jardim a abraçava como um amante, sua cabeça escura enterrada em uma riqueza de flores.

"É terrível, este caos entre as flores", comentou ele.

"É sempre terrível quando a promessa de meses é destruída em um momento", enunciou Miss Bartlett.

"Talvez devêssemos enviar Miss Honeychurch à sua mãe. Ou será que ela virá conosco?"

"Acho melhor deixar Lucy sozinha, e com suas próprias atividades".

Eles estão com raiva da Srta. Honeychurch porque ela estava atrasada para o café da manhã", sussurrou Minnie, "e Floyd foi embora, e o Sr. Vyse foi embora, e Freddy não vai brincar comigo". Na verdade, tio Arthur, a casa não é *em tudo* o que era ontem".

"Não seja um primo", disse seu tio Arthur. "Vá e calce suas botas".

Ele entrou na sala de sorteio, onde Lucy ainda estava seguindo atentamente as Sonatas de Mozart. Ela parou quando ele entrou.

"Como você faz? Miss Bartlett e Minnie estão vindo comigo para o chá no Beehive. Você viria também?"

"Eu acho que não vou, obrigado".

"Não, eu supunha que você não se importaria muito".

Lucy virou-se para o piano e tocou alguns acordes.

"Como essas Sonatas são delicadas", disse o Sr. Beebe, embora no fundo do seu coração, ele as achava pequenas coisas bobas.

Lucy passou para Schumann.

"Miss Honeychurch"!

"Sim".

"Eu os conheci na colina. Seu irmão me disse".

"Oh, ele fez?" Ela parecia aborrecida. O Sr. Beebe se sentiu magoado, pois ele havia pensado que ela gostaria que ele fosse contado.

"Eu não preciso dizer que não irá mais longe".

"They're angry with Miss Honeychurch because she was late for breakfast," whispered Minnie, "and Floyd has gone, and Mr. Vyse has gone, and Freddy won't play with me. In fact, Uncle Arthur, the house is not *at all* what it was yesterday."

"Don't be a prig," said her Uncle Arthur. "Go and put on your boots."

He stepped into the drawing-room, where Lucy was still attentively pursuing the Sonatas of Mozart. She stopped when he entered.

"How do you do? Miss Bartlett and Minnie are coming with me to tea at the Beehive. Would you come too?"

"I don't think I will, thank you."

"No, I didn't suppose you would care to much."

Lucy turned to the piano and struck a few chords.

"How delicate those Sonatas are!" said Mr. Beebe, though at the bottom of his heart, he thought them silly little things.

Lucy passed into Schumann.

"Miss Honeychurch!"

"Yes."

"I met them on the hill. Your brother told me."

"Oh he did?" She sounded annoyed. Mr. Beebe felt hurt, for he had thought that she would like him to be told.

"I needn't say that it will go no further."

"Mãe, Charlotte, Cecil, Freddy, você," disse Lucy, tocando uma nota para cada pessoa que sabia, e depois tocando uma sexta nota.

"Se você me deixar dizer isso, estou muito feliz, e estou certo de que você fez a coisa certa".

"Então eu esperava que outras pessoas pensassem, mas elas não parecem pensar".

"Eu pude ver que Miss Bartlett achava isso insensato".

"Assim como a mãe. A mãe pensa terrivelmente".

"Eu sinto muito por isso", disse o Sr. Beebe com sentimento.

A Sra. Honeychurch, que odiava todas as mudanças, se importou, mas não tanto quanto sua filha fingia, e apenas por um minuto. Foi realmente um ardil de Lucy para justificar seu desânimo - um ardil do qual ela mesma não estava consciente, pois ela estava marchando nos exércitos das trevas.

"E as mentes do Freddy".

"Ainda assim, Freddy nunca se deu muito bem com Vyse, não é mesmo? Eu percebi que ele não gostava do noivado e senti que isso poderia separá-lo de você".

"Os garotos são tão estranhos".

Minnie pôde ser ouvida discutindo com Miss Bartlett pelo chão. O chá na Colméia aparentemente envolveu uma completa mudança de roupa. Mr. Beebe viu que Lucy-very apropriadamente não queria discutir sua ação, então, após uma sincera expressão de simpatia, ele disse: "Eu recebi uma carta absurda de Miss Alan. Isso foi realmente o que me trouxe até aqui". Pensei que poderia divertir a todos vocês".

"Mother, Charlotte, Cecil, Freddy, you," said Lucy, playing a note for each person who knew, and then playing a sixth note.

"If you'll let me say so, I am very glad, and I am certain that you have done the right thing."

"So I hoped other people would think, but they don't seem to."

"I could see that Miss Bartlett thought it unwise."

"So does mother. Mother minds dreadfully."

"I am very sorry for that," said Mr. Beebe with feeling.

Mrs. Honeychurch, who hated all changes, did mind, but not nearly as much as her daughter pretended, and only for the minute. It was really a ruse of Lucy's to justify her despondency—a ruse of which she was not herself conscious, for she was marching in the armies of darkness.

"And Freddy minds."

"Still, Freddy never hit it off with Vyse much, did he? I gathered that he disliked the engagement, and felt it might separate him from you."

"Boys are so odd."

Minnie could be heard arguing with Miss Bartlett through the floor. Tea at the Beehive apparently involved a complete change of apparel. Mr. Beebe saw that Lucy—very properly—did not wish to discuss her action, so after a sincere expression of sympathy, he said, "I have had an absurd letter from Miss Alan. That was really what brought me over. I thought it might amuse you all."

"Que delícia", disse Lucy, com uma voz enfadonha.

Em nome de algo a fazer, ele começou a ler a carta para ela. Depois de algumas palavras seus olhos ficaram alerta, e logo ela o interrompeu com "Indo para o exterior? Quando eles começam?"

"Na próxima semana, eu me reuni".

"O Freddy disse se ele estava dirigindo direto de volta?"

"Não, ele não fez".

"Porque eu espero que ele não vá fofocar".

Então ela queria falar sobre seu noivado quebrado. Sempre complacente, ele arrumou a carta. Mas ela, imediatamente exclamou em voz alta, "Oh, me fale mais sobre a Miss Alans! Que esplêndido que eles são para ir para o exterior"!

"Eu quero que eles comecem de Veneza, e vão em um vapor de carga pela costa ilírica"!

Ela riu com muita gargalhada. "Oh, que delícia! Eu gostaria que eles me levassem".

"A Itália já lhe encheu com a febre das viagens? Talvez George Emerson esteja certo. Ele diz que 'a Itália é apenas um eufuísmo para o destino'".

"Oh, não a Itália, mas Constantinopla". Eu sempre desejei ir a Constantinopla. Constantinopla é praticamente a Ásia, não é?"

"How delightful!" said Lucy, in a dull voice.

For the sake of something to do, he began to read her the letter. After a few words her eyes grew alert, and soon she interrupted him with "Going abroad? When do they start?"

"Next week, I gather."

"Did Freddy say whether he was driving straight back?"

"No, he didn't."

"Because I do hope he won't go gossiping."

So she did want to talk about her broken engagement. Always complaisant, he put the letter away. But she, at once exclaimed in a high voice, "Oh, do tell me more about the Miss Alans! How perfectly splendid of them to go abroad!"

"I want them to start from Venice, and go in a cargo steamer down the Illyrian coast!"

She laughed heartily. "Oh, delightful! I wish they'd take me."

"Has Italy filled you with the fever of travel? Perhaps George Emerson is right. He says that 'Italy is only an euphuism for Fate.'"

"Oh, not Italy, but Constantinople. I have always longed to go to Constantinople. Constantinople is practically Asia, isn't it?"

O Sr. Beebe lembrou a ela que Constantinopla ainda era improvável, e que a Miss Alans só visava Atenas, "com Delphi, talvez, se as estradas forem seguras". Mas isso não fez diferença para o entusiasmo dela. Ela sempre desejou ir ainda mais à Grécia, ao que parecia. Ele viu, para sua surpresa, que ela estava aparentemente séria.

"Eu não percebi que você e a Srta. Alans ainda eram tão amigos, depois de Cissie Villa".

"Oh, isso não é nada; eu lhe asseguro que Cissie Villa não é nada para mim; eu daria tudo para ir com eles".

"Sua mãe o pouparia novamente tão cedo? Você mal voltou para casa há três meses".

"Ela *terá* que me poupar!" gritou Lucy, em crescente excitação. "Eu simplesmente *tenho* que ir embora". Eu tenho que ir". Ela correu histericamente com os dedos pelo cabelo. "Você não vê que eu *tenho* ir embora? Eu não percebi na época e, claro, quero ver Constantinopla tão particularmente".

"Você quer dizer que desde que você terminou o seu noivado você se sente..."

"Sim, sim. Eu sabia que você iria entender".

O Sr. Beebe não entendeu bem. Por que a Srta. Honeychurch não pôde descansar no seio de sua família? Cecil tinha evidentemente assumido a linha digna, e não ia incomodá-la. Então, ele percebeu que a própria família dela poderia ser irritante. Ele insinuou isso para ela, e ela aceitou a dica com entusiasmo.

Mr. Beebe reminded her that Constantinople was still unlikely, and that the Miss Alans only aimed at Athens, "with Delphi, perhaps, if the roads are safe." But this made no difference to her enthusiasm. She had always longed to go to Greece even more, it seemed. He saw, to his surprise, that she was apparently serious.

"I didn't realize that you and the Miss Alans were still such friends, after Cissie Villa."

"Oh, that's nothing; I assure you Cissie Villa's nothing to me; I would give anything to go with them."

"Would your mother spare you again so soon? You have scarcely been home three months."

"She *must* spare me!" cried Lucy, in growing excitement. "I simply *must* go away. I have to." She ran her fingers hysterically through her hair. "Don't you see that I *have* to go away? I didn't realize at the time—and of course I want to see Constantinople so particularly."

"You mean that since you have broken off your engagement you feel—"

"Yes, yes. I knew you'd understand."

Mr. Beebe did not quite understand. Why could not Miss Honeychurch repose in the bosom of her family? Cecil had evidently taken up the dignified line, and was not going to annoy her. Then it struck him that her family itself might be annoying. He hinted this to her, and she accepted the hint eagerly.

"Sim, claro; ir a Constantinopla até que eles estejam acostumados com a idéia e tudo tenha se acalmado".

"Receio que tenha sido um negócio incômodo", ele disse gentilmente.

"Não, de forma alguma. Cecil foi muito gentil; apenas - é melhor contar toda a verdade, já que você ouviu um pouco - é que ele é tão magistral. Eu descobri que ele não me deixaria seguir meu próprio caminho. Ele me melhoraria em lugares onde eu não posso ser melhorado. Cecil não deixa uma mulher decidir por si mesma - na verdade, ele não ousa. Que besteira eu falo! Mas esse é o tipo de coisa".

"É o que eu recolhi da minha própria observação do Sr. Vyse; é o que eu recolhi de tudo o que eu conhecia de você. Eu simpatizo e concordo profundamente com você. Eu concordo tanto que você deve me deixar fazer uma pequena crítica: Vale a pena correr para a Grécia"?

"Mas eu preciso ir a algum lugar", ela chorou. "Eu tenho me preocupado a manhã toda, e aí vem a própria coisa". Ela bateu os joelhos com os punhos cerrados, e repetiu: "Eu tenho que ir! E o tempo que eu terei com a mãe, e todo o dinheiro que ela gastou comigo na primavera passada. Todos vocês pensam muito bem demais de mim. Eu gostaria que vocês não fossem tão gentis". Neste momento, Miss Bartlett entrou, e seu nervosismo aumentou. "Eu tenho que ir embora, até agora. Preciso saber minha própria mente e para onde quero ir".

"Yes, of course; to go to Constantinople until they are used to the idea and everything has calmed down."

"I am afraid it has been a bothersome business," he said gently.

"No, not at all. Cecil was very kind indeed; only—I had better tell you the whole truth, since you have heard a little—it was that he is so masterful. I found that he wouldn't let me go my own way. He would improve me in places where I can't be improved. Cecil won't let a woman decide for herself—in fact, he daren't. What nonsense I do talk! But that is the kind of thing."

"It is what I gathered from my own observation of Mr. Vyse; it is what I gather from all that I have known of you. I do sympathize and agree most profoundly. I agree so much that you must let me make one little criticism: Is it worth while rushing off to Greece?"

"But I must go somewhere!" she cried. "I have been worrying all the morning, and here comes the very thing." She struck her knees with clenched fists, and repeated: "I must! And the time I shall have with mother, and all the money she spent on me last spring. You all think much too highly of me. I wish you weren't so kind." At this moment Miss Bartlett entered, and her nervousness increased. "I must get away, ever so far. I must know my own mind and where I want to go."

"Venha; chá, chá, chá", disse o Sr. Beebe, e tirou seus convidados da porta da frente. Ele os empurrou tão rápido que esqueceu seu chapéu. Quando ele voltou para ele ouviu, para seu alívio e surpresa, o tilintar de uma Sonata de Mozart.

"Ela está tocando novamente", disse ele à Srta. Bartlett.

"Lucy sempre pode brincar", foi a resposta ácida.

"Uma pessoa é muito grata por ter tal recurso. Ela está evidentemente muito preocupada, como, é claro, ela deveria estar". Eu sei tudo sobre isso". O casamento estava tão próximo que deve ter sido uma luta difícil antes que ela pudesse acabar por falar".

A Sra. Bartlett deu uma espécie de escárnio e se preparou para uma discussão. Ele nunca havia sondado Miss Bartlett. Como ele havia colocado para si mesmo em Florença, "ela ainda pode revelar profundezas de estranheza, se não de significado". Mas ela era tão pouco simpática que precisava ser confiável. Ele assumiu isso, e não hesitou em discutir Lucy com ela. Minnie estava felizmente coletando samambaias.

Ela abriu a discussão com: "É muito melhor deixar o assunto cair".

"Eu me pergunto".

"É da maior importância que não haja fofoca na Summer Street". Seria *morte* fofocar sobre a demissão do Sr. Vyse no momento presente".

"Come along; tea, tea, tea," said Mr. Beebe, and bustled his guests out of the front-door. He hustled them so quickly that he forgot his hat. When he returned for it he heard, to his relief and surprise, the tinkling of a Mozart Sonata.

"She is playing again," he said to Miss Bartlett.

"Lucy can always play," was the acid reply.

"One is very thankful that she has such a resource. She is evidently much worried, as, of course, she ought to be. I know all about it. The marriage was so near that it must have been a hard struggle before she could wind herself up to speak."

Miss Bartlett gave a kind of wriggle, and he prepared for a discussion. He had never fathomed Miss Bartlett. As he had put it to himself at Florence, "she might yet reveal depths of strangeness, if not of meaning." But she was so unsympathetic that she must be reliable. He assumed that much, and he had no hesitation in discussing Lucy with her. Minnie was fortunately collecting ferns.

She opened the discussion with: "We had much better let the matter drop."

"I wonder."

"It is of the highest importance that there should be no gossip in Summer Street. It would be *death* to gossip about Mr. Vyse's dismissal at the present moment."

O Sr. Beebe levantou as sobrancelhas. A morte é uma palavra forte - seguramente forte demais. Não havia nenhuma questão de tragédia. Ele disse: "Claro, a Srta. Honeychurch tornará o fato público à sua maneira e quando ela escolher. Freddy só me disse porque ele sabia que ela não se importaria".

"Eu sei", disse Miss Bartlett civilmente. "No entanto Freddy não deveria ter dito nem a você. Não se pode ser muito cuidadoso".

"Muito bem.

"Eu imploro sigilo absoluto. Uma palavra casual para um amigo falador, e..."

"Exatamente." Ele estava acostumado com essas velhas solteironas nervosas e com a importância exagerada que elas atribuem às palavras. Um reitor vive em uma teia de segredos mesquinhos, confidências e avisos, e quanto mais sábio ele for, menos ele irá considerá-los. Ele mudará de assunto, como fez o Sr. Beebe, dizendo alegremente: "Você tem ouvido falar de algum Bertolini ultimamente? Eu acredito que você acompanha a Miss Lavish. É estranho como nós daquela pensão, que parecia uma coleção tão fortuita, temos trabalhado um na vida do outro. Dois, três, quatro, seis de nós - não, oito; eu tinha esquecido os Emerson - mantivemos mais ou menos em contato. Nós realmente devemos dar um testemunho à Signora".

Mr. Beebe raised his eyebrows. Death is a strong word—surely too strong. There was no question of tragedy. He said: "Of course, Miss Honeychurch will make the fact public in her own way, and when she chooses. Freddy only told me because he knew she would not mind."

"I know," said Miss Bartlett civilly. "Yet Freddy ought not to have told even you. One cannot be too careful."

"Quite so."

"I do implore absolute secrecy. A chance word to a chattering friend, and—"

"Exactly." He was used to these nervous old maids and to the exaggerated importance that they attach to words. A rector lives in a web of petty secrets, and confidences and warnings, and the wiser he is the less he will regard them. He will change the subject, as did Mr. Beebe, saying cheerfully: "Have you heard from any Bertolini people lately? I believe you keep up with Miss Lavish. It is odd how we of that pension, who seemed such a fortuitous collection, have been working into one another's lives. Two, three, four, six of us—no, eight; I had forgotten the Emersons—have kept more or less in touch. We must really give the Signora a testimonial."

E, Miss Bartlett não favorecendo o esquema, eles subiram a colina em um silêncio que só foi quebrado pelo reitor que nomeou algum samambaia. No cume, eles fizeram uma pausa. O céu havia se tornado mais selvagem desde que ele ficou ali na última hora, dando à terra uma grandeza trágica que é rara em Surrey. Nuvens cinzentas estavam se carregando através de tecidos de branco, que se estendiam e rasgavam e se rasgavam lentamente, até que através de suas camadas finais brilhava uma pitada do azul que desapareceu.

O verão estava se retirando. O vento rugia, as árvores gemiam, mas o barulho parecia insuficiente para aquelas vastas operações no céu. O tempo estava quebrando, quebrando, quebrando, e é uma sensação de ajuste e não de sobrenatural que equipa tais crises com os salvos da artilharia angelical. Os olhos do Sr. Beebe descansavam no Windy Corner, onde Lucy se sentava, praticando Mozart. Nenhum sorriso chegou aos seus lábios e, mudando de assunto novamente, ele disse: "Nós não teremos chuva, mas teremos escuridão, então vamos apressar-nos".

A escuridão da noite passada foi terrível".

And, Miss Bartlett not favouring the scheme, they walked up the hill in a silence which was only broken by the rector naming some fern. On the summit they paused. The sky had grown wilder since he stood there last hour, giving to the land a tragic greatness that is rare in Surrey. Grey clouds were charging across tissues of white, which stretched and shredded and tore slowly, until through their final layers there gleamed a hint of the disappearing blue.

Summer was retreating. The wind roared, the trees groaned, yet the noise seemed insufficient for those vast operations in heaven. The weather was breaking up, breaking, broken, and it is a sense of the fit rather than of the supernatural that equips such crises with the salvos of angelic artillery. Mr. Beebe's eyes rested on Windy Corner, where Lucy sat, practising Mozart. No smile came to his lips, and, changing the subject again, he said: "We shan't have rain, but we shall have darkness, so let us hurry on.

The darkness last night was appalling."

Eles chegaram à Taverna das Colméias por volta das cinco horas. Essa amável hospedaria possui uma varanda, na qual os jovens e os insensatos adoram sentar-se, enquanto os hóspedes dos anos mais maduros procuram um agradável quarto areado, e tomam chá confortavelmente à mesa. Mr. Beebe viu que Miss Bartlett ficaria fria se ela se sentasse fora, e que Minnie ficaria chata se ela se sentasse dentro, então ele propôs uma divisão de forças. Eles entregariam à criança a comida dela pela janela. Assim, ele foi incidentalmente capacitado para discutir a sorte de Lucy.

"Eu estive pensando, Srta. Bartlett", disse ele, "e, a menos que você se oponha muito, eu gostaria de reabrir essa discussão". Ela se curvou. "Nada sobre o passado". Eu sei pouco e me preocupo menos com isso; tenho certeza absoluta de que é mérito de sua prima". Ela tem agido de forma soberba e correta, e é como se fosse sua modéstia dizer que nós pensamos muito bem dela. Mas o futuro. Sério, o que você acha deste plano grego?". Ele puxou a carta novamente. "Eu não sei se você ouviu, mas ela quer se juntar à Miss Alans em sua louca carreira". É tudo - não consigo explicar - está errado".

Miss Bartlett leu a carta em silêncio, colocou-a, pareceu hesitar, e então a leu novamente.

"Eu mesmo não consigo ver a razão disso".

Para seu espanto, ela respondeu: "Lá eu não posso concordar com você. Nele eu espio a salvação de Lucy".

"Realmente. Agora, por quê?"

"Ela queria sair de Windy Corner".

They reached the Beehive Tavern at about five o'clock. That amiable hostelry possesses a verandah, in which the young and the unwise do dearly love to sit, while guests of more mature years seek a pleasant sanded room, and have tea at a table comfortably. Mr. Beebe saw that Miss Bartlett would be cold if she sat out, and that Minnie would be dull if she sat in, so he proposed a division of forces. They would hand the child her food through the window. Thus he was incidentally enabled to discuss the fortunes of Lucy.

"I have been thinking, Miss Bartlett," he said, "and, unless you very much object, I would like to reopen that discussion." She bowed. "Nothing about the past. I know little and care less about that; I am absolutely certain that it is to your cousin's credit. She has acted loftily and rightly, and it is like her gentle modesty to say that we think too highly of her. But the future. Seriously, what do you think of this Greek plan?" He pulled out the letter again. "I don't know whether you overheard, but she wants to join the Miss Alans in their mad career. It's all—I can't explain—it's wrong."

Miss Bartlett read the letter in silence, laid it down, seemed to hesitate, and then read it again.

"I can't see the point of it myself."

To his astonishment, she replied: "There I cannot agree with you. In it I spy Lucy's salvation."

"Really. Now, why?"

"She wanted to leave Windy Corner."

"Eu sei - mas parece tão estranho, tão diferente dela, então eu ia dizer - egoísta".

"É natural, certamente - depois de cenas tão dolorosas - que ela deseje uma mudança".

Aqui, aparentemente, foi um desses pontos que o intelecto masculino perdeu. O Sr. Beebe exclamou: "Então ela mesma diz, e como outra senhora concorda com ela, eu devo ser dono de que estou parcialmente convencido". Talvez ela deva ter uma mudança. Eu não tenho irmãs ou - e eu não entendo essas coisas". Mas por que ela precisa ir tão longe quanto a Grécia"?

"Você pode muito bem perguntar isso", respondeu Miss Bartlett, que estava evidentemente interessada, e que quase havia abandonado sua maneira evasiva. "Por que a Grécia? (O que é isso, Minnie dear-jam?) Por que não Tunbridge Wells? Oh, Mr. Beebe! Eu tive uma longa e muito insatisfatória entrevista com a querida Lucy esta manhã. Eu não posso ajudá-la. Eu não vou dizer mais nada. Talvez eu já tenha falado demais. Eu não devo falar. Eu queria que ela passasse seis meses comigo na Tunbridge Wells, e ela recusou".

O Sr. Beebe espetou uma migalha com sua faca.

"Mas meus sentimentos não têm importância. Eu sei muito bem que eu fico nervosa com Lucy. Nossa turnê foi um fracasso. Ela queria deixar Florença, e quando chegamos a Roma ela não queria estar em Roma, e todo o tempo eu sentia que estava gastando o dinheiro da mãe dela".

Mas "vamos manter o futuro", interrompeu o Sr. Beebe. "Eu quero o seu conselho".

"I know—but it seems so odd, so unlike her, so—I was going to say—selfish."

"It is natural, surely—after such painful scenes—that she should desire a change."

Here, apparently, was one of those points that the male intellect misses. Mr. Beebe exclaimed: "So she says herself, and since another lady agrees with her, I must own that I am partially convinced. Perhaps she must have a change. I have no sisters or—and I don't understand these things. But why need she go as far as Greece?"

"You may well ask that," replied Miss Bartlett, who was evidently interested, and had almost dropped her evasive manner. "Why Greece? (What is it, Minnie dear—jam?) Why not Tunbridge Wells? Oh, Mr. Beebe! I had a long and most unsatisfactory interview with dear Lucy this morning. I cannot help her. I will say no more. Perhaps I have already said too much. I am not to talk. I wanted her to spend six months with me at Tunbridge Wells, and she refused."

Mr. Beebe poked at a crumb with his knife.

"But my feelings are of no importance. I know too well that I get on Lucy's nerves. Our tour was a failure. She wanted to leave Florence, and when we got to Rome she did not want to be in Rome, and all the time I felt that I was spending her mother's money—."

"Let us keep to the future, though," interrupted Mr. Beebe. "I want your advice."

"Muito bem", disse Charlotte, com uma brusquidão sufocante que era nova para ele, embora familiar para Lucy. "Eu por mim a ajudarei a ir para a Grécia". Você irá?"

Mr. Beebe considerado.

"É absolutamente necessário", continuou ela, baixando o véu e sussurrando através dele com uma paixão, uma intensidade, que o surpreendeu. "Eu sei - eu sei - eu *conheço*". A escuridão estava chegando, e ele sentiu que esta mulher estranha realmente sabia. "Ela não deve parar aqui um momento, e nós devemos ficar quietos até que ela vá. Eu confio que os criados não sabem de nada. Depois - mas talvez eu já tenha falado demais. Só que Lucy e eu estamos indefesos contra a Sra. Honeychurch sozinhos. Se você ajudar, podemos ter sucesso. O outro..."

"Otherwise-?"

"Caso contrário", ela repetiu como se a palavra tivesse finalidade.

"Sim, eu vou ajudá-la", disse o clérigo, estabelecendo sua mandíbula firme. "Venha, vamos voltar agora, e acertar tudo".

Miss Bartlett explodiu em gratidão florida. A taberna assina - uma colmeia aparada uniformemente com abelhas - cortada ao vento lá fora enquanto ela lhe agradece. Mr. Beebe não entendeu bem a situação; mas então, ele não desejou entendê-la, nem pular para a conclusão de "outro homem" que teria atraído uma mente mais grosseira. Ele apenas sentiu que Miss Bartlett sabia de alguma influência vaga da qual a garota desejava ser libertada, e que poderia muito bem estar vestida na forma carnal.

"Very well," said Charlotte, with a choky abruptness that was new to him, though familiar to Lucy. "I for one will help her to go to Greece. Will you?"

Mr. Beebe considered.

"It is absolutely necessary," she continued, lowering her veil and whispering through it with a passion, an intensity, that surprised him. "I know—I *know*." The darkness was coming on, and he felt that this odd woman really did know. "She must not stop here a moment, and we must keep quiet till she goes. I trust that the servants know nothing. Afterwards—but I may have said too much already. Only, Lucy and I are helpless against Mrs. Honeychurch alone. If you help we may succeed. Otherwise—"

"Otherwise—?"

"Otherwise," she repeated as if the word held finality.

"Yes, I will help her," said the clergyman, setting his jaw firm. "Come, let us go back now, and settle the whole thing up."

Miss Bartlett burst into florid gratitude. The tavern sign—a beehive trimmed evenly with bees—creaked in the wind outside as she thanked him. Mr. Beebe did not quite understand the situation; but then, he did not desire to understand it, nor to jump to the conclusion of "another man" that would have attracted a grosser mind. He only felt that Miss Bartlett knew of some vague influence from which the girl desired to be delivered, and which might well be clothed in the fleshly form.

Sua própria imprecisão o impulsionou a ser um cavaleiro de cavalaria. Sua crença no celibato, tão reticente, tão cuidadosamente escondida sob sua tolerância e cultura, agora veio à tona e se expandiu como uma flor delicada. "Os que casam se dão bem, mas os que se abstêm se dão melhor". Assim correu sua crença, e ele nunca ouviu dizer que um noivado foi rompido, mas com um leve sentimento de prazer. No caso de Lucy, o sentimento foi intensificado pela antipatia de Cecil; e ele estava disposto a ir mais longe para colocá-la fora de perigo até que ela pudesse confirmar sua resolução de virgindade.

O sentimento foi muito sutil e bastante indogmático, e ele nunca o transmitiu a nenhum outro dos personagens deste emaranhado. No entanto, ele existia, e só ele explica sua ação posteriormente, e sua influência sobre a ação de outros. O pacto que ele fez com Miss Bartlett na taberna, foi para ajudar não só Lucy, mas também a religião.

Eles correram para casa através de um mundo de preto e cinza. Ele conversou sobre tópicos indiferentes: a necessidade dos Emersons de uma governanta; criados; servos italianos; romances sobre a Itália; romances com um propósito; a literatura poderia influenciar a vida? Windy Corner vislumbrou. No jardim, a Sra. Honeychurch, agora ajudada por Freddy, ainda lutava com a vida de suas flores.

"Fica muito escuro", disse ela sem esperança. "Isto vem de adiar. Nós poderíamos saber que o tempo iria acabar em breve; e agora Lucy quer ir para a Grécia". Eu não sei ao que o mundo está chegando".

Its very vagueness spurred him into knight-errantry. His belief in celibacy, so reticent, so carefully concealed beneath his tolerance and culture, now came to the surface and expanded like some delicate flower. "They that marry do well, but they that refrain do better." So ran his belief, and he never heard that an engagement was broken off but with a slight feeling of pleasure. In the case of Lucy, the feeling was intensified through dislike of Cecil; and he was willing to go further—to place her out of danger until she could confirm her resolution of virginity.

The feeling was very subtle and quite undogmatic, and he never imparted it to any other of the characters in this entanglement. Yet it existed, and it alone explains his action subsequently, and his influence on the action of others. The compact that he made with Miss Bartlett in the tavern, was to help not only Lucy, but religion also.

They hurried home through a world of black and grey. He conversed on indifferent topics: the Emersons' need of a housekeeper; servants; Italian servants; novels about Italy; novels with a purpose; could literature influence life? Windy Corner glimmered. In the garden, Mrs. Honeychurch, now helped by Freddy, still wrestled with the lives of her flowers.

"It gets too dark," she said hopelessly. "This comes of putting off. We might have known the weather would break up soon; and now Lucy wants to go to Greece. I don't know what the world's coming to."

"Sra. Honeychurch", disse ele, "ir para a Grécia ela deve ir". Venha até a casa e vamos conversar sobre isso. Você, em primeiro lugar, se importa que ela rompa com Vyse?"

"Sr. Beebe, estou muito agradecido".

"Eu também", disse Freddy.

"Bom. Agora venha até a casa".

Eles conferiram na sala de jantar por meia hora.

Lucy nunca teria carregado o esquema grego sozinha. Era caro e dramático - ambas as qualidades que sua mãe detestava. Charlotte também não teria tido sucesso. As honras do dia descansaram com o Sr. Beebe. Pelo seu tato e bom senso, e pela sua influência como clérigo - para um clérigo que não era um tolo - ele a inclinou para o propósito deles: "Eu não vejo porque a Grécia é necessária", disse ela; "mas como você faz, eu suponho que esteja tudo bem". Deve ser algo que eu não consigo entender. Lucy! Vamos dizer a ela. Lucy!".

"Ela está tocando piano", disse o Sr. Beebe. Ele abriu a porta, e ouviu a letra de uma canção:

"Não olhes para o charme da beleza".

"Eu não sabia que Miss Honeychurch também cantava".

"Sente-se quieto quando os reis estão armando,

Não prove quando a copa do vinho brilhar..."

"É uma canção que Cecil lhe deu. Como as garotas são estranhas"!

"Mrs. Honeychurch," he said, "go to Greece she must. Come up to the house and let's talk it over. Do you, in the first place, mind her breaking with Vyse?"

"Mr. Beebe, I'm thankful—simply thankful."

"So am I," said Freddy.

"Good. Now come up to the house."

They conferred in the dining-room for half an hour.

Lucy would never have carried the Greek scheme alone. It was expensive and dramatic—both qualities that her mother loathed. Nor would Charlotte have succeeded. The honours of the day rested with Mr. Beebe. By his tact and common sense, and by his influence as a clergyman—for a clergyman who was not a fool influenced Mrs. Honeychurch greatly—he bent her to their purpose, "I don't see why Greece is necessary," she said; "but as you do, I suppose it is all right. It must be something I can't understand. Lucy! Let's tell her. Lucy!"

"She is playing the piano," Mr. Beebe said. He opened the door, and heard the words of a song:

"Look not thou on beauty's charming."

"I didn't know that Miss Honeychurch sang, too."

"Sit thou still when kings are arming,

Taste not when the wine-cup glistens——"

"It's a song that Cecil gave her. How odd girls are!"

293

"O que é isso?" chamado Lucy, parando de falar.

"Tudo bem, querida", disse a Sra. Honeychurch gentilmente. Ela foi para a sala de visitas, e o Sr. Beebe a ouviu beijar Lucy e dizer: "Sinto muito por estar tão zangada com a Grécia, mas ela veio no topo da dahlias."

Uma voz dura disse: "Obrigado, mãe; isso não importa um pouco".

"E você está certo, também a Grécia ficará bem; você pode ir se a Srta. Alans tiver você".

"Oh, esplêndido! Oh, obrigado!"

O Sr. Beebe foi seguido. Lucy ainda estava sentada ao piano com as mãos sobre as teclas. Ela estava feliz, mas ele esperava uma alegria maior. A mãe dela se inclinou sobre ela. Freddy, para quem ela estava cantando, reclinado no chão com a cabeça contra ela, e um cano sem luz entre os lábios. Curiosamente, o grupo era lindo. O Sr. Beebe, que amava a arte do passado, foi lembrado de um tema favorito, o *Santa Conversazione*, no qual pessoas que se preocupam umas com as outras são pintadas conversando juntas sobre coisas nobres - um tema nem sensual nem sensacional, e portanto ignorado pela arte do dia-a-dia. Por que Lucy deveria querer se casar ou viajar quando ela tinha tantos amigos em casa?

"Não prove quando a copa do vinho brilhar,

Não fale quando as pessoas ouvirem".
ela continuou.

"Aqui está o Sr. Beebe".

"What's that?" called Lucy, stopping short.

"All right, dear," said Mrs. Honeychurch kindly. She went into the drawing-room, and Mr. Beebe heard her kiss Lucy and say: "I am sorry I was so cross about Greece, but it came on the top of the dahlias."

Rather a hard voice said: "Thank you, mother; that doesn't matter a bit."

"And you are right, too—Greece will be all right; you can go if the Miss Alans will have you."

"Oh, splendid! Oh, thank you!"

Mr. Beebe followed. Lucy still sat at the piano with her hands over the keys. She was glad, but he had expected greater gladness. Her mother bent over her. Freddy, to whom she had been singing, reclined on the floor with his head against her, and an unlit pipe between his lips. Oddly enough, the group was beautiful. Mr. Beebe, who loved the art of the past, was reminded of a favourite theme, the *Santa Conversazione*, in which people who care for one another are painted chatting together about noble things—a theme neither sensual nor sensational, and therefore ignored by the art of to-day. Why should Lucy want either to marry or to travel when she had such friends at home?

"Taste not when the wine-cup glistens,

Speak not when the people listens,"
she continued.

"Here's Mr. Beebe."

"O Sr. Beebe conhece meus modos rudes".

"É uma canção linda e sábia", disse ele. "Continua".

"Não é muito bom", ela disse lislessly. "Eu esqueço o porquê - Harmony ou algo assim".

"Eu suspeitava que não era escolaridade. É tão bonito".

"A música está certa o suficiente", disse Freddy, "mas as palavras estão podres". Por que vomitar a esponja"?

"Como você fala estupidamente", disse sua irmã. O *Santa Conversazione* foi quebrado. Afinal, não havia razão para Lucy falar sobre a Grécia ou agradecer a ele por convencer a mãe dela, então ele disse adeus.

Freddy acendeu seu candeeiro de bicicleta para ele no alpendre, e com sua habitual felicidade de frase, disse: "Isto foi um dia e meio".

"Pare o seu ouvido contra o cantor..."

"Espere um minuto; ela está terminando".

"Do ouro vermelho guarda o teu dedo";

Coração e mão e olho vagos

Easy live and quiet die".

"Eu amo o tempo assim", disse Freddy.

O Sr. Beebe passou para ele.

“Mr. Beebe knows my rude ways.”

“It’s a beautiful song and a wise one,” said he. “Go on.”

“It isn’t very good,” she said listlessly. “I forget why—harmony or something.”

“I suspected it was unscholarly. It’s so beautiful.”

“The tune’s right enough,” said Freddy, “but the words are rotten. Why throw up the sponge?”

“How stupidly you talk!” said his sister. The *Santa Conversazione* was broken up. After all, there was no reason that Lucy should talk about Greece or thank him for persuading her mother, so he said good-bye.

Freddy lit his bicycle lamp for him in the porch, and with his usual felicity of phrase, said: “This has been a day and a half.”

“Stop thine ear against the singer—”

“Wait a minute; she is finishing.”

“From the red gold keep thy finger;

Vacant heart and hand and eye

Easy live and quiet die.”

“I love weather like this,” said Freddy.

Mr. Beebe passed into it.

Os dois fatos principais foram claros. Ela tinha se comportado esplendidamente e ele a tinha ajudado. Ele não podia esperar dominar os detalhes de uma mudança tão grande na vida de uma garota. Se aqui e ali ele estava insatisfeito ou confuso, ele tinha que aceitar; ela estava escolhendo a melhor parte.

"Coração e mão e olhos vagos..."

Talvez a canção tenha dito "a melhor parte" com muita força. Ele meio que imaginava que o acompanhamento ascendente - que ele não perdeu no grito da galinha - concordava com Freddy, e estava gentilmente criticando as palavras que ela adornava:

"Coração e mão e olhos vagos

Easy live and quiet die".

No entanto, pela quarta vez, o Windy Corner ficou posicionado abaixo dele - agora como um farol nas marés escuras e rugosas da escuridão.

The two main facts were clear. She had behaved splendidly, and he had helped her. He could not expect to master the details of so big a change in a girl's life. If here and there he was dissatisfied or puzzled, he must acquiesce; she was choosing the better part.

"Vacant heart and hand and eye—"

Perhaps the song stated "the better part" rather too strongly. He half fancied that the soaring accompaniment—which he did not lose in the shout of the gale—really agreed with Freddy, and was gently criticizing the words that it adorned:

"Vacant heart and hand and eye

Easy live and quiet die."

However, for the fourth time Windy Corner lay poised below him—now as a beacon in the roaring tides of darkness.

Lying to Mr. Emerson

Mentir Para O Sr. Emerson

As Miss Alans foram encontradas em seu amado hotel de temperança perto de Bloomsbury-um estabelecimento limpo e sem ar muito patronizado pela Inglaterra provincial. Eles sempre se empoleiraram lá antes de cruzar os grandes mares, e durante uma ou duas semanas se preocupavam gentilmente com roupas, livros-guia, quadrados mackintosh, pão digestivo e outras necessidades continentais. Que existem lojas no exterior, mesmo em Atenas, nunca lhes ocorreu, pois eles consideravam as viagens como uma espécie de guerra, a ser realizada apenas por aqueles que foram totalmente armados nas Lojas Haymarket. Miss Honeychurch, eles confiaram, cuidariam para se equipar devidamente. Quinine agora podia ser obtido em tablóides; sabão de papel era uma grande ajuda para refrescar o rosto no trem. Lucy prometeu, um pouco deprimida.

The Miss Alans were found in their beloved temperance hotel near Bloomsbury—a clean, airless establishment much patronized by provincial England. They always perched there before crossing the great seas, and for a week or two would fidget gently over clothes, guide-books, mackintosh squares, digestive bread, and other Continental necessaries. That there are shops abroad, even in Athens, never occurred to them, for they regarded travel as a species of warfare, only to be undertaken by those who have been fully armed at the Haymarket Stores. Miss Honeychurch, they trusted, would take care to equip herself duly. Quinine could now be obtained in tabloids; paper soap was a great help towards freshening up one's face in the train. Lucy promised, a little depressed.

"Mas, é claro, você sabe tudo sobre essas coisas, e você tem o Sr. Vyse para ajudá-lo. Um cavalheiro é tão "stand-by"".

"But, of course, you know all about these things, and you have Mr. Vyse to help you. A gentleman is such a stand-by."

A Sra. Honeychurch, que tinha vindo para a cidade com sua filha, começou a bater nervosamente em sua caixa de cartão.

Mrs. Honeychurch, who had come up to town with her daughter, began to drum nervously upon her card-case.

"Nós achamos tão bom do Sr. Vyse poupá-lo", continuou Miss Catharine. "Não é todo jovem que seria tão altruísta". Mas talvez ele venha a sair e se junte a você mais tarde".

"Ou o trabalho dele o mantém em Londres", disse a senhorita Teresa, a mais aguda e menos gentil das duas irmãs.

"No entanto, nós o veremos quando ele o vir embora. Eu faço isso por muito tempo para vê-lo".

"Ninguém vai ver Lucy fora", interpôs a Sra. Honeychurch. "Ela não gosta disso".

"Não, eu odeio ver as despedidas", disse Lucy.

"Sério? Que engraçado! Eu deveria ter pensado que, neste caso".

"Oh, Sra. Honeychurch, você não vai? É um grande prazer tê-la conhecido"!

Eles escaparam, e Lucy disse com alívio: "Está tudo bem. Nós acabamos de passar por esse tempo".

Mas a mãe dela ficou chateada. "Eu deveria ser dito, querida, que eu não sou simpática. Mas eu não vejo porque você não contou aos seus amigos sobre Cecil e que não tenha mais nada a ver com isso. Lá todo o tempo nós tínhamos que sentar esgrima, e quase contar mentiras, e ser visto através também, ouso dizer, o que é muito desagradável".

Lucy tinha muito a dizer em resposta. Ela descreveu o caráter da Srta. Alans: eles eram tão fofoqueiros, e se alguém lhes contasse, as notícias estariam em todos os lugares em pouco tempo.

"Mas por que não deveria estar em todo lugar em pouco tempo"?

“We think it so good of Mr. Vyse to spare you,” Miss Catharine continued. “It is not every young man who would be so unselfish. But perhaps he will come out and join you later on.”

“Or does his work keep him in London?” said Miss Teresa, the more acute and less kindly of the two sisters.

“However, we shall see him when he sees you off. I do so long to see him.”

“No one will see Lucy off,” interposed Mrs. Honeychurch. “She doesn't like it.”

“No, I hate seeings-off,” said Lucy.

“Really? How funny! I should have thought that in this case—”

“Oh, Mrs. Honeychurch, you aren't going? It is such a pleasure to have met you!”

They escaped, and Lucy said with relief: “That's all right. We just got through that time.”

But her mother was annoyed. “I should be told, dear, that I am unsympathetic. But I cannot see why you didn't tell your friends about Cecil and be done with it. There all the time we had to sit fencing, and almost telling lies, and be seen through, too, I dare say, which is most unpleasant.”

Lucy had plenty to say in reply. She described the Miss Alans' character: they were such gossips, and if one told them, the news would be everywhere in no time.

“But why shouldn't it be everywhere in no time?”

"Porque eu me estabeleci com Cecil para não anunciá-lo até que eu deixasse a Inglaterra". Eu lhes direi então. É muito mais prazeroso. Como está molhado! Vamos virar aqui".

"Aqui" era o Museu Britânico. A Sra. Honeychurch recusou. Se eles tiverem que se abrigar, que seja em uma loja. Lucy se sentiu desprezada, pois estava no caminho de cuidar da escultura grega, e já havia pedido emprestado um dicionário mítico ao Sr. Beebe para levantar os nomes das deusas e dos deuses.

"Oh, bem, então que seja uma loja. Vamos ao Mudie's. Eu vou comprar um livro-guia".

"Você sabe, Lucy, você, Charlotte e o Sr. Beebe me dizem que eu sou tão estúpida, então eu suponho que sou, mas eu nunca vou entender este trabalho de buraco e canto. Você se livrou da Ceci - bem e bem, e eu estou grato por ele ter ido embora, embora eu tenha me sentido zangado por um minuto. Mas por que não anunciá-lo? Por que este abafamento e esta ponta dos pés"?

"É apenas por alguns dias".

"Mas por que de todo?"

Lucy estava em silêncio. Ela estava se afastando de sua mãe. Foi muito fácil dizer: "Porque George Emerson tem me incomodado, e se ele ouvir que eu desisti de Cecil pode começar de novo" -quito fácil, e teve a vantagem incidental de ser verdade. Mas ela não conseguiu dizer isso. Ela não gostava de confidências, pois elas poderiam levar ao autoconhecimento e àquele rei dos terrores - Luz. Desde aquela última noite em Florença, ela havia considerado imprudente revelar sua alma.

"Because I settled with Cecil not to announce it until I left England. I shall tell them then. It's much pleasanter. How wet it is! Let's turn in here."

"Here" was the British Museum. Mrs. Honeychurch refused. If they must take shelter, let it be in a shop. Lucy felt contemptuous, for she was on the tack of caring for Greek sculpture, and had already borrowed a mythical dictionary from Mr. Beebe to get up the names of the goddesses and gods.

"Oh, well, let it be shop, then. Let's go to Mudie's. I'll buy a guide-book."

"You know, Lucy, you and Charlotte and Mr. Beebe all tell me I'm so stupid, so I suppose I am, but I shall never understand this hole-and-corner work. You've got rid of Cecil—well and good, and I'm thankful he's gone, though I did feel angry for the minute. But why not announce it? Why this hushing up and tip-toeing?"

"It's only for a few days."

"But why at all?"

Lucy was silent. She was drifting away from her mother. It was quite easy to say, "Because George Emerson has been bothering me, and if he hears I've given up Cecil may begin again"—quite easy, and it had the incidental advantage of being true. But she could not say it. She disliked confidences, for they might lead to self-knowledge and to that king of terrors—Light. Ever since that last evening at Florence she had deemed it unwise to reveal her soul.

A Sra. Honeychurch, também, ficou em silêncio. Ela estava pensando: "Minha filha não vai me responder; ela prefere estar com aquelas solteironas inquisitivas do que comigo e com Freddy". Qualquer trapo, etiqueta e bobtail aparentemente faz se ela puder deixar sua casa". E como no caso dela os pensamentos nunca ficaram sem ser ditos por muito tempo, ela explodiu com eles: "Você está cansada de Windy Corner".

Isto era perfeitamente verdade. Lucy esperava retornar ao Windy Corner quando escapou de Cecil, mas ela descobriu que sua casa não existia mais. Ela poderia existir para Freddy, que ainda vivia e pensava direito, mas não para aquele que tinha deliberadamente deformado o cérebro. Ela não reconheceu que seu cérebro estava deformado, pois o próprio cérebro deve ajudar nesse reconhecimento, e ela estava desordenando os próprios instrumentos da vida.

Ela só sentia: "Eu não amo George; eu quebrei meu noivado porque não amava George; eu devo ir à Grécia porque não amo George; é mais importante que eu procure por deuses no dicionário do que ajudar minha mãe; todos os outros estão se comportando muito mal". Ela só se sentiu irritável e petulante, e ansiosa para fazer o que não se esperava dela, e neste espírito ela prosseguiu com a conversa.

"Oh, mãe, que besteira você fala! Claro que eu não estou cansada do Windy Corner".

"Então por que não dizê-lo imediatamente, em vez de considerar meia hora?"

Ela riu levemente, "Meio *minuto* estaria mais perto".

Mrs. Honeychurch, too, was silent. She was thinking, "My daughter won't answer me; she would rather be with those inquisitive old maids than with Freddy and me. Any rag, tag, and bobtail apparently does if she can leave her home." And as in her case thoughts never remained unspoken long, she burst out with: "You're tired of Windy Corner."

This was perfectly true. Lucy had hoped to return to Windy Corner when she escaped from Cecil, but she discovered that her home existed no longer. It might exist for Freddy, who still lived and thought straight, but not for one who had deliberately warped the brain. She did not acknowledge that her brain was warped, for the brain itself must assist in that acknowledgment, and she was disordering the very instruments of life.

She only felt, "I do not love George; I broke off my engagement because I did not love George; I must go to Greece because I do not love George; it is more important that I should look up gods in the dictionary than that I should help my mother; everyone else is behaving very badly." She only felt irritable and petulant, and anxious to do what she was not expected to do, and in this spirit she proceeded with the conversation.

"Oh, mother, what rubbish you talk! Of course I'm not tired of Windy Corner."

"Then why not say so at once, instead of considering half an hour?"

She laughed faintly, "Half a *minute* would be nearer."

"Talvez você gostaria de ficar longe de sua casa por completo"?

"Silêncio, mãe! As pessoas vão ouvir você"; pois eles entraram no Mudie's. Ela comprou o Baedeker, e então continuou: "Claro que eu quero viver em casa; mas como estamos falando sobre isso, posso muito bem dizer que vou querer estar longe no futuro mais do que tenho estado". Veja, eu entro no meu dinheiro no próximo ano".

As lágrimas vieram aos olhos da mãe dela.

Levada pela perplexidade sem nome, pelo que é chamado de "excentricidade" nas pessoas mais velhas, Lucy determinou deixar este ponto claro. "Eu vi o mundo tão pouco - eu me senti tão fora das coisas na Itália. Eu tenho visto tão pouco da vida; é preciso vir mais a Londres - não um bilhete barato como hoje, mas para parar". Eu poderia até dividir um apartamento por um pouco com alguma outra garota".

"E mexer com máquinas de escrever e chaves de trava", explodiu a Sra. Honeychurch. "E agitou e gritou, e foi levada pela polícia. E chame-a de Missão - quando ninguém quer você! E chame-a de Dever - quando isso significa que você não suporta sua própria casa! E chame-a de Trabalho - quando milhares de homens estão famintos com a competição como ela é! E então, para se preparar, encontre duas velhinhas esquivando-se, e vá para o exterior com elas".

"Perhaps you would like to stay away from your home altogether?"

"Hush, mother! People will hear you"; for they had entered Mudie's. She bought Baedeker, and then continued: "Of course I want to live at home; but as we are talking about it, I may as well say that I shall want to be away in the future more than I have been. You see, I come into my money next year."

Tears came into her mother's eyes.

Driven by nameless bewilderment, by what is in older people termed "eccentricity," Lucy determined to make this point clear. "I've seen the world so little—I felt so out of things in Italy. I have seen so little of life; one ought to come up to London more—not a cheap ticket like to-day, but to stop. I might even share a flat for a little with some other girl."

"And mess with typewriters and latch-keys," exploded Mrs. Honeychurch. "And agitate and scream, and be carried off kicking by the police. And call it a Mission—when no one wants you! And call it Duty—when it means that you can't stand your own home! And call it Work—when thousands of men are starving with the competition as it is! And then to prepare yourself, find two doddering old ladies, and go abroad with them."

"Eu quero mais independência", disse Lucy Lamely; ela sabia que queria algo, e independência é um grito útil; nós sempre podemos dizer que não conseguimos. Ela tentou se lembrar de suas emoções em Florença: aquelas tinham sido sinceras e apaixonadas, e tinham sugerido beleza ao invés de saias curtas e chaves de trava. Mas a independência era certamente a deixa dela.

"Muito bem. Pegue sua independência e vá embora. Corra para cima e para baixo e dê a volta ao mundo, e volte magro como um ripado com a comida ruim. Despreze a casa que seu pai construiu e o jardim que ele plantou, e nossa querida vista - e então compartilhe um apartamento com outra garota".

Lucy fez asneira na boca e disse: "Talvez eu tenha falado precipitadamente."

"Oh, meu Deus!" a mãe dela piscou. "Como você me faz lembrar Charlotte Bartlett!"

"Charlotte..." brilhou Lucy, por sua vez, perfurada finalmente por uma dor vívida.

"Mais a cada momento".

"Eu não sei o que você quer dizer, mãe; Charlotte e eu não somos muito parecidas".

"Bem, eu vejo a semelhança. A mesma eterna preocupação, a mesma retomada de palavras. Você e Charlotte tentando dividir duas maçãs entre três pessoas ontem à noite podem ser irmãs".

"Que besteira! E se você não gosta da Charlotte, é uma pena que você tenha pedido para ela parar. Eu te avisei sobre ela; eu te implorei, implorei que você não o fizesse, mas é claro que não foi ouvido".

"Lá vai você".

"Eu peço desculpas?"

"I want more independence," said Lucy lamely; she knew that she wanted something, and independence is a useful cry; we can always say that we have not got it. She tried to remember her emotions in Florence: those had been sincere and passionate, and had suggested beauty rather than short skirts and latch-keys. But independence was certainly her cue.

"Very well. Take your independence and be gone. Rush up and down and round the world, and come back as thin as a lath with the bad food. Despise the house that your father built and the garden that he planted, and our dear view—and then share a flat with another girl."

Lucy screwed up her mouth and said: "Perhaps I spoke hastily."

"Oh, goodness!" her mother flashed. "How you do remind me of Charlotte Bartlett!"

"*Charlotte?*" flashed Lucy in her turn, pierced at last by a vivid pain.

"More every moment."

"I don't know what you mean, mother; Charlotte and I are not the very least alike."

"Well, I see the likeness. The same eternal worrying, the same taking back of words. You and Charlotte trying to divide two apples among three people last night might be sisters."

"What rubbish! And if you dislike Charlotte so, it's rather a pity you asked her to stop. I warned you about her; I begged you, implored you not to, but of course it was not listened to."

"There you go."

"I beg your pardon?"

"Charlotte novamente, minha querida; isso é tudo; suas próprias palavras".

Lucy cerrou seus dentes. "Meu ponto é que você não deveria ter pedido a Charlotte para parar. Eu gostaria que você se mantivesse no ponto". E a conversa acabou em uma briga.

Ela e sua mãe fizeram compras em silêncio, falaram pouco no trem, pouco novamente na carruagem, que os encontrou na Estação Dorking. Ele havia derramado o dia todo e enquanto eles subiam pelas profundas pistas de Surrey, chuveiros de água caíram das faias suspensas e chocalharam no capô. Lucy reclamou que o capuz estava entupido. Inclinada para frente, ela olhou para o crepúsculo fumegante, e viu o farol de carro passar como uma luz de busca sobre lama e folhas, e não revelou nada de bonito.

"A paixão quando Charlotte entrar será abominável", comentou ela. Pois eles iriam buscar Miss Bartlett na Summer Street, onde ela havia sido largada quando a carruagem desceu, para fazer uma chamada para a velha mãe do Sr. Beebe. "Nós teremos que sentar três por lado, porque as árvores caem, e ainda assim não está chovendo". Oh, por um pouco de ar!" Então ela ouviu os cascos do cavalo - "Ele não pagou pedágio - ele não contou". Essa melodia foi embaçada pela estrada suave.

"Charlotte again, my dear; that's all; her very words."

Lucy clenched her teeth. "My point is that you oughtn't to have asked Charlotte to stop. I wish you would keep to the point." And the conversation died off into a wrangle.

She and her mother shopped in silence, spoke little in the train, little again in the carriage, which met them at Dorking Station. It had poured all day and as they ascended through the deep Surrey lanes showers of water fell from the over-hanging beech-trees and rattled on the hood. Lucy complained that the hood was stuffy. Leaning forward, she looked out into the steaming dusk, and watched the carriage-lamp pass like a search-light over mud and leaves, and reveal nothing beautiful.

"The crush when Charlotte gets in will be abominable," she remarked. For they were to pick up Miss Bartlett at Summer Street, where she had been dropped as the carriage went down, to pay a call on Mr. Beebe's old mother. "We shall have to sit three a side, because the trees drop, and yet it isn't raining. Oh, for a little air!" Then she listened to the horse's hoofs—"He has not told—he has not told." That melody was blurred by the soft road.

"Não podemos baixar o capuz?" exigiu ela, e sua mãe, com repentina ternura, disse: "Muito bem, velha senhora, pare o cavalo." E o cavalo foi parado, e Lucy e Powell lutaram com o capuz, e esguicharam água pelo pescoço da Sra. Honeychurch. Mas agora que o capuz estava caído, ela viu algo que ela teria perdido - não havia luzes nas janelas de Cissie Villa, e ao redor do portão do jardim ela imaginou que viu um cadeado.

"Aquela casa é para deixar de novo, Powell?" ela ligou.

"Sim, senhorita", ele respondeu.

"Eles já foram?"

"Está muito longe da cidade para o jovem cavalheiro, e o reumatismo de seu pai chegou, então ele não pode parar sozinho, então eles estão tentando deixar mobiliado", foi a resposta.

"Eles se foram, então?"

"Sim, senhorita, eles foram embora".

Lucy afundou de volta. A carruagem parou na Reitoria. Ela saiu para chamar a Srta. Bartlett. Então os Emersons tinham ido embora, e todo esse incômodo sobre a Grécia tinha sido desnecessário. Desperdício! Essa palavra parecia resumir toda a vida. Planos desperdiçados, dinheiro desperdiçado, amor desperdiçado, e ela tinha ferido sua mãe. Era possível que ela tivesse confundido as coisas? Bastante possível. Outras pessoas tinham. Quando a empregada abriu a porta, ela não conseguiu falar, e olhou estupidamente para o salão.

"*Can't* we have the hood down?" she demanded, and her mother, with sudden tenderness, said: "Very well, old lady, stop the horse." And the horse was stopped, and Lucy and Powell wrestled with the hood, and squirted water down Mrs. Honeychurch's neck. But now that the hood was down, she did see something that she would have missed—there were no lights in the windows of Cissie Villa, and round the garden gate she fancied she saw a padlock.

"Is that house to let again, Powell?" she called.

"Yes, miss," he replied.

"Have they gone?"

"It is too far out of town for the young gentleman, and his father's rheumatism has come on, so he can't stop on alone, so they are trying to let furnished," was the answer.

"They have gone, then?"

"Yes, miss, they have gone."

Lucy sank back. The carriage stopped at the Rectory. She got out to call for Miss Bartlett. So the Emersons had gone, and all this bother about Greece had been unnecessary. Waste! That word seemed to sum up the whole of life. Wasted plans, wasted money, wasted love, and she had wounded her mother. Was it possible that she had muddled things away? Quite possible. Other people had. When the maid opened the door, she was unable to speak, and stared stupidly into the hall.

Miss Bartlett se apresentou imediatamente, e depois de um longo preâmbulo pediu um grande favor: ela poderia ir à igreja? Mr. Beebe e sua mãe já tinham ido, mas ela se recusou a começar até obter a sanção total da anfitriã, pois isso significaria manter o cavalo esperando mais uns bons dez minutos.

"Certamente", disse a anfitriã cansada. "Eu esqueci que era sexta-feira. Vamos todos embora. Powell pode ir até os estábulos".

"Lucy dearest-"

"Nenhuma igreja para mim, obrigado".

Um suspiro, e eles partiram. A igreja estava invisível, mas na escuridão à esquerda havia uma pitada de cor. Este era um vitral, através do qual uma luz fraca brilhava, e quando a porta abriu, Lucy ouviu a voz do Sr. Beebe correndo através da ladainha para uma minúscula congregação. Mesmo sua igreja, construída sobre a encosta da colina com tanta arte, com seu belo transepto elevado e sua espiral de telha prateada - mesmo sua igreja havia perdido seu encanto; e a coisa de que nunca se falou - religião - estava desbotando como todas as outras coisas.

Ela seguiu a empregada até a Reitoria.

Será que ela se oporia a sentar-se no escritório do Sr. Beebe? Houve apenas um incêndio.

Ela não se oporia.

Alguém já estava lá, pois Lucy ouviu as palavras: "Uma senhora para esperar, senhor".

O velho Sr. Emerson estava sentado ao lado do fogo, com o pé sobre um escabelo de gota.

Miss Bartlett at once came forward, and after a long preamble asked a great favour: might she go to church? Mr. Beebe and his mother had already gone, but she had refused to start until she obtained her hostess's full sanction, for it would mean keeping the horse waiting a good ten minutes more.

"Certainly," said the hostess wearily. "I forgot it was Friday. Let's all go. Powell can go round to the stables."

"Lucy dearest—"

"No church for me, thank you."

A sigh, and they departed. The church was invisible, but up in the darkness to the left there was a hint of colour. This was a stained window, through which some feeble light was shining, and when the door opened Lucy heard Mr. Beebe's voice running through the litany to a minute congregation. Even their church, built upon the slope of the hill so artfully, with its beautiful raised transept and its spire of silvery shingle—even their church had lost its charm; and the thing one never talked about—religion—was fading like all the other things.

She followed the maid into the Rectory.

Would she object to sitting in Mr. Beebe's study? There was only that one fire.

She would not object.

Some one was there already, for Lucy heard the words: "A lady to wait, sir."

Old Mr. Emerson was sitting by the fire, with his foot upon a gout-stool.

"Oh, Miss Honeychurch, que você deveria vir!" ele hesitou; e Lucy viu uma alteração nele desde o domingo passado.

Nem uma palavra chegaria aos seus lábios. George ela tinha enfrentado, e poderia ter enfrentado novamente, mas ela tinha esquecido como tratar seu pai.

"Miss Honeychurch, querida, nós lamentamos muito! George está tão arrependido! Ele pensou que tinha o direito de tentar. Eu não posso culpar meu garoto, e mesmo assim eu gostaria que ele me tivesse dito primeiro. Ele não deveria ter tentado. Eu não sabia absolutamente nada sobre isso".

Se ao menos ela pudesse se lembrar como se comportar!

Ele segurou sua mão. "Mas você não deve repreendê-lo".

Lucy virou suas costas e começou a olhar para os livros do Sr. Beebe.

Eu o ensinei", ele hesitou, "a confiar no amor". Eu disse: "Quando o amor vem, isso é a realidade". Eu disse: 'A paixão não cega'. Não. Paixão é sanidade, e a mulher que você ama, ela é a única pessoa que você realmente entenderá"". Ele suspirou: "Verdade, eterna verdade, embora meu dia tenha terminado, e embora haja o resultado. Pobre rapaz! Ele está tão arrependido! Ele disse que sabia que era uma loucura quando você trouxe seu primo; que o que quer que você sentisse que não queria dizer. No entanto, "-a sua voz reuniu forças: ele falou para ter certeza-"Miss Honeychurch, você se lembra da Itália?"

"Oh, Miss Honeychurch, that you should come!" he quavered; and Lucy saw an alteration in him since last Sunday.

Not a word would come to her lips. George she had faced, and could have faced again, but she had forgotten how to treat his father.

"Miss Honeychurch, dear, we are so sorry! George is so sorry! He thought he had a right to try. I cannot blame my boy, and yet I wish he had told me first. He ought not to have tried. I knew nothing about it at all."

If only she could remember how to behave!

He held up his hand. "But you must not scold him."

Lucy turned her back, and began to look at Mr. Beebe's books.

"I taught him," he quavered, "to trust in love. I said: 'When love comes, that is reality.' I said: 'Passion does not blind. No. Passion is sanity, and the woman you love, she is the only person you will ever really understand.'" He sighed: "True, everlastingly true, though my day is over, and though there is the result. Poor boy! He is so sorry! He said he knew it was madness when you brought your cousin in; that whatever you felt you did not mean. Yet"—his voice gathered strength: he spoke out to make certain—"Miss Honeychurch, do you remember Italy?"

Lucy selecionou um livro - um volume de comentários do Antigo Testamento. Segurando-o até os seus olhos, disse ela: "Eu não tenho desejo de discutir a Itália ou qualquer assunto ligado ao seu filho".

"Mas você se lembra disso?"

"Ele se comportou mal desde o primeiro".

"Só me disseram que ele te amava no domingo passado. Eu nunca pude julgar o comportamento". Eu-eu suponho que ele tenha".

Sentindo-se um pouco mais firme, ela colocou o livro de volta e virou-se para ele. Seu rosto estava inclinado e inchado, mas seus olhos, apesar de afundados, brilhavam com a coragem de uma criança.

"Por quê, ele se comportou abominavelmente", disse ela. "Estou feliz que ele esteja arrependido". Você sabe o que ele fez?"

"Não 'abominavelmente'", foi a correção suave. "Ele só tentou quando não deveria ter tentado. Você tem tudo o que quer, Miss Honeychurch: você vai casar com o homem que você ama. Não saia da vida de George dizendo que ele é abominável".

"Não, é claro", disse Lucy, envergonhada com a referência a Cecil. "'Abominável' é muito forte demais. Sinto muito ter usado isso sobre seu filho. Acho que vou à igreja, afinal de contas. Minha mãe e meu primo foram. Não vou chegar tão tarde..."

"Especialmente porque ele se afundou", ele disse calmamente.

"O que foi isso?"

Lucy selected a book—a volume of Old Testament commentaries. Holding it up to her eyes, she said: "I have no wish to discuss Italy or any subject connected with your son."

"But you do remember it?"

"He has misbehaved himself from the first."

"I only was told that he loved you last Sunday. I never could judge behaviour. I—I—suppose he has."

Feeling a little steadier, she put the book back and turned round to him. His face was drooping and swollen, but his eyes, though they were sunken deep, gleamed with a child's courage.

"Why, he has behaved abominably," she said. "I am glad he is sorry. Do you know what he did?"

"Not 'abominably,'" was the gentle correction. "He only tried when he should not have tried. You have all you want, Miss Honeychurch: you are going to marry the man you love. Do not go out of George's life saying he is abominable."

"No, of course," said Lucy, ashamed at the reference to Cecil. "'Abominable' is much too strong. I am sorry I used it about your son. I think I will go to church, after all. My mother and my cousin have gone. I shall not be so very late—"

"Especially as he has gone under," he said quietly.

"What was that?"

307

"Desapareceu naturalmente". Ele bateu com as palmas das mãos juntas em silêncio; sua cabeça caiu no peito.

"Eu não entendo".

"Como sua mãe fez".

"Mas, Sr. Emerson... Sr. Emerson... do que você está falando?"

"Quando eu não teria George batizado", disse ele.

Lucy estava assustada.

"E ela concordou que o batismo não era nada, mas ele pegou aquela febre quando ele tinha doze anos e ela se virou. Ela achou que era um julgamento". Ele estremeceu. "Oh, horrível, quando nós tínhamos desistido desse tipo de coisa e nos separamos de seus pais". Oh, horrível - o pior de tudo - do que a morte, quando você fez uma pequena clareira no deserto, plantou seu pequeno jardim, deixou entrar sua luz do sol, e então a erva daninha entrou de novo! Um julgamento! E nosso menino tinha febre tifóide porque nenhum clérigo havia jogado água nele na igreja! É possível, Miss Honeychurch? Vamos escorregar de volta para a escuridão para sempre?"

"Eu não sei", gaseou Lucy. "Eu não entendo este tipo de coisa". Eu não fui feito para entender".

Mas o Sr. Eager - ele veio quando eu estava fora, e agiu de acordo com seus princípios". Eu não o culpo nem a ele nem a ninguém... mas quando George estava bem ela já estava doente". Ele a fez pensar sobre o pecado, e ela ficou pensando sobre isso".

Foi assim que o Sr. Emerson havia assassinado sua esposa aos olhos de Deus.

"Gone under naturally." He beat his palms together in silence; his head fell on his chest.

"I don't understand."

"As his mother did."

"But, Mr. Emerson—*Mr. Emerson*—what are you talking about?"

"When I wouldn't have George baptized," said he.

Lucy was frightened.

"And she agreed that baptism was nothing, but he caught that fever when he was twelve and she turned round. She thought it a judgement." He shuddered. "Oh, horrible, when we had given up that sort of thing and broken away from her parents. Oh, horrible—worst of all—worse than death, when you have made a little clearing in the wilderness, planted your little garden, let in your sunlight, and then the weeds creep in again! A judgement! And our boy had typhoid because no clergyman had dropped water on him in church! Is it possible, Miss Honeychurch? Shall we slip back into the darkness for ever?"

"I don't know," gasped Lucy. "I don't understand this sort of thing. I was not meant to understand it."

"But Mr. Eager—he came when I was out, and acted according to his principles. I don't blame him or any one... but by the time George was well she was ill. He made her think about sin, and she went under thinking about it."

It was thus that Mr. Emerson had murdered his wife in the sight of God.

"Oh, que terrível!" disse Lucy, esquecendo finalmente seus próprios assuntos.

"Ele não foi batizado", disse o velho. "Eu me mantive firme". E ele olhou com olhos inabaláveis para as fileiras de livros, como se - a que custo! "Meu menino voltará para a terra intocado".

Ela perguntou se o jovem Sr. Emerson estava doente.

"Oh-longo domingo". Ele começou no presente. "George no último domingo - não, não está doente: apenas foi para baixo. Ele nunca está doente. Mas ele é o filho de sua mãe. Os olhos dela eram dele, e ela tinha aquela testa que eu acho tão bonita, e ele não vai achar que vale a pena viver. Sempre foi tocar e ir. Ele vai viver; mas ele não vai achar que vale a pena viver. Ele nunca vai pensar em nada que valha a pena. Você se lembra daquela igreja em Florença?".

Lucy se lembrou, e como ela havia sugerido que George deveria coletar selos de correio.

"Depois que você deixou Florença-horrible". Então nós tomamos a casa aqui, e ele foi tomar banho com seu irmão, e ficou melhor. Você o viu se banhando"?

"Eu sinto muito, mas não adianta discutir este caso. Lamento profundamente por isso".

"Oh, how terrible!" said Lucy, forgetting her own affairs at last.

"He was not baptized," said the old man. "I did hold firm." And he looked with unwavering eyes at the rows of books, as if—at what cost!—he had won a victory over them. "My boy shall go back to the earth untouched."

She asked whether young Mr. Emerson was ill.

"Oh—last Sunday." He started into the present. "George last Sunday—no, not ill: just gone under. He is never ill. But he is his mother's son. Her eyes were his, and she had that forehead that I think so beautiful, and he will not think it worth while to live. It was always touch and go. He will live; but he will not think it worth while to live. He will never think anything worth while. You remember that church at Florence?"

Lucy did remember, and how she had suggested that George should collect postage stamps.

"After you left Florence—horrible. Then we took the house here, and he goes bathing with your brother, and became better. You saw him bathing?"

"I am so sorry, but it is no good discussing this affair. I am deeply sorry about it."

"Depois veio algo sobre um romance. Eu não o segui de todo; eu tinha que ouvir tanto, e ele se importou em me dizer; ele me acha velho demais. Ah, bem, é preciso ter fracassos. George desce até amanhã e me leva para seus quartos em Londres. Ele não suporta estar por aqui, e eu devo estar onde ele está".

Sr. Emerson", gritou a garota, "não saia pelo menos, não por minha causa". Eu estou indo para a Grécia. Não saia de sua casa confortável".

Foi a primeira vez que a voz dela foi gentil e ele sorriu. "Como todos são bons! E olhe para o Sr. Beebe me abrigando - veio esta manhã e ouviu que eu estava indo! Aqui eu estou tão confortável com uma fogueira".

"Sim, mas você não vai voltar para Londres. É um absurdo".

"Eu devo estar com George; devo fazer com que ele se importe de viver, e aqui em baixo ele não pode. Ele diz que a idéia de vê-lo e de ouvir sobre você - eu não estou justificando ele: Eu só estou dizendo o que aconteceu".

"Oh, Sr. Emerson" - ele pegou a mão dele - "você não deve". Eu já me preocupei o suficiente com o mundo. Eu não posso ter você saindo de sua casa quando você gosta, e talvez perdendo dinheiro através dela - tudo na minha conta. Você deve parar! Eu só vou para a Grécia".

"Todo o caminho até a Grécia"?

Sua maneira foi alterada.

"Para a Grécia?"

"Então você deve parar. Você não vai falar sobre este negócio, eu sei. Eu posso confiar em vocês dois".

"Then there came something about a novel. I didn't follow it at all; I had to hear so much, and he minded telling me; he finds me too old. Ah, well, one must have failures. George comes down to-morrow, and takes me up to his London rooms. He can't bear to be about here, and I must be where he is."

"Mr. Emerson," cried the girl, "don't leave at least, not on my account. I am going to Greece. Don't leave your comfortable house."

It was the first time her voice had been kind and he smiled. "How good everyone is! And look at Mr. Beebe housing me—came over this morning and heard I was going! Here I am so comfortable with a fire."

"Yes, but you won't go back to London. It's absurd."

"I must be with George; I must make him care to live, and down here he can't. He says the thought of seeing you and of hearing about you—I am not justifying him: I am only saying what has happened."

"Oh, Mr. Emerson"—she took hold of his hand—"you mustn't. I've been bother enough to the world by now. I can't have you moving out of your house when you like it, and perhaps losing money through it—all on my account. You must stop! I am just going to Greece."

"All the way to Greece?"

Her manner altered.

"To Greece?"

"So you must stop. You won't talk about this business, I know. I can trust you both."

"Certamente você pode. Nós ou temos você em nossas vidas, ou deixamos você com a vida que você escolheu".

"Eu não deveria querer..."

"Eu suponho que o Sr. Vyse está muito zangado com George? Não, foi errado George ter tentado. Nós levamos nossas crenças longe demais. Eu imagino que nós merecemos tristeza".

Ela olhou para os livros novamente - preto, marrom e aquele azul teológico acre. Eles cercaram os visitantes de todos os lados; eles foram empilhados nas mesas, eles pressionaram contra o próprio teto. Para Lucy, que não podia ver que o Sr. Emerson era profundamente religioso e diferia do Sr. Beebe principalmente por seu reconhecimento da paixão - parecia terrível que o velho homem rastejasse para um santuário assim, quando estava infeliz, e fosse dependente da generosidade de um clérigo.

Mais certo do que nunca de que ela estava cansada, ele lhe ofereceu sua cadeira.

"Não, por favor, sente-se quieto. Eu acho que vou sentar na carruagem".

"Srta. Honeychurch, você realmente parece cansada".

"Nem um pouco", disse Lucy, com os lábios trêmulos.

"Mas você é, e há um olhar de George sobre você. E o que você estava dizendo sobre ir para o exterior"?

Ela estava em silêncio.

"Grécia" - e ela viu que ele estava pensando demais - "Grécia; mas você ia se casar este ano, eu pensei".

"Certainly you can. We either have you in our lives, or leave you to the life that you have chosen."

"I shouldn't want—"

"I suppose Mr. Vyse is very angry with George? No, it was wrong of George to try. We have pushed our beliefs too far. I fancy that we deserve sorrow."

She looked at the books again—black, brown, and that acrid theological blue. They surrounded the visitors on every side; they were piled on the tables, they pressed against the very ceiling. To Lucy who could not see that Mr. Emerson was profoundly religious, and differed from Mr. Beebe chiefly by his acknowledgment of passion—it seemed dreadful that the old man should crawl into such a sanctum, when he was unhappy, and be dependent on the bounty of a clergyman.

More certain than ever that she was tired, he offered her his chair.

"No, please sit still. I think I will sit in the carriage."

"Miss Honeychurch, you do sound tired."

"Not a bit," said Lucy, with trembling lips.

"But you are, and there's a look of George about you. And what were you saying about going abroad?"

She was silent.

"Greece"—and she saw that he was thinking the word over—"Greece; but you were to be married this year, I thought."

"Não até janeiro, não foi", disse Lucy, apertando suas mãos. Será que ela contaria uma mentira de verdade quando chegasse ao ponto?

"Eu suponho que o Sr. Vyse está indo com você. Eu espero - não é porque George falou que vocês dois vão?".

"No."

"Espero que você aproveite a Grécia com o Sr. Vyse".

"Obrigado."

Naquele momento, o Sr. Beebe voltou da igreja. Sua batina estava coberta de chuva. "Está tudo bem", disse ele gentilmente. "Eu contava que vocês dois fizessem companhia um ao outro". Está chovendo de novo. A congregação inteira, que consiste de seu primo, sua mãe e minha mãe, está esperando na igreja, até que a carruagem a pegue. Será que Powell deu a volta?"

"Acho que sim; vou ver".

"Não, claro, eu vou ver. Como estão as Miss Alans?"

"Muito bem, obrigado".

"Você contou ao Sr. Emerson sobre a Grécia?"

"Eu-eu fiz".

"Você não acha que é muito arriscado da parte dela, Sr. Emerson, empreender as duas Miss Alans? Agora, Srta. Honeychurch, volte a se aquecer. Eu acho que três é um número tão corajoso para ir viajar". E ele correu para os estábulos.

"Ele não vai", disse ela rouca. "Eu fiz um deslize. O Sr. Vyse pára para trás na Inglaterra".

"Not till January, it wasn't," said Lucy, clasping her hands. Would she tell an actual lie when it came to the point?

"I suppose that Mr. Vyse is going with you. I hope—it isn't because George spoke that you are both going?"

"No."

"I hope that you will enjoy Greece with Mr. Vyse."

"Thank you."

At that moment Mr. Beebe came back from church. His cassock was covered with rain. "That's all right," he said kindly. "I counted on you two keeping each other company. It's pouring again. The entire congregation, which consists of your cousin, your mother, and my mother, stands waiting in the church, till the carriage fetches it. Did Powell go round?"

"I think so; I'll see."

"No—of course, I'll see. How are the Miss Alans?"

"Very well, thank you."

"Did you tell Mr. Emerson about Greece?"

"I—I did."

"Don't you think it very plucky of her, Mr. Emerson, to undertake the two Miss Alans? Now, Miss Honeychurch, go back—keep warm. I think three is such a courageous number to go travelling." And he hurried off to the stables.

"He is not going," she said hoarsely. "I made a slip. Mr. Vyse does stop behind in England."

De alguma forma era impossível enganar este velho homem. Para George, para Cecil, ela teria mentido novamente; mas ele parecia tão próximo do fim das coisas, tão digno em sua abordagem do abismo, do qual ele deu um relato, e os livros que o rodeavam, tão suaves aos caminhos ásperos que ele havia percorrido, que o verdadeiro cavalheirismo - não o cavalheirismo desgastado do sexo, mas o verdadeiro cavalheirismo que todos os jovens podem mostrar a todos os velhos nela, e, sob qualquer risco, ela disse a ele que Cecil não era seu companheiro na Grécia. E ela falou tão seriamente que o risco se tornou uma certeza, e ele, levantando seus olhos, disse: "Você vai deixá-lo? Você está deixando o homem que você ama"?

"Eu-eu tinha que fazer".

"Por quê, Miss Honeychurch, por quê?"

O terror veio sobre ela, e ela mentiu novamente. Ela fez o longo e convincente discurso que tinha feito ao Sr. Beebe, e pretendia fazer ao mundo quando anunciou que seu noivado não era mais. Ele a ouviu em silêncio, e então disse: "Minha querida, estou preocupada com você. Parece-me" - sonhando; ela não ficou alarmada - "que você está em uma confusão".

Ela balançou a cabeça.

Somehow it was impossible to cheat this old man. To George, to Cecil, she would have lied again; but he seemed so near the end of things, so dignified in his approach to the gulf, of which he gave one account, and the books that surrounded him another, so mild to the rough paths that he had traversed, that the true chivalry—not the worn-out chivalry of sex, but the true chivalry that all the young may show to all the old—awoke in her, and, at whatever risk, she told him that Cecil was not her companion to Greece. And she spoke so seriously that the risk became a certainty, and he, lifting his eyes, said: "You are leaving him? You are leaving the man you love?"

"I—I had to."

"Why, Miss Honeychurch, why?"

Terror came over her, and she lied again. She made the long, convincing speech that she had made to Mr. Beebe, and intended to make to the world when she announced that her engagement was no more. He heard her in silence, and then said: "My dear, I am worried about you. It seems to me"—dreamily; she was not alarmed—"that you are in a muddle."

She shook her head.

"Pegue a palavra de um homem velho; não há nada pior do que uma confusão em todo o mundo. É fácil enfrentar a Morte e o Destino, e as coisas que soam tão terríveis. É nas minhas confusões que eu olho para trás com horror - nas coisas que eu poderia ter evitado. Nós podemos ajudar uns aos outros, mas pouco. Eu costumava pensar que poderia ensinar aos jovens a vida inteira, mas agora eu sei melhor, e todos os meus ensinamentos de George se resumiram a isto: cuidado com as confusões.

Você se lembra naquela igreja, quando você fingiu estar chateado comigo e não estava? Você se lembra de antes, quando você recusou a sala com a vista? Aquelas eram lampejos - um pouco pequenos, mas ominou - e eu estou temendo que você esteja em um agora". Ela estava em silêncio. "Não confie em mim, Srta. Honeychurch. Embora a vida seja muito gloriosa, ela é difícil". Ela ainda estava em silêncio. "'A vida' escreveu uma amiga minha, 'é uma apresentação pública sobre o violino, na qual você deve aprender o instrumento à medida que você vai andando'. Eu acho que ele coloca isso bem.

O homem tem que retomar o uso de suas funções à medida que ele vai indo - especialmente a função do Amor". Então ele irrompeu entusiasmado; "É isso; é isso que eu quero dizer". Você ama George"! E depois de seu longo preâmbulo, as três palavras explodiram contra Lucy como ondas do mar aberto.

"Take an old man's word; there's nothing worse than a muddle in all the world. It is easy to face Death and Fate, and the things that sound so dreadful. It is on my muddles that I look back with horror—on the things that I might have avoided. We can help one another but little. I used to think I could teach young people the whole of life, but I know better now, and all my teaching of George has come down to this: beware of muddle.

Do you remember in that church, when you pretended to be annoyed with me and weren't? Do you remember before, when you refused the room with the view? Those were muddles—little, but ominous—and I am fearing that you are in one now." She was silent. "Don't trust me, Miss Honeychurch. Though life is very glorious, it is difficult." She was still silent. "'Life' wrote a friend of mine, 'is a public performance on the violin, in which you must learn the instrument as you go along.' I think he puts it well.

Man has to pick up the use of his functions as he goes along—especially the function of Love." Then he burst out excitedly; "That's it; that's what I mean. You love George!" And after his long preamble, the three words burst against Lucy like waves from the open sea.

"Mas você faz", ele continuou, não esperando por contradição. "Você ama o menino de corpo e alma, claramente, diretamente, como ele o ama, e nenhuma outra palavra o expressa. Você não se casará com o outro homem por causa dele".

"Como você se atreve?" gaseou Lucy, com o barulho das águas em seus ouvidos. "Oh, como um homem! - Quero dizer, suponha que uma mulher está sempre pensando em um homem".

"Mas você é".

Ela invocou o desgosto físico.

"Você está chocado, mas eu quero chocá-lo. É a única esperança, às vezes. Eu não posso te alcançar de outra maneira. Você deve se casar, ou sua vida será desperdiçada. Você já foi longe demais para se retirar. Eu não tenho tempo para a ternura, a camaradagem, a poesia, as coisas que realmente importam, e * pelas quais* você se casa. Eu sei que, com George, você vai encontrá-los e que você o ama. Então seja sua esposa. Ele já é parte de você. Embora você voe para a Grécia, e nunca mais o veja, ou esqueça seu próprio nome, George trabalhará em seus pensamentos até a sua morte. Não é possível amar e se separar. Você vai desejar que fosse. Você pode transmutar o amor, ignorá-lo, confundi-lo, mas você nunca poderá tirá-lo de você. Eu sei por experiência que os poetas estão certos: o amor é eterno".

Lucy começou a chorar de raiva, e embora sua raiva tenha falecido logo, suas lágrimas permaneceram.

"But you do," he went on, not waiting for contradiction. "You love the boy body and soul, plainly, directly, as he loves you, and no other word expresses it. You won't marry the other man for his sake."

"How dare you!" gasped Lucy, with the roaring of waters in her ears. "Oh, how like a man!—I mean, to suppose that a woman is always thinking about a man."

"But you are."

She summoned physical disgust.

"You're shocked, but I mean to shock you. It's the only hope at times. I can reach you no other way. You must marry, or your life will be wasted. You have gone too far to retreat. I have no time for the tenderness, and the comradeship, and the poetry, and the things that really matter, and *for which* you marry. I know that, with George, you will find them, and that you love him. Then be his wife. He is already part of you. Though you fly to Greece, and never see him again, or forget his very name, George will work in your thoughts till you die. It isn't possible to love and to part. You will wish that it was. You can transmute love, ignore it, muddle it, but you can never pull it out of you. I know by experience that the poets are right: love is eternal."

Lucy began to cry with anger, and though her anger passed away soon, her tears remained.

"Eu só gostaria que os poetas também dissessem isto: o amor é do corpo; não do corpo, mas do corpo". Ah! a miséria que seria salva se nós confessássemos isso! Ah! por um pouco de direcionamento para liberar a alma! Sua alma, querida Lucy! Eu odeio a palavra agora, por causa de toda a canseira com que a superstição a envolveu. Mas nós temos almas. Eu não posso dizer como elas vieram nem para onde elas foram, mas nós as temos, e eu vejo você arruinando a sua. Eu não posso suportar isso. É novamente a escuridão que se insinua; é o inferno". Então ele se verificou. "Que bobagem eu tenho falado - quão abstrato e remoto! E eu fiz você chorar! Querida menina, perdoa a minha prostituição; casa com o meu menino. Quando eu penso o que é a vida, e como raramente o amor é respondido pelo amor - Case com ele; é um dos momentos para os quais o mundo foi feito".

Ela não conseguia entendê-lo; as palavras eram de fato remotas. No entanto, enquanto ele falava, a escuridão era retirada, véu após véu, e ela via até o fundo de sua alma.

"Então, Lucy..."

"Você me amedrontou", gemeu ela. "Cecil-Mr. Beebe - o bilhete é comprado - tudo". Ela caiu soluçando na cadeira. "Fiquei presa no emaranhado. Eu devo sofrer e envelhecer longe dele. Eu não posso quebrar a vida inteira por causa dele. Eles confiaram em mim".

Uma carruagem foi desenhada na porta da frente.

"I only wish poets would say this, too: love is of the body; not the body, but of the body. Ah! the misery that would be saved if we confessed that! Ah! for a little directness to liberate the soul! Your soul, dear Lucy! I hate the word now, because of all the cant with which superstition has wrapped it round. But we have souls. I cannot say how they came nor whither they go, but we have them, and I see you ruining yours. I cannot bear it. It is again the darkness creeping in; it is hell." Then he checked himself. "What nonsense I have talked—how abstract and remote! And I have made you cry! Dear girl, forgive my prosiness; marry my boy. When I think what life is, and how seldom love is answered by love—Marry him; it is one of the moments for which the world was made."

She could not understand him; the words were indeed remote. Yet as he spoke the darkness was withdrawn, veil after veil, and she saw to the bottom of her soul.

"Then, Lucy—"

"You've frightened me," she moaned. "Cecil—Mr. Beebe—the ticket's bought—everything." She fell sobbing into the chair. "I'm caught in the tangle. I must suffer and grow old away from him. I cannot break the whole of life for his sake. They trusted me."

A carriage drew up at the front-door.

"Dê somente a George meu amor. Diga a ele 'confuso'". Então ela arrumou o véu, enquanto as lágrimas jorravam sobre as bochechas dela por dentro.

"Lucy..."

"Não, eles estão no salão - oh, por favor, não, Sr. Emerson - eles confiam em mim".

"Mas por que eles deveriam, quando você os enganou"?

O Sr. Beebe abriu a porta, dizendo: "Aqui está a minha mãe".

"Você não é digno da confiança deles".

"O que é isso?", disse o Sr. Beebe com muita acuidade.

"Eu estava dizendo, por que você deveria confiar nela quando ela te enganou"?

"Um minuto, mãe". Ele entrou e fechou a porta.

"Eu não o sigo, Sr. Emerson. A quem você se refere? A quem você se refere?"

"Quero dizer, ela fingiu para você que não amava George. Eles se amaram o tempo todo".

Mr. Beebe olhou para a garota soluçante. Ele estava muito quieto, e seu rosto branco, com seus bigodes avermelhados, parecia repentinamente desumano. Uma longa coluna preta, ele ficou de pé e esperou a resposta dela.

"Eu nunca me casarei com ele", disse Lucy.

Um olhar de desprezo veio sobre ele, e ele disse: "Por que não?".

"Sr. Beebe- Eu o enganei - eu o enganei a mim mesmo..."

"Oh, bobagem, Srta. Honeychurch!"

"Give George my love—once only. Tell him 'muddle.'" Then she arranged her veil, while the tears poured over her cheeks inside.

"Lucy—"

"No—they are in the hall—oh, please not, Mr. Emerson—they trust me—"

"But why should they, when you have deceived them?"

Mr. Beebe opened the door, saying: "Here's my mother."

"You're not worthy of their trust."

"What's that?" said Mr. Beebe sharply.

"I was saying, why should you trust her when she deceived you?"

"One minute, mother." He came in and shut the door.

"I don't follow you, Mr. Emerson. To whom do you refer? Trust whom?"

"I mean she has pretended to you that she did not love George. They have loved one another all along."

Mr. Beebe looked at the sobbing girl. He was very quiet, and his white face, with its ruddy whiskers, seemed suddenly inhuman. A long black column, he stood and awaited her reply.

"I shall never marry him," quavered Lucy.

A look of contempt came over him, and he said, "Why not?"

"Mr. Beebe—I have misled you—I have misled myself—"

"Oh, rubbish, Miss Honeychurch!"

"Não é bobagem", disse o velhote com calor. "É a parte das pessoas que você não entende".

O Sr. Beebe colocou sua mão sobre o ombro do velho agradavelmente.

"Lucy! Lucy!" chamou as vozes da carruagem.

"Sr. Beebe, você poderia me ajudar?"

Ele ficou surpreso com o pedido e disse em voz baixa e severa: "Eu estou mais aflito do que posso expressar. É lamentável, lamentável-incrível".

"O que há de errado com o garoto?" disparou o outro novamente.

"Nada, Sr. Emerson, exceto que ele não me interessa mais. Case com George, Srta. Honeychurch. Ele vai fazer admiravelmente".

Ele foi embora e os deixou. Eles o ouviram guiando sua mãe até o andar de cima.

"Lucy!" chamavam as vozes.

Ela se voltou para o Sr. Emerson em desespero. Mas o rosto dele a reanimou. Foi o rosto de um santo que entendeu.

"It is not rubbish!" said the old man hotly. "It's the part of people that you don't understand."

Mr. Beebe laid his hand on the old man's shoulder pleasantly.

"Lucy! Lucy!" called voices from the carriage.

"Mr. Beebe, could you help me?"

He looked amazed at the request, and said in a low, stern voice: "I am more grieved than I can possibly express. It is lamentable, lamentable—incredible."

"What's wrong with the boy?" fired up the other again.

"Nothing, Mr. Emerson, except that he no longer interests me. Marry George, Miss Honeychurch. He will do admirably."

He walked out and left them. They heard him guiding his mother up-stairs.

"Lucy!" the voices called.

She turned to Mr. Emerson in despair. But his face revived her. It was the face of a saint who understood.

"Agora está tudo escuro. Agora a Beleza e a Paixão parecem nunca ter existido. Eu sei. Mas lembre-se das montanhas sobre Florença e da vista. Ah, querido, se eu fosse George, e te desse um beijo, isso te tornaria corajoso. Você tem que entrar em uma batalha que precisa de calor, sair na confusão que você mesmo fez; e sua mãe e todos os seus amigos vão desprezá-la, oh, minha querida, e com razão, se alguma vez for correto desprezá-la. George ainda está escuro, toda a briga e a miséria sem uma palavra dele. Eu sou justificado?". Em seus próprios olhos vieram as lágrimas. "Sim, pois lutamos por mais do que Amor ou Prazer; existe a Verdade". A Verdade conta, a Verdade sim conta".

"Você me beija", disse a garota. "Você me beija". Eu vou tentar".

Ele lhe deu um senso de divindades reconciliadas, um sentimento de que, ao conquistar o homem que ela amava, ela ganharia algo para o mundo inteiro. Durante toda a miséria de sua viagem de volta para casa - ela falou de uma vez - sua saudação permaneceu. Ele havia roubado o corpo de sua mácula, os insultos do mundo de sua picada; ele havia mostrado a ela a santidade do desejo direto. Ela "nunca entendeu exatamente", ela diria depois de anos, "como ele conseguiu fortalecê-la". Era como se ele a tivesse feito ver tudo de uma só vez".

"Now it is all dark. Now Beauty and Passion seem never to have existed. I know. But remember the mountains over Florence and the view. Ah, dear, if I were George, and gave you one kiss, it would make you brave. You have to go cold into a battle that needs warmth, out into the muddle that you have made yourself; and your mother and all your friends will despise you, oh, my darling, and rightly, if it is ever right to despise. George still dark, all the tussle and the misery without a word from him. Am I justified?" Into his own eyes tears came. "Yes, for we fight for more than Love or Pleasure; there is Truth. Truth counts, Truth does count."

"You kiss me," said the girl. "You kiss me. I will try."

He gave her a sense of deities reconciled, a feeling that, in gaining the man she loved, she would gain something for the whole world. Throughout the squalor of her homeward drive—she spoke at once—his salutation remained. He had robbed the body of its taint, the world's taunts of their sting; he had shown her the holiness of direct desire. She "never exactly understood," she would say in after years, "how he managed to strengthen her. It was as if he had made her see the whole of everything at once."

The End of the Middle Ages

O Fim Da Idade Média

A Miss Alans foi para a Grécia, mas eles foram sozinhos. Eles sozinhos desta pequena companhia irão dobrar Malea e lavrar as águas do Golfo Sarônico. Eles sozinhos visitarão Atenas e Delphi, e qualquer um dos santuários de música intelectual - aquele sobre a Acrópole, cercado por mares azuis; aquele sob o Parnassus, onde as águias se constroem e o charioteer de bronze conduz sem sabedoria em direção ao infinito. Tremendo, ansiosas, com muito pão digestivo, elas foram para Constantinopla, elas deram a volta ao mundo. O resto de nós deve estar contente com um objetivo justo, mas menos árduo. Italiam petimus: voltamos para a Pensão Bertolini.

The Miss Alans did go to Greece, but they went by themselves. They alone of this little company will double Malea and plough the waters of the Saronic gulf. They alone will visit Athens and Delphi, and either shrine of intellectual song—that upon the Acropolis, encircled by blue seas; that under Parnassus, where the eagles build and the bronze charioteer drives undismayed towards infinity. Trembling, anxious, cumbered with much digestive bread, they did proceed to Constantinople, they did go round the world. The rest of us must be contented with a fair, but a less arduous, goal. Italiam petimus: we return to the Pension Bertolini.

George disse que era o seu antigo quarto.

George said it was his old room.

"Não, não é", disse Lucy; "porque é o quarto que eu tinha, e eu tinha o quarto do seu pai". Eu esqueci o porquê; Charlotte me fez, por alguma razão".

"No, it isn't," said Lucy; "because it is the room I had, and I had your father's room. I forget why; Charlotte made me, for some reason."

Ele ajoelhou-se no chão de ladrilhos e colocou seu rosto no colo dela.

He knelt on the tiled floor, and laid his face in her lap.

"George, você querido, levante-se".

"George, you baby, get up."

"Por que eu não deveria ser um bebê?" murmurou George.

Incapaz de responder esta pergunta, ela pousou a meia dele, que estava tentando consertar, e olhou pela janela. Era noite e novamente a primavera.

"Oh, incomode Charlotte", disse ela pensativamente. "De que podem ser feitas tais pessoas?"

"As mesmas coisas que os parsons são feitos de".

"Bobagem!"

"Muito bem. É um absurdo".

"Agora você se levanta do chão frio, ou você vai começar o reumatismo a seguir, e você pára de rir e de ser tão bobo".

"Por que eu não deveria rir?" ele perguntou, prendendo-a com os cotovelos, e avançando o rosto dele para o dela. "O que há para chorar? Beije-me aqui". Ele indicou o local onde um beijo seria bem-vindo.

Afinal, ele era um garoto. Quando chegou ao ponto, foi ela quem se lembrou do passado, ela em cuja alma o ferro havia entrado, ela que sabia de quem tinha sido este quarto no ano passado. Ele o amava estranhamente por ele estar às vezes errado.

"Alguma carta?", perguntou ele.

"Apenas uma linha de Freddy".

"Agora me beije aqui; depois aqui".

"Why shouldn't I be a baby?" murmured George.

Unable to answer this question, she put down his sock, which she was trying to mend, and gazed out through the window. It was evening and again the spring.

"Oh, bother Charlotte," she said thoughtfully. "What can such people be made of?"

"Same stuff as parsons are made of."

"Nonsense!"

"Quite right. It is nonsense."

"Now you get up off the cold floor, or you'll be starting rheumatism next, and you stop laughing and being so silly."

"Why shouldn't I laugh?" he asked, pinning her with his elbows, and advancing his face to hers. "What's there to cry at? Kiss me here." He indicated the spot where a kiss would be welcome.

He was a boy after all. When it came to the point, it was she who remembered the past, she into whose soul the iron had entered, she who knew whose room this had been last year. It endeared him to her strangely that he should be sometimes wrong.

"Any letters?" he asked.

"Just a line from Freddy."

"Now kiss me here; then here."

Então, ameaçado novamente com reumatismo, ele caminhou até a janela, abriu-a (como os ingleses querem), e se inclinou para fora. Lá estava o parapeito, lá o rio, lá à esquerda o começo das colinas. O taxista, que imediatamente o saudou com o assobio de uma serpente, poderia ser aquele mesmo Phaethon que havia colocado esta felicidade em movimento há doze meses atrás. Uma paixão de gratidão - todos os sentimentos crescem para as paixões do Sul - por causa do marido, e ele abençoou as pessoas e as coisas que tinham tido tanto trabalho com um jovem tolo. Ele se ajudou a si mesmo, é verdade, mas que estupidez!

Toda a luta que importava tinha sido feita por outros - pela Itália, por seu pai, por sua esposa.

"Lucy, você vem e olha para os ciprestes; e a igreja, seja qual for o seu nome, ainda mostra".

"San Miniato". Vou só terminar a sua meia".

"Signorino, domani faremo uno giro," chamado o taxista, com certeza envolvente.

George disse a ele que estava errado; eles não tinham dinheiro para jogar fora ao dirigir.

E as pessoas que não tinham intenção de ajudar - a Miss Lavishes, os Cecils, a Miss Bartletts! Sempre propenso a magnificar o destino, George contou as forças que o haviam varrido para este contentamento.

"Alguma coisa boa na carta do Freddy?"

"Ainda não".

Then, threatened again with rheumatism, he strolled to the window, opened it (as the English will), and leant out. There was the parapet, there the river, there to the left the beginnings of the hills. The cab-driver, who at once saluted him with the hiss of a serpent, might be that very Phaethon who had set this happiness in motion twelve months ago. A passion of gratitude—all feelings grow to passions in the South—came over the husband, and he blessed the people and the things who had taken so much trouble about a young fool. He had helped himself, it is true, but how stupidly!

All the fighting that mattered had been done by others—by Italy, by his father, by his wife.

"Lucy, you come and look at the cypresses; and the church, whatever its name is, still shows."

"San Miniato. I'll just finish your sock."

"Signorino, domani faremo uno giro," called the cabman, with engaging certainty.

George told him that he was mistaken; they had no money to throw away on driving.

And the people who had not meant to help—the Miss Lavishes, the Cecils, the Miss Bartletts! Ever prone to magnify Fate, George counted up the forces that had swept him into this contentment.

"Anything good in Freddy's letter?"

"Not yet."

O seu próprio conteúdo era absoluto, mas o dela continha amargura: as Igrejas de Mel não as haviam perdoado; elas estavam enojadas com a hipocrisia do passado dela; ela havia alienado o Windy Corner, talvez para sempre.

"O que ele diz?"

"Garoto bobo! Ele acha que está sendo digno. Ele sabia que nós deveríamos sair na primavera - ele sabe disso há seis meses - que se a mãe não desse seu consentimento, nós deveríamos tomar a coisa em nossas próprias mãos. Eles tiveram um aviso justo, e agora ele chama isso de fuga. Menino ridículo..."

"Jovem, amanhã faremos um tour..."

"Mas tudo acabará bem no final. Ele tem que construir a nós dois desde o início novamente. Eu gostaria, porém, que Cecil não tivesse se tornado tão cínico sobre as mulheres. Ele, pela segunda vez, mudou bastante. Por que os homens terão teorias sobre as mulheres? Eu não tenho nenhuma sobre os homens. Eu desejo, também, que o Sr. Beebe-".

"Você pode muito bem desejar isso".

"Ele nunca nos perdoará - quero dizer, ele nunca mais estará interessado em nós". Eu gostaria que ele não os influenciasse tanto no Windy Corner. Eu gostaria que ele não tivesse - mas se nós agirmos a verdade, as pessoas que realmente nos amam certamente voltarão para nós a longo prazo".

His own content was absolute, but hers held bitterness: the Honeychurches had not forgiven them; they were disgusted at her past hypocrisy; she had alienated Windy Corner, perhaps for ever.

"What does he say?"

"Silly boy! He thinks he's being dignified. He knew we should go off in the spring—he has known it for six months—that if mother wouldn't give her consent we should take the thing into our own hands. They had fair warning, and now he calls it an elopement. Ridiculous boy—"

"Signorino, domani faremo uno giro—"

"But it will all come right in the end. He has to build us both up from the beginning again. I wish, though, that Cecil had not turned so cynical about women. He has, for the second time, quite altered. Why will men have theories about women? I haven't any about men. I wish, too, that Mr. Beebe—"

"You may well wish that."

"He will never forgive us—I mean, he will never be interested in us again. I wish that he did not influence them so much at Windy Corner. I wish he hadn't—But if we act the truth, the people who really love us are sure to come back to us in the long run."

"Talvez". Então ele disse mais gentilmente: "Bem, eu agi a verdade - a única coisa que eu fiz - e você voltou para mim. Então, possivelmente você sabe". Ele voltou para a sala. "Disparate com essa meia". Ele a carregou até a janela, para que ela também visse toda a vista. Eles afundaram de joelhos, invisíveis da estrada, esperavam, e começaram a sussurrar os nomes um do outro. Ah! valeu a pena; foi a grande alegria que eles esperavam, e inúmeras pequenas alegrias das quais eles nunca haviam sonhado. Eles ficaram em silêncio.

"Jovem, amanhã nós vamos..."

"Oh, incomode aquele homem!"

Mas Lucy lembrou-se do vendedor de fotografias e disse: "Não, não seja rude com ele". Então, com um suspiro, ela murmurou: "Sr. Eager e Charlotte, a terrível Charlotte congelada. Como ela seria cruel para um homem assim"!

"Olha as luzes que passam sobre a ponte".

"Mas esta sala me faz lembrar Charlotte. Que horrível envelhecer no caminho da Charlotte! Pensar naquela noite na reitoria que ela não deveria ter ouvido que seu pai estava na casa. Pois ela teria me impedido de entrar, e ele era a única pessoa viva que poderia ter me feito ver o sentido. Você não poderia ter me feito. Quando eu estou muito feliz" - ela o beijou - "eu me lembro de como tudo isso é muito pouco. Se Charlotte tivesse apenas sabido, ela teria me impedido de entrar e eu deveria ter ido para a Grécia tola e me tornado diferente para sempre".

Mas ela sabia", disse George; "ela viu meu pai, certamente". Ele disse que sim".

"Perhaps." Then he said more gently: "Well, I acted the truth—the only thing I did do—and you came back to me. So possibly you know." He turned back into the room. "Nonsense with that sock." He carried her to the window, so that she, too, saw all the view. They sank upon their knees, invisible from the road, they hoped, and began to whisper one another's names. Ah! it was worth while; it was the great joy that they had expected, and countless little joys of which they had never dreamt. They were silent.

"Signorino, domani faremo—"

"Oh, bother that man!"

But Lucy remembered the vendor of photographs and said, "No, don't be rude to him." Then with a catching of her breath, she murmured: "Mr. Eager and Charlotte, dreadful frozen Charlotte. How cruel she would be to a man like that!"

"Look at the lights going over the bridge."

"But this room reminds me of Charlotte. How horrible to grow old in Charlotte's way! To think that evening at the rectory that she shouldn't have heard your father was in the house. For she would have stopped me going in, and he was the only person alive who could have made me see sense. You couldn't have made me. When I am very happy"—she kissed him—"I remember on how little it all hangs. If Charlotte had only known, she would have stopped me going in, and I should have gone to silly Greece, and become different for ever."

"But she did know," said George; "she did see my father, surely. He said so."

"Oh, não, ela não o viu. Ela estava lá em cima com a velha Sra. Beebe, você não se lembra, e depois foi direto para a igreja. Ela disse que sim".

George foi obstinado novamente. Meu pai", disse ele, "a viu, e eu prefiro a palavra dele". Ele estava cochilando junto ao fogo do estudo e abriu os olhos, e lá estava Miss Bartlett. Alguns minutos antes de você entrar. Ela estava se virando para ir quando ele acordou. Ele não falou com ela".

Então eles falaram de outras coisas - a conversa desordenada daqueles que têm lutado para alcançar uns aos outros, e cuja recompensa é descansar calmamente nos braços uns dos outros. Foi muito tempo antes deles voltarem para Miss Bartlett, mas quando fizeram o seu comportamento pareceu mais interessante. George, que não gostava de nenhuma escuridão, disse: "É claro que ela sabia". Então, por que ela arriscou o encontro? Ela sabia que ele estava lá, e mesmo assim ela foi à igreja".

Eles tentaram juntar a coisa.

Enquanto eles falavam, uma solução incrível entrou na mente de Lucy. Ela a rejeitou, e disse: "Que tal Charlotte para desfazer seu trabalho por uma confusão débil no último momento". Mas algo na noite da morte, no rugido do rio, em seu próprio abraço os advertiu que suas palavras ficaram aquém da vida, e George sussurrou: "Ou será que ela quis dizer isso?"

"Significa o quê?"

"Jovem, amanhã faremos um tour..."

Lucy se inclinou para frente e disse com gentileza: "Lascia, prego, lascia". Siamo sposati".

"Oh, no, she didn't see him. She was upstairs with old Mrs. Beebe, don't you remember, and then went straight to the church. She said so."

George was obstinate again. "My father," said he, "saw her, and I prefer his word. He was dozing by the study fire, and he opened his eyes, and there was Miss Bartlett. A few minutes before you came in. She was turning to go as he woke up. He didn't speak to her."

Then they spoke of other things—the desultory talk of those who have been fighting to reach one another, and whose reward is to rest quietly in each other's arms. It was long ere they returned to Miss Bartlett, but when they did her behaviour seemed more interesting. George, who disliked any darkness, said: "It's clear that she knew. Then, why did she risk the meeting? She knew he was there, and yet she went to church."

They tried to piece the thing together.

As they talked, an incredible solution came into Lucy's mind. She rejected it, and said: "How like Charlotte to undo her work by a feeble muddle at the last moment." But something in the dying evening, in the roar of the river, in their very embrace warned them that her words fell short of life, and George whispered: "Or did she mean it?"

"Mean what?"

"Signorino, domani faremo uno giro—"

Lucy bent forward and said with gentleness: "Lascia, prego, lascia. Siamo sposati."

"Scusi tanto, signora", ele respondeu em tons suaves e chicoteou seu cavalo.

"Boa noite - e obrigado".

"Niente".

O taxista foi embora cantando.

"Significa o quê, George?"

Ele sussurrou: "Será isso? Será que isso é possível? Eu vou colocar uma maravilha para você. Que o seu primo sempre esperou. Que desde o primeiro momento em que nos conhecemos, ela esperava, muito abaixo em sua mente, que nós devêssemos ser assim - claro, muito abaixo. Que ela lutou conosco na superfície, e ainda assim ela esperava. Eu não posso explicá-la de outra forma. Você pode? Veja como ela me manteve vivo em você durante todo o verão; como ela não lhe deu paz; como mês após mês ela se tornou mais excêntrica e não confiável.

A visão de nós a assombrou - ou ela não poderia ter nos descrito como ela fez com sua amiga. Há detalhes - ela queimou. Eu li o livro depois. Ela não está congelada, Lucy, ela não está murcha por completo. Ela nos separou duas vezes, mas na reitoria naquela noite ela teve mais uma chance de nos fazer felizes. Nós nunca podemos fazer amizade com ela ou agradecer a ela. Mas eu acredito que, muito abaixo de todo discurso e comportamento, ela está feliz".

"É impossível", murmurou Lucy, e então, lembrando-se das experiências de seu próprio coração, ela disse: "Não, é simplesmente possível".

"Scusi tanto, signora," he replied in tones as gentle and whipped up his horse.

"Buona sera—e grazie."

"Niente."

The cabman drove away singing.

"Mean what, George?"

He whispered: "Is it this? Is this possible? I'll put a marvel to you. That your cousin has always hoped. That from the very first moment we met, she hoped, far down in her mind, that we should be like this—of course, very far down. That she fought us on the surface, and yet she hoped. I can't explain her any other way. Can you? Look how she kept me alive in you all the summer; how she gave you no peace; how month after month she became more eccentric and unreliable.

The sight of us haunted her—or she couldn't have described us as she did to her friend. There are details—it burnt. I read the book afterwards. She is not frozen, Lucy, she is not withered up all through. She tore us apart twice, but in the rectory that evening she was given one more chance to make us happy. We can never make friends with her or thank her. But I do believe that, far down in her heart, far below all speech and behaviour, she is glad."

"It is impossible," murmured Lucy, and then, remembering the experiences of her own heart, she said: "No—it is just possible."

A juventude os envolveu; a canção de Phaethon anunciou a paixão solicitada, o amor alcançado. Mas eles estavam conscientes de um amor mais misterioso do que este. A canção morreu; eles ouviram o rio, levando a neve do inverno para o Mediterrâneo.

Youth enwrapped them; the song of Phaethon announced passion requited, love attained. But they were conscious of a love more mysterious than this. The song died away; they heard the river, bearing down the snows of winter into the Mediterranean.